U0613344

陈湛铨 著

陈达生 陈海生 编

蘇東坡編年詩選講疏

南方传媒

广东人民出版社

·广州·

图书在版编目（CIP）数据

苏东坡编年诗选讲疏/陈湛铨著；陈达生，陈海生编. —广州：广东人民出版社，2024.6

大湾区专项出版计划

ISBN 978-7-218-15672-9

Ⅰ．①苏…　Ⅱ．①陈…②陈…③陈…　Ⅲ．①宋诗—选集②苏轼（1036—1101）—诗词研究　Ⅳ．①I222②I207.23

中国国家版本馆CIP数据核字（2024）第093432号

本书原由商务印书馆（香港）有限公司以书名《苏东坡编年诗选讲疏》出版，现经由原出版公司授权广东人民出版社有限公司在中国内地地区独家出版、发行。

SU DONGPO BIANNIAN SHIXUAN JIANGSHU

苏东坡编年诗选讲疏

陈湛铨　著　陈达生　陈海生　编　　　　版权所有　翻印必究

出　版　人：肖风华

责任编辑：胡艺超
封面设计：奔流文化
责任技编：吴彦斌

出版发行：广东人民出版社
地　　址：广州市越秀区大沙头四马路10号（邮政编码：510199）
电　　话：（020）85716809（总编室）
传　　真：（020）83289585
网　　址：http://www.gdpph.com
印　　刷：广州市豪威彩色印务有限公司
开　　本：880mm×1230mm　1/32
印　　张：9.25　字　数：540千
版　　次：2024年6月第1版
印　　次：2024年6月第1次印刷
定　　价：128.00元

如发现印装质量问题，影响阅读，请与出版社（020-85716849）联系调换。
售书热线：（020）87716172

作者简介

陈湛铨（1916—1986），少字青萍，号修竹园主人。广东新会人。毕业于中山大学中文系，即获张云校长聘任校长室秘书兼讲师。历任中山大学、上海大夏大学、广州珠海大学教授及香港联合、经纬、浸会、岭南等书院中文系主任。曾与一众友好创办经纬书院，并任监督及校长。著有《周易讲疏》《庄学述要》《陶渊明诗文述》《诗品补注》《杜诗编年选注》《苏东坡编年诗选讲疏》《元遗山论诗绝句讲疏》《历代文选讲疏》《修竹园诗前集》《修竹园近诗》《修竹园诗二集》《修竹园诗三集》《修竹园丛稿》《修竹园诗选》《香港学海书楼陈湛铨先生讲学集》等。

内容简介

苏轼（东坡）是宋代著名文学家，其诗、词、赋、散文均有极高成就，且善书法及绘画。其诗题材广阔，清新豪健，独具风格。本书是陈湛铨教授主讲香港学海书楼时所撰之苏东坡诗讲稿。全书阐述苏东坡生平事略，并将其诗遴选编年，加以笺注疏正，除网罗诸家说法外，时复注中有注，疏中有疏，解说极为详尽，确是深入了解苏东坡其人其诗之佳作。

陈湛铨教授事略

陈教授讳湛铨，字青萍，号修竹园主人。广东新会县人。民国五年丙辰（一九一六年）生于县之外海乡松园里。考讳旭良，字佐臣。居港经商。平生轻财仗义，急人之急。月入虽甚丰，而到手辄尽。乡里皆称善人。及下世，囊中遗财仅七十元耳。

教授少聪慧，从乡宿儒陈景度先生受经学、诗、古文辞及许君书，并随伍雪波习技击。十五岁失怙。越年，赴穗垣入读禹山高中。此前并未接受新式学校教育，遑论初中矣。于时家道中落，寄食七叔父家。教授出身苦学生，每每晨起至夕始得一饭。虽则饥肠辘辘，然益自奋厉，每试必超优，屡得奖学金并免学费。高中教育因以完成。弱冠投考国立中山大学，本欲研物理。会回乡省亲，茶座中与景度师偶及此事，为师所止。谓吾道赖汝昌，奸凶奋诛锄。因改弦易辙，攻读中国文学系。师事大儒李笠雁晴、詹安泰祝南、古直公愚、陈洵述叔、黄际遇任初。抗心希古，出入经史百家。诗则取径于陶、杜、苏、黄、放翁、遗山诸大家。既学积而气雄，人豪而材大，所为诗已横绝不可当。自弱冠而越壮年，诸同学并前辈均以"诗人"见呼。虽师辈亦嘉为江有汜、真宗盟也。毕业后即获张云校长器重，聘为校长室秘书兼讲师，此殊荣为该校毕业生之第一人。时年二十五耳。

抗日军兴，教授随校转进坪石、澄江等地。越二年，任教贵阳大夏大学文学院。明年，避兵离贵阳至赤水。于时见知于陈寂园、尹石公、叶元龙、孙亢曾诸前辈。煮酒论诗，时多唱和。石老自恨其晚，叶公尊之为天下独步。及胜利回粤，本以历数年抗战奔波，不再拟远行，然终以难卸大夏大学之再三催促而赴沪。及后，广东教育耆宿黄麟书先生筹创广州珠海大学，乃慕名远赴上海聘其返穗。教授亦冀能多造福桑梓，毅然辞退大夏大学教席，返穗任珠海大学中文系教授。一九四九年，随校转迁香港，并讲学于学海书楼。迨蒋法贤先生筹办联合书院，礼聘教授规划中国文学系。及蒋氏去职，教授激于义愤，接淅而行。于时儿女成行，家累奇重，仓卒离校，实朝不谋夕者也。而惟义是重，一切不之计。其高风亮节，足以振末世而起顽愚。

教授专力于群书六十余年，以国学为终身事业。积学既厚，真气弥充。乃于一九六一年创办经纬书院，宣扬国故，恢开义路，嘉惠来士，力回狂澜。宿儒曾希颖曾称经纬为"国学少林寺"。今香港后辈治国故之真能拔乎其萃者，多出其门下，诚无愧此锡号矣。惜时地未便，虽艰苦支撑，亦七年而止。嗣先后任浸会书院、岭南书院中文系主任。迨八年前因健康欠佳而辞退所有教席，惟仍讲学于学海书楼，潜心述《易》赋诗。其著述计有《周易乾坤文言讲疏》、《周易系辞传讲疏》、《庄学述要》、《诗品补注》、《陶渊明诗文述》、《元遗山论诗绝句讲疏》、《杜诗编年选注》、《苏诗编年选注》、《修竹园丛稿》、读书札记及修竹园诗都三万六千余首。

教授一生，肩担大道，既儒且侠，严霜烈日，积中发外，故多行负气仗义之事。视己所当为，恒不顾人之是非。尤恨伪学，辄痛斥之。下笔万言，廉砺剽悍，铦于干莫。尝谓在今日横流中，如出周、程、朱、张之醇儒，实不足以兴绝学。要弘吾道，都须霸儒。盖遏恶戢奸，似非天地温厚之仁气所能胜也，故自号霸儒。平素以拘谨胜纵恣，争万古，不争朝夕。教子佟勉诸生，谓仲尼称射且必争，况名山真事业耶。至尘俗间之浮名虚位，如不忽之浮尘，视同土梗。且不足以论事功，何文辞之精圣贤之学所以发挥哉。以故教授不甘挫志损心，折腰于廊庙。于衣、食、住三者几不知享用。斯君子固穷，道胜无戚颜之真儒也。一九八六年十二月二十日以疾卒，春秋七十有一。

夫人陈琇琦淑德贤良，通晓文墨。教授诗所谓"老莱有妇共逃名，词赋从来陋马卿。自读家人久中馈，何须夫婿在专城"者也。子乐生、赤生、海生、达生，女更生、香生、丽生并研习国故，绍其家学。

（原载于一九八七年五月三日"陈湛铨教授追思大会"场刊）

序

　　《苏东坡编年诗选讲疏》者，吾师新会陈先生湛铨之所撰也。海生、达生两世兄出示旧稿，谓将付印，嘱为序言。且谓先生家藏撰述，将以次付印。甚盛事也。而日月逾迈，先生捐馆距今已二十八年矣。

　　先生少日即以诗鸣穗垣。三十后违难居港，益孜孜矻矻，穷研国故，于四部三学靡不深究。任各大专院校教席外，复主学海书楼及商业电台国学讲座。四十年间，港人言及国故，咸推先生为大师。盖先生深悼世衰文敝，视振兴国故为己任。居恒彻宵不寐，专力撰述。古昔圣贤所谓上说下教，强聒不舍，学不厌而教不倦者，近世非先生而谁何哉！此书盖主讲学海书楼时所撰之东坡诗讲稿，网罗诸家说而外，时复注中有注，疏中有疏，不惜详且尽。盖先生所撰述大抵皆然，观是书可见其用心之一斑矣。

　　乃文记四十年前，曾为文寿先生。谓先生著述用千万字计，敢请发箧编次，刊布天下，使异地学者得读其书，以振兴绝学。今先生家藏稿将源源刊布，果如所愿矣。独是乃文年逾八十，目昏体惫，才退学荒，操笔序是书，盖不胜其愧且感也。

甲午（二〇一四年）四月廿八日门人何乃文敬撰

出版说明

一、本书作为陈湛铨教授《苏东坡编年诗选讲疏》首次在中国内地出版的简体版，以香港商务印书馆 2020 年繁体版为底本，依据《通用规范汉字表》作简体字处理，对于《通用规范汉字表》未收录的用字，一般保留原繁体字。涉及人名、地名等的异体字，如有特别含义一般予以保留。在古籍引文中有特别含义的、一旦修改容易引起歧解的，以及习用的异体字，部分予以适当保留。

二、由于本书引文所据古籍版本已不可考，一般保留原文风貌。极个别用字确系舛误且引起读者歧解的，则依据《钦定四库全书》相关版本进行校正。

三、原书中所言地名今称已有较大变动，为俾便读者理解，本书均改为最新地名。

目　录

1

苏东坡编年诗选讲疏

苏轼，字子瞻，眉州眉山人（今四川眉山市）。宋仁宗景祐三年丙子十二月十九日卯时生。【一〇三六——一一〇一。少梅尧臣三十四岁，少欧阳修、张方平、范镇二十九岁，少苏洵二十七岁，少文同十八岁，少曾巩、司马光、刘敞十七岁，少苏颂十六岁，少王安石十五岁，少刘攽十四岁，少吕大防、范纯仁九岁，少刘挚六岁，少程颢、刘恕四岁，少程颐三岁。长孔文仲二岁，长苏辙三岁，长范祖禹五岁，长黄庭坚九岁，长刘安世十二岁，长秦观、李公麟十三岁，长米芾十五岁，长贺铸十六岁，长陈师道、晁补之十七岁，长张耒十八岁，长李廌、苏迈二十三岁，长朝云（王氏）二十七岁，长苏过三十六岁】父洵，字明允，号老泉。兄景先，早世。（东坡本行二，故山谷称为苏二，又称端明二丈。但因其兄早世而与子由知名天下，故世称苏长公耳）弟辙，字子由，号颍滨遗老。（有《栾城集》传世，故后人亦称苏栾城）父子皆知名天下，世称三苏。（宋谢维新《合璧事类》："苏洵生轼、辙，以文章名世，故时人谣曰：'眉山生三苏，草木尽皆枯。'"又宋张端义《贵耳集》卷上："蜀有彭老山，东坡生则童，东坡死复青。"）仁宗庆历五年，十岁。父洵游学四方，母程氏亲授以书。闻古今成败，辄能语其要（已有史识）。程氏尝读《后汉书·范滂传》慨然太息。【《后汉书·党锢·范滂传》："字孟博，汝南征羌人也。少厉清节，为州里所服。举孝廉光禄四行。（桓帝时。四行：敦厚、朴质、逊让、节俭）时冀州饥荒，盗贼群起，乃以滂为清诏使，案察之。滂登车揽辔，慨然有澄清天下之志。及至州境，守令自知臧污，望风解印绶去。其所举奏，莫不厌塞众议。迁光禄勋主事。……复为太尉黄琼所辟。后诏三府掾属举谣言，（李贤注引东汉应劭《汉官仪》云："三公听采长史臧否，人所疾苦，还条奏之，是为举谣言也。顷者举谣言，掾属令史都会殿上，主者大言州郡行状云何，善者同声应之，不善者默尔衔枚。"）滂奏刺史、二千石权豪之党二十余人。尚书责滂所劾猥多，疑有私故。滂对曰：'臣之所举，自非叨秽奸暴，深为民害，岂以污简札哉？……间以会日迫促，故先举所急，其未审者，方更参实。臣闻农夫去草，嘉谷必茂；忠臣除奸，王道以清。若臣言有贰，甘受显戮。'吏不能诘。滂睹时方艰，知意不行，因投劾去（自劾罪状去官）。太守宗资先闻其名，请署功曹，委任政事。滂在职，严整疾恶，其有行违孝悌，不轨仁义者，皆扫迹斥逐，不与共朝。显荐异节，抽拔幽陋。……后牢修诬言钩（引也）党，滂坐系黄门北寺狱，……遂与同郡袁忠，争受楚毒。桓帝使中常侍王甫，以次辨诘。……滂乃慷慨仰天曰：'古之循善，自求多福；今之循善，身陷大戮。身死之日，愿埋滂于首阳山侧，上不负皇天，下不愧夷、齐'。甫愍然为之改容，乃得并解桎梏，……南归。建宁（灵帝年号）二年，遂大诛党人，诏下急捕滂等。督邮吴导至县，抱诏书，闭传舍，伏床而泣。滂闻之，曰：'必为我也'，即自诣狱。县令郭揖大惊，出解印绶，即与俱亡，曰：'天下大矣，子何为在此？'滂曰：'滂死则祸塞，何敢以罪累君，又令老母流离乎！'其母就与之诀，滂白母曰：'仲博（滂弟）孝敬，足以供养；滂从龙舒君（滂父显，故龙舒侯相）归黄泉，存亡各得其所。惟大人割不可忍之恩，勿增感戚。'母曰：'汝今得与李、杜齐名，死复何恨！（同书《党锢·杜密传》："与李膺俱坐，而名行相次，故时人亦称李、杜焉。"前乎李膺、杜密者，顺帝时有李固、杜乔，同书《李固杜乔传赞》云："李、杜司职，朋心合力。"又桓帝时有李云、杜众，亦称李、杜。延熹三年，李云为白马令，上书，坐直谏下狱，弘农五官掾杜众上书云："愿与李云同日死。"遂俱死狱中。见同书《桓帝纪》及《襄楷传》中）既有令名，复求寿考，可兼得乎？'滂跪受教，再拜而辞。顾谓其子曰：'吾欲使汝为恶，则恶不可为；使汝为善，则我不为恶。'行路闻之，莫不流涕。时年三十三。"苏、黄志行气节，略与东汉党锢诸贤相似，实其幼时已受忠烈事迹感动矣。宋岳珂《桯史》卷十三云："太府丞余伯山禹绩之六世祖若著，倅宜州日，因山谷谪居是邦，慨然为之经理舍馆，遂遣二子滋、许从之游，时党禁甚严，士大夫例削札扫迹，惟若著数遇不怠，率以夜遣二子奉几杖，执诸生礼。一日，携纸求书，山谷问以所欲，拱而对曰：'愿写《范孟博传》一传。'许之，遂默诵大书，尽卷仅有二三字疑误（一零五八字）。二子相顾愕服，山谷顾曰：'《汉书》不能尽记也，如此等传，岂可不熟。'闻者敬叹。"】轼请曰："轼若为滂，母许之否乎？"程氏曰："汝能为滂，吾顾不能为滂母邪？"仁宗至和元年，年十九，始娶眉州青神王方女（王氏时年十六，先生三十丧妻）。至和二年，先生既冠，博通经史，属文日数千言，好贾谊（《新书》）陆贽（《陆宣公奏议》）书。既而读《庄子》，叹曰："吾昔有见，口未能言，今见是书，得吾心矣。"是年游成都，谒张方平，（字安道，号乐全居士，忼慨有气节，望高一时，时为益州太守）一见，待以国士。（《史记·淮阴侯列传》萧何对高祖称韩信曰："至如信者，国士无双。"又司马迁《报任少卿书》称李陵云："……然仆观其为人，自守奇士。事亲孝，与士信，临财廉，取与义，分别有让，恭俭下人，常思奋不顾身，以徇国家之急，其素所蓄积也。仆以为有国士之风。"李善注："一国之中推以为士。"）仁宗嘉祐元年，二十一岁，中州郡试，赴京师举进士。二年，年二十二，二月，试礼部。时欧阳修以翰林学士知贡举（即后世会试之总裁），以时文磔裂，诡异之弊胜，思有以救之；梅尧臣与其事，得轼《刑赏忠厚之至论》，以示欧公，欧公惊喜，以为异人，欲以冠多士，疑其门下士曾巩所为，乃置第二。【时状头章衡，衡字子平，善射，资兼文武，然文章实逊二苏及曾子固也。杨万里《诚斋诗话》："欧阳公作省试知举，得东坡之文惊喜，欲取为第一人，又疑其门人曾子固之文，恐招物议，抑为第二。坡来谢，欧阳问坡所作《刑赏忠厚之至论》，有'皋陶曰杀之三，尧曰宥之三'，'此见何书？'坡曰：'事在《三国志·孔融传注》。'（实见《后汉书·孔融传》，诚斋误记）欧退而阅之无有，他日再问坡，坡云：'曹操灭袁绍，以袁熙妻赐其子丕，孔融曰："昔武王伐纣，以妲己赐周公。"操惊，问何经见？融曰："以今日之事观之，意其如此。"（原作"以今度之，想当然耳"）尧、皋陶之事，某亦意其如此。'欧退而大惊曰：'此人可谓善读书，善用书，他日文章，必独步天下。'陆游《老学庵笔记》卷八："东坡先生省试《刑赏忠厚之至论》，有云：'皋陶为士，将杀人，皋陶曰杀之三，尧曰宥之三。'梅圣俞为小试官，得之，以示欧阳公。公曰：'此出何书？'圣俞曰：'何须出处！'公以为皆偶忘之，然亦大称叹。初欲以为魁，终以此不果。及揭榜，见东坡姓名，始谓圣俞曰：'此郎必有所据，更恨吾辈不能记耳！'及谒谢，首问之，东坡亦对曰：'何须出处！'乃与圣俞语合。公赏其豪迈，太息不已。"李廌（字方叔，东坡所爱重之后辈）《师友谈记》："初，赴举之召到都下，是时同试者甚多（《文献通考》谓与试者恒六七千人）。相国韩魏公（韩琦，时为枢密使，翌年始同平章事）语客曰：'二苏在此，而诸人亦敢与之较试，何也？'此语既传，于是不试而去者，十盖八九矣。"】复以《春秋》对义居第一，殿试中乙科。后以书见修，修语梅圣俞曰："吾当避此人出一头地。"闻者始哗不厌，久乃信服（见《宋史》本传）。是年四月，丁程氏母忧。嘉祐四年，年二十四，服除。五年，年二十五，授河南府 福昌县主簿。六年辛丑，年二十六，欧阳修以才识兼茂荐之秘阁，试六论。旧不起草，以故文多不工；轼始具草，文义粲然。闰八月，复对制策（仁宗御崇政殿策试贤良方正，能直言极谏者），入三等。自宋初以来，制策入三等，惟吴育（字春卿，前于东坡，官至参知政事）与轼而已。除大理寺评事，签书凤翔府判官。赴官，弟辙送至郑州而还。有《辛丑十一月十九日，既与子由别于郑州西门之外，马上赋诗一篇寄之》[注一]七古，极有名，诗云：

不饮胡为醉兀兀？此心已逐归鞍发。【注二】归人犹自念庭
闱，今我何以慰寂寞？【注三】登高回首坡垅隔，但见乌帽出复
没【注四】苦寒念尔衣裳薄，独骑瘦马踏残月。【注五】路人行歌居
人乐，童仆怪我苦凄恻。【注六】亦知人生要有别，但恐岁月去飘
忽。【注七】寒灯相对记畴昔，夜雨何时听萧瑟？君知此意不可
忘，慎勿苦爱高官职。【注八】

【注一】宋赵次公彦材注："以《颍滨遗老传》（子由自撰）考之，
先生与子由俱以贤科（贤良方正）中第，寻除签书凤翔判官；子由除商
州推官，以策讦直，忤时政，（文载《颍滨遗老传上》。策入，辙自谓必
见黜，然考官司马光第入三等，胡宿以为不逊，力请黜之，仁宗不许，
宰相曾公亮不得已，置之下科，除商州军事推官。辙乃奏乞养亲）告未
即下而先生先赴。时老泉被命修礼书，留京师。先生既当赴官，子由送
至郑州，而还侍老泉之侧也。"

【注二】白居易《代书诗一百韵寄微之》："不饮长如醉，加餐亦似
饥。"又《对酒》五古结句："所以刘、阮辈，终年醉兀兀。"北宋李元
中《莲社图记》："远公结社庐山……陶潜时弃官居栗里，每来社中，或
时才至，便攒眉回去；远师爱之，欲留不可，道士陆修静居简寂观，亦
常来社中，与远相善。远自居东林，足不越虎溪，一日，送陆道士，忽
行过溪，相持而笑。又常令人沽酒，引渊明来。故诗人（一云晚唐僧贯
休，一云齐己）有'爱陶长官醉兀兀，送陆道士行迟迟。沽酒过溪俱破
戒，彼何人斯师如斯？'"清纪昀批云："起得飘忽。"

【注三】赵次公注："归人，指子由。"晋束皙《补亡诗》："循彼南
陔，言采其兰。眷恋庭闱，心不遑安。"李善注："庭闱，亲之所居。眷
恋，思慕也。"苏辙《颍滨遗老传上》："辙年……二十三，举直言，仁
宗亲策之于廷。……是时先君被命修礼书，而兄子瞻出签书凤翔判官，

6

傍无侍子，辙乃奏乞养亲。"纪昀批云："归人句，加一倍法。"

【注四】《隋书·礼仪志七》："帽，古野人之服也。……宋、齐之间，天子宴私着白高帽，士庶以乌。"又云："隐居道素之士，被召入谒见者，黑介帻。"宋许顗《彦周诗话》："燕燕于飞，差池其羽。之子于归，远送于野。瞻望弗及，泣涕如雨。"（《诗·邶风·燕燕篇》）此真可泣鬼神矣。……东坡送子由诗云："登高回首坡垅隔，但见乌帽出复没。"皆远绍其意。纪昀批云："妙写难状之景。"

【注五】白居易《别舍弟后月夜》五古结句："如何为不念，马瘦衣裳单。"又《送张山人归嵩阳》七古起句："黄昏惨惨天微雪，循行坊西鼓声绝。张生马瘦衣且单，夜扣柴门与我别。"又《与张籍》诗："嗟君马瘦衣裘薄。"

【注六】二句谓路上行人及郑州居民皆歌且乐，惟己独凄恻，故童仆以为怪；不知己别弟之情，殊难已也。

【注七】释氏《涅槃经》："八相为苦，所谓生苦，老苦，病苦，死苦，爱别离苦，怨憎会苦，求不得苦，五阴盛苦。"又《四谛论》："可爱相远，明爱别离苦。"梁刘勰《文心雕龙·序志篇》："岁月飘忽，性灵不居。"纪昀曰："作一顿挫，便不直泻。直泻是七古第一病。"

【注八】先生自注："尝有夜床对雨之言，故云尔。"唐韦应物《示全真元常》（自注："元常，赵氏生。"全真，道士之称。宋王十朋注以为二人，未是）五律三四云："宁知风雪（一作雨）夜，复此对床眠。"赵次公注："子由与先生在怀远驿（驿在京师，是年正月也）读韦诗至此句，恻然感之，乃相约早退，共为闲居之乐，正在京师同侍老泉时近事，故今诗及之。其后子由与先生彭城相会，作二小诗，其一曰：'逍遥堂后千寻木，长送中宵风雨声。误喜对床寻旧约，不知漂泊在彭城。'（见子由《栾城集》卷七。时神宗熙宁十年，先生四十二岁）至先生在东府（宋时东府是中书门下及尚书省文官所居，西府是枢密院武官所居），雨中作示子由（原题是"东府雨中别子由"，五古）诗，有云：

7

'对床空（今作定）悠悠，夜雨今（今作空）萧瑟。'（时哲宗元祐八年，先生五十八岁，在礼部尚书任）盖皆感叹追旧之言也。"子由《逍遥堂会宿二首并引》云："辙幼从子瞻读书，未尝一日相舍。既壮，将游宦四方，读韦苏州诗，至'安知风雨夜，复此对床眠'，恻然感之，乃相约早退，为闲居之乐。故子瞻始为凤翔幕府，留诗为别曰'夜雨何时听萧瑟'。"白居易《读李杜诗集因题卷后》五排："不得高官职，仍逢苦乱离。"纪昀曰："收笔处又绕一波（谓寒灯二句），高手总不使一直笔。"

　　送子由后，过渑池（河南县名），前赴试时所寓居僧舍，主持奉闲已死，有《和子由渑池怀旧》【注一】七律云：

　　人生到处知何似？应似飞鸿踏雪泥。泥上偶然留指爪，鸿飞那复计东西。【注二】老僧已死成新塔，坏壁无由见旧题。【注三】往日崎岖还记否？路长人困蹇驴嘶。【注四】

　　【注一】子由《栾城集》卷一《怀渑池寄子瞻兄》原作云："相携话别郑原上，共道长途怕雪泥。（欧阳修诗："瘦马寻春踏雪泥。"）归骑还寻大梁陌，行人已渡古崤西。曾为县吏民知否？（自注："辙尝为此县簿，未赴而中第。"）旧宿僧房壁共题。（自注："辙昔与子瞻应举，过宿县中寺舍，题其老僧奉闲之壁。"）遥想独游佳味少，无言骓马但鸣嘶。"

　　【注二】清查慎行《补注东坡编年诗》："《传灯录》【宋释道原撰。清冯应榴《苏文忠诗合注》云："此条见《五灯会元》（宋释普济撰），非《传灯录》也。"】天衣义怀禅师云：'雁过长空，影沈寒水，雁无遗踪之意，水无留影之心；若能如是，方解向异类中行。'先生此诗前四

8

句暗用此语。"纪昀曰:"前四句单行入律,唐人旧格;而意境恣逸,则东坡本色。"又曰:"浑灏不及崔(颢)《黄鹤楼诗》,而撒手游行之妙,则不减义山'杜牧司勋'一首。"按:义山《赠司勋杜十三员外》起四句云:"杜牧司勋字牧之,清秋一首《杜秋诗》。前身应是梁江总,名总还曾字总持。"视先生远逊矣。

【注三】清王文诰《苏文忠公诗编注集成·总案》云:"嘉祐元年丙申,公年二十一……至河南,马死二陵间,骑驴至渑池,止于奉闲僧舍,与子由留题壁上。嘉祐六年辛丑(二十六岁),公再经其地,则奉闲已死,题壁亦毁,因和子由诗云:'老僧已死成新塔,坏壁无由见旧题。'……今两集题壁诗皆不载。"近人陈衍为郑孝胥作《海藏楼诗序》云:"东坡云:'老僧已死成新塔,坏壁无由见旧题。''独眠床上(应作林下)梦魂稳(应作好),回首人间忧患长。''帘前柳絮惊春晚,头上花枝奈老何!''酒阑病客惟思睡,蜜熟黄蜂亦懒飞'(皆见后),此例极多,何等神妙流动!"

【注四】先生原注:"往岁马死于二陵,骑驴至渑池。"《左传》僖公三十二年:"殽有二陵焉:其南陵,夏后皋(桀之祖父)之墓也;其北陵,文王之所辟风雨也。"贾谊《吊屈原赋》:"腾驾罢牛,骖蹇驴兮。"《说文》:"蹇,跛也。"杜甫《逼仄行赠毕曜》七古:"东家蹇驴许借我,泥滑不敢骑朝天。"

仁宗嘉祐七年壬寅,二十七岁,官于凤翔。有《壬寅重九不预会,(不预府会也。时凤翔府太守陈公弼,方山子陈慥季常之父也)独游普门寺山阁,有怀子由》七律,三四云:"忆弟泪如云不散,望乡心与雁南飞。"忆弟思乡,情见乎辞。又有《九月二十日微雪怀子由弟》七律二首云:

岐阳【注一】九月天微雪，已作萧条岁暮心。短日送寒砧杵急，冷官无事屋庐深。【注二】愁肠别后能消酒。白发秋来已上簪。【注三】近买貂裘堪出塞，忽思乘传问西琛。【注四】

江上同舟诗满箧，郑西分马涕垂膺。【注五】未成报国惭书剑，岂不怀归畏友朋。【注六】官舍度秋惊岁晚，寺楼见雪与谁登？遥知读《易》东窗下，车马敲门定不应。【注七】

【注一】赵次公注："岐阳，即凤翔府也。"查慎行《补注》："《元和郡县志》：'岐阳县，汉杜阳地；唐贞观七年，割扶风、岐山二县置，以在岐山之南也。'《文献通考》：'秦内史（掌治京师）地，汉为右扶风，后魏置岐山，西魏改为岐阳郡，唐凤翔府。'"杜甫《喜达行在所》三首之一起句云："西忆岐阳信，无人遂却回。"

【注二】杜甫《醉时歌·赠广文馆博士郑虔》七古起句云："诸公衮衮登台省，广文先生官独冷。"宋师尹民瞻注："公为凤翔签判，太守陈公弼命公兼府学教授，故诗用冷官事。"纪昀曰："屋庐深三字传神。"

【注三】清吴任臣辑《十国春秋》："闽主曦（王审知少子，梁太祖封为闽王）谓周维岳曰：'岳身甚小，何饮之多？'左右曰：'酒有别肠，不必长大。'"范仲淹《御街行》词："愁肠已断无由醉。"此反其意。杜甫《春望》五律结句："白头搔更短，浑欲不胜簪。"

【注四】《战国策·秦策一》："黑貂之裘弊，黄金百斤尽。"《汉书·高帝纪下》："（田）横惧，乘传诣洛阳。"魏如淳注："律，四马高足为置传，四马中足为驰传，四马下足为乘传，一马二马为轺传。急者，乘一乘传。"颜师古注："传者，若今之驿，古者以车，谓之传车；其后又单置马，谓之驿骑。传，音张恋反。"《诗·鲁颂·泮水》："憬彼淮夷，来献其琛。"《毛传》："琛，宝也。"《尔雅·释地》："西北之美者，有昆仑虚之璆琳琅玕焉。"《书·禹贡》："黑水、西河惟雍州。……

厥贡惟球琳琅玕。"纪昀曰:"居下僚而不得志,愤激而为立功边外之思,郁抑时实有此想,骤看时若不相属也。"

【注五】赵次公注:"首句,言昔与子由趋京师,泛舟而往也;诗满箧,则今所传《南行集》是已。"《南行集》今无传本。先生《南行集前叙》云:"己亥(仁宗嘉祐四年,二十四岁)之岁,侍行(侍老泉)适楚,舟中无事,博弈饮酒,非所以为闺门之欢;山川之秀美,风俗之朴陋,贤人君子之遗迹,与凡耳目之所接者,杂然有触于中而发于咏叹。盖家君之作与弟辙之文皆在,凡一百篇,谓之《南行集》。"赵次公曰:"郑西分马句,则前所谓'别于郑州西门之外'也。"

【注六】《史记·项羽本纪》:"项籍少时,学书不成;去学剑,又不成。"孟浩然《自越之洛》五律起句:"皇皇三十载,书剑两无成。"《诗·小雅·出车篇》:"岂不怀归?畏此简书。"又《左传》庄公二十二年:"诗云:翘翘车乘,招我以弓,岂不欲往?畏我友朋。"杜预注:"逸《诗》也。翘翘,远皃,古者聘士以弓。言虽贪显命,惧为朋友所讥责。"先生之意,谓己未报国而遽归,实愧对友朋也。

【注七】赵次公注:"先生与子由之于《易》,盖家学也。此指子由在京师怀远驿之东窗。"查慎行《苏诗补注》:"苏籀《双溪集》载子由言:'先君晚岁读《易》,玩其爻象以观其辞,皆迎刃而解。'又云:''作《易传》未完,命二子述其志。'初,二公少年,皆为《易说》,既而东坡成书,公乃送所解与坡,今《蒙卦》独是公解。'籀,子由之孙也。"(东坡《苏氏易传》九卷,今存)

十月,有《病中闻子由得告,不赴商州》【注一】七律三首,其一、三两首云:

病中闻汝免来商,旅雁何时更著行?【注二】远别不知官爵好,思归苦觉岁年长,著书多暇真良计,从宦无功漫去

乡。【注三】惟有王城最堪隐，万人如海一身藏。【注四】

　　辞官不出意谁知？敢向清时怨位卑！【注五】万事悠悠付杯酒，流年冉冉入霜髭。【注六】策曾忤世人嫌汝，《易》可忘忧家有师。【注七】此外知心更谁是？梦魂相觅苦参差。【注八】

　　【注一】赵次公注："子由除商州推官，而知制诰王介甫犹不肯撰辞，告未即下，故先生自去年十一月先赴凤翔，至今年秋，子由方告下，而以旁无侍子，乃奏乞养亲三年，此所以得告而不赴也。"商州，今陕西商洛市商州区，古商国，秦商君之邑，张仪诈以商於之地六百里赂楚即此。

　　【注二】赵次公注："商州虽属山南西道，而在凤翔之东南，子由若赴商州，可以至凤翔；今既不然，是为羁旅之雁不著行矣。"宋任渊《山谷内集注》引《唐宋遗史》："有女子作诗送兄云：所嗟人异雁，不作一行飞。"《礼·王制》："父之齿随行（其人年与父同），兄之齿雁行，朋友不相逾。"沈约《咏湖中雁诗》："悬飞竟不下，乱起未成行。"

　　【注三】《史记·虞卿传赞》："然虞卿非穷愁，亦不能著书以自见于后世云。"（《汉志·六艺略·春秋家》著录"《虞氏微传》二篇"，亡）《论语·微子篇》："柳下惠为士师（狱官也），三黜，人曰：'子未可以去乎？'曰：'直道而事人，焉往而不三黜？枉道而事人，何必去父母之邦！'"此用其意。沈约《酬谢宣城朓》诗："从宦非宦侣，避世作（《文选》作"不"）避喧。"

　　【注四】《春秋》昭公二十二年："刘子（周大夫刘狄）、单子（单旗）以王猛（周景王子王子猛，《史记》作悼王）入于王城。"杜预注："今河南县（即洛阳）。"宋程缜注："王城在洛阳。"查氏《补注》："王城，指开封也。"查说是。西汉元、成间博士褚少孙补《史记·滑稽列传·东方朔传》："朔行，殿中郎谓之曰：'人皆以先生为狂。'朔曰：'如朔等，所谓避世于朝廷间者也。'古之人乃避世于深山中。时坐席中，酒酣，据地歌曰：'陆沉于俗【《庄子·则阳篇》："方且与世违，而心不屑与之俱，是陆沉者也。"晋郭象注："人中隐者，譬无水而沉也。"唐陆德明《经典释文·庄子音义》引晋司马彪云："当显而反隐，如无水而沉也。"此陆沉之本义，盖隐居者流也。王充《论衡·谢短篇》云："夫知古不知今，谓之陆沉。……夫知今不知古，谓之盲瞽。"此陆沉谓不识当世务者。《晋书·桓温传》："眺瞩中原，慨然曰：'遂使神州陆沉，百年丘墟，王夷甫（衍）诸人不得不任其责。'"此陆沉始指世变之甚】避世金马门，宫殿中可以避世全身，何必深山之中，蒿庐之下！'金马门者，宦署门也，门旁有铜马，故谓之曰金马门。"纪昀曰："忽触《客位假寐》之感，却说得和平无迹。"王文诰《苏文忠公诗编注集成》云："凡从无赖中寻出好处，必要完出证据，于虚中占实步，此其天性生成，落笔处所在皆是也。"

【注五】李陵《答苏武书》："策名清时。"杜牧《将赴吴兴登乐游原一绝》起句："清时有味是无能。"又先生《和刘道原见寄》七律起句云："敢向清时怨不容？直嗟吾道与君东。"

【注六】韩愈《赠郑兵曹》七古结句："杯行到君莫停手，破除万事无过酒。"萧梁王筠《东南射山》诗起句："还丹改客质，握髓注流年。"晚唐吴融《寄尚颜师》五律五六："临风翘雪足，向日剃霜髭。"《说文》："髭，口上须也。"今俗髭作髭，须作鬚。《离骚》："老冉冉其将至兮，恐修名之不立。"王逸注："冉冉，行貌。"王文诰曰："凡此等句，皆说得伤筋动骨，但看去不觉耳。"

【注七】子由《栾城后集·颍滨遗老传上》："举直言，仁宗亲策之于廷，时上春秋高，始倦于勤（时嘉祐六年，仁宗年五十二，后二年卒）辙因所问，极言得失曰：'……今海内穷困，生民愁苦，而宫中好赐，不为限极，所欲则给，不问有无。司会（《周礼·天官》有司会，主邦国之财用者）不敢争，大臣不敢谏，执契持敕，迅若兵火。国家内有养士养兵之费，外有北狄、西戎之奉，陛下又自为一阱，以耗其遗餘，臣恐陛下以此得谤，而民心不归也。'策入，辙自谓必见黜，然考官司马君实第以三等，范景仁（镇）难之，蔡君谟（襄）曰：'吾三司使也（五代及后唐以盐铁、户部、度支为三司，天下财计皆归焉，置三司使总其事，宋仍之，至神宗元丰间乃改归户部左右曹），司会之言，吾愧之而不敢怨。'胡武平（宿）以为不逊，力请黜之，上不许，曰：'以直言召人，而以直弃之，天下谓之何！'宰相不得已，置之下第，除商州军事推官。知制诰王介甫意其右宰相，专攻人主，比之谷永（西汉成帝时为光禄大夫，前后上疏言四十余事，专攻帝身与后宫，而党于大将军王凤及平阿侯王谭等五侯，成帝亦知之，不甚亲信也），不肯撰辞。宰相韩魏公（琦）哂曰：'此人策语谓宰相不足用，欲得娄师德、郝处俊而用之（唐高宗时，娄师德为相，郝处俊为中书令，守正不阿，得大臣体，武后不能害），尚以谷永疑之乎？'"宋师尹注："老苏有《易传》。"按《宋史·艺文志》无老苏《易传》，据其曾孙苏籕《双溪集》谓"作《易传》未完，命二子述其志"，今所传东坡《易传》九卷，子由解《蒙卦》，盖继述其父师之志事者也。

【注八】韩愈《别知赋》："惟知心之难得，斯百一而为收。"晚唐僧贯休《书石壁禅居屋壁》七绝结句："禅客相逢只弹指，此心能有几人知？"《文选》沈约《别范安成（岫）诗》结句："梦中不识路，何以慰相思。"李善引《韩非子》（今无此条，盖佚文也）曰："六国时，张敏与高惠，二人为友，每相思不能得见，敏便于梦中往寻，但行至半道，即迷不知路，遂回，如此者三。"刘禹锡《泰娘歌》："举目风烟非旧时，梦寻归路多参差。"王文诰曰："是时子由为宰执两制诋错之甚，自其年少释褐，又举直言，一鼓足气，至是消磨尽矣。公既怜之痛之，又欲解之勉之，读之真乃可歌可泣，非深知其故，不可得其情也。晓岚多以较馆后进试帖，法绳此集，而其中茫如，又恶足以语此哉！"

仁宗嘉祐八年癸卯，二十八岁，三月二十九日，仁宗崩。

四月一日，英宗即位，（仁宗无子，以堂侄巨鹿公曙为皇太子，及崩，皇太子即位，是为英宗，盖太宗曾孙也）以覃恩转大理寺丞（前为大理寺评事。覃恩，盖朝廷有大典时，对臣下普行封赠赏赐或赦免等之广布恩泽也）仍官凤翔。七月，大旱，有《七月二十四日，以久不雨，出祷磻溪，是日宿虢县。二十五日晚，自虢县渡渭，宿于僧舍曾阁，阁故曾氏所建也。夜久不寐，见壁间有前县令赵荐留名，有怀其人》【注一】七律云：

　　宠灯明灭欲三更，敧枕无人梦自惊。【注二】深谷留风终夜响，乱山衔月半床明。【注三】故人渐远无消息，古寺空来看姓名。欲向磻溪问姜叟，仆夫屡报斗杓倾。【注四】

【注一】磻溪，在今陕西宝鸡市陈仓区，一名璜河，又名凡谷。源出终南山兹谷，北流入渭。溪中有兹泉，相传姜太公垂钓于此遇文王。磻溪神，盖姜太公也。先生《祷雨磻溪文》有云："虢有周文、武之师太公，……夫生而为上公，没而为神人，非公其谁当之？"虢县，今陕西虢镇，在凤翔南，渭水北岸。虢令赵荐，字宾卿，四川临邛人，登仁宗皇祐三年郑獬榜进士第（前先生五年），与先生友，是年二月，有《送虢令赵荐罢任还蜀》五古云："嗟我去国久，得君如得归；今君舍我去，故人从此稀。"又前一岁有《病中大雪，数日未尝起观，虢令赵荐以诗相属，戏用其韵答之》五古云："寒更报新霁，皎月悬半破。有客独苦吟，清夜默自课。诗人例穷蹇，秀句出寒饿。"可见二人之相得矣。

【注二】宠，借作盦，《说文》："宠，龙兒。""盦，覆盖也。"温庭筠《宿秦僧山斋》五律五六："宠灯落叶寺，山雪隔林钟。"白居易《夜雨》五绝起句："早蛩啼复歇，残灯灭又明。"元稹《雨后》五绝起句：

15

"倦寝数残更，孤灯暗又明。"宋王十朋注引《烟花录》载陈后主诗云："午醉醒来晚，无人梦自惊。"元稹《晚秋》五律结句："谁怜独欹枕，斜月透窗明。"

【注三】王文诰《苏文忠公诗编注集成》云："写景入神，皆随手触发，而毫不费力，独此集为擅长，故鲁直每谓是不食烟火人语也。"（《山谷题跋》卷二《跋东坡乐府》云："缺月挂疏桐云云，东坡道人在黄州时作，语意高妙，似非吃烟火食人语，非胸中有万卷书，笔下无一点尘俗气，孰能至此？"）

【注四】杓，音标，北斗柄也。《史记·天官书》："直斗杓所指，以建时节。"唐司马贞《史记索隐》引《春秋运斗枢》云："斗，第一天枢，第二旋，第三玑，第四权，第五衡，第六开阳，第七摇光。第一至第四为魁，第五至第七为杓，合而为斗"。《大戴礼·夏小正》："七月，斗柄悬在下，则旦。"

英宗治平元年甲辰，二十九岁，官于凤翔。正月十九日，自清平镇至盩厔（音舟室，今陕西周至县）二十日，商洛令章惇来谒，同游楼观（观名）、五郡（城名）、大秦寺、延生观，抵仙游潭。潭下临绝壁万仞，横木为渡。惇揖先生书壁，先生却之。惇平步而过，乘索挽树，摄衣而下，以漆墨濡笔大书石壁上曰："苏轼、章惇来。"既还，神采不动。先生拊惇背曰："子厚他日必能杀人。"惇曰："何也？"先生曰："能自判命者，能杀人也。"（以上据王文诰《苏诗总案》。文诰云："《中庸》曰：'君子居易以俟命，小人行险以徼幸'，此公与惇之分也。"按《礼·曲礼上》："不登高，不临深，不苟訾，不苟笑。孝子不服暗，不登危，惧辱亲也。"章子厚无君亲之命，而徒以胆气雄人，此其所以能为大奸慝也）有《自清平

镇游楼观、五郡、大秦、延生、仙游,往返四日,得十一诗,寄子由同作》,其首篇《楼观》【注一】七律云:

　　鸟噪猿呼昼闭门,寂寥谁识古皇尊?【注二】青牛久已辞辕轭,白鹤时来访子孙。【注三】山近朔风吹积雪,天寒落日淡孤村。【注四】道人应怪游人众,汲尽阶前井水浑。【注五】

　　【注一】先生尝于壬寅(前二年)二月,西至楼观、大秦寺、延生观、仙游潭,归作五言排律五十韵记所经历,有云:"尹生犹有宅,老氏旧停辀。"自注云:"是日游崇圣观,俗所谓楼观也。乃尹喜旧宅,山脚有授经台尚在。"又别有《楼观》七律,起四句云:"门前古碣卧斜阳,阅世如流事可伤。长有幽人悲晋惠,强修遗庙学秦皇。"题下自注云:"秦始皇立老子庙于观南,晋惠帝始修此庙。"查慎行《苏诗补注》:"《元和郡县志》:楼观,在盩厔县东三十七里,本周康王大夫尹喜宅也。相承至秦汉,皆有道士居之,晋惠帝时重置,其地旧为尹先生楼。"

　　【注二】纪昀曰:"起得有力。有神肃肃穆穆,仿佛见之。"

　　【注三】《史记·老庄申韩列传》:"老子居周久之,见周之衰,乃遂去。至关,关令尹喜曰:'子将隐矣,强为我著书。'于是老子乃著书上下篇,言道德之意五千余言而去,莫知其所终。"唐司马贞《史记索隐》引魏文帝《列异传》云:"老子西游,关令尹喜望见其有紫气浮关,而老子果乘青牛而过。"宋施元之《施注苏诗》:"别说:老氏乘青牛薄板车。"陶潜《续搜神记》:"丁令威,本辽东人,学道于灵虚山。后化鹤归辽,集城门华表柱,时有少年举弓欲射之,鹤乃飞,徘徊空中而言曰:'有鸟有鸟丁令威,去家千年今始归。城郭如故人民非,何不学仙冢累累!'遂高上冲天。今辽东诸丁,云其先世有升仙者,但不知名字耳。"

【注四】曹植有《朔风诗》五章，四言。中唐李益有《立春日宁州行营因赋朔风吹飞雪》五古，八句。又晋王赞《杂诗》："朔风动秋草，边马有归心。"晋《子夜四时歌·冬歌》"天寒岁欲暮，朔风舞飞雪。"南朝宋谢灵运《岁暮诗》："明月照积雪，朔风劲且哀。"宋王十朋《苏东坡诗集注》引古乐府："朔风吹积雪。"施元之《施注苏诗》仍之。按：古乐府无此句，汉、魏、六朝诗亦无之，王龟龄臆注非实，不可从。此先生自铸伟辞，非出古句也。《纪批苏诗》单圈第六句，云"句好"，盖徒阅旧注，以为上句取自他人耳！

【注五】杜甫《示从孙济》五古："淘米少汲水，汲多井水浑；刈葵莫放手（肆意），放手伤葵根。"纪昀曰："反托出起处之意，措语沉着。"

其第九篇《玉女洞》【注一】 五律云：

洞里吹箫子，终年守独幽。石泉为晓镜，山月当帘钩。【注二】岁晚杉枫尽，人归暮雨愁。送迎应鄙陋，谁继楚臣讴？【注三】

【注一】先生五言排律五十韵长篇自注有云："遂宿中兴寺，寺中有玉女洞，洞中有飞泉，甚甘，明日以泉二瓶归至郿，又明日乃至府。"

【注二】班固《西都赋》："祛黼帷，镜清流。"潘岳《怀旧赋》："仰睎归云，俯镜泉流。"杜甫《月》诗五律起四句云："四更山吐月，残夜水明楼，尘匣原开镜，风帘自上钩。"

【注三】此谓其送神迎神之歌曲鄙陋，不知谁与正之矣。东汉王逸《楚辞·九歌章句序》："《九歌》者，屈原之所作也。昔楚国南郢之邑，沅、湘之间，其俗信神而好祠（祀也），其祠必作歌乐，鼓舞以乐诸神。

屈原放逐，窜伏其域，怀忧苦毒，愁思沸郁，出见俗人祭祀之礼，歌舞之乐，其词鄙陋，因为作《九歌》之曲。"【按：宋程缜注云："沅、湘间，其俗信鬼，作歌舞以乐诸神。屈原放逐，见其辞鄙陋，遂为作《九歌》之曲。"明本王逸序，而清冯应榴《苏文忠诗合注》云："此注似本沈亚之（中唐人）《屈原外传》，考《外传》又云：'原栖玉笥山，作《九歌》，（托以风谏，）至《山鬼》篇成，四山忽啾啾若啼啸，声闻十里外，草木莫不萎死。'"沈氏《外传》亦本王逸，且云"辞甚俚"，与坡诗用"鄙陋"不同；续引之事又与坡诗原意无涉，可谓两失；而王文诰《编注集成》用之，使读者徒生疑障，甚无谓也】韩愈《柳州罗池庙碑》（罗池神，柳宗元也）："余谓柳侯生能泽其民，死能惊动福祸之以食其土，可谓灵也已！作迎享送神诗遗柳民，俾歌以祀焉。"

七月，游岐山周公庙，观润德泉，有《周公庙，庙在岐山西北八九里，庙后百许步有泉依山，涌冽异常，国史所谓润德泉，世乱则竭者也》【注一】七律云：

吾今那复梦周公！【注二】尚喜秋来过故宫。翠凤旧依山硉兀，清泉常与世穷通。【注三】至今游客伤离黍，故国诸生咏雨濛。【注四】牛酒不来乌鸟散，白杨无数暮号风。【注五】

【注一】北宋僧文莹《湘山野录》卷上："雍熙（太宗）二年，奏岐山县周公庙有泉涌。旧老相传：时平则流，时乱则竭。唐安史之乱，其泉竭，至大中（宣宗）年复流，赐号润德泉，后又涸。今其泉复涌，澄甘，莹洁，太宗嘉之。"

【注二】《论语·述而篇》："子曰：甚矣吾衰也！久矣吾不复梦见周公。"

【注三】《竹书纪年》:"殷商丁文十二年(原注:"周文王元年"),有凤集于岐山。"《国语·周语上》周大夫内史过曰:"周之兴也,鸑鷟鸣于岐山。"吴韦昭注:"鸑鷟,凤之别名也。《诗》云:(《大雅·卷阿篇》)'凤凰鸣矣,于彼高冈。'其在岐山之脊乎?"《说文》:"鸑、鸑鷟,凤属,神鸟也。《春秋国语》曰:'周之兴也,鸑鷟鸣于岐山。'"郭璞《江赋》:"碧池瀵漉而往来,巨石硉矶以前却。"《说文》无硉矶,本止作聿兀,叠韵形容词,危高皃也。杜甫《多病执热奉怀李尚书之芳》七律三四:"大水淼茫炎海接,奇峰硉兀火云升。"王文诰《编注集成》云:"穷通二字,押得精神。非此二字,则一三联皆贯不得。"

【注四】《诗·王风·黍离篇》:"彼黍离离,彼稷之苗。行迈靡靡,中心摇摇。"《诗序》:"《黍离》,闵宗周也。周大夫行役,至于宗周,过故宗庙宫室,尽为禾黍,闵周室之颠覆,彷徨不忍去,而作是诗也。"《诗·豳风·东山篇》:"我徂东山,慆慆不归;我来自东,零雨其濛。"《诗序》:"《东山》,周公东征也。周公东征,三年而归,劳归士,大夫美之,故作是诗也。"王文诰曰:"此联用《诗序》闵宗周及东征事,曲折而切当。晓岚谓'周公庙如何著语,此种题正以不作为是',此乃立意不看耳!其所有识见,以之论元、明诗及馆阁试帖最善;论苏本属溢出。此如蹇足之人,强拉疾驰者相与同道,故疾驰者在处逢下马陵也。"(中唐李肇《国史补》卷下:"旧说:董仲舒墓门,人过皆下马,故谓之下马陵,后语讹为虾蟆陵。"白居易《琵琶行》"自言本是京城女,家在虾蟆陵下住"是也)

【注五】牛酒不来,谓无人来祀也。《史记·田单传》:"乃令城中人,食必祭其先祖于庭,飞鸟悉翔舞城中下食。"《古诗十九首》:"白杨多悲风,萧萧愁杀人。"

十二月,有《和子由木山引水》七律二首,首篇五六句云"崎岖好事人应笑,冷淡为欢意自长",句浅语淡,味隽理完；次篇结句云"材大古来无适用，不须郁郁慕山苗"，则兴寄遥深，篇终接混茫矣。（杜甫《古柏行》起云："孔明庙前有老柏，柯如青铜根如石。霜皮溜雨四十围，黛色参天二千尺。"结句云："志士幽人莫怨嗟，古来材大难为用。"左思《咏史诗》八首之二云："郁郁涧底松，离离山上苗。以彼径寸茎，荫此百尺条。世胄蹑高位，英俊沉下僚。地势使之然，由来非一朝……"）是月以磨勘（考验成绩也）转殿中丞，罢凤翔签判任。自凤翔回京，至长安，有《和董传留别》七律【董传，字致和，洛阳人，时家于二曲（即盩厔县，山曲曰盩，水曲曰厔），有诗名于时，尝在凤翔与先生游】起句云"粗缯大布裹生涯，腹有《诗》《书》气自华"，千古名句也。至华阴，有《华阴寄子由》七律，首四句云："三年无日不思归，梦里还家旋觉非。腊酒送寒催去国（国，此指所居之地，谓凤翔），东风吹雪满征衣。"在华州逆旅，遇淫雨彻旬，遂留度岁。

英宗治平二年乙巳，三十岁。正月，归至京，为殿中丞，判登闻鼓院（悬鼓于朝堂外，民有谏言或冤情者，许击鼓上达，谓之登闻鼓。唐于东西两都并置登闻鼓，宋置登闻鼓院，简称鼓院，掌收臣民章奏者）。英宗为巨鹿公时，已闻先生名，至是，欲以唐故事，召入翰林，知制诰（为翰林学士，正三品；最少为中书舍人，正四品），宰相韩琦曰："轼之才，远大器也。他日自当为天下用，要在朝廷培养之；使天下之士，莫不畏慕降伏，皆欲朝廷进用，然后取而用之，则人人无复异词矣。今骤用之，则天下之士，未必以为然，适足以累之也。"英宗曰："且与修注如何？"（为起居舍人，从六品）琦曰："记注与制诰为邻，未可遽授；不若于馆阁中近上贴职与之。"且请召试。英宗曰："试之，未知其能否；如轼，有不能邪？"琦犹不可，二月，召试学士院，及试二论，复入三等，得直史馆（以殿中丞直史馆，仍是正八品）先生闻琦语，曰："公可谓爱人以德矣。"（《礼·檀弓上》："君子之爱人也以德，细人之爱人也以姑息。"）韩琦此举，虽非出妒贤，然使先生迟二十一年始为翰林学士，而天下事已全非矣。先生无怨者，盖秉性纯良，忠厚之至也。王文诰《苏诗总案》云："《墓志》但云'宰相限以近例'，何《史》文之冗邪？（以上盖本《宋史》本传）盖公既入翰林，必兼讲读越两年（治平四年正月，英宗崩，神宗即位后，于是召王安石为翰林学士，参知政事，至同中书门下平章事矣）。安石挟吕惠卿、曾布、谢景温、李定之流竞进；使公在位，足以助司马光（为翰林学士兼侍读学士）而有为，冯京、赵抃在执政（参知政事，副相）势亦足以均也。光一长者，断非惠卿之敌。逮光论安石、惠卿，不听；举公为谏官，公不用。光始于进讲日与惠卿苦争之，使公在，惠卿不能敌也。再后（冯）京举公直舍人院，范镇复举公为谏官，皆为所沮，并不能为吕诲、范纯仁之助，（时二人同知谏院），而安石、景温且因是攻去之（吕诲、范纯仁），此岂英宗之贻谋乎。韩琦奏罢青苗法，曾布疏驳之，欬行天下，琦遭其侮弄，由是困顿以老；司马光且去，而宋寖衰矣。其后元祐召还，亦以资浅为朔党刘挚等所压。无补于宣仁之政（见后），而徒供群小之口舌。凡此，皆琦之咎。《史》不嫌芜累，特书之者，盖微词也。诰既定此案后，见叶水心（南宋叶适，字正则，学者称水心先生，有《水心集》

二十九卷）读公《上神宗书》，著论所见略同，并录于后，叶适曰：'英宗欲以唐故事召轼翰林，韩琦但用近例，入馆而已。使轼已列侍从，与安石较其轻重，宜不止此。琦号名宰相，乃使俊杰异能之人；计寻常，抱尺寸，以为苟贱委身之地；与绛、灌、冯敬忌贾谊【绛，绛侯周勃；灌，灌婴也。《史记·贾生传》"天子议以为贾生任公卿之位，绛、灌、东阳侯（张相如）、冯敬（时为御史大夫）之属害之。乃短贾生曰：'雒阳之人，年少初学，专欲擅权，纷乱诸事。'于是天子后亦疏之，不用其议。"】名异而实同也。'"叶、王所论皆是，此非惟先生毕世荣瘁之所系，亦北宋社稷安危之枢机也。惜夫！三月，子由出为大名府推官。五月妻通义君王氏卒，有子迈。

治平三年丙午，三十一岁。四月，父洵编礼书成，奏上之。作《易传》未完，疾革（革，读作急亟之亟，急也），命先生述其志。又以兄澹（字太白，东坡伯父）早亡，子孙未立为嘱，先生泣受命。二十五日卒，年五十八。英宗闻而哀之，诏赐银一百两，绢百匹。先生辞赐，求赠官。六月九日，特赠光禄寺丞，又特敕有司具舟载丧归蜀。韩琦赐赙三百两，欧阳修二百两，皆辞不受。遂与子由护丧出都，自汴入淮，溯江而上，抵江陵，初识刘挚（时为江陵府观察推官）。治平四年丁未，三十二岁。正月八日，英宗崩（在位四年），年三十六。太子顼（时年二十）即位，是为神宗。四月与子由护丧至家。八月，合葬父洵母程氏于眉州东北彭山县安镇乡老翁泉侧，遵父治命（合埋之遗命）也。

神宗熙宁元年戊申，三十三岁。正月一日改元，日有食之。四月二日，王安石以知江宁府越次入对。王文诰曰："王安石之进，非消长迭兴之比也。自行新法，引用吕惠卿、曾布、章惇、蔡卞、蔡京，结成党祸。元祐更化，仅如一日之暴，复为此曹覆败。至蔡京独相，不分党矣，而党祸日甚，循至靖康之难。流人南渡，朋党复起，驾名伪学，（宁宗庆元三年，籍伪学，以朱子为伪学之魁，赵汝愚、周必大、陈傅良、楼钥、孙逢吉、刘光祖、叶适、项安世、蔡元定等五十九人，皆以伪学逆党得罪）如韩侂胄、史弥远、贾似道之徒，皆借为攻击进取之术，实则本诸布、惇、京、卞诸人也。故自王安石开端，其祸甚烈，天心仁爱，特示警于改元之始耳。时有老尼者，素为韩琦敬信，一日，语琦曰：'天下从此不好，相公莫管闲事可也。'如此尼者，亦可谓恢诡矣。"七月，除丧。十二月，与子由首途还朝。

　　熙宁二年己酉，三十四岁。正月，至长安，董传自二曲来谒（见前），会于传舍，有《记董传论诗》（见《东坡题跋》卷三）云："故人董传，善论诗，予尝云：'杜子美不免有凡语"已知仙客意相亲，更觉良工心独苦"。（杜甫《题李尊师松树障子歌》："老夫平生好奇古，对此兴与精灵聚。已知仙客意相亲，更觉良工心独苦。"）岂非凡语耶？传笑曰：'此句殆为君发；凡人用意深处，人罕能识，此所以为独苦，岂独画哉！'"二月，还汴京，时神宗以王安石参知政事，富弼同平章事（十月罢相，安石实已专政）。王文诰《苏诗总案》云："熙宁二年二月，王安石已专政，吕惠卿、曾布叠为谋主，尽变宋成法，以乱天下，正儇少竞进之日，群小得志之秋也。"按：王介甫务欲富国强兵，致君尧、舜，其意本足钦；

且所立诸法，亦未必皆不善也。然其人，性情桀骜，自用自雄，与君子仇，与小人伍，夫如是也，虽有尧、舜、周、孔之法，而行之非人，焉不败哉！《中庸》曰："文、武之政，布在方策，其人存，则其政举；其人亡，则其政息。"《荀子·君道篇》云："有乱君，无乱法；有治人，无治法。羿之法非亡也，而羿不世中；禹之法犹存，而夏不世王。故法不能独立，类（例也）不能自行，得其人则存，失其人则亡。"《淮南子·泰族训》云："故法虽在，必待圣而后治；律（十二律）虽具，必待耳而后听。故国之所以存者，非以有法也，以有贤人也；其所以亡者，非以无法也，以无贤人也。"此皆的论。近世动言法治，不知人治为尤要，故党祸繁兴，生民水火，蒇是流离，可为恸哭！虽有善法，使无善人，其法必败，介甫但与小人为伍，天下焉有不乱者乎！故北宋之亡，实亡于王安石变法；而王安石变法之祸败，则在与君子仇而与小人伍也。安石素恶先生议论异己，仍以殿中丞直史馆，抑置官诰院（为官诰院判院，掌文武官吏授官及封赠之命令，是兼官，闲职耳）。四月，闻董传讣，为经纪其丧。八月，有《石苍舒（字才美，善行草，人谓得草圣三昧）醉墨堂》七古，发端云："人生识字忧患始，姓名粗记可以休。"感叹深矣。翰林学士兼翰林侍读学士司马光荐先生为谏官（谏议大夫，正四品下），王安石、吕惠卿争之，不行。是年，王巩定国来从学。（巩，山东莘县人，名相王旦之孙，端明殿学士工部尚书王素之子。《宋史·王素传》："子巩，有隽才，长于诗，从苏轼游。"先生于元祐三年有《辨举王巩札子》云："巩与臣世旧，幼小相知，从臣为学。"余详后）

熙宁三年庚戌，三十五岁。三月，吕惠卿知贡举，先生为编排官。时举子希合执政意，争言成法非是。叶祖洽试策言祖宗法度，苟简因循，当与忠智豪杰之臣，合谋而鼎新之。吕惠卿置三等，先生奏黜之，叶祖洽竟以第一人及第。先生愤甚，奏上"拟进士对御试策一道"，并责前宰相曾公亮救之，皆不行。（宋王偁《东都事略》："曾公亮阴助安石……苏轼责以不能救正，公亮曰：'上与安石如一人，此乃天也。'"）四月，馆阁校勘刘攽贡父以论新法忤王安石，出倅泰州（今江苏泰州市姜堰区，清属扬州府）有《送刘攽倅海陵》【注一】七古。云：

君不见阮嗣宗，臧否不挂口，【注二】莫夸舌在齿牙牢，是中惟可饮醇酒。【注三】读书不用多，作诗不须工，【注四】海边无事日日醉，梦魂不到蓬莱宫。【注五】秋风昨夜入庭树，蓴丝未老君先去。【注六】君先去，几时回？【注七】刘郎应白发，桃花开不开？"【注八】

【注一】宋李焘《续资治通鉴长编》卷二百十："熙宁三年四月乙酉（二十五日），诏馆阁校勘刘攽与外任。……王安石因并逐攽。"宋施元之《施注苏诗》："刘攽，字贡父，临江新喻（江西）人。博记，能文章，政事侔古循吏，身兼数器，守道不回。与王介甫为友，介甫得政，行新法，贡父时在馆阁，诒书论其不便。……介甫怒，斥通判泰州。题馆壁云：'璧门金阙倚天开，五见宫花落古槐，明日扁舟沧海去，却从云气望蓬莱。'元祐间，拜中书舍人，卒于官。"清查慎行《苏诗补注》："《宋史》刘攽与兄敞（原父）同登科，仕州县二十年，始为国子直讲，熙宁中，判尚书考功，尝贻王安石书非新法，安石怒，斥通判泰州。"

《宋史·刘攽传》："……竟以疾不起，年六十七（卒于哲宗元祐三年）。攽所著书百卷，尤邃史学。作《东汉刊误》，为人所称颂。司马光修《资治通鉴》，专职《汉》史。为人疏俊，不修威仪，喜谐谑，数用以招怨悔，终不能改。"

【注二】嵇康《与山巨源绝交书》："阮嗣宗口不论人过，吾每师之，而未能及。至性过人，与物无伤，唯饮酒过差耳。"《晋书·阮籍传》："籍虽不拘礼教，然发言玄远，口不臧否人物。"《诗·大雅·抑篇》："於乎小子，未知臧否！"陆德明《释文》："臧，善也；否，恶也。"

【注三】宋师尹民瞻注："案公赴诏狱，招此诗讥讽朝廷新法不便，不容人直言，不若耳不闻而口不言也。（见宋朋九万《乌台诗案》）"《史记·张仪列传》："始，尝与苏秦俱事鬼谷先生。学术，苏秦自以不及张仪。张仪已学，而游说诸侯，尝从楚相饮，已而楚相亡璧，门下意张仪，曰：'仪贫无行，必此盗相君之璧。'共执张仪，掠笞数百，不服，醳（通释）之。其妻曰：'嘻！子无读书游说，安得此辱乎！'张仪谓其妻曰：'视吾舌尚在不？'其妻笑曰：'舌在也。'仪曰：'足矣。'《南齐书·谢瀹传》："初，兄朏（音匪）为吴兴（太守），瀹于征虏渚送别，朏指瀹口曰：'此中唯宜饮酒。'瀹建武（齐明帝年号）之初，专以长酣为事。"又《南史·谢朏传》："为吴兴太守，明帝谋入嗣位，【齐明帝萧鸾，时为宣城王，后废其主昭文（鸾之堂侄）为海陵王而自立，未几复弑之】引朝廷旧臣，朏内图止足，且实避事，弟瀹时为吏部尚书，朏至郡，致瀹数斛酒，遗书曰：'可力饮此，勿豫人事。'"

【注四】读书不用多句，宋王十朋《东坡诗注》及施元之《施注苏诗》皆无注语，而清冯应榴《苏文忠诗合注》云："施注：《南史·衡阳王钧》（湛铨案：《南齐书》及《南史·衡阳王钧传》皆无以下之文，施元之无注，原文如此，必有脱字）《论语》曰：诵此，能行足矣，焉用多读而不行乎！"冯氏此注无实，王文诰《苏文忠公诗编注集成》全本之，失检矣。《论语·子路篇》："子曰：诵《诗》三百，授之以政，不达；使于四方，不能专对，虽多，亦奚以为？"此其意矣。白居易《赠杨秘书巨源》七律结句："不用更教诗过好，折君官职是诗名。"

【注五】《史记·封禅书》："自威、宣、燕昭，使人入海求蓬莱、方丈、瀛洲，此三神山者，其传在勃海中。"此蓬莱宫借指帝居及史馆秘书阁也。杜甫《莫相疑行》："忆献三赋（天宝十载四十岁，进三大礼赋，玄宗奇之，命待制集贤院）蓬莱宫，自怪一日声光赫。"又李白《宣州谢朓楼饯别校书叔云》七古："蓬莱文章建安骨，中间小谢又清发。"《后汉书·窦章传》："是时学者称东观（天子藏书之所）为老氏藏室，道家蓬莱山。"时刘贡父以馆阁校勘谪官，故云。

【注六】刘禹锡《秋风引》："何处秋风至，萧萧送雁群，朝来入庭树，孤客最先闻。"又《团扇歌》："秋风入庭树，从此不相见。"《晋书·张翰传》："翰有清才，善属文，而纵任不拘，时人号为'江东步兵'。……齐王冏辟为大司马东曹掾，时执权。……翰因见秋风起，乃思吴中菰菜、莼羹、鲈鱼脍，曰：'人生贵适志，何能羁宦数千里，以要名爵乎！'遂命驾而归。……俄而冏败，人皆谓之见机。"后魏贾思勰《齐民要术》："食脍鱼、莼羹、茞羹之菜，莼为第一。四月莼生茎而未叶，名作雉尾莼，第一肥美。叶舒长足，名曰丝莼，五月六月用丝莼，入七月尽九月。十月内不中食，莼有蜗虫著故也。"杜甫《陪王汉州留杜绵州泛房公西湖》五律五六："豉化莼丝熟，刀鸣鲙缕飞。"

【注七】柳宗元《再上湘江》五绝："好在湘江水，今朝又上来。不知从此去，更遣几年回。"杜甫《送翰林张司马南海勒碑》五律结句："不知沧海上，天遣几时回？"

【注八】刘禹锡《征还京师见旧番官冯叔达》七绝结句："南宫旧吏来相问，何处淹留白发生？"又《元和十一年，自朗州承召至京，戏赠看花诸君子》七绝："紫陌红尘拂面来，无人不道看花回。玄都观里桃千树，尽是刘郎去后栽。"又《再游玄都观绝句并引》："余贞元二十一年，为屯田员外郎，时此观未有花。是岁出牧连州，寻贬朗州司马。居十年，召至京师，人人皆言：有道士手植仙桃满观如红霞，遂有前篇，以志一时之事。旋又出牧，今十有四年，复为主客郎中，重游玄都，荡然无复一树，唯兔葵燕麦，动摇于春风耳。因再题二十八字，以俟后游，时太和二年三月。"诗云："百亩中庭半是苔，桃花静尽菜花开。种桃道士归何处？前度刘郎今又来。"唐孟棨《本事诗·事感》："刘尚书自屯田员外郎左迁朗州司马，凡十年始征还。方春作《赠看花诸君子诗》曰：……其诗一出，传于都下，有素嫉其名者，白于执政，又诬其有怨愤。他日见时宰，与坐，慰问甚厚，既辞，即曰：'近者新诗，未免为累，奈何？'不数日，出为连州刺史。"

四月，有《送安惇秀才失解西归》七古，起句云："旧书不厌百回读，熟读深思子自知。"（《魏志·王肃传》裴松之注引晋鱼豢《魏略》曰："董遇，字季直，性质讷而好学。……人有从学者，遇不肯教，而云：'必当先读百遍。'言读书百遍，而义自见。从学者云：'苦渴无日。'遇曰：'当以三余。'或问三余之意，遇曰：'冬者岁之余，夜者日之余，阴雨者时之余也。'"）结句："万事早知皆有命，十年浪走宁非痴？与君未可较得失，临别惟有长嗟咨。"（《南史·沈攸之传》："攸之晚好读书，手不释卷，《史》《汉》事多所记忆。尝叹曰：'早知穷达有命，恨不十年读书。'"）

熙宁四年辛亥，三十六岁。正月，枢密副使冯京，荐先生直舍人院，神宗不答。王安石（时已同平章事）欲变乱科举，兴学校，诏两制三馆议之（翰林学士掌内制，中书舍人掌外制，是谓两制。三馆，崇文馆、集贤馆及史馆也）。先生以为变改无益，徒为纷乱，以患苦天下。上《议学校贡举状》，议上，神宗悟，曰："吾固疑此；得轼议，意释然矣。"即日召见，问"方今政令得失安在？虽朕过失，指陈可也。"先生对曰："陛下生知之性，天纵文武，不患不明，不患不勤，不患不断；但患求治太急，听言太广，进人太锐。愿镇以安静，待物之来，然后应之。"神宗悚然曰："卿三言，朕当熟思之。凡在馆阁，皆当为朕深思治乱，无有所隐。"既退，安石知之，不悦。神宗欲以先生为同修起居注，安石难之。又意先生文士，不通晓吏事，改权开封府推官，欲以讼狱烦琐诸事困之。然先生断决精敏，声闻益远。会"上元"日近，敕府司市买浙灯四千余盏，又令损价收购，遂上《谏买浙灯状》，有云："卖灯之民，例非豪户，举债出息，畜之弥年，衣食之计，望此旬日。陛下为民父母，惟可添价贵买，岂可减价贱酬。此事至小，体则甚大。"又云："……亦见陛下勤恤之德，未信于下；而有司聚敛之意，或形于上。……臣忝备府寮，亲见其事，若又不言，臣罪大矣。"及奏上，即诏罢之。先生既承治乱无隐之命，复闻买灯停罢，惊喜过望，至于感泣，以为有君如此，惟当披露腹心，捐弃肝脑，尽力所至，不知其他，而王安石创行新法，实治乱之机也。二月，有《上神宗皇帝》万言书；三月，有《再上神宗皇帝书》，皆不报。先生见王安石为政，每赞人主以独断，神宗专信任之；因考试开封进士，发策，以"晋武平吴，以独断而克，符坚伐晋，以独断而亡。秦穆专信孟明而霸，燕哙专信子之而败。事同而功异"为问，安石益怒。【《东坡一集》卷二十二《国学秋试策问》云："问：所贵乎学士大夫者，以其通古今而考成败也。昔之人，尝有以是成者，我必袭之；尝有以是败者，我必反之，如是其可乎！昔之为人君者患不能勤；然而或勤以治，亦或以乱；文王之日昃（《书·无逸》："文王……自朝至于日中昃，不遑暇食。"），汉宣之励精（《汉书·宣帝纪》："元康二年，诏曰："其赦天下，与士大夫厉精更始。""）始皇之程书〔《史记·始皇本纪》："侯生、卢生（方士）相与谋曰：'天下之事，无大小，皆决于上，上至于衡石量书（石，百二十斤），日夜有呈（同程），不中呈，不得休息。贪于权势至如此，不可为求仙药。'于是乃亡去。"始皇勤政，至于每日亲阅文书百二十斤，不足不止，其于治天下也，可谓备极精勤矣；然自并吞六国以至秦二世，共十五年而亡，仁义不施，贪残自用，虽勤何益哉！〕隋文之传飧（《隋书·高祖纪》称隋文帝"每旦听朝，日昃忘倦。……自强不息，朝夕孜孜"。传飧，本韩信破赵，下井陉时，驻马令其裨将传飧而食之，见《史记·淮阴侯列传》。此以喻隋文帝之勤劳也；然亦三十八年而亡矣）其为勤一也。昔之为人君者，患不能断；然而或断以兴，亦或以衰：晋武之平吴（晋武帝平吴前，王濬、杜预、张华主战；贾充、荀勖、冯紞等大臣力争，以为不可轻进。后晋武独断，伐吴，四月而吴平），宪宗之征蔡（中唐宪宗时，诸军讨淮西蔡州贼吴元济，四年不克。李逢吉等言师老财竭，竟欲罢兵；惟裴度主战，宪宗能独断听信之，卒收平淮西之功），苻坚之南伐〔前秦苻坚不听王猛遗言（"臣没之后，愿勿以晋为图"）及苻融、权翼、石越等大臣之谏，挥大军九十七万南伐晋，以为"投鞭于江，足断其流"，"较其强弱之势，犹疾风之扫秋叶"，卒为谢玄败于淝水，士卒死亡略尽（十之七八），未几而亡，此独断之过也〕，宋文之北侵（南朝宋文帝刘义隆于元嘉二十七年北伐，为魏太武帝拓跋焘所败，数州沦破，魏主亲至扬州瓜步，声言渡江。建康震惧，民皆荷担而立。文帝登石头城，有忧色，谓吏部尚书江湛曰："北伐之计，同议者少，今日士民劳怨，不得无惭。贻大夫之忧，予之过也。"），其为断一也。昔之为人君者，患不信其臣；然而或信以安，亦或以危。秦穆之于孟明（春秋秦穆公信用孟明，为晋一败于殽山，再败于彭衙，然犹用之，及第三次伐晋，济河焚舟，晋人避而不出，遂霸西戎，用孟明也），汉昭之于霍光（汉昭帝在位十三年，事无大小，皆委之大将军霍光。《汉书·昭帝纪赞》曰："成王不疑周公，孝昭委任霍光，各因其时以成名，大矣哉！"），燕哙之于子之（燕哙王昏惑，国事皆决于其相子之，至于学尧、舜让位，燕国大乱。齐湣王乘间伐燕，燕国几亡，此专信之过也），德宗之于卢杞〔卢杞入《新唐书·奸臣传》，其人有口辩，体陋甚，鬼貌蓝色。唐德宗专信之，超迁，至为首相。阴贼险狠，专害忠良，天下大乱。初，郭子仪病甚（德宗建中二年），百官造省，不屏姬侍；及杞至，则屏之，隐几而待。家人怪问其故，子仪曰："彼外陋内险，左右见，必笑。使后得权，吾族无噍类矣。"此又德宗专信之过也〕，其为信一也。此三者，皆人君之所难；有志之士，所常咨嗟慕望，旷世而不获者也。然考此数君者，治乱兴衰安危之效，相反如此！岂可不求其故欤？夫贪慕其成功而为之，与惩其败而不为，此二者皆过也。学者将何取焉？按其已然之迹而诋之也易，推其未然之理而辨之也难。是以未及见其成功，则文王之勤，无以异于始皇，而方其未败也，苻坚之断，与晋武何以辨？请举此数君得失之源，所以相反之故，将详观焉】。先生盖已知安石之必乱宋矣，亦知言哉！会诏举谏官、翰林学士兼侍读范镇举先生，安石惧，使御史知杂谢景温力排之，诬奏先生居丧服除，多差人船，贩贾私盐。安石穷治之，无所得，范镇为上疏辨诬，且攻安石，诏镇致仕。端明殿学士判西京御史台司马光奏对垂拱殿，神宗谕曰："苏轼非佳士，卿误知之。"光曰："安石素恶轼，陛下岂不知？以姻家谢景温为鹰犬，（景温未得仕于中朝，乃结好安石，以妹嫁安石弟安礼，得骤擢侍御史）使攻之，且轼虽不佳，岂不贤于李定之不服母丧，禽兽之不如！"（李定少学安石，以孙觉荐至京，力言民喜青苗法，于是言不便者皆不听，立拜御史）先生不辩，但乞补外。六月，以太常博士（正八品）、直史馆通判杭州。濒行，闻欧阳修致仕（避王安石），归颍州（今安徽阜阳市。修时年六十五，明年卒）有《贺欧阳少师致仕启》云："伏维抗章得谢（凡七请致仕），释位言还。天眷虽隆，莫夺己行之志；士流太息，共高难继之风。凡在庇庥，共增庆慰。伏以怀安（怀恋高位享安乐）天下之公患；（《左传》僖公二十三年："怀与安，实败名。"）去就（恋恋不肯去位）君子之所难。（《庄子·秋水》："知道者必达于理，达于理者必明于权，明于权者不以物害己。……言察乎安危，宁于祸福，谨于去就，莫之能害也。"）世靡不知，人更相笑。而道不胜欲，私于为身，君臣之恩，系縻之于前；妻子之计，推挽之于后。至于山林之士，犹有降志于垂老；（谓虽隐居者流，犹有热中不甘者，于垂暮之年，尚欲居官而降志辱身也）而况庙堂之旧，欲使辞福于当年？有其言而无其心，有其心而无其决，愚智共蔽，古今一涂。是以用舍行藏，仲尼独许于颜子（《论语·述而》："子谓颜渊曰：用之则行，舍之则藏，唯我与尔有是夫！"）存亡进退，《周易》不及于贤人。（《易·乾文言》："其唯圣人乎！知进退存亡而不失其正者，其唯圣人乎！"）自非智足以周知，仁足以自爱；（《易·系辞上传》："知周乎万物而道济天下，故不过；……安土敦乎仁，故能爱。"）道足以忘物之得丧，志足以一气之盛衰，则孰见几祸福之先，脱屣尘垢之外？（《易·系辞下传》："君子见几而作，不俟终日。"《史记·封禅书》汉武帝曰："嗟乎！吾诚得如黄帝，吾视去妻子如脱躧耳。"《汉书·郊祀志上》作"屣"）常恐兹世，不见其人。伏维致政观文少师（观文殿学士，太子少师），全德难名，巨材不器；事业三朝（仁、英、神）之望，文章百世之师；功存社稷而人不知，躬履艰难而节乃见。纵使耄期笃老（《汉书·疏广传》："广上疏乞骸骨，上以其年笃老，许之。"笃老，衰老之甚也），犹当就见质疑，而乃力辞于未及之年（《礼·曲礼上》："七十曰老，而传。"欧公时年六十五），退托以不能而止。大勇若怯，大智如愚，至贵无轩冕而荣，至仁不导引而寿（《庄子·天运》："至贵，国爵并焉；至富，国财并焉。"又《刻意篇》："不刻意而高，无仁义而修，无功名而治，无江海而闲，不道引而寿。"），较其所得，孰与昔多？轼受知最深，闻道有自，虽外为天下惜老成之去，而私喜明哲得保身之全（《诗·大雅·荡篇》："虽无老成人，尚有典刑。"又《烝民篇》："既明且哲，以保其身。"）。伏暑向阑，台候何似？伏冀为时自重，少慰舆情。"（舆，犹众也）国朝无人，怨愤具见矣。又刘恕忤王安石，以亲老求监南康军（治今江西庐山市）酒税，有《送刘道原归觐南康》【注一】七古。中有云：

　　孔融不肯下曹操，汲黯本是轻张汤，【注二】虽无尺棰与寸刃，口吻排击含风霜。【注三】

【注一】《宋史·文苑六·刘恕传》："字道原，筠州（今江西高安市）人。……少颖悟，书过目即成诵。……未冠举进士，……擢为第一。……为人重意（意气）义（道义），急然诺。……笃好史学，……上下数千载间，钜微之事，如指诸掌。司马光编次《资治通鉴》，英宗命自择馆阁英才共修之，光对曰：'馆阁文学之士诚多，至于专精史学，臣得而知者，唯刘恕耳。'即召为局僚。……王安石与之有旧，欲引置三司条例（王安石新法有"制置三司条例司"，所以理财求富者），恕以不习金谷为辞，因言'天子方属公大政，宜恢张尧、舜之道，以佐明主，不应以利为先'。又条陈所更法令不合众心者，劝使复旧。至面刺其过。安石怒，变色如铁，恕不少屈；或稠人广坐，抗言其失，无所避，遂与之绝。方安石用事，呼吸成祸福，高论之士，始异而终附之，面誉而背毁之，口顺而心非之者皆是也；恕奋厉不顾，直指其事，得失无所隐。……恕以亲老，求监南康军酒以就养。……官至秘书丞卒，年四十七。……著《五代十国纪年》……《通鉴外纪》。家素贫，无以给旨甘，一毫不妄取于人。自洛南归，时方冬，无寒具，司马光遗以衣袜及故茵褥，辞不获，强受而别，行及颍，悉封还之。……好攻人之恶，每自讼，平生有二十失，十八蔽，作文以自警，亦终不能改也。"

【注二】《后汉书·孔融传》："融知绍、操终图汉室，……负其高气，志在靖难。……既见操雄诈渐著，数不能堪，故发辞偏宕，多致乖忤。"《汉书·汲黯传》："张汤以更定律令为廷尉，黯质责汤于上前，……黯时与汤论议，汤辩在文深小苛（犹俗云捉字虱），黯愤发骂曰：'天下谓刀笔吏不可为公卿，果然。必汤也，令天下重足而立（颜师古曰："重累其足，言惧甚也。"），仄目而视矣。'"施元之注云："此诗端为介甫而发。其云'孔融不肯下曹操，汲黯本是轻张汤'，盖以孔融、汲黯比道原，曹操、张汤况介甫。"

【注三】《庄子·天下篇》："一尺之棰，日取其半，万世不竭。"韩愈《送张道士》五古："开口论利害，剑锋白差差。恨无一尺棰，为国笞羌夷。"又《月蚀诗效玉川子作》七古："地行贱臣全再拜，敢告上天公，臣有一寸刃，可刳凶蟆肠。"晋成公绥《啸赋》："随口吻而发扬，假芳气而远逝。"《汉书·贾谊传》谊上疏陈政事曰："屠牛坦一朝解十二牛，而芒刃不顿者，所排击剥割，众理皆解也。"《旧唐书·李巨传》杨国忠谓巨曰："比来人多口打贼，公不尔乎？"《西京杂记》卷三："淮南王安著《鸿烈》二十一篇，鸿，大也；烈，明也，言大明礼教，号为《淮南子》，一曰《刘安子》。自云：'字中皆挟风霜。'"施注："虽无尺棰与寸刃，口吻排击含风霜，盖著其面折之实也。"王文诰《编注集成》云："此数句明借修史事以诋介甫，诗必如是作，方可谓之史笔，亦为维持纲常名教之文。纪昀所见卑陋，故凡遇此类诗辄诋之，殊不知'文忠'二字，皆由此一片忠愤中来，而古人之足当此二字者为卒鲜也。"

九月，先生行，子由送至颍州，因同谒欧阳修于里第，有《陪欧阳公燕西湖》七古，起调云："谓公方壮须似雪，谓公已老光浮颒。揭来湖上饮美酒，醉后剧谈犹激烈。"【《说文》："揭，去也。"司马相如《上林赋》："回车揭来兮，绝道不周（昆仑西北）。"】吴人柳瑾子玉，与王安石同年不同道，是年谪官寿春（今安徽寿县），舟过宛丘，寄先生及子由诗，先生有《次韵柳子玉〈过陈绝粮〉二首》七律，首篇三四云："多才久被天公怪，阙食惟应馋妇知。"（韩愈《双鸟诗》五古：

"天公怪两鸟，各捉一处囚。"两鸟，喻己与孟郊也）次篇三
四云："图书跌宕悲年老，灯火青荧语夜深。"【王十朋《苏诗
集注》引师尹曰："杜诗：儿女灯前语夜深。"冯应榴、王文
诰皆仍之，且误以为出赵次公，非也。杜工部无此句，实山谷
诗耳！（《寄上叔父夷仲三首》之二第五六云："弓刀陌上望行
色，儿女灯前语夜深。"）山谷诗作于哲宗元祐二年，后先生
此作十六年，盖本诸先生者。师尹误记黄诗为杜诗，倒果为
因，大伤原诗之美矣】纪昀曰："淡语传神。"在颍州与子由
别，有《颍州初别子由》五古二首，首篇发端云："征帆挂西
风，别泪滴清颍。留连知无益，惜此须臾景。我生三度别，此
别尤酸冷。"【王文诰曰："（仁宗）嘉祐六年，公赴凤翔，与
子由别于郑州；（英宗）治平二年，子由赴大名推官，公别于
京师；（神宗）熙宁三年，子由赴陈州学官，公又别于京
师。"】纪昀曰："因李陵'且复立斯须'，而以留连句作一顿
挫，意境便别。"后篇起云："近别不改容，远别涕沾胸，咫
尺不相见，实与千里同。人生无离别，谁知恩爱重！"结云：
"离合既循环，忧喜迭相攻。语此长太息，我生如飞蓬。多忧
发早白，不见六一翁？"友于之笃，情见乎辞。纪昀曰："二
诗皆悱恻深至，可味。"沿颍河东南行，有《十月二日，将至
涡口五里所（犹许也），遇风留宿》五古，结云："平生傲忧
患，久矣恬百怪。鬼神欺吾穷，戏我聊一嘬。（《庄子·齐物
论》："夫大块噫气，其名为风。"）瓶中尚有酒，信命谁能
戒。"又有《出颍口，初见淮山，是日至寿州》[注一]云：

我行日夜向江海，[注二]枫叶芦花秋兴长。[注三]长（一作

平）淮忽迷天远近，青山久与船低昂。【注四】寿州已见白石塔，短棹未转黄茅冈。【注五】波平风软望不到，故人久立烟苍茫。【注六】

【注一】颍口，即今安徽颍上县东南之正阳关。淮山，即八公山，谢玄败苻坚觉草木皆兵处。寿州，今安徽寿县，即古之寿春。施元之注："东坡尝纵笔书此诗，且题云：'予年三十六，赴杭倅，过寿作此诗。今五十九，南迁至虔，烟雨凄然，颇有当年气象也。'墨迹在吴兴秦氏。"

【注二】王文诰曰："此极沉痛语，浅人自不知耳。"《诗·鄘风·载驰》："我行其野，芃芃其麦。"又《小雅·我行其野》："我行其野，蔽芾其樗。"《诗序》："《我行其野》，刺宣王也。"《史记·孔子世家》陈、蔡大夫围孔子于野，孔子召弟子而问曰："《诗》云：'匪兕匪虎，率彼旷野。'（《小雅》末篇《何草不黄》）吾道非邪？吾何为于此？"杜甫《水宿遣兴奉呈群公》五排："我行何到此？物理自难齐。"使斯人放斥于外，而日夜行向江海，是谁之过欤？此王氏所以谓语极沉痛也。

【注三】此孔子所谓"善乎能自宽者也"（《列子·天瑞篇》孔子嘉荣启期语）。白居易《琵琶行》："浔阳江头夜送客，枫叶荻花秋瑟瑟。"杜甫《寄彭州高三十五使君适虢州岑二十七长史参三十韵》五排："老去才难尽，秋来兴甚长。"

【注四】此先生名句，所谓"眼处心生句自神（元遗山《论诗》绝句）"也。施元之注："集作'平淮'，墨迹作'长淮'，今从墨迹。"按：长平二字皆犯重，今人所忌，《文心雕龙·练字篇》云："《诗》、《骚》适会，而近世忌同，若两字俱要，则宁在相犯。"是矣。纪昀曰："宛然拗体律诗，别饶古趣。"先生《李思训画长江绝岛图》七古复云："沙平风软望不到，孤山久与船低昂。"

【注五】谓已远远望见寿州之白石塔，但舟行极缓（实是心急），仍未转出黄茆冈也。杜甫《北征》云："我行已水滨，我仆犹木末。"与此同一传神。戴叔伦《泛舟》五律三四："孤尊秋露滑，短櫂（同棹）晚烟迷。"白居易《山鹧鸪》七古："黄茅（同茆）冈头秋日晚，苦竹岭下寒月低。"

【注六】杜牧《代人寄远》六言绝句二首之一起句："河桥酒旆风软，候馆梅花雪娇。"中唐戴叔伦《泛舟》五律起句："风软扁舟稳，行依绿水堤。"杜甫诗："此身饮罢无归处，独立苍茫自咏诗。"柳永《玉蝴蝶》词："故人何在？烟水茫茫。"施元之注引庾信《荡子赋》："摇荡寒关，苍茫日晚。"（今《庾子山集》无此）

过临淮（今安徽泗县）作《泗州僧伽塔》七古，有云："耕田欲雨刈欲晴，去得顺风来者怨。若使人人祷辄遂，造物应须日千变。我今身世两悠悠，去无所逐来无恋。得行固愿留不恶，每到有求神亦倦。"又有《龟山》【注一】七律云：

我生飘荡去何求？【注二】再过龟山岁五周。【注三】身行万里半天下，僧卧一庵初白头。【注四】地隔中原劳北望，潮连沧海欲东游。【注五】元嘉旧事无人记，故垒摧颓今在不？【注六】

【注一】北宋王存《元丰九域志》卷五："淮南路泗州，治盱眙县，（眙，音怡）有都梁山、盱眙山、龟山、淮水。"南宋王象之《舆地纪胜》卷四十四盱眙县《景物上》："龟山，在盱眙县北三十里，其西南上有绝壁，下有重渊。"查慎行《补注》："《宋书》：'元嘉（宋文帝刘义隆）二十七年，遣臧质拒魏，遂于梁山筑长围城。'《太平寰宇记》（北宋乐史撰）：'梁山又改为长围山，在楚州西南。'盱眙县北，即下龟山也。上有绝壁，下有重渊，宋文帝筑城拒魏处。"按：《寰宇记》无龟山名，《舆地纪胜》则都梁山、龟山、长围山、盱眙山等各分列不相属，不知查氏何据也。

王文诰《编注集成》云："此诗施编不误，查注改编卷十八自徐赴湖时，误甚，今复旧编。"

【注二】《易·观卦》六三："观我生，进退。"《书·西伯戡黎》："呜呼！我生不有命在天？"杜甫《八哀》五古之八结句："他日访江楼，含凄述飘荡。"又《别赞上人》五古："我生苦飘荡，何时有终极？"王文诰云："此句领起全章，即'去无所逐来无恋'意，确为被出赴杭之作，若列守湖卷中，即大谬矣。"

【注三】韩愈《别知赋》："余取友于天下，将岁行之两周。"王文诰曰："公自治平（三年）丙午秋中，载丧归蜀过此，至是熙宁（四年）辛亥再过，凡六年，扣足五周，确不可易。"

【注四】王文诰曰："此联谓五周之飘荡，皆名场所致也。今再遇庵僧，头已初白；而我之飘荡正无已时，将头白而止矣。如头白而仅与此僧比肩（谓无补于世），是反不如亦卧一庵也。不如是解，则此联随处可用；而本意紧接上文，王安石欲改日头以对天下，盖恶其作此等语，特意搅乱之，非不喻其旨也。"按：王氏谓安石欲改白头为日头，疑误记。张耒文潜《明道杂志》曰："苏长公有诗云：'身行万里半天下，僧卧一庵初白头。'黄九（黄山谷）云'初日头'。问其义，但云：'若此僧负暄于初日耳。'余不然，黄甚不平，曰：'岂有用白对天乎？'余异日问苏公，公曰：'若是黄九要改作日头，也不奈他何。'"先生以白头对天下，似不对而实对，所谓不对之对，此其所以为工也。白是西方之色，以方位偶天地，此是暗对，不知山谷诗妙天下，何以有此言耳。乾隆《唐宋诗醇》批云："一庵句静闲，妙作对偶。"

【注五】《诗·小雅·吉日》："瞻彼中原（此是原中），祁祁孔有。"《楚辞》王逸《九思·悼乱》："便旋（徘徊也）兮中原，仰天兮增叹，菅蒯兮野莽，雚苇兮千眠。"盛唐张若虚《春江花月夜》起句："春江潮水连海平。"王文诰曰："此联是龟山地面层次，而诗乃借形势以发挥。上句即浮云蔽日意，下句即乘桴浮沧意，皆有意运用，空灵，故人不觉也。其下但借本地一事，轻轻一问作收，全篇并无吊古之意，并亦不暇吊古也。晓岚解直是倭语。"（犹云鬼话。晓岚评云："霸业雄图，尚有今昔之感，而况一人之身乎？前四句与后四句映带有情，便不是吊古套语。"）

【注六】东坡自注："宋文帝遣将拒魏太武（北魏太武帝拓跋焘），筑城此山。"《资治通鉴·宋纪》七："太祖文皇帝元嘉二十七年，上使辅国将军臧质将万人救彭城，至盱眙，魏主已过淮，质使冗从仆射胡崇之、积弩将军臧澄之营东山，建威将军毛熙祚据前浦。"宋末胡三省注："东山、前浦，皆在盱眙城左右。东山在今盱眙城东南，东山之北则高家山，高家山之东则陡山，稍南则都梁山，都梁山之东北则古盱眙城，城临遇明河，又东迤杨茅涧，又东迤富渡河口则君山。魏太武作浮桥于此，自此渡淮，稍东则龟山。"

发洪泽湖（在皖、苏交界处），遇大风。十六日至山阳（今江苏淮安市），冰雹陡作，已而复晴，赴楚州（即淮安）太守饮，有《十月十六日记所见》七古。抵扬州，与刘攽、孙洙、刘挚会于太守钱公辅座上，有《广陵（即扬州）会三同舍（前同在馆阁），各以其字为韵（以刘贡父之贡字、孙巨源之源字、刘莘老之莘字为韵），仍邀同赋》五古三首。首篇刘贡父起处云："去年送刘郎，醉语已惊众；（《送刘攽倅海陵》七古，已见前）如今各飘泊，笔砚谁能弄。我命不在天？羿（隐指王安石）彀未必中。【《书·西伯戡黎》："我生不有命在天？"《庄子·德充符》："游于羿之彀中（彀，张弓也，弓矢所及为彀，音遘），中央者，中地也，然而不中者命也。"】作诗聊遣意,老大慵讥讽。夫子少年时,雄辩轻子贡。(《史记·仲尼弟子列传》:"子贡利口巧辞,孔子常黜其辩。"杜甫《饮中八仙歌》:"焦遂五斗方卓然,高谈雄辩惊四筵。")尔来再伤弓,戢翼念前痛。【施元之注谓"刘贡父以馆阁校勘同知礼院,与王介甫争,为御史弹奏,罢礼院矣;介甫又告神宗,谓司马光朝夕所与切磋者,乃刘攽、苏轼之徒,贡父寻出倅海陵。贡父先已被劾,今又为介甫所斥,故诗云云"。又施注:"《荀子》:伤弓之鸟,见曲木而惊。"(《战国策·楚策四》:"更羸与魏王处京台之下,仰见飞鸟,更羸谓魏王曰:'臣为王引弓虚发而下鸟。'魏王曰:'然则射可至此乎?'更羸曰:'可。'有间,雁从东方来,更羸以虚发而下之。魏王曰:'然则射可至此乎?'更羸曰:'此孽也。'(谓病)王曰:'先生何以知之?'对曰:'其飞徐而鸣悲。飞徐者,故疮痛也;鸣悲者,久失群也。故疮未息而惊心未去也,闻弦音烈而高飞,故疮陨也。'")】结句云:"羡子去安闲,吾邦共喧哄。"(《乌台诗案》:"熙宁四年十月内赴杭州通判,到扬州,有刘攽并馆职孙洙、刘挚,皆在本州,偶然相聚数日,别后作诗三首,各用逐人字为韵,内寄攽诗:'羡子去安闲,吾邦正喧哄。'言杭州监司所聚,初行新法,事多不便也。")十一月三日,游金山(在润州,今江苏镇江市)访宝觉、圆通二老,夜宿金山寺,望江中炬火,作《游金山寺》七古,起云:"我家江水初发源,宦游直送江入海。(《书·禹贡》:"岷山导江,东别为沱。"《家语·三恕篇》:"夫江,始出于岷山,其源可以滥觞;及其至于江津,不舫舟,不避风,则不可以涉,非唯下流水多耶?"郭璞《江赋》:"惟岷山之导江，初发源乎滥觞。"纪昀曰："入手即伏结意。"王文诰云："一语破的，已具传《禹贡三江考》本领。"）闻道潮头一丈高，天寒尚有沙痕在。中泠（亦名南零）南畔石盘陀，古来出没随涛波。试登绝顶望乡国，江南江北青山多。"结云："江山如此不归山，江神见怪惊我顽。我谢江神岂得已，有田不归如江水。"【《左传》僖公二十四年晋文公谓咎犯曰："所不与舅氏同心者，有如白水！"《晋书·祖逖传》："（元）帝乃以逖为奋威将军，豫州刺史，……渡江，中流，击楫而誓曰：'祖逖不能清中原而复济者，有如大江。'辞色壮烈，众皆慨叹。"纪昀曰："首尾谨严，而笔笔矫健，节短而波澜甚阔。"又曰："结处将无作有，两层搭为一层，极完密，亦巧便。"】二十八日，到杭州通判任，居于北厅。时方行新法，地方骚然；先生因法以便民，民赖以安。

熙宁五年壬子，三十七岁，在杭州通判任。三月，与太守沈立（字立之）观牡丹于吉祥寺僧守璘之圃，有《吉祥寺赏牡丹》七绝云：

人老簪花不自羞，花应羞上老人头。[注一] 醉归扶路人应笑，十里珠帘半上钩。[注二]

【注一】先生是年本只三十七岁，殊未老，但年二十七而发早白，故云"花应羞上老人头"。

【注二】谓杭州城内人半数看己酒醉后扶路而归也。杜牧《赠别诗》："春风十里扬州路，卷上珠帘总不如。"杜甫《月诗》："尘匣原开镜，风帘自上钩。"白居易《新葺水斋诗》："洞户斜开扇，疏帘半上钩。"【《晋书·谢安传》："羊昙者，太山人，知名士也。……尝因石头大醉，扶路唱乐，不觉至（西）州门。"（石头城、西州城，皆在今南京市）】

又有《和刘道原见寄》七律（刘道原，见上《送刘道原归觐南康》【注一】）云：

敢向清时怨不容？【注一】直嗟吾道与君东。【注二】坐谈足使淮南惧，【注三】归去方知冀北空。【注四】独鹤不须惊夜旦，群鸟未可辨雌雄。【注五】庐山自古不到处，得与幽人子细穷。【注六】

【注一】李陵《答苏武书》："策名清时。"杜牧《将赴吴兴登乐游原一绝》："清时有味是无能。"《史记·孔子世家》："颜回曰：夫子之道至大，故天下莫能容；虽然，夫子推而行之，不容何病！不容然后见君子。"

【注二】《后汉书·郑玄传》："郑玄，字康成，北海高密人。……以山东无足问者，乃西入关，因涿郡卢植，事扶风马融，……玄因从质诸疑义，问毕辞归。融喟然谓门人曰：'郑生今去，吾道东矣。'"时刘恕归江西筠州，故云。

【注三】此以汲黯比刘恕，以淮南王刘安比王安石也。《汉书·汲黯传》："淮南王谋反，惮黯，曰：'黯好直谏，守节死义；至说公孙弘等，如发蒙耳！'"又《吴志·步骘传》骘上疏奖劝孙权之太子登曰："臣闻……汲黯在朝，淮南寝谋；郅都守边，匈奴窜迹。故贤人所在，折冲（止敌冲击）万里，信国家之利器，崇替之所由也。"

【注四】此谓刘恕告归而朝廷遂无人也。《左传》昭公四年晋大夫司马侯对平公曰："冀之北土，马之所生。"又韩愈《送温造赴河阳军序》

44

（即《送温处士序》）："伯乐一过冀北之野，而马群遂空。"此借用其字面，意实本诸《郑风·叔于田》："叔于田，巷无居人；岂无居人？不如叔也，洵美且仁。"

【注五】晋周处《风土记》："鹤性警，至八月白露降，流于草叶，滴滴有声，即高鸣相警，徙所宿处，虑有变害也。"庾信《小园赋》："黄鹤戒露，非有意于轮轩。"《淮南子·说山训》："鸡知将旦，鹤知夜半，而不免于鼎俎。"独鹤，《晋书·忠义·嵇绍传》："王戎曰：昨于稠人中见嵇绍，昂昂然如野鹤之在鸡群。"（《世说新语·容止》同）《小雅·正月》："具曰予圣，谁知乌之雌雄。"《木兰诗》："安能辨我是雄雌？"此二句谓刘恕且漫忧国伤时，恐终无补，徒令忧能伤人耳；今秉国政者，实乌鸦同黑，雌雄莫辨，天下事不堪闻问矣。独鹤，喻刘恕；群乌，喻在朝群小也。

【注六】结句劝刘恕且抑孤愤，毋徒自苦；可与幽人隐士，穷庐山人所未到之胜处，相与为赏心乐事可矣。宋周紫芝《诗谳》（即《乌台诗案》）："《和刘道原见寄诗》，意谓刘恕有学问，性正直，故作此美之，因以讥讽当今进用之人也。敢向清时怨不容：是时恕在馆中，出监税，言非敢怨时之不容子也。马融谓郑康成'吾道东矣'，故以比之。'汲黯在朝，淮南寝谋'，又以比恕之直也。又使韩愈云'冀北马群遂空'，言馆中无人也。嵇绍昂昂如独鹤在鸡群，又《淮南子》（《说山训》）'鸡知将旦，鹤知夜半'，又以刘恕比鹤，谓众人为鸡也。《诗》云'具曰予圣，谁知乌之雌雄'，意言当今朝廷进用之人，杂处如乌之不可辨雌雄也。"

又有《和刘道原咏史》七律云：

仲尼忧世接舆狂，[注一]臧、谷虽殊竟两亡。[注二]吴客漫陈《豪士赋》，桓侯初笑越人方。[注三]名高不朽终安用？日饮无

45

何计亦良。【注四】 独掩陈编吊兴废，窗前山雨夜浪浪。【注五】

【注一】《论语·微子篇》："楚狂接舆歌而过孔子，曰：'凤兮凤兮，何德之衰！往者不可谏，来者犹可追。已而已而，今之从政者殆而！'孔子下，欲与之言；趋而辟之，不得与之言。"《庄子·人间世》："孔子适楚，楚狂接舆游其门，曰：'凤兮凤兮，何如德之衰也！来世不可待，往世不可追也。天下有道，圣人成焉，天下无道，圣人生焉。（唐成玄英《庄子疏》："有道之君，休明之世，圣人宏道施教，成就天下；时逢暗主，命属荒季，适可全生远害，韬光晦迹。"）方今之时，仅免刑焉。福轻乎羽，莫之知载；祸重乎地，莫之知避（谓无人能载福而避祸）。已乎已乎！临人以德；殆乎殆乎！画地而趋。迷阳迷阳，无伤吾行；吾行却曲（却，去逆反），无伤吾足。山木，自寇也；膏火，自煎也，桂可食，故伐之；漆可用，故割之。人皆知有用之用，而莫知无用之用也。'"

【注二】《庄子·骈拇篇》："臧与谷二人，相与牧羊而俱亡其羊。问臧奚事？则挟策读书；问谷奚事？则博塞以游。二人者，事业不同，其于亡羊均也。伯夷死名于首阳之下，盗跖死利于东陵之上（东陵即指泰山），二人者，所死不同，其于残生伤性均也。"此二句，先生兴出世之想，并以劝慰道原，意谓谋人家国，肠空热耳。大抵士君子生不逢辰，每时有此想也。

【注三】吴客及秦越人，比刘道原；豪士及齐桓侯，比王安石。《晋书·陆机传》："陆机，字士衡，吴郡人也。……年二十而吴灭，退居旧里，闭门勤学，积有十年。……至太康末（晋武帝太康十一年，即惠帝永熙元年，机年三十），与弟云（少机一岁）俱入洛。……时中国多难，顾荣、戴若思等咸劝机还吴；机负其才望，而志匡世难，故不从。囧既矜功自伐（司马囧，时封齐王）受爵不让，（惠帝永宁元年，赵王伦自称皇帝，囧因众心怨望，起军移檄天下，大破之。及王舆诛伦，惠帝反

正，拜大司马，辅政，沉于酒色，海内失望。后长沙王乂发兵攻冏，斩
于阊阖门外）机恶之，作《豪士赋》以刺焉。……冏不之悟，而竟以
败。"陆机以吴人入洛，故云吴客；吴客漫陈《豪士赋》，谓刘道原且勿
为王安石忧，其讽谏必不听，且观其自败可矣。（今《晋书·陆机传》
及《昭明文选》皆有《豪士赋序》，文极佳，宜精读）《史记·扁鹊仓
公列传》："扁鹊者（春秋时人。唐张守节《史记正义》引《黄帝八十
一难序云》："与轩辕时扁鹊相类，仍号之为扁鹊。又家于卢国，因命之
曰卢医也。"），勃海郡鄚人也，姓秦氏，名越人。……为医，或在齐，
或在赵。……其后扁鹊过虢，……问中庶子喜方者，……扁鹊仰天叹
曰：'夫子之为方也，若以管窥天，以郄视文；越人之为方也，不待切
脉，望色听声，写形，言病之所在。……'……扁鹊过齐，齐桓侯客
之，入朝，见曰：'君有疾，在腠理（皮肤），不治将深。'桓侯曰：'寡
人无疾。'扁鹊出，桓侯谓左右曰：'医之好利也！欲以不疾者为功。'
后五日，扁鹊复见，曰：'君有疾，在血脉，不治恐深。'桓侯曰：'寡
人无疾。'扁鹊出，桓侯不悦。后五日，扁鹊复见，曰：'君有疾，在肠
胃间，不治将深。'桓侯不应。扁鹊出，桓侯不悦。后五日，扁鹊复见，
望见桓侯而退走。桓侯使人问其故，扁鹊曰：'疾之居腠理也，汤熨之
所及也。在血脉，针石之所及也；其在肠胃，酒醪之所及也；其在骨
髓，虽司命无奈之何！今在骨髓，臣是以无请也。'后五日，桓侯体病，
使人召扁鹊，扁鹊已逃去，桓侯遂死。使圣人预知微，能使良医得早从
事，则疾可已，身可活也。"桓侯初笑越人方：谓刘道原初向安石所陈
述谏净者，本皆救死之要方，而安石但如齐桓侯，惟讥笑而不听也。纪
昀曰："三四警刻，而不甚露。"

【注四】此二句是作消极想，盖士君子目睹国乱民贫，无所措其手
足；故惟有委诸天命，逃乎曲蘖，不与人间事，以求全身远害也。不
朽：《左传》襄公二十四年鲁大夫叔孙豹曰："太上有立德，其次有立
功，其次有立言，虽久不废，此之谓不朽。"曹大家《东征赋》："惟令

德为不朽兮，身既没而名存。"名高安用：《晋书·文苑·张翰传》："翰任心自适，不求当世，或谓之曰：'卿乃可纵适一时，独不为身后名邪？'答曰：'使我有身后名，不如即时一杯酒。'时人贵其旷达。"杜甫《醉时歌》："德尊一代常坎轲，名垂万古知安用？"又《梦李白》五古二首之二结句："千秋万岁名，寂寞身后事。"又《曲江》七律二首之一结句："细推物理须行乐，何用浮名绊此身！"此皆士君子不遇于时，偶一感发之愤语，非真实语也。日饮无何计亦良：《汉书·爰盎传》："盎（文帝时为郎中）亦以数直谏，不得久居中，调为陇西都尉。仁爱士卒，士卒皆争为死。迁齐相，徙为吴相，辞行，（兄子）种谓盎曰：'吴王骄日久，国多奸，今丝（称其字）欲刻治，彼不上书告君，则利剑刺君矣。南方卑湿，丝能日饮，亡何，说王毋反而已。如此，幸得脱。'盎用种之计，吴王厚遇盎，盎告归。"（盎，安陵人，在咸阳东）

【注五】刘道原尤精史学，故云云。韩愈《进学解》："踵常途之役役，窥陈编以盗窃。"又《别知赋》："雨浪浪其不止，云浩浩其常浮。"《纪批苏诗》云："收得生动，着此七字（末句），便有远神。"

是年闰七月，欧阳修卒（年六十六），九月，闻讣，举哀，哭于孤山（在杭州西湖中"后湖"与"外湖"间，林和靖隐居处）僧惠勤之室，有《祭欧阳公文》，为集中祭文之冠，盖为天下惜才而感平生知遇之恩深也。十二月，以公事赴湖州（浙江吴兴），与太守孙觉（字莘老）相见，觉出黄庭坚诗文相视（庭坚，觉外甥），先生异之。有《赠孙莘老七绝》七首之一云：

嗟予与子久离群，【注一】耳冷心灰百不闻。若对青山谈世事，当须举白便浮君。【注二】

【注一】《礼记·檀弓上》："子夏投其杖而拜曰：'吾过矣！吾过矣！吾离群而索居，亦已久矣。'"

【注二】浮，罚也，二字双声相转。《淮南子·道应训》："魏文侯觞诸大夫于曲阳，饮酒酣，文侯喟然叹曰：'吾独无豫让以为臣乎？'蹇重举白而进之，曰：'请浮君。'君曰："何也？"对曰："臣闻之，有命（名也）之父母，不知孝子；有道之君，不知忠臣。夫豫让之君，亦何如哉？"文侯受觞而饮醨（尽也）不献。曰："无管仲、鲍叔以为臣，故有豫让之功。"东汉高诱注："蹇重，文侯臣。举白，进酒也。浮，罚也，以酒罚君。"左思《吴都赋》："里宴巷饮，飞觞举白。"刘渊林注："白，罚爵名也。《汉书》（《叙传》）曰：'引满举白。'"颜师古《汉书注》："谓引取满觞而饮，饮讫举觞告白尽不也；一说，白者，罚爵之名也，饮有不尽者，则以爵罚之。"

宋周紫芝《诗谳》："任杭州通判日，转运司差往湖州，相度堤岸利害，因与知湖州孙觉相见，作诗与之。某是晓约孙觉并坐客，如有言及时事者，罚一大盏。虽不指言时事是非，意言时事多不便，不得说也。"

回杭州，出候潮门，过王复（钱塘人）园居，观双桧，有《王复秀才所居双桧二首》，其二云：

凛然相对敢相欺？直干凌空未要奇。根到九泉无曲处，[注一] 世间惟有蛰龙知。[注二]

【注一】谓其上直干凌空，未足为奇；其下根亦直，深入九泉而无曲处，然人不得而见矣，惟蛰龙知之耳！王文诰曰："王安石'不知龙向此中蟠'句，公所本也。其后鞠案，即举安石以对。"（王安石《龙泉寺石井二首》之一云："山腰石有千年润，海眼泉无一日干。天下苍生待霖雨，不知龙向此中蟠。")

【注二】此诗本纯是咏桧，落想及造语皆奇绝，不意后竟为小人所构陷，举末二句以为先生对神宗有不臣意，而欲置之死地也。北宋末南宋初叶梦得《石林诗话》卷上："元丰间（元丰二年，作此诗后七年）苏子瞻系大理狱（摘其诗文刺时政），神宗本无意深罪子瞻，时相（王珪）进言，忽言：'苏轼于陛下有不臣意。'神宗改容曰：'轼固有罪，然于朕不应至是！卿何以知之？'时相因举轼《桧诗》：'根到九泉无曲处，世间唯有蛰龙知'之句，对曰：'陛下飞龙在天（《易·乾卦》九五："飞龙在天，利见大人。"《文言》曰："圣人作而万物睹。"），轼以为不知己，而求之地下之蛰龙，非不臣而何？'神宗曰：'诗人之词，安可如此论！彼自咏桧，何预朕事！'时相语塞。章子厚亦从旁解之（章惇时未害先生），遂薄其罪。子厚尝以语余，并以丑言诋时相，曰：'人之害物，无所忌惮有如是也？'"（亦见南宋李焘《续资治通鉴长编》，见后）南宋胡仔《苕溪渔隐丛话·前集》卷四十六："王定国《闻见近录》（王巩，字定国，从东坡学，见下）云：王和父（安石弟安礼，与兄不同调）尝言：'苏子瞻在黄州，上数欲用之，王禹玉（珪字）辄曰："轼尝有'此心惟有蛰龙知'之句，陛下龙飞在天，而不敬，乃反求知蛰龙乎？"章子厚曰："龙者，非独人君，人臣皆可言龙也。"上曰："自古称龙者多矣！如荀氏八龙（《后汉书·荀淑传》："有子八人：俭、绲、靖、焘、汪、爽、肃、专，并有名称，时人谓八龙。"），孔明卧龙，岂人君也？"及退，子厚诘之曰："相公乃覆人家族邪？"禹玉曰："此舒亶言尔！"子厚曰："亶之唾，亦可食乎？"'"又《后集》卷三十云："东坡在御史狱，狱吏问云：'《双桧诗》根到九泉无曲处，世间惟有蛰龙知，有无讥讽？'答曰：'王安石诗：天下苍生待霖雨，不知龙向此中蟠，此龙是也。'吏亦为之一笑。"明游潜《梦蕉诗话》："东坡《咏桧诗》：'根到九泉无曲处，世间惟有蛰龙知。'盖言君子直行大节，到底不变，非寻常者能知。"是也。

熙宁六年癸丑，三十八岁。正月，有《法惠寺横翠阁》杂言（五七言古）诗云："雕阑能得几时好？不独凭阑人易老！"清厉鹗《湖楼题壁》五绝结句云："朱阑今已朽，何况倚阑人！"盖本诸此也。与太守陈襄（代沈立。襄字述古，为侍御史，论新法不便，请贬王安石、吕惠卿以谢天下；安石忌之，出知陈州，徙知杭州）饮于西湖上，初晴后雨，山色空蒙，有《饮湖上初晴后雨二首》之二云：

　　水光潋滟晴方好，山色空濛雨亦奇。【注一】若把西湖比西子，淡妆浓抹总相宜。【注二】

【注一】晋木华《海赋》："濊渀潋滟，浮天无岸。"李善注："濊渀，流行之皃。潋滟，相连之皃。"张铣注："皆漫波状皃。"谢朓《观朝雨》诗："空濛如薄雾，散漫似轻埃。"空濛，叠韵形容词，亦作涳濛，《广韵》："涳濛，细雨。"

【注二】谓西湖晴好，雨亦好，犹西施浓妆佳，淡妆亦佳也。（《说文》："妆，饰也。从女，牀省声。"）王文诰《苏诗编注集成》云："此是名篇，可谓前无古人，后无来者。公凡西湖诗，皆加意出色，变尽办法，然皆在《钱塘集》（在杭州通判任内所作）中；其后帅杭，劳心灾赈，已无复此种杰构，但云'不见跳珠十五年'而已。"【哲宗元祐四年，先生五十四岁，以龙图阁学士知杭州时《与莫同年（君陈）雨中饮湖上》七绝末句。详后】

　　二月，循行属县，往新城（县名，属杭州府治，民国改新登县），时晁补之（字无咎，苏门四学士之一）之父君成（端友字）为新城令；补之拜公，自此始也。（补之时年二十一，少先生十七岁）有《新城道中》七律二首之一云：

东风知我欲山行，吹断檐间积雨声。岭上晴云披絮帽，树头初日挂铜钲。【注一】野桃含笑竹篱短，溪柳自摇沙水清。西崦【注二】人家应最乐，煮芹烧笋饷春耕。

【注一】此首宋末方回《瀛奎律髓》收入《晨朝类》，批云："东坡为杭倅时诗，熙宁六年癸丑二月，循行属县，由富阳至新城有此作。三四，应是早行诗也。起十四字妙；五六亦佳；但三四颇拙耳。（按：此是名句，景象宛然，是未经人道语，方虚谷以为拙，失之；但此等句，后人不可趋步，否则画虎类狗矣）所谓武库森然，不无利钝，学者当自细参而默会。虽山谷少年诗，亦有不甚佳者，不可为前辈隐讳也。"按：古人诗，虽不必首首好，句句好，但东坡此首，应以第三四为最警策；虽起二句神妙，五六摇曳生姿，然皆不逮三四之前无古人也。方氏此评未允，纪昀及乾隆承之（不甚知诗），纪昀曰："起有神致，三四殊恶，不必曲为之词。"乾隆《唐宋诗醇》评云："絮帽铜钲，未免着相矣；有野桃溪柳一联，铸语神来，常人得之，便足以名世。"此皆见小好而不知大好，数朗星而遗皎月者也。

【注二】崦，淹掩二声，此读掩，西崦，犹西山也。末二句由《诗·豳风·七月》"同我妇子，馌（音叶，饷田也）彼南亩，田畯（田大夫）至喜"化出。

其第二首五六云："细雨足时茶户喜，乱山深处长官清。"盖美晁君成之为官清而不扰民也。有《李钤辖（《宋史·职官志》："总管钤辖司，掌军旅屯戍，营防守御之政令。"或一州一路，有兼二路三路者）坐上分题戴花》【注一】七律云：

二八佳人细马驮，十千美酒《渭城歌》。【注二】帘前柳絮惊春晚，头上花枝奈老何！【注三】露湿醉巾香掩冉，月明归路影婆娑。【注四】绿珠吹笛何时见？欲把斜红插皂罗。【注五】

【注一】唐、宋人男士亦戴花者，故杜牧《九日齐安登高》七律三四云："尘世难逢开口笑，菊花须插满头归。"《宋史·舆服志五》："簪戴幞头（帻巾之属。幞，卜伏二音），簪花谓之戴胜。中兴（指唐肃宗时），郊祀明堂，礼毕回銮，臣僚及扈从并簪花；恭谢日亦如之。大罗花，以红、黄、银红三色；栾枝，以杂色罗；大绢花，以红、银红二色。罗花，以赐百官，栾枝，卿监以上有之，绢花，以赐将校以下。……重戴，唐士人多尚之，盖古大裁帽之遗制，本野夫岩叟之服，以皂罗为之，方而垂檐，紫里，两紫丝组为缨垂而结之颔下。所谓重戴者，盖折上巾又加以帽焉。宋初，御史台皆重戴，余官或戴或否；后新进士亦戴，至释褐则止。"

【注二】李白《对酒歌》："蒲萄酒，金叵罗（酒卮也），吴姬十五细马驮。"曹植《名都篇》："归来宴平乐（观名），美酒斗十千。"《渭城歌》，指王维《送元二使安西》七绝："渭城朝雨浥轻尘，客舍青青柳色新。劝君更尽一杯酒，西出阳关无故人。"（渭城，故秦咸阳县，汉改名渭城，故城在长安西北。阳关，在今甘肃敦煌市西南，玉门关在其北，自古为出塞必经之地）此必钤辖送客别，命官妓佐酒作乐，故云佳人《渭城歌》也。王右丞原作，是千古名唱，后人多歌以送别，或名《渭城曲》，或名《阳关三叠曲》。三叠者，据清魏皓《魏氏乐谱》所传古法是："渭城朝雨浥轻尘，客舍青青柳色新。柳色新，劝君更尽一杯酒。一杯酒，劝君更尽一杯酒，西出阳关无故人！无故人，西出阳关无故人。"清沈德潜《唐诗别裁》云："相传曲调最高，倚歌者笛为之裂。"《东坡题跋》卷二《记阳关第四声》云："旧传《阳关三叠》，然今歌者每句再叠而已。通一首言之，又是四叠，皆非是。或每语三唱，以应三叠之说，则丛然无复节奏。余在密州【熙宁七年（即下一年）十一月到密州，为太守】有文勖长官，以事至密，自云得古本《阳关》，其声宛转凄断，不类向之所闻。每句皆再唱而第一句不叠，乃唐本三叠盖如此。及在黄州（元丰三年二月，四十五岁，到黄州为团练副使）偶读乐天《对酒》诗云：'相逢且莫推辞醉，新唱《阳关》第四声。'注：'第四声，劝君更尽一杯酒。'以此验之，若第一句叠，则此句为第五声矣。今为第四声，则第一句不叠审矣。"

【注三】此先生名句也。近人陈衍《海藏楼诗序》云："东坡云：'老僧已死成新塔，坏壁无由见旧题。''独眠床上（原是林下）梦魂稳（原作好），回首人间忧患长。''帘前柳絮惊春晚，头上花枝奈老何！''酒阑病客惟思睡，蜜熟黄蜂亦懒飞。'此例极多，何等神妙！"

【注四】鲍照《拟行路难十八首》之十起云："君不见槿华不终朝（槿花，木槿也，朝花暮落者），须臾奄冉零落销。"奄冉同掩冉，双声形容词，此犹云隐约也。《诗·陈风·东门之枌》："东门之枌，宛丘之栩，子仲之子，婆娑其下。"《毛传》："婆娑，舞也。"此喻醉态。

【注五】《晋书·石苞传》附《石崇传》："崇有妓曰绿珠，美而艳，善吹笛。"梁简文帝《艳歌篇》："凌晨光景丽，倡女凤楼中。……分妆开浅靥，绕脸傅斜红。"斜红，指鬓边所插之花也。纪昀曰："气味颇似玉溪生。"

至於潜（浙江县名），有《於潜僧绿筠轩》【注一】杂言古诗，甚有名，诗云：

可使食无肉，不可居无竹。【注二】无肉令人瘦，无竹令人俗。人瘦尚可肥，俗士不可医。傍人笑此言，"似高还似痴。"若对此君仍大嚼，世间那有扬州鹤。【注三】

【注一】查慎行《苏诗补注》："於潜僧名孜，字惠觉，见《参寥子集》。《咸淳临安志》：'寂照寺，在於潜县南二里丰国乡，寺旧有绿筠轩，后徙县斋。宝庆初，避御名（宋理宗名昀，此讳嫌名也），易以此君轩，仍用坡诗，晋王徽之语也。'"

【注二】《世说新语·任诞》："王子猷【名徽之，羲之第五子。（羲之七子：玄之、凝之、涣之、肃之、徽之、操之、献之。长次五六七俱名于当世）】尝暂寄人空宅中住，便令种竹。或问：'暂住何烦尔？'王啸咏良久，直指竹曰：'何可一日无此君！'"（亦见《晋书·王徽之传》）

【注三】此君，指竹；大嚼，食肉也。谓雅俗不可得兼，世间安有腰缠十万贯，骑鹤上扬州者乎！《说文》："噍，齧也。从口焦声。才肖切"，"嚼，噍或从爵。又才爵切"。今粤俗呼食如"赵"，即此字。桓谭《新论》："关东鄙语曰：人闻长安乐，则出门向西而笑；知肉味美，则对屠门而大嚼。"又曹植《与吴季重书》："过屠门而大嚼，虽不得肉，贵且快意。"扬州鹤：见梁殷芸《殷芸小说》："有客相从，各言所志，或愿为扬州刺史，或愿多货财，或愿骑鹤上升。其一人曰：'腰缠十万贯，骑鹤上扬州。'盖欲兼三人者之所欲也。"先生诗意：谓但对竹清谈，则不必富而食肉；犹士君子博学于文，已入清流，则不得兼求多金以穷物质享受也。董仲舒《贤良对策下》云："夫天亦有所分予，予之齿者去其角，（虎豹豺狗有利齿而无角，牛鹿有角而无利齿，但有大牙耳！）傅其翼者两其足，是所受大者，不得取小也。"大抵生人之分，雅俗不能并容，名利不得兼有，士君子坚志成德成学，工文词，必须预甘食贫，不得复求货利；若货利之念不除，则其德学文章，必不能独立万仞，庄生《田子方》谓"百里奚爵禄不入于心，故饭牛而牛肥"，斯其意也。易言之：若得大富贵，多货利，颐指气使，履丰席厚，则待草木以共凋可矣，不得复求千岁之声也。太史公曰"当时则荣，没则已焉"，是矣。先生此诗，非戏言，实正论也。

过临安（今临安区，在杭州西。东汉名临水县，晋改临安。此与高宗时改杭州为临安以作首都者不同），于宝山僧舍昼寝，起题壁上，有《宝山昼睡》七绝云：

七尺顽躯走世尘，十围便腹贮天真。[注一]此中空洞浑（一作全）无物，何止容君数百人。[注二]

【注一】十围便腹，先生之体态可见矣。《后汉书·文苑·边韶传》："字孝先，陈留浚仪人也。以文学知名，教授数百人。韶口辩，曾昼日假卧，弟子私嘲之曰：'边孝先，腹便便，懒读书，但欲眠。'韶潜闻之，应时对曰：'边为姓，孝为字，腹便便，五经笥，但欲眠，思经事。寐与周公通梦，静与孔子同意。师而可嘲，出何典记？'嘲者大惭。"

【注二】空洞无物，谓了无机心而容量绝广也。此诗辞气豪迈，磊落英多，想见其人焉。《世说新语·排调》："王丞相（导）枕周伯仁（颛）膝，指其腹曰：'卿此中何有？'答曰：'此中空洞无物，然容卿辈数百人。'"《东坡题跋》卷三《记宝山题诗》云："予昔在钱塘，一日，昼寝于宝山僧舍，起题其壁云：'……'其后有数小子亦题名壁上，见者乃谓予诮之也。周伯仁所谓君者，乃王茂弘（导字）之流，岂此等辈哉！"

七月，有《病中游祖塔院》（在杭州）七律云：

紫李黄瓜村路香，乌纱白葛道衣凉。闭门野寺松阴转，敧枕风轩客梦长。因病得闲殊不恶，安心是药更无方。[注一]道人不惜阶前水，借与匏樽自在尝。[注二]

【注一】松阴转，日影移也。三四，已清新隽永矣；五六，神妙超绝，愈思愈佳。不恶，犹不错。《晋书·列女·王凝之妻谢氏传》："字道韫（名韬），安西将军奕（安兄）之女也，聪识有才辩，……初适凝之，还，甚不乐，安曰：'王郎，逸少（羲之字）子，不恶，汝何恨也？'答曰：'一门叔父则有阿大中郎（谓谢万，为晋简文帝抚军从事中郎）；群从兄弟，复有封、胡、羯、末。（封，谢韶；胡，谢朗；羯，谢玄；末，谢川。皆称其小字也）不意天壤之中，乃有王郎。'"《景德传灯录》卷三《第二十八祖菩提达磨》："时有僧神光者，旷达之士也。……闻达磨大士住止少林，……乃往彼晨夕参承。……师遂因与易名曰慧可。光曰：'诸佛法印，可得闻乎？'师曰：'诸佛法印，匪从人得。'光曰：'我心未宁，乞师与安。'师曰：'将心来，与汝安。'曰：'觅心了不可得。'师曰：'我与汝安心竟。'"

【注二】清翁方纲《苏诗补注》卷一："高江村《销夏录》载此诗墨迹云：'宋苏文忠公游虎跑泉诗卷，（元朵尔直班）跋云："此诗不载集中。虎跑泉一在丹阳（县名，在镇江南），一在钱唐（即杭州），公尝通判杭州，则此泉盖在钱唐者也。"又（元张绅）跋云："右诗题云《游虎跑泉》，文集是诗则题云《病中游祖塔院》，按《传灯录》唐元和（宪宗）十二年，大慈（山名）中禅师（性空）创寺于杭州南山，长庆（穆宗）元年，赐额大慈。……宋（太宗）太平兴国六年，以南泉、临济、赵州、雪峰（皆高僧）诸人，皆常至此，故又名祖塔院。东坡来游，止据寺名而书此诗。时又偶作《虎跑泉》（七古，八句，仄韵），盖一诗而有二名，观者以为集中不载，一时未暇详考耳。此寺山川环秀，郡中为胜。……岁甲子（元泰定帝，泰定元年）戒师定岩始重作佛殿，……戒师尝汲泉水送予，予以之煮茶，香洌比蜀井，宜其有异传也。"宋王十朋注引《杭州图经》："性空禅师，尝居大慈，无水，或有神人告之曰：'明日当有水矣。'是夜，二虎跑（前足抓地）地作穴，泉水涌出，因号虎跑泉。"

十一月，赴常、润赈饥发秀州（浙江秀水县，民国并入
嘉兴县），夜过永乐乡本觉寺，乡僧文及，时已卧病退院，为
慰藉久之，有《夜至永乐文长老院，文时卧病退院》七律云：

夜闻巴叟卧荒村，来打三更月下门。往事过年如昨日，此
身未死得重论。【注一】老非怀土情相得，病不开堂道益尊。【注二】
惟有孤栖旧时鹤，举头见客似长言。【注三】

【注一】三四重句。是年先生尝病，故云。王文诰《苏诗总案》以
为未死指文长老，似非。（文长老下一年五月卒）

【注二】五句谓文长老俗情尽泯，根尘已寂，其老病非怀土思乡致
然也。或解作文长老与己之相得，非关乡情，亦通。六句，谓文长老卧
病不开堂讲经，益契无言妙旨，故其道弥尊也。

【注三】王文诰《苏诗总案》云："此盖病深不能款语，故惟有旧
时识客之鹤，如欲长言耳。"纪昀曰："通体深稳。"

是年除夕，泊舟常州（今江苏常州市武进区，即延陵，
春秋吴季子札之采邑，汉时曰毗陵）城外渡岁，有《除夜野
宿常州城外》七律二首云：

行歌野哭两堪悲，远火低星渐向微。病眼不眠非守
岁，【注一】乡音无伴苦思归。重衾脚冷知霜重，新沐头轻感发
稀。多谢残灯不嫌客，孤舟一夜许相依。【注二】
南来三见岁云徂，【注三】直恐终身走道涂。老去怕看新历
日，退归拟学旧桃符。【注四】烟花已作青春意，霜雪偏寻病客

须。【注五】 但把穷愁博长健，不辞最后饮屠苏。【注六】

【注一】白居易《除夜》七绝："病眼无眠非守岁，老心多感又临春。火销灯尽天明后，便是平头六十人。"查慎行《苏诗补注》："病眼句，白乐天《除夜》诗也，先生一时偶用之耶？"（姜夔《除夜自石湖归苕溪》十绝之四结句亦云："应是不眠非守岁，小窗春意入灯花。"）晋周处《风土记》："蜀之风俗，晚岁相与馈问，谓之馈岁；酒食相邀，为别岁；至除夕，达旦不眠，谓之守岁。"

【注二】纪昀曰："（末二句）言人则见嫌矣。"

【注三】《尔雅·释诂》："如、适、之、嫁、徂、逝，往也。"杜甫《今夕行》起句："今夕何夕岁云徂，更长烛明不可孤。"先生自熙宁四年十一月至杭，今是熙宁六年除夕，故云。

【注四】晋杨泉《物理论》："畴昔神农，始治农功，正节气，审寒温，以为早晚之期，故立历日。"梁庾肩吾有《谢历日启》，王安石及坡公皆有《谢赐历日表》。宋赵次公注："唐李君虞有《书院无历日》诗。"桃符：蔡邕《独断》卷上："神荼、郁垒（读作伸舒、郁律）二神：海中有度朔之山，上有桃木，蟠屈三千里，卑枝东北有鬼门，万鬼所出入也。神荼与郁垒二神居其门，主阅领诸鬼。其恶害之鬼，执以苇索食虎。故十二月岁竟，以先腊之夜逐除之也。（《荆楚岁时记》以十二月八日为腊日，先腊之夜是十二月初七夜；然观《独断》，则先腊之夜是除夕前一夜也）乃画荼、垒，并悬苇索于门户，以御凶也。"梁宗懔《荆楚岁时记》："正月一日，绘二神，贴户左右，左神荼，右郁垒，俗谓之门神。"又云："画帖鸡户上，悬苇索其上，插桃符其旁，百鬼畏之。"白居易《六帖》："正月一日，造桃符着户，名仙木，百鬼所畏。"旧桃符，本是画雄鸡及缚鬼之神，东坡拟学者此（失意时偶尔戏言）。至五代末，蜀后主孟昶乃改作联语，今日之春联，盖自昶始也。《宋史·西蜀孟氏世家》："每岁除，命学士为词，题桃符，置寝门左右。末年（后蜀广政二十八年，即宋太祖乾德三年）学士幸寅逊撰词，昶以其非工，自命笔题云：'新年纳馀庆，嘉节号长春。'以其年正月十一日降，太祖命吕馀庆知成都府，而长春，乃圣节名也。"（亦见宋张唐英《蜀梼杌》卷下，幸寅逊误作辛寅逊，号作贺，此楹联之始也。宋太祖建隆元年，宰相表请以二月十六日太祖诞辰为长春节。则孟昶此联，盖联谶矣）纪昀曰："三四，到地（犹云到底）宋格，东坡不妨，一学之，便恐入恶趣。"纪批非是。

【注五】纪昀曰："二句沉着。"是也。

【注六】唐徐坚《初学记》卷四《岁时部下·元日第一》"进椒柏酒"下注引东汉崔寔《四民月令》："进酒次第，当从小起，以年少者起先。"《荆楚岁时记》："正月一日，是三元之日也，长幼以次拜贺，进屠苏酒。（晋）董勋：'正月饮酒先小者，以小者得岁，先酒贺之；老者失岁，故后与酒。'"宋王十朋注引赵叔尧卿曰："屠苏，草庵也，古人居庵作酒，因以为名。"宋洪迈《容斋续笔》卷二《岁旦饮酒》条云："今人元日饮屠酥酒，自小者起，相传已久，然固有来处。后汉李膺、杜密以党人同系狱，值元日，于狱中饮酒曰：'正旦从小起。'《时镜新书》晋董勋云：'正旦饮酒从小起何也？勋曰：俗以小者得岁，故先酒贺之；老者失时，故后饮酒。'《初学记》载《四民月令》云：'正旦进酒次第，当从小起，以年小者起先。'唐刘梦得、白乐天元日举酒赋诗，刘云：'与君同甲子，寿酒让先杯。'（《元日乐天见过举酒为贺》五律结句。白乐天生于代宗大历七年正月二十日，月日盖长于刘也）白云：'与君同甲子，岁酒合谁先？'（《新岁赠梦得》五律结句）白又有《岁假内命酒》一篇云：'岁酒先拈辞不得，被君推作少年人。'（原题作《赠周判官萧协律》，七律，此其结句）顾况云：'不觉老将春共至，更悲携手几人全？还丹寂寞羞明镜，手把屠苏让少年。'（《岁日作》七绝）裴夷直（中晚唐人）云：'自知年几偏应少，先把屠苏不让春；倘更数年逢此日，还应惆怅让（原作美）他人。'（《岁日先把屠苏酒戏唐仁烈》七绝）成文幹（名彦雄，南唐人）云：'戴星先捧祝尧觞，镜里堪惊两鬓霜。好是灯前偷失笑（自笑已老），屠苏应不得先尝。'（《元日》七绝）方干（晚唐）云：'才酌屠苏定年齿，坐中皆（原作惟）笑鬓毛斑。'（《元日》七律结句）然则尚矣。东坡亦云：'但把穷愁博长健，不辞最后饮屠苏。'其义亦然。"

熙宁七年甲辰，三十九岁，正月元日过丹阳，抵润州（即镇江），过刁约（东坡前辈，字景纯，仁宗天圣进士，知扬州，挂冠归，筑室润州，号藏春坞）藏春坞，与柳瑾（字子玉）同游润州之鹤林、招隐二山，有《同柳子玉游鹤林招隐醉归呈景纯》七律一首，刁约和之，先生再成《景纯见和复次韵赠之》二首，其二云：

人间膏火正争光，[注一]每到藏春得暂凉。[注二]多事始知田舍好，凶年偏觉野蔬香。溪山胜画徒能说，来往如梭为底忙？老去此身无处着，为翁栽插万松冈。[注三]

【注一】《庄子·人间世》："山木，自寇也；膏火，自煎也。"《淮南子·原道训》："天下时有盲妄自失之患，此膏烛之类也，火逾然而消逾呕。"《汉书·龚胜传》："薰以香自烧，膏以明自销。"阮籍《咏怀诗》："膏火自煎熬，多财为患害。布衣可终身，宠禄岂足赖！"

【注二】宋王十朋《集注》引赵夔尧卿曰："景纯有藏春坞，欧阳文忠公题诗云：'欲借青春藏向此，须知白首尚多情。'"又曰："藏春坞前，一冈皆松林，命曰万松冈。司马温公题诗云：'藏春在何许？郁郁万松林。永日门阑静，东风花木深。主翁今素发，野服遂初心。付与乡人饮，高歌散百金。'"

【注三】结语谓世不能容,己身已木然,直欲将之栽插于万松冈上也。栽插,承上此身而言。其怨深矣。

三月,赴常州(宋时亦称毗陵郡,今江苏常州市武进区),有《常、润道中,有怀钱塘,寄述古(太守陈襄)》七律五首,其二云:

草长江南莺乱飞,【注一】年来事事与心违。花开后院还空落,(谓己不在也)燕入华堂怪未归(此二句生气远出,语妙词奇)。世上功名何日是?樽前点检几人非?【注二】去年柳絮飞时节,记得金笼放雪衣。

【注一】邱迟《与陈伯之书》:“暮春三月,江南草长,杂花生树,群莺乱飞。”
【注二】白居易《与诸客携酒寻去年梅花有感》七律结句:“樽前百事皆依旧,点检惟无薛秀才。”自注:“去年与薛景文同赏,今年长逝。”晏殊《木兰花》词:“当时共我赏花人,点检如今无一半。”
【注三】先生自注:“杭人以放鸽为太守寿。”雪衣,指白鸽,《诗·桧风·蜉蝣》:“蜉蝣之羽……麻衣如雪。”结句见陈述古治杭之得民矣。

五月,抵秀州(浙江秀水县,民国并入嘉兴)再过永乐乡报本禅院,其乡僧文长老(文及)已卒,为诗悼之,有《过永乐文长老已卒》七律云:

初惊鹤瘦不可识,旋觉云归无处寻。【注一】三过门间老病死,一弹指顷去来今。【注二】存亡惯见浑无泪,乡井难忘尚有

心。欲向钱塘访圆泽，葛洪川畔待秋深。【注三】

【注一】去年十一月文长老卧病诗末云"惟有孤栖旧时鹤，举头见客似长言"，此谓今初见鹤瘦至几不可识，已觉惊诧，旋知鹤之主人文长老已卒，鸟亦有情，盖思主而瘦也。云归无处寻，喻文长老之西归乐土也。

【注二】宋僧道原《景德传灯录》卷一："释迦牟尼佛……于四门游观，见……老病死终可厌离。"宋僧法云《翻译名义集》："二十念为瞬，二十瞬为弹指。"又云："时之极少为刹那（梵语），壮士一弹指顷六十五刹那。"唐僧贤首《华严探玄记》："刹那者，此云念顷，于一弹指顷有六十刹那。"又前秦僧鸠摩罗什译《仁王护法般若经》："一念中有九十刹那，一刹那经九十生灭。"一弹指顷，盖喻迅速也。王文诰《编注集成》："谓初过而老，再过而病，三过而死，合下句读之，正言其速，不可以十七八年首尾论也。"去来今，谓过去生，今生，未来生，即所谓三生、三世也。《维摩诘所说经》（鸠摩罗什译）卷中《观众生品》："天女曰：皆以世俗文字数故，说有三世，非谓菩提有去来今。"清冯应榴《苏文忠公诗合注》："《诗人玉屑》（宋魏庆之撰）引《藜藿野人诗话》：三过（间作中）云云，句法清健天生对也。陆务观诗云：'老病已多惟欠死，贪嗔虽尽尚余痴。'不敢望东坡，而近世亦无人能到此。"

【注三】《东坡七集·第七集》先生损益唐人袁郊之《甘泽谣》作为《僧圆泽传》云："洛师惠林寺，故光禄卿李憕居第。禄山陷东都，憕以居守，死之。子源，少时以贵游子，豪侈善歌闻于时，及憕死，悲愤自誓，不仕不娶，不食肉，居寺中五十余年。寺有僧圆泽（《甘泽谣》作圆观），富而知音，源与之游甚密，促膝交语竟日，人莫能测。一日，相约游蜀青城、峨眉山，源欲自荆州溯峡，泽欲取长安斜谷路，源不可，曰：'吾已绝世事，岂可复道京师哉！'泽默然久之，曰：'行止固不由人。’遂自荆州路。舟次南浦（四川万县），见妇锦裆负罂而汲者，泽望而泣曰：‘吾不欲由此者，为是也。’源惊问之，泽曰：‘妇人姓王氏，吾当为之子，孕三岁矣，吾不来，故不得乳。今既见，无可逃者，公当以符咒助我速生，三日浴儿时，愿公临我，以笑为信。后十三年，中秋月夜，杭州天竺寺外，当与公相见。’源悲悔，而为之具沐浴，易服，至暮，泽亡而妇乳。三日，往视之，见源果笑。具以语王氏，出家财，葬泽山下。源遂不果行，反寺中问其徒，则既有治命矣。后十二年，自洛适吴，赴其约，闻葛洪川畔，有牧童扣牛角而歌之，曰：‘三生石上旧精魂，赏月吟风不要论。惭愧情人远相访，此身虽异性长存。’呼问：‘泽公健否？’答曰：‘李公真信士，然俗缘未尽，慎勿相近，惟勤修不堕，乃复相见。’又歌曰：‘身前身后事茫茫，欲语前因恐断肠。吴、越山川寻已遍，欲回烟棹上瞿塘。（四川母家）’遂去，不知何之。后二年（唐文宗时），李德裕奏源忠臣子，笃孝，拜谏议大夫，不就，竟死寺中，年八十。”末二句，意承上“乡井难忘尚有心”来，欲文长老之能如圆泽，再世与己相见也。纪昀曰：“后半曲折顿挫。”

六月，还杭州。八月，捕蝗至於潜（浙江县名）浮云岭，作诗寄弟，有《捕蝗至浮云岭，山行疲茶，有怀子由》（茶，音涅，疲兒）七律二首，其二云：

霜风渐欲作重阳，熠熠溪边野菊黄。久废山行疲荦确，尚能村醉舞淋浪。[注一] 独眠林下梦魂好，回首人间忧患长。（陈衍《海藏楼诗序》作“独眠床上梦魂稳”，误记）杀马毁车从此逝，子来何处问行藏！[注二]

【注一】韩愈《山石》七古：“山石荦确行径微，黄昏到寺蝙蝠飞。

升堂坐阶新雨足，芭蕉叶大栀子肥。"又《醉后》五古："淋浪（一作漓）身上衣，颠倒笔下字。人生如此少，酒贱且勤置。"

【注二】《史记·高祖本纪》："高祖以亭长为县送徒（囚犯）郦山，徒多道亡，自度比至皆亡之，到丰西泽中，止饮，夜乃解纵所送徒。曰：'公等皆去，吾亦从此逝矣。'"《后汉书·周燮传》："南阳冯良，字君郎。出于孤微，少作县吏，年三十，为尉从佐。奉檄迎督邮，即路慨然，耻在斯役，因坏车杀马，毁裂衣冠，乃遁至犍为（四川县名），从杜抚学。妻子求索，踪迹断绝，后乃见草中有败车死马，衣裳腐朽，谓为虎狼盗贼所害，发丧制服。积十许年，乃还乡里。志行高整，非礼不动，遇妻子如君臣，乡里以为仪表。"宋朋九万《乌台诗案》："轼前在杭州，寄子由诗云：'独眠林下梦魂好，回首人间忧患长。杀马毁车从此逝，子来何处问行藏。'意谓新法青苗、助役等事，烦杂不可办，亦言己才力不能胜任也。"

又有《与毛令（名宝）方尉（名武）游西菩寺》（在於潜县西十五里西菩山中，山去县十八里）七律二首，第一首三四云："人未放归江北路，天教看尽浙西山。"真所谓此老倔强者也。其第二首第三四句云："白云自占东西岭，明月谁分上下池。"则语妙天下，清新欲绝矣。九月，以太常博士、直史馆移权知密州（治今山东诸城市），十月离杭，十一月三日到密州任。

神宗熙宁八年乙卯，四十岁。在密州，有《送春》七律（乃次刘敏韵者，子由《栾城集》有《次韵刘敏殿丞送春》），极佳，云：

梦里青春可得追？欲将诗句绊余晖。酒阑病客惟思睡，蜜熟黄蜂亦懒飞。【注一】芍药樱桃俱扫地，（先生自注："病中过此二物。"）鬓丝禅榻两忘机。【注二】凭君借取法界观，一洗人间万事非。【注三】

【注一】萧统《陶渊明传》："贵贱造之者，有酒辄设，渊明若先醉，便语客，'我醉欲眠卿可去'，其真率如此。"欧阳修《和梅公仪尝茶》七律五六："寒侵病骨惟思睡，花落春愁未解醒。"蜜熟句，指物为喻，出人意表。纪昀曰："对得奇变，此对面烘托法。"

【注二】宋施元之注："《唐阙史》云：'杜牧之自以年渐迟暮，常追赋《感旧》二诗。'一诗即鬓丝禅榻者。"杜牧《醉后题僧院》诗："觥船一棹百分空，十载青春不负公。今日鬓丝禅榻畔，茶烟轻飏落花风。"先生诗意，谓物我俱亡也。

【注三】先生自注："来书云'近看此书'，余未尝见也。"观此注，则《栾城集》作《次韵刘敏殿丞送春》为允。唐华严宗初祖，终南杜顺禅师有《华严法界观》一卷，本名《修大方广佛华严法界观门》，分为真空观、理事无碍观、周遍含空观。唐清凉澄观禅师著《华严法界玄镜》一卷，即释杜顺之《华严法界观》者。法界，一切众生身心之本体也。纪昀曰："上句五仄，下句万字宜用平。"此说是。

熙宁九年丙辰，四十一岁，正月，迁祠部员外郎、直史馆，仍在密州（山东诸城）任。三月四日，有《寄题刁景纯藏春坞》七律【石刻此诗后有"熙宁九年三月四日东武（即诸城）西斋"十二字。景纯，刁约字，先生前辈，筑室润州，号藏春坞，屡与先生唱和，已见前；然自此诗后，已无复与景纯唱和之作，景纯殆未几下世矣】云：

白首归来种万松，【注一】待看千尺舞霜风。年抛造物陶甄外，春在先生杖履中。【注二】杨柳长齐低户暗，樱桃烂熟滴阶红。【注三】何时却与徐元直，共访襄阳庞德公？【注四】

【注一】藏春坞前有冈，皆种松，号万松冈。先生前诗末云："老去此身无处着，为君栽插万松冈。"

【注二】年抛句，谓景纯忘却岁年，与造化而俱往也；春在句，谓景纯暮年享林泉之乐，天下之良辰美景，尽在其藏春坞中，而景纯杖履流连，其赏心乐事正无艾也。昌黎云"园林穷胜事，钟鼓乐清时"（《奉和仆射裴相公感恩言志》五律三四），斯其意矣。晋张华《女史箴》："茫茫造化，二仪既分。散气流形，既陶既甄。"陶甄，谓天地造化也。

【注三】二句赋形体物，精绝妙绝，陆机《文赋》所谓"赋体物而浏亮"者是也。若此渲染，第四句斯无憾矣。

【注四】结韵谓不知何时复与同辈奇士，共到润州，过藏春坞，造访前辈高人刁老先生也。《后汉书·逸民·庞公传》："庞公者，南郡襄阳人也。居岘山之南，未尝入城府，夫妻相敬若宾。荆州刺史刘表数延请。不能屈，乃就候之。……因释耕于垄上，而妻子耘于前，表指而问曰：'先生苦居畎亩，而不肯官禄，后世何以遗子孙乎？'庞公曰：'世人皆遗之以危，今独遗之以安，虽所遗不同，未为无所遗也。'表叹息而去。"李贤注引晋习凿齿《襄阳记》曰："诸葛孔明每至德公家，独拜床下，（又《襄阳记》："德公子字山人，娶诸葛孔明姊。子涣，晋太康中为牂柯太守。"）德公初不令止。司马德操尝诣德公，值其渡沔上先人墓，德操径入其室，呼德公妻子，使速作黍，徐元直向云：当来就我与德公谈。其妻子皆罗拜于堂下，奔走共设。须臾德公还，直入相就，不知何者是客也。德操年少德公十岁，兄事之，呼作庞公，故俗人遂谓庞公是德公名，非也。"后魏郦道元《水经注·沔水注》："沔水又东径隆中，历孔明旧宅北，亮语刘禅曰'先帝三顾臣于草庐之中，咨臣以当世之事'，即此宅也。""襄阳城东，……沔水中有鱼梁洲，庞德公所居。士元居汉之阴（南），……司马德操宅洲之阳（北），望衡对宇，欢情自接；泛舟塞裳，率尔休畅。"

八月十五日，饮于超然台（熙宁八年十一月，修葺园北旧台，子由名之曰超然，先生作《超然台记》）。是夜欢饮达旦，作《水调歌头》（明月几时有一阕）。十二月，徙知河中府（治今山西永济市），遂罢密州任。至潍州（今山东潍坊市），除夜大雪，遂止焉。

熙宁十年丁巳，四十二岁，正月元日，发潍州，二月至京师，告下，以祠部员外郎、直史馆，改权知徐州（治今江苏徐州市铜山区）。三月，有《和孔密州五绝》（七绝五首也。孔宗翰时接任密州太守），其三《东栏梨花》云：

梨花淡白柳深青，柳絮飞时花满城。[注一] 惆怅东栏二株雪，人生看得几清明？[注二]

【注一】刘禹锡《柳花词》三首之一："开从绿条上，散逐香风远。故取花落时，悠扬占春晚。"又《伤秦姝行》："长安二月花满城，插花儿女弄银筝。"

【注二】末二句谓人生短短数十寒暑，谁能如东栏梨花之年年盛开以过此清明时节乎？此诗甚有名，盖天资高绝者一时妙手偶得之也。韩愈《寒食日出游》七古："走马城西惆怅归，不忍千株雪相映。迩来又见桃与梨，交开红白如争竞。"又《闻梨花发赠刘师命》七绝："桃溪惆怅不能过，红艳纷纷落地多。闻道郭西千树雪，欲将君去醉如何？"梨花白，二株雪，谓梨花也。

四月，过宿州（今安徽宿州市，在徐州南），有《宿州次韵刘泾》（泾，字巨济，熙宁初进士，为文务奇诡，好进取，常为人所排，屡踬不伸，时知宿州）七律云：

我欲归休瑟渐希，舞雩何日着春衣？【注一】多情白发三千丈，无用苍皮四十围。【注二】晚觉文章真小技，早知富贵有危机。【注三】为君垂涕君知否？千古华亭鹤自飞。

【注一】《论语·先进篇》："子路、曾皙、冉有、公西华侍坐，子曰：'以吾一日长乎尔，毋吾以也（毋以我长而不言）！居则曰：不吾知也！如或知尔，则何以哉？（尔有何用）'子路率尔而对曰：'千乘之国，摄乎大国之间，加之以师旅，因之以饥馑，由也为之，比及三年，可使有勇，且知方也。'夫子哂之。'求，尔何如？'对曰：'方六七十，如五六十，求也为之，比及三年，可使足民；如其礼乐，以俟君子。''赤，尔何如？'（公西赤，字子华）对曰：'非曰能之，愿学焉。宗庙之事，如会同，端章甫，愿为小相焉。'（端，玄端之服。章甫，宋冠名。相，赞礼之官）'点，尔何如？'（点，繁体字作點，本字作黵，《说文》："虽皙而黑也。古人名黵，字皙。"《史记·仲尼弟子列传》作蒧，讹字也）鼓瑟希，铿尔，舍瑟而作，对曰：'异乎三子者之撰。'（《说文》无撰，本作僎，具也）子曰：'何伤乎！亦各言其志也。'曰：'莫春者，春服既成，冠者五六人，童子六七人，浴乎沂，风乎舞雩，咏而归。'（舞雩，祭天祈雨之广场）夫子喟然叹曰：'吾与点也（与，许也）。'……"

【注二】此二句谓多情只使人易老，而无用则反多寿，是隽语，亦伤心人之愤世语也。李白《秋浦歌》十七首之十五："白发三千丈，缘愁似个长，不知明镜里，何处得秋霜？"人生多情则工愁善感，愁感滋多，则易老也必矣。《诗·小雅·小弁篇》云："假寐永叹，维忧用老。"嵇康《养生论》："积微成损，积损成衰，从衰得白，从白得老，从老得终，闷若无端。"李贺《金铜仙人辞汉歌》："衰兰送客咸阳道，天若有情天亦老。"姜白石《长亭怨慢》："阅人多矣，谁得似、长亭树？树若有情时，不会得青青如此！"皆此意。《庄子·山木篇》："庄子行于山中，见大木，枝叶盛茂，伐木者止其旁而不取也。问其故，曰：'无所可用。'庄子曰：'此木以不材得终其天年。'"又《人间世》："匠石之齐，至于曲辕，见栎社树，其大蔽数千牛，絜之百围（絜，以绳束之），其高临山，十仞而后有枝，其可以为舟者，旁十数。观者如市，匠伯（伯，匠石字）不顾，遂行不辍，弟子厌观之（厌，饱也，足也），走及匠石，曰：'自吾执斧斤，以随夫子，未尝见材如此其美也！先生不肯视，行不辍，何邪？'曰：'已矣！勿言之矣！散木也。以为舟则沉，以为棺椁则速腐，以为器则速毁，以为门户则液樠（音瞒，流脂如松膏也），以为柱则蠹，是不材之木也。无所可用，故能若是之寿！'"杜甫《古柏行》起云："孔明庙前有古柏，柯如青铜根如石，苍皮溜雨四十围，黛色参天二千尺。"末云："志士幽人莫怨嗟，古来材大难为用。"先生无用句语本杜公，其意则出于庄生也。"

【注三】杜甫《贻华阳柳少府》五古："吾衰卧江汉，但愧识玙璠。文章一小技，于道未为尊。"《晋书·诸葛长民传》刘裕既杀刘毅，长民知祸将及己，弟黎民劝其图裕："长民犹豫未发，既而叹曰：'贫贱常思富贵，富贵必履危机，今日欲为丹徒布衣，岂可得也？'"（长民尝领晋陵太守，镇丹徒，卒为刘裕所杀）先生亦自知必为小人所害，故此作意志萧散，而有文章小技富贵危机之叹。

【注四】先生自注："泾之兄汴，亦有文，死矣！"汴死于何事，不可得而考矣。查慎行《苏诗补注》云："本集《与刘巨济书》云：'贤兄文格奇拔，不幸早世，见其手书旧文，不觉垂涕。'诗中有富贵危机之语，又引华亭鹤，乃陆机临刑事，若不得其死者，他无可考。"按：

陆游《避暑漫抄》："艺祖（宋太祖）受命之三年，密镌一碑，立于太庙寝殿之夹室，谓之誓碑，用销金黄幔蔽之，门钥封闭甚严。因敕有司，自后时享及新天子即位，谒命礼毕，奏请恭读誓词。……独一小黄门官不识字者一人从，余皆远立庭中，黄门验封，启钥先入，焚香明烛，揭幔，亟走出阶下，不敢仰视。上至碑前再拜，跪瞻默诵讫，复再拜而出。群臣及近侍，皆不知所誓何事。自后列圣相承，皆踵故事，岁时伏谒，恭读如仪，不敢漏泄。……靖康之变，金人入庙，……门皆洞开，人得从观，碑止高七八尺，阔四尺余，誓词三行，一云：'柴氏子孙，有罪不得加刑，纵犯谋逆，止于狱中赐尽，不得市曹刑戮，亦不得连坐支属。'一云：'不得杀士大夫，及上书言事人'。一云：'子孙有渝此誓者，天必殛之。'后建炎（高宗）中，曹勋自北中（指金）回，太上（谓徽宗）寄语云'祖宗誓碑在否？吾恐今天子不及知'云云。"北宋无杀士大夫者，刘汾即最不幸，亦流放赍志以没耳。《晋书·陆机传》与长沙王乂战，军败；为宦人孟玖所陷，成都王颖使牵秀密收机，"机释戎服，着白帢，与秀相见，神色自若，谓秀曰：'自吴朝倾覆，吾兄弟宗族，蒙国重恩，入侍帷幄，出剖符竹，成都命吾以重任（为后将军，河北大都督），辞不获已；今日受诛，岂非命也？'因与颖笺，辞甚凄恻，（已亡佚）既而叹曰：'华亭鹤唳，岂可复闻乎？'（机，吴郡人。华亭，在今上海松江区西平原村中，机世居于此）遂遇害于军中，时年四十三。二子蔚、夏，亦同被害。机既死非其罪，士卒痛之，莫不流涕。是日昏雾昼合，大风折木，平地尺雪，议者以为陆氏之冤"。

　　四月二十一日，到徐州任，进《徐州谢上表》，有云："向者屡献瞽言，仰尘圣鉴，岂有意于为异？实笃信其所闻。（《大戴礼·曾子疾病篇》："君子尊其所闻，则高明矣；行其所闻，则广大矣。"）知臣者谓臣爱君，不知臣者谓臣多事。空怀此意，谁复见明？伏维皇帝陛下，日月照临，乾坤覆帱，

（《中庸》："日月所照，霜露所队，凡有血气者，莫不尊亲。"
又云："辟如天地之无不持载，无不覆帱。"帱，帐也，此作
动词用）察孤危之易毁，谅拙直之无他。安全陋躯，畀付善
地。民淳讼简，殊无施设之方；食足身闲，仰愧生成之赐
（天生之，地成之）"八月，与子由观月，有《阳关词》（亦
诗亦词）三首，其三《中秋月》云：

暮云收尽溢清寒，银汉无声转玉盘。【注一】此生此夜不长
好，明月明年何处看？【注二】

【注一】溢，漏泄之意，杜诗："漏泄春光有柳条。"（《腊日》七
律），此谓夜凉如水也。鲍照《夜听妓》五古起调云："夜来坐几时？银
汉倾露落。"李白《古朗月行》起云："小时不识月，唤作白玉盘；又疑
瑶台镜，飞在青云端。"
【注二】与"惆怅东栏二株雪，人生看得几清明"同意。此生，是
人；此夜，是月。月不长好，惟人亦然，朱弦三叹，余味曲包。此作朱
祖谋《东坡乐府》全加密圈，郑文焯手批《东坡乐府》云："'不'字
律。（谓"不"字入声，最合律，与王摩诘"劝君更尽一杯酒"之
"一"字同声也）妙句天成。"先生《记阳关第四声》云："旧传《阳
关》三叠，然今歌者，每句再叠而已，通一首言之，又是四叠，皆非
是。或每语三唱，以应三叠之说，则丛然无复节奏。余在密州，有文勋
长官，以事至密自云得古本《阳关》，其声宛转凄断，不类向之所闻，
每句皆再唱，而第一句不叠，乃唐本三叠盖如是。及在黄州，偶读乐天
《对酒》（五首之四结句）诗云：'相逢且莫推辞醉，新唱《阳关》第四
声。'注：'第四声：劝君更尽一杯酒（，西出阳关无故人）。'以此验
之，若第一句叠，则此句为第五声矣；今为第四声，则第一不叠审矣。"

又《书彭城（即徐州）观月诗》（即此首）云："暮云……余十八年前中秋夜与子由观月彭城作此诗，【哲宗绍圣元年甲戌，五十九岁，责授建昌军（江西南城县）司马、惠州安置，八月，至虔州（即江西赣州），上推至作此诗时是首尾十八年】以《阳关》歌之，今复此夜，宿于赣上，方迁岭表，独歌此曲，聊复书之，以识一时之事。殊未觉有今夕之悲，悬知有他日之喜也。"

清魏皓《魏氏乐谱·阳关曲》云："渭城朝雨浥轻尘，客舍青青柳色新。柳色新，劝君更尽一杯酒。一杯酒，劝君更尽一杯酒，西出阳关无故人！无故人，西出阳关无故人。"魏谱虽未必是唐人唱法之旧，然第四声正与香山、东坡同，诵之亦殊宛转凄断也。

神宗元丰元年戊午，四十三岁，在徐州任。四月，秦观（时年三十，少先生十三岁）将入京（汴都）应举，至徐，呈诗谒见。黄庭坚亦自大名府（在河北，宋时称北京。山谷时年三十四，少先生九岁，为北京教授）呈《古风》二首（今《山谷集》以此二诗压卷）及书纳交。十月，"梦登燕子楼，翌日，往寻其地，作《永遇乐》词"，此王文诰《苏诗总案》语也。调下或题作"彭城夜宿燕子楼，梦盼盼，因作此词"。郑文焯曰："《题》当从王《案》云云。"又曰："燕子楼未必可宿，盼盼更何必入梦！东坡居士断不作此痴人说梦之题，亟宜改正。"【唐德宗贞元间拜张建封（文武兼资，有殊勋）为徐、泗、濠（亦名武宁军）节度使。有名妓曰关盼盼，有殊色，张纳之（时张已六十余），为筑燕子楼，奏乐三日不息，眷爱不胜。及张卒，盼盼楼居十余年，不嫁，后绝食死。白居易有《燕子楼》七绝三首并《序》云："徐州故张尚书（检校尚书右仆射）建封，有爱妓曰盼盼，善歌舞，雅多风态。

予为校书郎时，（德宗贞元十六年，时白年二十九，张已六十六，是年卒）游徐、泗间，张尚书宴予，（张性乐士，贤不肖游其门者礼必均，故其往如归）酒酣，出盼盼以佐欢。欢甚，予因赠诗云：'醉娇胜不得，风嫋牡丹花。'一欢而去，尔后绝不相闻，迨兹仅一纪矣。（宪宗元和七年，白四十一。仅，几也）昨日，司勋员外郎张仲素缋之（《周礼·考工记》："凡画缋之事，后素功。"）访予，因吟新诗，有《燕子楼》三首，词甚婉丽；诘其由，为盼盼作也。缋之从事武宁军累年，颇知盼盼始末，云：'尚书既殁，归葬东洛，而彭城有张氏旧第，第中有小楼名燕子，盼盼念旧爱而不嫁，居是楼十余年，幽独块然，于今尚在。'予爱缋之新咏，感彭城旧游，因同其题，作三绝句。"诗云："满窗明月照帘霜，被冷灯残拂卧床。燕子楼中霜月夜，秋来只为一人长。"（《古诗十九首》："愁多知夜长，仰观众星列。"傅玄《杂诗》："志士惜日短，愁人知夜长。"）其二云："钿晕罗衫色似烟，几回欲著即潸然！自从不舞《霓裳曲》，叠在空箱十一年。"其三云："今春有客洛阳回，曾到尚书墓上来。见说白杨堪作柱，争（怎也）教红粉不成灰？"后盼盼得白诗，泣曰："妾非不能死，恐后世以我公重色，有从死之妾，玷清范耳！"乃和白诗，旬日不食而卒。此女虽自风尘中来，亦云烈矣！其次韵白诗，见《全唐诗》卷八百二，兹不赘矣】先生此词警句云："燕子楼空，佳人何在？空锁楼中燕！"第三句承第二句来，谓盼盼当年虽自关锁于此楼中十余载，然只今萧寂无人，佳人何在哉！清沈辰垣等《历代诗余》卷一百十五引《高斋诗话》（宋人撰，失名，已亡）云："少游自会稽入都，见东坡，坡问：'别作何词?'少游举'小楼连苑横空,下窥绣毂雕鞍骤'。(《水龙吟》起调)东坡曰:'十三个字,只说得一个人骑马楼前过。'少游问公近作,乃举'燕子楼空,佳人何在?空锁楼中燕'。晁无咎曰:'只三句便说尽张建封事。'"(亦见宋杨万里《诚斋诗话》及严有翼《艺苑雌黄》)近人郑文焯手批《东坡乐府》云:"公以'燕子楼空'三句语秦淮海,殆以示咏古之超宕,贵神情,不贵迹象也。"是年,有《读孟郊诗》五古二首【注一】云:

夜读孟郊诗,细字如牛毛。【注二】寒灯照昏花,佳处时一遭。【注三】孤芳擢荒秽,苦语余《诗》《骚》。【注四】水清石凿凿,湍激不受篙。【注五】初如食小鱼,所得不偿劳。又似煮蟛蜞,竟日持空螯。【注六】要当斗僧清,未足当韩豪。【注七】人生如朝露,日夜火消膏。【注八】何苦将两耳,听此寒虫号!【注九】不如且置之,饮我玉色醪。【注十】

我憎孟郊诗,复作孟郊语。【注十一】饥肠自鸣唤,空壁转饥鼠。【注十二】诗从肺腑出,出辄愁肺腑。有如黄河鱼,出膏以自煮。尚爱《铜斗歌》,鄙俚颇近古。【注十三】桃弓射鸭罢,独速短蓑舞。不忧踏船翻,踏浪不踏土。【注十四】吴姬霜雪白,赤脚浣白纻。【注十五】嫁与踏浪儿,不识别离苦。【注十六】歌君江湖曲,感我长羁旅。【注十七】

【注一】孟郊诗论,略具拙著《元遗山论诗绝句讲疏》三十首之十八解中,兹稍注两诗出实,余不赘论矣。宋葛立方《韵语阳秋》卷一云:"孟郊诗'楚山相蔽亏,日月无全辉'(《梦泽行》起句),'万株古柳根，挐此磷磷（《诗·唐风·扬之水》："扬之水，白石磷磷。"《毛传》："磷磷，清澈也。"《说文》："粼，水生厓石间粼粼也。"）溪'（《与王二十一员外涯游枋口柳溪》起句），'太行横偃脊（应作春），百里方（应芳）崔嵬'（《济源春》起句）等句，皆造语工新，无一点俗韵；然其他篇章，似此处绝少也（实亦不少）。李翱（应作观）评其诗云：'高处在古无上，平处下观二谢！'（《新唐书·孟郊传》引"观"作"顾"）许之亦太甚矣。东坡谓'初如食小鱼，所得不偿劳。又似食蟛蜞，竟日嚼空螯'。贬之亦太甚矣。"

【注二】王应麟《困学纪闻·考史》引魏蒋济《万机论》（《隋书·经籍志·子部·杂家》著录"《蒋子万机论》八卷，亡"）："学如牛毛，成如麟角。"清翁元圻注："《北史·文苑传序》：'明皇御历，文雅大盛，学者如牛毛，成者如麟角。'《抱朴子·极言篇》：'为者如牛毛，获者如麟角。'皆本《万机论》。"杜甫《述古》五律三首之二结云："秦时任商鞅，法令如牛毛。"又东坡《周教授索枸杞因以诗赠录呈广倅萧大夫》七古："短檠照字细如毛，怪底眼花悬两目。"

【注三】《世说新语·文学》："孙兴公（绰）作《天台赋》成，以示范荣期（名启）云：'卿试掷地，要作金石声。'范曰：'恐子之金石，非宫商中声。'然每至佳句，辄云：'应是我辈语。'"刘孝标注云："'赤城霞起而建标，瀑布飞流而界道'，此赋之佳处。"王文诰《编注集成》云："郊《闻角》诗（今集题作《晓鹤》）：'似开孤月目，能说落星心。'（今集作"如开孤月口，似说明星心。"坡题"目"亦作"口"）公极赏之，是所谓'佳处时一遭'也。"《东坡题跋》卷二《题孟郊诗》云："孟东野作《闻角诗》云：'似开孤月口，能说落星心'；今夜闻崔诚老弹晓角，始觉此诗之妙。"东野此诗下二句云："既非人间韵，枉作人间禽。"则题作《晓鹤》为是；东野别有《闻砧》诗，殆先生一时误记耳。

【注四】孤芳句承"佳处时一遭"来，谓荒芜蓬蒿中时见孤芳挺拔而出也。秽（穢），《说文》本字作薉，"芜也"。韩愈《孟生诗》："异质忌处群，孤芳难寄林。"（余见下注七）庾信《哀江南赋序》："不无危苦之辞，惟以悲哀为主。"（原出嵇康《琴赋序》："称其材干，则以危苦为上；赋其声音，则以悲哀为主；美其感化，则以垂涕为贵。"）韩愈《忆昨行和张十一》七古："危辞苦语感我耳，泪落不掩何潸潸！"【《诗·小雅·小弁篇》："有漼者渊，萑苇淠淠（音譬，众皃）。"漼，本读上声，此读摧】余《诗》《骚》，犹云《诗》《骚》之余，意谓附庸也。纪昀曰："孤芳擢荒秽，五字写尽东野。"

【注五】《诗·唐风·扬之水》："扬之水，白石凿凿。"《毛传》："凿凿然，鲜明皃。"《说文》："糳，粝米一斛舂为九斗曰糳。"《书·益稷》以粉米为采色，故引申糳为鲜明，本字也。此二句喻东野诗佳处既清劲，又瘦硬；然无施力处，舟行殊碍，可观而害用也。纪昀曰："十字亦似东野。"宋范晞文《对床夜语》卷四："退之序东野诗云：'东野之诗，其高出于魏、晋，不懈而及于古，其他浸淫乎汉氏矣。'又荐之于诗云：'有穷者孟郊，受材实雄骜。……'东坡《读东野诗》，乃云：'孤芳擢荒秽，苦语余《诗》《骚》。水清石凿凿，湍激不受篙。……'退之进之如此，东坡贬之若是，岂所见有不同邪？然东坡前四句亦可谓巧于形似。"

【注六】《尔雅·释鱼》："蜌蠌（音滑泽），小者蟧（音劳）。"郭璞注："即彭蜌也。似蟹而小。"明李时珍《本草纲目》："海边又有蟛蜞，似蟛蜌而大，似蟹而小，不可食。（晋）蔡谟初渡江，不识蟛蜞，啖之几死，叹曰：'读《尔雅》不熟，为学者所误也。'（见《晋书·蔡谟传》）……其最小无毛者，名蟛螖，音越（此别一音），吴人讹为蟛蜌。"《晋书·毕卓传》："卓尝谓人曰：得酒满数百斛船，四时甘味置两头，右手持酒杯，左手持蟹螯，拍浮酒船中，便足了一生耳。"

【注七】僧，谓贾岛也，初为僧，名无本。韩公有《送无本师归范阳》五古起云："无本于为文，身大不及胆。"下云："芝英擢荒蓁，孤翩起连茭。"东坡《祭柳子玉文》云:"元轻白俗,郊寒岛瘦。"是"要当斗僧清"也。东野《戏赠无本诗》云:"诗骨耸东野,诗涛涌退之。"诗涛涌,犹豪矣。元遗山《论诗》绝句云:"江山万古潮阳笔,合在元龙百尺楼。"亦先生"未足当韩豪"意也。

【注八】《汉书·苏武传》李陵谓苏武曰:"人生如朝露,何久自苦如此!"《淮南子·原道训》:"天下时有盲妄自失之患,此膏烛之类也,火逾然而消逾亟。"董仲舒《贤良对策下》:"积善在身,如长日加益,而人不知也;积恶在身,犹火之销膏,而人不见也。"《汉书·龚胜传》:"薰以香自烧,膏以明自销。"(《庄子·人间世》:"山木,自寇也;膏火,自煎也。")

【注九】先生是年复有《中秋月》五古三首,首篇有云:"白露入肺肝,夜冷如秋虫。坐令太白豪,化为东野穷。"则又以东野自喻,虽戏论,然不甚鄙薄东野可见矣。

【注十】扬雄《太玄赋》:"茹芝英以御饥兮,饮玉醴以解渴。"张衡《思玄赋》:"饮青岑之玉醴兮,餐沆瀣以为粮。"(沆瀣,夜半北方气;沆,康上声;瀣,音械。粮,音张,食米也,亦通作粮)醪,音劳,《说文》:"醪,汁滓酒也。"玉色醪,谓醇白之秋酒,古以白玉为正。

【注十一】王文诰《编注集成》云:"或以我憎孟郊诗,复作孟郊语为谴者;答曰:是所谓'恶而知其美'(《大学》:"好而知其恶,恶而知其美者,天下鲜矣。")也。著此二句,郊之地位固在,此诗笔之妙也,非子所知。"纪昀曰:"二首即作东野体,如昌黎《樊宗师志》例。【昌黎有《南阳樊绍述墓志铭》,绍述,樊宗师字。《昌黎先生集注》:"欧阳文忠公云:'退之与樊绍述作铭,便似樊文'(陈师道《后山诗话》:"欧阳公谓退之为《樊宗师志》,便似樊文。")诚不虚语。"】意谓东野体我固能之,但不为耳。东坡以雄视百代之才,而往往伤率、伤慢、伤放(此非是)、伤露(此亦非)者,正坐不肯为郊、岛一番苦吟工夫耳，读者不可不知。"公诗与韩、孟异趣，有宋一人，何必效郊、岛苦吟哉。

【注十二】纪昀曰："十字神似东野。"王文诰《编注集成》云："十字绝倒，写尽郊寒之状。"

【注十三】鄙俚：晋孙绰《喻道论》："悲夫！章甫之委裸俗，《韶》、《夏》之弃鄙俚；至真绝于漫习，大道废于曲士也。"近古：《穀梁传》桓公三年："相命而信谕，谨言而退，以是为近古也。"《铜斗歌》，指东野《送淡公》五古十二首（首二篇今误入《苏诗续补遗》中）之第三首也。诗云："铜斗饮江水，水拍铜斗歌。侬是拍浪儿，饮则拜浪婆。脚踏小船头，独速舞短蓑。笑伊《渔阳操》，空持（《全唐诗》作恃，是）文章多。【《后汉书·文苑·祢衡传》："衡方为《渔阳参挝》蹀躞（同蹀躞，小步貌）而前，容态有异，声节悲壮，听者莫不慷慨。……后黄祖在蒙冲船上，大会宾客，而衡言不逊顺，祖惭，乃诃之，衡更熟视曰：'死公，云等道！'……祖恚（恨也），遂令杀之。……时年二十六，其文章多亡云。"】闲倚青竹竿（篙也），白日奈我何！"

【注十四】此四句皆檃栝东野《送淡公》诗意，其四云："短蓑不怕雨，白鹭相争飞。短楫画菰蒲，斗作豪横归。（画，通划，谓拔棹时也。斗作豪横归，谓竞渡斗疾速也）笑伊水健儿，浪战求光辉。不如竹枝弓，射鸭无是非。"其五云："射鸭复射鸭，鸭惊菰蒲头。鸳鸯亦零落，采色难相求。（梅尧臣《莫打鸭》诗："莫打鸭，打鸭惊鸳鸯。"本此）侬是清浪儿，每踏清浪游。笑伊乡贡郎，踏土称风流。（中唐李肇《国史补》卷下："进士，为时所尚久矣！是故俊乂实集其中。由此出者，终身为闻人，故争名常切，而为俗亦弊。其都会谓之举场，通称谓之秀才，投刺谓之乡贡，得第谓之前进士，互相推敬谓之先辈，俱捷谓之同年，有司谓之座主。"五代王定保《唐摭言》卷三："新进士榜下，缀行而出，时进士团所由辈数十人。……前导曰：'回避新郎君！'"）

如何卯角翁，至死不裹头！"（《诗·齐风·甫田》："婉兮娈兮，总角卯兮。"毛传："卯，幼稚也。"此结意谓浮世功名亦不可强求，盖"富贵在天"，"求之有道，得之有命"；亦有人自幼至老至死亦不能出仕也。杜甫《兵车行》："去时里正与裹头，归来头白还戍边。"此裹头指裹发戴冠冕也）

【注十五】李白《金陵酒肆留别》："风吹柳花满店香，吴姬压酒劝客尝。"又《和卢侍御通塘曲》："浦边清水明素足，别有浣纱吴女郎。"又《越女词》五绝五首之一："长干吴儿女，……屐上足如霜。"其五："镜湖水如月，耶溪女如雪。"又《浣纱石上女》五绝："玉面耶溪女，两足白如霜。"又白有《白纻辞》（古有《白纻舞》，或名《白纻舞歌》。《宋书·乐志》："《白纻舞》，……纻，本吴地所出，宜是吴舞也。"）五古三首，又《湖边采莲妇》五古云："小姑织白纻，未解将人语。"东野是湖州人，今浙之吴兴县；淡公是越人，【《送淡公》之一："燕本冰雪骨（无本，燕人），越淡莲花风（淡公，越人）。"】故先生此处言吴、越事也。

【注十六】中唐李益《江南词》（词，一作曲）："嫁得瞿塘贾，朝朝误妾期。早知潮有信，嫁与弄潮儿。"踏浪见上，踏浪儿，即弄潮儿也。

【注十七】《送淡公》之六："师得天文章，所以相知怀。数年伊、洛同，一旦江湖乖。江湖有故庄，小女啼喈喈。我忧未相识，乳养难和谐。幸以片佛衣，诱之令看斋。斋中百福言，催促西归来。"其七云："伊、洛气味薄，江湖文章多。坐缘江湖岸，意识鲜明波。《铜斗短蓑行》，新章其奈何？（如何也）兹焉激切句，非是等闲歌。制之附驿回，勿使余风讹。都城第一寺，昭成屹嵯峨。为师书广壁，仰咏时经过。徘徊相思心，老泪双滂沱。"时东野盖羁旅长安；淡公则归越，故云云；先生所谓江湖曲，指此二诗也。

元丰二年己未，四十四岁。（在徐州任）三月，清明过后，有《次韵田国博（名叔通）部夫（督夫役也，田时为倅）南京（北宋之南京是今河南商丘市）见寄》七绝二首，其一云：

岁月翩翩下坂轮，归来杏子已生仁。【注一】深红落尽东风恶，柳絮榆钱不当春。【注二】

【注一】诗意谓田叔通因新法而辛劳，辜负大好韶光，归来时已非红杏枝头之好春，而是柳絮漫空榆钱满地之残春矣；如此春光，安得谓之春乎？《汉书·蒯通传》："相率而降，犹如阪上走丸也。"颜师古曰："言乘势便易。"首句，王十朋注引赵次公曰："此亦如坂走丸之义也。"纪昀评首句云："此是宋句。"评二句云："此是晚唐句。"强分唐、宋，甚无谓也。

【注二】末二句纪评云："寄慨殊深，行役之感，言外见之。"是也。杜牧《怅诗》七绝《序》云："牧佐宣城幕，刺史崔君张水戏，（谓竞舟泳游之类）使州人毕观，令牧闲行阅奇丽，（此何等长官乎？）得垂髫者（发尚垂额之稚女）十余岁。后十四年，牧刺湖州（今浙江湖州市吴兴区），其人已嫁生子矣，乃怅而为诗。"其诗云："自是寻春去校迟，不须惆怅怨芳时。狂风落尽深红色，绿叶成阴子满枝。"深红色，证之先生此诗，盖是杏花非桃花也。（《礼·月令》："仲春之月，……桃始华。"桃开较早，色亦非深红也）

未几，自徐州移知湖州，西行赴南都（北宋时河南商丘）。四月，过泗州（安徽泗县），渡淮，历扬州（江苏江都），下镇江，径常州（江苏武进），至无锡。与参寥（僧人

道潜，俗姓何，於潜人，号参寥子。住杭州智果寺，于内外典
无不窥，能文，尤工诗。与先生及少游深相契好）秦观同游
惠山（在无锡城西七里）有《赠惠山僧惠表》（无考）七
律云：

行遍天涯意未阑，将心到处遣人安。[注一] 山中老宿依然
在，案上《楞严》已不看。[注二] 敧枕落花余几片？闭门新竹
自千竿。客来茶罢空无有，卢橘杨梅尚带酸。[注三]

【注一】白居易《浔阳春》七律三首其一《春生》，起句云："春生
何处暗周游？海角天涯遍始休。"（王十朋等注引成都天涯石，与此无
涉，应删）将心句，见前《病中游祖塔院》七律"安心是药更无方"
注。【《传灯录》卷三神光（二祖慧可）谓达磨曰："我心未宁，乞师与
安。"师曰："将心来，与汝安。"】

【注二】在此诗前有《游惠山》五古三首，《序》云："余昔为钱塘
倅（即杭州通判），往来无锡，未尝不至惠山，既去五年，复为湖州，
与高邮秦太虚，杭僧参寥同至。……"首篇起云："梦里五年过，觉来
双鬓苍。"山中老宿依然在：谓惠山老僧惠表仍健存也。宋僧法云《翻
译名义集》："梵云体毗履，此云老宿。"（老宿屡见《传灯录》中）又
云："五十夏以上，一切沙门所尊敬，名耆宿。"案上《楞严》句：王十
朋注引赵次公曰："案上惟有《楞严经》，事亦见《传灯录》。"按：《传
灯录》原无此句，卷二十八惟云："《灵验传》十余卷，皆不堪信
也。……何处有灵验？……试将一卷经安著案上，无人受持，自能有灵
验否？"赵次公傅会牵合，殊费后学目力，极不应尔。白居易《见元九
悼亡诗因以寄》七绝结云："人间此病治无药，唯有《楞严》（一作
楞伽，是）四卷经。"《宋史·艺文志·子部·道家类·附释氏》著录

"般刺密帝、弥伽释迦译《首楞严经》十卷"。又"惟悫《首楞严经疏》六卷"。今题《大佛顶如来密因修证了义诸菩萨万行首楞严经》,唐天竺沙门般刺密帝译,乌苌国沙门弥伽释迦译语,"菩萨戒"弟子前正议大夫同中书门下平章事清河房融(房琯之父)笔受。首楞严,为佛所得三昧之名,万行之总称也。此经阐明心性本体,为内学精髓,禅宗修定之宝典也。《翻译名义集》云:"《楞严经》,言一切究竟,而得坚固定,名为佛性;又翻为《金刚藏》,诸菩萨证此定,故名。"

宋释惠洪《冷斋夜话》卷一:"东坡尝曰:'渊明诗,初看若散缓,熟看有奇趣。……'不知者困疲精力,至死不之悟,而俗人亦谓之佳。如曰:'一千里色中秋月,十万军声半夜潮。(此中晚唐赵嘏句,全诗已佚,见晚唐张为《诗人主客图》,注云"钱塘句")'又曰:'蝴蝶梦中家万里,子规枝上月三更。(晚唐崔涂《春夕》七律三四,子规一作杜鹃)'又曰:'深秋帘幕千家雨,落日楼台一笛风。(杜牧《题宣州开元寺水阁,阁下宛溪,夹溪居人》七律五六,此远胜上二联,冷斋但嫌其有数目字耳)'皆如寒乞相,一览便尽,初如秀整,熟视无神气,以其字露也。东坡作对则不然,如曰'山中老宿依然在,案上《楞严》已不看'之类,更无龃龉之态,细味对甚的,而字不露,此其得渊明之遗意耳。"

【注三】司马相如《上林赋》:"于是乎卢橘夏熟,黄甘橙楱(各注本误作榛。楱,音奏,小橘也)"宋之问《登越王台》诗:"春花采卢橘,夏果摘杨梅。"韦应物《答郑骑曹春橘绝句》起云:"怜君卧病思新橘,试摘才酸亦未黄。"先生在惠州有《食荔枝》七绝起云:"罗浮山下四时春,卢橘杨梅次第新。"

是月,发无锡,过吴江(在苏南),二十日,到湖州任,进《湖州谢上表》(此表后三月为奸臣何正臣所首先劾奏,以为愚弄朝廷,妄自尊大。小人害贤,肆无忌惮,有如是者!),

有云:"风俗阜安,在东南号为无事(《老子》:"为无为,事无事,味无味。"又曰:"取天下常以无事;及其有事,不足以取天下。"又曰:"以正治国,以奇用兵,以无事取天下。"《扬子·太玄·事》:"事无事,至无不事。测曰:事无事,以道行也。"先生本意谓湖州民人安谧耳;说者必媒孽其短,以为取天下,道大行矣);山水清远,本朝廷所以优贤。(《晋书·阮籍传论》:"松萝低举,用以优贤;岩水澄华,兹焉赐隐。")顾惟何人?亦与兹选!……伏念臣性资顽鄙,名迹埋微,议论阔疏,文学浅陋。凡人必有一得,而臣独无寸长(《史记·淮阴侯列传》:"广武君李左车谓韩信曰:"臣闻智者千虑,必有一失;愚者千虑,必有一得。"屈原《卜居》:"尺有所短,寸有所长。")荷先帝之误恩,擢置三馆(谓英宗召试,以殿中丞直史馆也。宋仍唐制,以昭文馆、集贤馆、国史馆为三馆);蒙陛下之过听,付以两州(密州、徐州)。非不欲痛自激昂,少酬恩造;而才分所局,有过无功。伏遇皇帝陛下,天覆群生,海涵万族,用人不求其备,嘉善而矜不能【《论语·微子》:"周公谓鲁公(子伯禽)曰:'……故旧无大故,则不弃也,无求备于一人。'"又《子张篇》:"子张曰:……君子尊贤而容众,嘉善而矜不能。"】;知其愚不适时,(隋炀帝《遗陈尚书江总檄》:"公等文儒自立,器用适时。"唐宣宗《谪温庭筠制词》:"徒负不羁之才,罕有适时之用。")难以追陪新进(先生自二十二岁登进士第,至此已二十二年。时王安石喜用新进小人,此最招怨矣。元稹《上令狐相公启》:"江湖间多有新进小生,不知天下文有宗主。"司马光《论风俗札子》:"新进后生,未知臧否,口传耳剽。"先生于熙宁四年三月，以殿中丞直史馆权开封府推官时，有《再论时政书》云："内则不取谋于元臣侍从，而专用新进小生。"宋魏泰《东轩笔录》卷五："王荆公秉政，更新天下之务，而宿望旧人，议论不协，荆公遂选用新进，待以不次，故一时政事不日皆举，而两禁台阁内外要权，莫匪新进之士也。"），察其老不生事（杨修《答临淄侯笺》："修家子云，老不晓事。"），或能牧养小民。（《管子》首篇是《牧民》。《书·君牙》："夏暑雨，小民惟曰怨咨；冬祁寒，小民亦惟曰怨咨。厥惟艰哉！思其艰以图其易，民乃宁。"此四句最为何正臣所指摘，以为妄自尊大者）而臣顷在钱塘，乐其风土，（《晋书·阮籍传》："籍尝从容言于帝曰：籍平生曾游东平，乐其风土。"）鱼鸟之性，既自得于江湖；吴、越之民，亦安臣之教令。……"

　　七月，沈括（即撰《梦溪笔谈》之人，是小人而有才者也）陷先生；初，先生倅杭日（熙宁四年十一月，至七年十月），括尝求先生手录近诗一通，至是，即签贴以进，指为讪谤朝廷，神宗虽不问，然举朝皆知其事矣。【北宋末、南宋初王铚之《元祐补录》云："沈括素与苏轼同在馆阁，（先生直史馆，括为昭文馆校理）轼论时事异（反对新法），补外（为杭州通判）。括察访两浙（浙东、浙西。括于熙宁六年，以集贤校理，相度两浙路农田水利差役等事，兼察访），陛辞，神宗语括曰：'苏轼通判杭州，其善遇之！（神宗本实爱先生才）'括至杭，与轼论旧，求手录近诗一通，归即签贴以进，云：'词皆讪怼。'轼闻之，后寄诗刘恕，戏曰：'不忧进了也！'其后李定、舒亶论轼诗，置狱，实本于括云。元祐中，轼知杭州（四年七月至六年四月），括闲废在润（括于元丰四年知延州，五年，为西夏军所败，废黜。自哲宗元祐元年至绍圣二年，废黜在润州凡八年而卒），往来迎谒，恭甚。轼益薄其为人。"】于是何正臣、舒亶、李定、李宜之等擿公《到湖州谢上表》及所为诗文，皆祖述沈括之媒蘖，且举册以进（舒亶多至四册，余一册），必欲置之死地。神宗本爱先生才，无意深罪，但欲申言者之路，诏送御史台根勘。七月二十八日，御史台悍吏皇甫遵乘驿到湖州追蹑，先生就逮。惟长子迈（二十一岁）徒步相随，出城登舟，郡人送者，泣涕如雨。八月十八日，赴台狱，太子少师致仕张方平（字安道，时年七十三）、吏部侍郎致仕范镇（字景仁，时年亦七十三）上疏论救，弟辙乞纳在身官（以著作佐郎签书南京判官）赎兄罪，皆不报。诏御史中丞李定推治，根勘所为诗以闻；定穷治其狱，必欲置先生于死地，先生度不能堪，死狱中不得一见子由，因成七律二章，授狱卒梁成，以遗子由。【叶梦得《避暑录话》："苏子瞻元丰间赴诏狱，与长子迈俱行，与之期，送食惟菜与肉；有不测，则撤二物而送鱼，使伺外间以为候。迈谨守，逾月，忽粮尽，出谋于陈留（在开封南），委其亲戚代送，而忘语其约；亲戚偶得鱼鮓（音乍，海蜇），送之，不兼他物。子瞻大骇，知不免，将以祈哀于上，而无以自达，乃作二诗寄子由，属狱吏致之；盖意狱吏不敢隐，则必以上闻，已而果然。神宗初无杀意，见诗益心动，自是遂从宽释。"叶石林此录绝不足信，迹近厚诬矣。王文诰《苏诗总案》辟之甚当，《案》云："其说妄甚！此何等约，迈可忘之？以忠见罪，岂肯诡遇？历守三郡（密、徐、湖），只裹一月粮诣狱，窘乏不至是也。诗案一事，两宋杂说甚多，其他事亦多诬罔。梦得之母，晁君成之女，无咎之甥也，小人往往自耻（梦得早岁依附蔡京），故必陷君子以小人之道。恐后有炫博者，率意增注，特载此条驳正为例。"若王见大者，可谓坡翁千载后知己矣。"】诗题云《予以事系御史台狱，狱吏稍见侵，自度不能堪，死狱中不得一别子由，故作二诗，授狱卒梁成，以遗子由》。（施注本目录止"狱中寄子由"五字，《东坡七集》本《续集》止"狱中寄子由二首"七字）二诗云：

圣主如天万物春，小臣愚暗自亡（一作忘）身。【注一】百年未满先偿债，十口无归更累人。【注二】是（一作到）处青山可埋骨，他年（一作时）夜雨独伤神。【注三】与君世世为兄弟，又（一作更）结来生未了因。【注四】

柏台霜气夜凄凄，风动琅珰月向低。【注五】梦绕云山心似鹿，魂惊汤火命如鸡。【注六】眼中犀角真吾子，身后牛衣愧老妻。【注七】百岁神游定何处？桐乡知葬浙江西。（先生自注："狱中闻杭、湖间民为余作解厄道场累月，故有此句。"）【注八】

【注一】《易·系辞下传》："天地之大德曰生，圣人之大宝曰位。"《楚辞·大招》："德誉配天，万民理只。"王逸注："言楚王……功德配天，能理万民。"杜甫《能画》五律三四："每蒙天一笑，复似物皆春。"《史记·商君列传》卫鞅谓秦孝公曰："愚者暗于成事，知者见于未萌。"《诗·大雅·桑柔篇》："维彼愚人。"郑玄《笺》有愚暗之人为王言，其事浅且近矣。"暗暗同。

【注二】百年句：谓己不能终其天年而先偿前生所负欠小人之冤孽债也。《楞严经》卷四："汝负我命，我还汝债，以是因缘，经千百劫，常在生死。"又卷六:"是人无始宿债,一时酬毕。"《传灯录》卷三:莞城县宰翟仲侃感于辩和法师邪说,加慧可大师以非法,"师怡然委顺,识真者谓之偿债"。原注:"皓月供奉,问长沙岑和尚,古德云:'了即业障本来空,未了应须偿宿债。'"韩愈《感春四首》之四七古(第三首是五古)结句:"百年未满不得死,且可勤买抛青春。"(抛青春,酒名也)十口句:王文诰《编注集成》:"时王子立为置家累于南都,而子由方债负山积,故云尔也。"按:先生就逮时,其门人王适(子立)、王遹(子敏)兄弟,为先生安置妻子于河南商丘(北宋时称南都)。累人,谓子立、子敏兄弟及子由也。

【注三】是处,犹云随处、到处、处处,谓随便任何一处青山皆可为己埋骨地也。《晋书·刘伶传》:"常乘鹿车,携一酒壶,使人荷锸而随之,谓曰:'死便埋我。'其遗形骸如此。"先生埋骨句正用刘伯伦意。陆游《醉中出西门偶书》七律三四:"青山是处可埋骨,白发向人羞折腰。"则又用先生句也。夜雨句:王文诰《编注集成》云:"句用怀远驿事,就子由说。"先生于仁宗嘉祐六年辛丑(二十六岁)十一月,与子由别于郑州七古(见前)有云:"寒灯相对记畴昔,夜雨何时听萧瑟?"自注云:"尝有夜床对雨之言,故云尔。"【韦应物《示全真元常(韦自注:"元常,赵氏生。"全真,道士之称)》五律三四云:"宁知风雨(一作雪)夜,复此对床眠。"】宋王十朋《苏东坡诗集注》彼处引赵次公曰:"子由与先生在怀远驿(嘉祐六年正月,与子由同举制策,寓怀远驿,驿在汴京丽景门河南岸),读韦诗至此句,恻然感之,乃相约早退,共为闲居之乐。……其后子由与先生彭城相会(前此二年,神宗熙宁十年,先生四十二岁知徐州时也),作二小诗,其一曰:'逍遥堂后千寻木,长送中宵风雨声。误喜对床寻旧约,不知漂泊在彭城。'(见子由《栾城集》卷七)至先生在东府(哲宗元祐八年,先生五十八岁,在礼部尚书任),雨中作示子由(原题是《东府雨中别子由》,五古)诗有曰:'对床空(集作定)悠悠,夜雨今(集作空)萧瑟。'盖皆感叹追旧之言也。"按子由《逍遥堂会宿二首并引》云："辙幼从子瞻读书，未尝一日相舍；既壮，将游宦四方，读韦苏州诗，至'安知风雨夜，复此对床眠。'恻然感之，乃相约早退，为闲居之乐。故子瞻始为凤翔幕府（嘉祐六年，先生二十六岁，除大理寺评事，签书凤翔府判官），留诗为别曰：'夜雨何时听萧瑟？'"案：先生与子由有感于韦苏州夜雨对床之言，除上所举外，四十二岁守彭城时《初别子由》五古云："秋眠我东阁，夜听风雨声。悬知不久别，妙理难细评。"元丰六年四十八岁，贬在黄州时《初秋寄子由》五古结云："雪堂风雨夜，已作对床声。"又哲宗元祐六年五十六岁，为翰林学士，寓居子由东府，以龙图阁学士出知颍州，别子由，有《感旧诗》（五古）并《引》云："嘉祐中，予与子由同举制策，寓居怀远驿，时年二十六，而子由二十三耳。一日，秋风起，雨作，中夜翛然，始有感慨离合之意。自尔宦游四方，不相见者十尝七八，每夏秋之交，风雨作，木落草衰，凄然有此感，盖三十年矣。元丰中（六年），谪居黄冈（即黄州），而子由亦贬筠州，尝作诗以记其事。（余见上）"

【注四】梁元帝《与刘智藏书》："仆久厌尘邦，本怀人外；加以服膺常住，讽味了因，弥用思齐，每增求友。"（《因明大疏上》："如种生芽，能起用故，名为生因；如灯照物，能显果故，名为了因。"）隋、唐间僧智者大师偈："欲知前世因，今生受者是；欲知后世因，今生作者是。"纪昀批曰："情至之言，不以工拙论也。"

【注五】柏台，御史台也，亦称乌台。《汉书·朱博传》："是时御史府舍百余区，井水皆竭；又其府中列柏树，常有野乌数千，栖宿其上，晨去暮来，号曰朝夕乌。"宋朋九万、周紫芝集录先生在御史台狱自笺诗曰《乌台诗案》，本此。琅玕，谓竹也；一作银铛，是指锁及链，两通。杜甫《大云寺赞公房》四首之三五古："夜深殿突兀，风动金琅玕（一作银铛）。"此琅玕应是指竹言。《后汉书·崔实传》："实从兄烈，有重名于北州，……献帝初，子钧与袁绍俱起兵山东，董卓以是收烈，付郿（今陕西眉县）狱锢之，锒铛铁锁。" 《说文》： "锒，锒铛，锁也。"

【注六】心似鹿句：鹿性易惊骇，动辄跳跃，故谓己梦绕家山而心如鹿之惊骇也。《诗·小雅·小弁》："鹿之斯奔。"郑玄笺："鹿之奔走，其势宜疾。"马融《长笛赋》："闻之者莫不张耳鹿骇。"嵇康《与山巨源绝交书》："此由禽鹿，少见驯育，则服从教制；长而见羁，则狂顾顿缨，赴蹈汤火。"《山谷题跋》卷七《论鹿性》云："胡居士云：鹿性惊烈，多别良草。"

《汉书·晁错传·守边备塞劝农力本疏》："蒙矢石，赴汤火，视死如生。"《东坡题跋》卷一《书南史卢度传》（附《南史·隐逸传上·顾欢传》后）："余少不喜杀生，然未能断也。近来始能不杀猪羊，然性嗜蟹蛤，故不免杀。自去年得罪下狱，始意不免，既而得脱，遂自此不复杀一物。有见饷蟹蛤者，皆放之江中，虽知蛤在江水，无活理，然犹庶几万一；便使不活，亦愈于煎烹也。非有所求觊，但以亲经患难，不异鸡鸭之在庖厨，不忍复以口腹之故，使有生之类，受无量怖苦尔。犹恨未能忘味，食自死物也。《南史·隐逸传》：'始兴人卢度，字彦章（彦，应作孝）有道术，少随张永北侵魏（刘宋文帝元嘉二十九年，以永为扬威将军、冀州刺史、加都督，北伐，为魏军所杀甚众），永败，魏军追急，（阻）淮水不得过，自誓若得免死，从今不复杀生。须臾，见两楯流水（应作来），接之得过。后隐居庐陵西昌三顾山，鸟兽随之，夜有鹿触其壁，度曰：'汝坏我壁。'鹿应声去。屋前有池养鱼，皆名呼之，次第取食。逆知死年月，竟以寿终。'偶读此书，与余事粗相类，故并录之。"王文诰《编注集成》云："本集《书南史卢度传》，自谓'亲经患难，不异鸡鸭之在庖厨'，是此句铁注也。然非亲经患难，即又何从知之？晓岚讥其为俚，率意乱扛，此皆居心褊躁，不能悉心求之，故其情不出也。孔子曰（《论语·子路篇》）'如得其情，则哀矜而勿喜'，则是我之谓矣。"孔子之言，是谓听讼，如得其犯罪之实，则应哀怜之而勿自喜审得其实罪也。吾人读书，于古之贤士君子作品，宜本此态度。虚心研读，克尽恕心，设身处地以求之，然后可得古人用心而知其曲折之情也。即令前贤论学述著间有错失，若原非邪恶，不至愚迷后学，则应稍予辨正，勿遽下斧钺之诛也。凡立言者之罪恶，莫大于非圣毁经，其次是诬謂先贤，造作诡异之论；如此者，不有人患，必遭天谴。若夫古之贤士，其德学文章，已经千秋论定，推为第一流；而吾人读其文，或觉其理未圆融，或觉文义难通，大多是本人学养未到，故不见其深致耳。于尔么时，应再三虚心曲折反覆以求之，徐当有得，万不可卤莽灭裂，遽加诟詈，而目古人为不通也。焉有千秋论定第一流之古人是不通，而己反比之为通之理哉！但对今人，于凡非圣毁经，诬謂先贤，勇于著书鬻衒，而其人又颇著声名，足以贻误后学者，自当辞而辟之，毋使滋蔓。斯则读书人忠于道、忠于学者所应尔，《易·乾文言》所谓"闲邪存其诚"，《孟子》所谓"正人心，息邪说，距诐行，放淫辞"（《滕文公下》）者是也。

【注七】《战国策·中山策》中山王遣司马憙见赵王曰："臣……周流无所不通，未尝见人如中山阴姬者也。……其容貌颜色，固已过绝人矣；若乃其眉目准（音拙）頞权衡（天庭也），犀角偃月，彼乃帝王之后，非诸侯之姬也。"《后汉书·李固传》："固貌状有奇表，鼎角匿犀，足履龟文。"（官至太尉）唐李贤注："鼎角者，顶有骨如鼎足也；匿犀，伏犀也，谓骨当额上入发隐起也。足履龟文者二千石，见相书。"眼中犀角真吾子，谓其子苏迈（时年二十一）、苏过（时八岁）皆不凡也。牛衣：见《汉书·王章传》："王章，字仲卿……为谏大夫，迁司隶校尉，为京兆尹。……初，章为诸生，学长安，独与妻居，章疾病，无被，卧牛衣中（颜师古曰："牛衣，编乱麻为之。"），与妻决（惧病死），涕泣，其妻呵怒之曰：'仲卿，京师尊贵在朝廷人，谁如仲卿者？今疾病困厄，不自激昂，乃反涕泣，何鄙也！'后章仕宦，历位及为京兆，欲上封事（奏大将军元舅王凤专权祸国），妻又止之曰：'人当知足，独不念牛衣中涕泣时邪？'章曰：'非女子所知也。'书遂上，果下廷尉狱，妻子皆收系。……（章）死不以其罪，众庶冤纪之。"先生此二句是眷恋妻子，情难自已，卫叔宝所谓"见此芒芒，不觉百端交集，苟未免有情，亦复谁能遣此"者也。（《世说新语·言语》）王章死非其罪，先生用事极切。

【注八】观先生自注，可见其能政且得民矣。刘彦和曰："安有丈夫学文，而不达于政事哉！"（《文心雕龙·程器》）其先生之谓乎！百岁，谓死也。《诗·唐风·葛生》："百岁之后，归于其居。"郑玄笺："居，坟墓也。"（《后汉书·蔡邕传》邕《释诲》引此诗，李贤注："毛苌注云：居，坟墓也。"）《晋书·羊祜传》祜谓从事中郎邹湛等曰："吾百岁后有知，魂魄犹应登此山（襄阳岘山）也。"《列子·黄帝篇》："游于华胥氏之国，……盖非舟车足力之所及，神游而已。"神，灵魂也。桐乡：《汉书·循吏·朱邑传》："初，邑病且死，属其子曰：'我故为桐乡（属今安徽庐江县）吏，其民爱我，必葬我桐乡，后世子孙奉尝我，不如桐乡民。'及死，其子葬之桐乡西郭外，民果然共为邑起冢立祠，岁时祀祭，至今不绝（由西汉宣帝至东汉章帝班固撰《汉书》时）。"此桐乡喻葬地也。先生作此诗时，自以为必死，以己尝通判杭州及知湖州，甚得浙西民心，故谓朱邑之桐乡，即我之浙西也。

十月，勘状上，十五日，追交往承受诗文人数闻奏，慈圣违豫中闻之，【慈圣，仁宗曹后、神宗祖母（实堂祖母，特英宗以堂侄继仁宗为子，而神宗则英宗子也）】谕神宗曰："尝忆仁宗以制科得轼兄弟，甚喜，谓与子孙得两宰相。今闻轼以作诗系狱，得非小人中伤？捃至于诗，其过微矣。吾疾势已笃，不可冤滥，致伤中和。"（此据王文诰《苏诗总案》）神宗涕泣受命。【宋陈鹄《耆旧续闻》卷二："慈圣光献大渐，上纯孝，欲肆赦，后曰：'不须赦天下凶恶，但放了苏轼足矣。'时子瞻对吏也。后又言：'昔仁宗策贤良归，喜甚，曰"吾今日又为子孙得太平宰相两人"，盖轼、辙也，而杀之，可乎？'上悟，即有黄州之贬。故苏有《闻太皇太后服药赦诗》及《挽词》，甚哀。"（清鲍廷博校云："一本云：'故苏后闻太皇太后不豫，有诗。'"宋王偁之《东都事略》、方勺之《泊宅编》、张端义之《贵耳集》等所记略同，盖可信】公闻慈圣服药，降德音，死罪囚流以下释之，成七律一首，题云《己未十月十五日，狱中恭闻太皇太后不豫，有赦作诗》。诗云：

庭柏阴阴昼掩门，乌知有赦闹黄昏。【注一】汉宫自种三生福，楚客还招九死魂。【注二】纵有锄犁及田亩，已无面目见邱园。【注三】只应圣主如尧、舜，犹许先生作正言。【注四】

【注一】用事如出己手，无斧凿痕。唐吴兢《乐府古题要解》："《乌夜啼》，宋临川王义庆造（刘宋文帝堂弟，撰《世说新语》者）。元嘉（文帝）中，徙彭城王义康（文帝异母弟）于豫章郡；义庆时为江州（以尚书左仆射为江州刺史，加都督），相见而哭（《南史·彭城王义康传》："十六年，进位大将军。……十七年……出镇豫章，实幽之也。"）。文帝闻而怪之，征还宅，义庆大惧，妓妾闻乌夜啼，叩斋阁云：'明日应有赦。'及旦，改南兖州刺史。"

【注二】《魏志·陈思王植传》裴松之注引晋张隐《文士传》："（丁）廙尝从容谓太祖（曹操）曰：'临淄侯（曹植）天性仁孝，发于自然，而聪明智达，其殆庶几。至于博学渊识，文章绝伦，当今天下之贤才君子，不问少长，皆愿从其游，而为之死，实天下之所以种（一作

93

钟）福于大魏，而永受无穷之祚也。'"《楚辞》有《招魂》及《大招》，又《离骚》："亦余心之所善兮，虽九死其犹未悔。"三生，谓过去、现在、未来三世之人生也，已见前《过永乐院文长老已卒》【注二】及【注三】。

【注三】杜甫《兵车行》："纵有健妇把锄犁，禾生陇亩无东西。"《史记·项羽本纪》："纵江东父老怜而王我，我何面目见之！纵彼不言，籍独不愧于心乎？"

【注四】谓神宗原是圣天子，必能赦己而任其直言敢谏也。宋太宗雍熙四年，改左右补阙为左右司谏，改左右拾遗为左右正言。正言即唐之拾遗，是谏官，以直士敢言者为之，故先生作是想也。

十月二十日，慈圣升遐，先生以罪人，不许成服，成七律二首，题云《十月二十日，恭闻太皇太后升遐，以轼罪人，不许成服，欲哭则不敢，欲泣则不可，故作挽词二章》。（《史记·宋微子世家》："其后箕子朝周，过故殷虚，感宫室毁坏，生禾黍，箕子伤之，欲哭则不可，欲泣，为其近妇人，乃作《麦秀》之诗以歌咏之。"此柳子厚《对贺者》所谓"嘻笑之怒，甚乎裂眦；长歌之哀，过乎恸哭"者也）其第二首云：

未报山陵国士知，绕林松柏已猗猗。【注一】一声恸哭犹无所，万死酬恩更有时。【注二】梦里天衢隘云仗，人间雨泪变彤帷。【注三】《关雎》《卷耳》平生事，白首累臣正坐诗。【注四】

【注一】王文诰《编注集成》云："已上二句，指永昭陵（《宋史·仁宗本纪》："嘉祐八年，……庙号仁宗，十月甲午，葬永昭陵。"）；下二句，始因仁宗而及曹后，入不许成服一层。其万死酬恩，亦指仁宗知遇而言。曰未报，曰绕林，皆非曹后初崩情事也。"王说是。山陵，帝王坟墓之称，曹魏张揖《广雅·释邱》："坟、墉、垛、墦、埌、垄、培、墝、邱、陵、墓、封、冢也。"王念孙《疏证》："秦名天子冢曰山，汉曰陵。"唐李华《含元殿赋》："靡迤秦山，陂陀汉陵。"《史记·刺客列传·豫让传》："智伯以国士遇我，我故国士报之。"司马迁《报任少卿书》："……然仆观其为人，自守奇士。事亲孝，与士信，临财廉，取与义，分别有让，恭俭下人，常思奋不顾身，以徇国家之急，其素所蓄积也；仆以为有国士之风。"《古诗十九首》："白杨何萧萧，松柏夹广路。"李善注引东汉仲长统《昌言》曰："古之葬者，松柏梧桐，以识其坟也。"《诗·卫风·淇奥》："瞻彼淇奥，绿竹猗猗。"《毛传》："猗猗，美盛皃。"自嘉祐八年仁宗崩至此（神宗元丰二年），已十六年，故云"绕林松柏已猗猗"，非谓曹后也。

【注二】一声句，谓己今以罪人不许成服，故欲恸哭而无从也。万死句，谓己将不惜万死以报仁宗及太皇太后以国士遇我之恩也。纪昀曰："三四沉痛。"司马迁《报任少卿书》："夫人臣出万死不顾一生之计，赴公家之难，斯以（通已）奇矣。"刘向《新序》卷一《杂事篇》，楚大夫对秦使者曰："提枹鼓以动百万之众，所使皆趋汤火，蹈白刃，出万死不顾一生之难，司马子反在此。"

【注三】梦里句，谓想见太皇太后遐升天上，神灵前后呼拥者众，云路不觉为之隘狭也。（李白《子夜吴歌》："人看隘若耶。"）人间句，谓万民痛哭，泪落如雨，丧车之彤帷亦为之变色也。《说文》："彤，丹色也。"彤帷，谓丧帐。

【注四】《关雎》《卷耳》句，谓太皇太后平生读《关雎》、《卷耳》之诗，而能行后妃之事也。《诗序》："《关雎》，后妃之德也，《风》之始也，所以风天下而正夫妇也，故用之乡人焉，用之邦国焉。"又云："《卷耳》，后妃之志也。又当辅佐君子，求贤审官，知臣下之勤劳，内有进贤之志，而无险诐私谒之心，朝夕思念，至于忧勤也。"末句，谓太皇太后深于《诗》教，故为天下母仪；而己则正以诗得罪，死生犹未可知也，哀哉！累臣：《左传》僖公三十三年，孟明稽首谓阳处父曰："君之惠，不以累臣衅鼓，使归就戮于秦。"杜预注："累，囚系也。"坐：入于罪曰坐；坐诗，谓己因诗而入罪也；关合上句《关雎》、《卷耳》，工妙。

　　十一月三十日，具狱上，差权发运三司度支副使陈睦录问（宋朋九万《乌台诗案》："十月十五日，奉御批，内外文武官与苏轼交往若干人，闻奏中书省札子，王巩、王诜、苏辙、李清臣、高立、僧居则、僧道潜、张方平、田济、黄庭坚、范镇、司马光、孙觉、李常、曾巩、周邠、刘挚、吴琯、刘敞、陈襄、颜复、钱藻、盛侨、王汾、戚秉道、钱世雄、王安上、杜子方、陈珪，以上系收苏轼文字，不申缴入司。章传、苏舜举、……已上承受，无讥讽文字。御史台根勘所以，十一月三十日，结案具状申奏，差权发运三司度支副使陈睦录问。"）十二月，录问无异，准法，会赦当原，于是群小力争，乞不赦；并论张方平、司马光、范镇等罪当诛，欲尽陷之于法。【宋李焘《续资治通鉴长编》卷三百一："初，御史台既以轼具狱上法寺（廷也），当徒二年，会赦当原；于是中丞李定言：'轼起于草野，垢贱之余，朝廷待以郎官馆职，不为不厚；所宜忠信正直，思所以报上之施，而乃怨未显用，肆意纵言，讥讽时政。自熙宁以来，陛下所造法度，悉以为非古之议令者，犹有死而无赦；况轼所著文字，讪上惑众，岂徒议令之比！轼之奸匿，今已具服，不屏之远方则乱俗，再使之从政则坏法。伏乞特加废绝，以释天下之惑。'御史舒亶又言：'驸马都尉王诜（字晋卿，尚英宗女魏国大长公主）收受轼讥讽朝廷文字，及遗轼钱物，并与王巩（字定国，名相王旦之孙，端明殿学士、工部尚书王素之子。《宋史·王素传》："子巩，有隽才，长于诗，从苏轼游。"）往还，漏泄禁中语。窃以轼之怨望，诋讪君父，盖在行路，犹所讳闻，而诜恬有轼言，不以上报；既乃阴通货赂，密与燕游。至若巩者，向连逆党，已坐废停；诜于此时，同罡议论，而不自省惧，尚相关连。案诜受国厚恩，列在近戚，而朋比匪人，志趣如此，原情议罪，实不容诛，乞不以赦论。'又言：'收受轼讥讽文字人，除王诜、王巩、李清臣（字邦直，举进士，中才识兼茂科，神宗召为两朝国史编修官）外，张方平（字安道，号乐全居士，英宗时为参知政事。慷慨有气节，平居未尝以言徇物，以色假人。王安石用事，嶷然不少屈，以是望高一时。时已致仕，年七十三，卒年八十五）而下，凡二十二人。如盛侨、周邠辈，固无足论；乃若方平与司马光、范镇（字景仁，仁宗时知谏院，后官翰林学士，与王安石论新法不合，熙宁六年罢官致仕。时年亦七十三，卒年八十二。张安道、范景仁皆深爱先生者）、钱藻（字醇老，历官翰林侍读学士）、陈襄（字述古，神宗时，为侍御史，请贬王安石、吕惠卿以谢天下，出知陈州，徙杭州，先生尝为其倅）、曾巩、孙觉（字莘老，早与安石善，神宗时知谏院，与安石异议，出知广德军）、李常（字公择，山谷之舅父。原与安石善，熙宁中为右正言，极论新政不便）、刘攽（见前）、刘挚（亦字莘老，为御史里行，极论新法之弊。后哲宗时为尚书右仆射）等，盖皆略能诵说先王之言，辱在公卿士大夫之列，而陛下所尝以君臣之义望之者，所怀如此，顾可置而不诛乎？'"】锻炼久不决，会宰相吴充，直舍人院王安礼（字和甫，与弟安国平甫，皆与兄安石不同道）等为营解，而神宗亦怜之；【宋李焘《续资治通鉴长编》卷三百一自注引吕本中《杂说》云："元丰年，苏子瞻自湖州以言语刺讥，下御史狱。……吴充方为相（熙宁九年十月，王安石辞相归金陵，以吴充、王珪同平章事。充，字冲卿，未冠，举进士高第，为吴王宫教授，以严见惮。为相时，乞召还司马光等十余人。及蔡确为参知政事，元丰三年三月，充罢相，为观文殿大学士，西太一宫使，卒谥正宪）一日问上：'魏武帝何如人？'上曰：'何足道！'充曰：'陛下动以尧、舜为法，薄魏武固宜；然魏武猜忌如此，犹能容祢衡；陛下以尧、舜为法，而不能容一苏轼，何也？'上惊曰：'朕无他意，止欲召他对狱，考核是非尔！行将放出也！'"《续资治通鉴长编》卷三百一云："轼既下狱，众危之，莫敢正言者。直舍人院王安礼乘间进曰：'自古大度之君，不以语言谪人；按轼文士，本以才自奋，谓爵位可立取，顾碌碌如此！其中不能无觖望（实亦不然，但安礼不能不如是说耳）今一旦致于法，恐后世谓不能容才，愿陛下无庸竟其狱。'（竟，谓穷究之）上曰：'朕固不深谴，特欲申言者路耳，行为卿贳（通赦，本音世，《说文》："贷也。"）之。'既而戒安礼曰：'第去，勿漏言，轼前贾怨于众，恐言者缘轼以害卿也。'始，安礼在殿庐，见御史中丞李定，问轼安否状，定曰：'轼与金陵丞相（安石）论事不合，公幸毋营解，人将以为党。'至是，归舍人院，遇谏官张璪，怃然作色，曰：'公果救苏轼邪？何为诏趣其狱？（神宗命速结狱）'安礼不答，后狱果缓，卒薄其罪。"王巩《闻见近录》（只一卷）云："王和甫尝言：苏子瞻在黄州，上数欲用之，王禹玉（即王珪）辄曰：'轼尝有此心惟有蛰龙知之句，陛下龙飞在天，而不敬，乃反欲求蛰龙乎？'章子厚（惇时尚未与先生分驰）曰：'龙者非独人君，人臣皆可以言龙也。'上曰：'自古称龙者多矣，如荀氏八龙（《后汉书·荀淑传》："有子八人：俭、绲、靖、焘、汪、爽、肃、専，并有名称，时人谓八龙。"），孔明卧龙，岂人君也！'及退，子厚诘之曰：'相公欲覆人之家族耶？'禹玉曰：'它舒亶言尔！'子厚曰：'亶之唾亦可食乎？'"（《南史·儒林·郑灼传》："少时，尝梦与皇侃遇于途，侃谓曰：'郑郎开口。'侃因唾灼口中，自后义理益进。"）叶梦得《石林诗话》卷上："元丰间，苏子瞻系大理狱，神宗本无意深罪子瞻，时相（王珪）进呈，忽言：'苏轼于陛下有不臣意。'神宗改容曰：'轼固有罪，于朕不应至是！卿何以知之？'时相因举轼《桧》诗：'根到九泉无曲处，世间惟有蛰龙知'之句，对曰：'陛下飞龙在天，轼以为不知己，而求之地下之蛰龙，非不臣而何？'神宗曰：'诗人之词，安可如此论！彼自咏桧，何预朕事！'时相语塞。章子厚亦从旁解之，遂薄其罪。子厚尝以语余，且以丑言诋时相，曰：'人之害物，无所忌惮，有如是也！'"宋胡仔《苕溪渔隐丛话·后集》卷三十云："东坡在御史狱，狱吏问曰：'《双桧》诗："根到九泉无曲处，世间惟有蛰龙知。"有无讥讽？'答曰：'王安石诗："天下苍生待霖雨，不知龙向此中蟠。"此龙是也。'吏亦为之一笑。"（王安石《龙泉寺石井二首》七绝之一云："山腰石有千年润，海眼泉无一日干。天下苍生待霖雨，不知龙向此中蟠。"以上三

条，已见前先生《王复秀才所居双桧二首》之二【注一】及
【注二】。宋何薳《春渚纪闻》云："先生临钱塘郡日（哲宗
元祐四年至六年，先生年五十四至五十六），……谓刘景文
（名季孙，先生尝自书曰："刘景文，慷慨奇士也。博学能诗，
英伟冠世，孔文举之流耳。"）曰：'如某今日余生，亦皆裕
陵（神宗葬于永裕陵）之赐也。'景文请其说，云：'某初逮
系御史狱，狱具，奏上。是夕昏鼓既毕，某方就寝，忽见二人
排闼而入，投箧于地，即枕之卧。至四鼓，某睡中，觉有撼
体，而连语云："学士，贺喜者。"某徐转仄问之，即曰："安
心熟寝"。乃挈箧而出。盖初奏上，舒亶之徒，力诋上前，必
欲置之死地；而裕陵初无深罪之意，密遣小黄门至狱中，视某
起居状，适某就（一作昼，误）寝，鼻息如雷，即驰以闻。
裕陵顾谓左右曰："朕知苏轼胸中无事者。"于是有黄州之
命。'"又王巩《甲申杂记》云："天下之公论，虽仇怨不能
夺也。李承之奉世知南京（河南商丘），尝谓余曰：'昨在侍
从班，时李定资深鞫苏子瞻狱（定，王介甫客也。不持所生
母仇氏服，先生以为不孝，恶之；定以为恨，故特修怨），虽
同列，不敢辄启问，一日，资深于崇政殿门，忽谓诸人曰：
"苏轼诚奇才也。"众莫敢对，已而曰："虽二三十年所作文字
诗句，引证经传，随问随答。无一字差舛，诚天下之奇才
也。"叹息不已。'"宋周紫芝《诗谳》跋尾云："初，东坡
以《湖州谢表》获罪于朝，监察御史何正臣、舒亶辈，交章
力诋，皆以公愚弄朝廷，妄自尊大，宜大明诛罚，以厉天下，
于是始有杀公之意焉。神宗皇帝以英明果断之资，回群议于恼
恼中，赖以不死。余顷年尝见章丞相（惇时为翰林学士，元

丰三年拜参知政事，五年拜门下侍郎，哲宗绍圣元年为尚书左仆射兼门下侍郎。《宋史》入《奸臣传》，盖绍圣、元符间为相时，事皆倒行逆施也）《论事表》云：'轼十九擢进士，二十三应直言极谏科（此是子由之年，先生实长三岁），权为第一。仁宗皇帝得轼，以为一代之宝；今反置在囹圄，臣恐后世以谓陛下听谀言而恶讦直也。'旧传元丰间朝廷以群言论公，独神庙惜其才，不忍；大丞相王文公（安石）曰：'岂有圣世而杀才士者乎！'当时谳议，以公一言而决。呜呼！谁谓两公乃有是言哉！义理、人心所同，初岂有异？"】忽一日，禁中特遣冯宗道覆案，狱遂定。【宋刘延世《孙公（升）谈圃》卷上："子瞻得罪时，有朝士买一诗策，内有使'墨君'事者（文与可善画墨竹，先生为作《墨君堂记》云："王子猷谓竹君，天下从而君之无异辞；今与可又能以墨象君之形容，作堂以居君，而属余为文以颂君德，则与可之于君，信厚矣。"故先生于熙宁二年《送文与可出守陵州》七古起云："壁上墨君不解语，见之尚可消百忧。"本指墨竹耳；而群小陷先生，以为是讥神宗乃昏暗之君，何无忌惮乃尔！），遂下狱。李定、何正臣劾其事，以指斥论，谓苏曰：'学士素有名节，何不与他招了。'苏曰：'轼为人臣，不敢萌此心，却未知何人造此意。'一日，禁中遣冯宗道按狱，止贬黄州团练副使。"王文诰《苏诗总案》云："孙君孚（升字）乃承受无讥讽文字之人也。"湛铨案：《谈圃》卷上又云："子瞻以温公论荐，帘眷甚厚（宣仁太皇太后也），议者且为执政矣。公（孙升也，时为监察御史）力言：'苏轼为翰林学士，其任已极，不可以加。如用文章为执政，则国朝赵普、王旦、韩琦，未尝以文称。'

又言：'王安石在翰苑为称职，及居相位，天下多事。以安石止可以为翰林，则轼不过如此而已。若欲以轼为辅佐，愿以安石为戒。'"孟子曰："言无实不祥；不祥之实，蔽贤者当之。"(《孟子·离娄下》) 东坡岂安石之类乎！孙升亦不祥人也哉！王见大胡不追议此耶？】二十四日，责授检校水部员外郎、充黄州团练副使，本州安置，不得签书公事。【《续资治通鉴长编》卷三百一云："祠部员外郎、直史馆苏轼，责授水部员外郎、黄州团练副使，本州安置，不得签书公事，令御史台差人转押前去。绛州（今山西新绛县）团练使、驸马都尉王诜，追两官勒停。著作佐郎、签书应天府（宋州，在今河南商丘市）判官苏辙，监筠州（今江西高安市）盐酒税务。正字王巩，监宾州（今广西宾阳县）盐酒务。令开封府差人押出门，趣赴任。太子少师致仕张方平、知制诰李清臣，罚铜三十斤。端明殿学士司马光、户部侍郎致仕范镇、知开封府钱藻、知审官院陈襄、京东转运使刘攽、淮南西路提点刑狱李常、知福州孙觉、知亳州曾巩、知河中府（今山西永济市）王汾、知宗正丞刘挚、著作佐郎黄庭坚、卫尉寺丞戚秉道、正字吴琯、知考城县（在河南）盛侨、知滕县（在山东）王安上、乐清县（在浙江）令周邠、监仁和县（在浙江）盐税杜子方、监潭州（在河南）酒税颜复、选人陈珪、钱世雄，各罚铜二十斤。"宋周必大《二老堂诗话·记东坡乌台诗案》条云："元丰己未，东坡坐作诗谤讪，追赴御史狱，当时所供诗案，今已印行，所谓《乌台诗案》是也。靖康丁未（钦宗靖康二年）岁，台吏随驾（高宗也。是年五月改元建炎元年）挈真案（先生手写者）至维扬，张全真参政时为中丞，南渡，取而藏之。后张丞相德远为全真作墓志，诸子以其半遗德远充润笔，其半犹存全真家。余尝借观，皆坡亲笔，凡有涂改，即押字于下而用台印。"王文诰《苏诗总案》云："诗中多有深文曲笔，非公自解，不能知其故者。自《诗案》流传，而后昭然于后世，然则小人亦何苦为此哉！"今传《乌台诗案》，有宋人朋九万及周紫芝二种，皆只一卷，周书一名《诗谳》，跋尾云："予前后所见数本，虽大概相类，而首尾详略多不同；今日赵居士携当涂储大夫家所藏以示予，比昔所见加详，盖善本也。"先生《东坡志林》卷六云："昔年过洛，见李公简，言：真宗既东封，访天下隐者，得杞（今河南杞县）人杨朴，能为诗，召对，自言不能。上问：'临行有人作诗送卿否？'朴曰：'惟臣妻一首云："更休落魄（一作拓）耽杯酒，且莫猖狂爱咏诗。今日捉将官里去，这回断送老头皮。"'上大笑，放还山。余在湖州，坐作诗，追赴诏狱，妻子送予出门，皆哭，无以语之，顾谓妻曰：'子独不能如杨处士妻，作一诗送我乎？'妻子不觉失笑，余乃出。"观此，则先生于死生患难之际，其处之何如哉！石林《避暑录话》之言，殊不足信矣】案：《宋史》卷三百七十九《曹勋传》云："艺祖（宋太祖赵匡胤也）有誓约，藏之太庙，不杀大臣及言事官，违者不祥"（余详陆游《避暑漫抄》，见前《宿州次韵刘泾》七律【注四】，不赘矣）。故终北宋之世，未尝杀一士大夫，为此也，否则先生危矣。二十九日，受敕，蒙恩出狱，和前韵遗子由诗二首，其首章第五六句云："却对酒杯浑似梦，试拈诗笔已如神"，其喜悦之情可见。与前诗之"是处青山可埋骨，他年夜雨独伤神"及"梦绕云山心似鹿，魂惊汤火命如鸡"者，霄壤矣。第二首起句云"平生文字为吾累，此去声名不厌低"，则是实录也。【先生后于哲宗元祐三年五十三岁，为翰林学士、朝奉郎、知制诰、兼侍读时，有《乞郡札子》云："昔先帝（神宗）召臣上殿，访问古今，敕臣今后遇事即言。其后臣屡论事，未蒙施行；乃复作为诗文，寓物、托讽，庶几流传上达，感悟圣意。而李定、舒亶、何正臣三人，因此言臣诽谤，遂得罪。然犹有近似者，以讽谏为诽谤也。……"又元祐六年，自杭州召还，辞免翰林学士承旨，有《杭州召还乞郡状》云："臣昔……首被英宗皇帝知遇，欲骤用臣；……及……蒙神宗皇帝召对，面赐奖激，许臣职外言事。……是时王安石新得政，变易法度，……臣知先帝能受尽言，（《国语·周语下》单襄公曰："立于淫乱之国，而好尽言，以招人过，怨之本也；唯善人能受尽言。"）上疏六千余言，极论新法不便；……并言安石不知人，不可大用。先帝虽未听从，然亦嘉臣愚直，初不谴问。……而李定、何正臣、舒亶三人构造飞语（流言也。飞，或作蜚），酝酿百端，必欲置臣于死。先帝初亦不听，而此三人，执奏不已，故臣得罪下狱。定等选差悍吏皇甫遵，将带吏卒，就湖州追摄，如摄寇贼。臣即与妻子诀别，留书与弟辙，处置后事。自期必死，过扬子江，便欲自投江中，而吏卒监守，不果。到狱，即欲不食求死，而先帝遣使就狱，有所约敕，故狱吏不敢别加非横。臣亦知先帝无意杀臣，故复留残喘，得至今日。及窜黄州，每有表疏，先帝复对左右称道，哀怜奖激，意欲复用；而左右固争，以为不可。臣虽在远，亦具闻之。"乌台诗狱，非独公平生一大冤事，亦古今一大文字冤狱也；使非有太祖誓碑，而神宗实有怜才之意，

先生其能免乎？两宋人笔记杂说载此事者，林林总总，不可备录，聊摘其足资省览者，揭举于上，俾学者稍可以论其世而知其人焉尔】

神宗元丰三年庚申，先生四十五岁。正月一日，挈子迈出京，赴贬所。二月一日，到黄州，寓定惠院，有《初到黄州》七律，第三四句云："长江绕郭知鱼美，好竹连山觉笋香。"绝无迁谪意，真达人也。又有《宿黄州禅智寺》七绝，题云"少年时，尝过一村院，见壁上有诗云：'夜凉疑有雨（"疑"或作"如"，"疑"字好。"如""若"属对，字义犯重，虽古人不避，究是一忌也），院静似（或作"若"）无僧'，不知何人诗也。[注一] 宿黄州禅智寺，寺僧皆不在，夜半雨作，偶记此诗，故作一绝。"诗云：

佛灯渐暗饥鼠出，山雨忽来修竹鸣。[注二] 知是何人旧诗句？已应知我此时情。[注三]

【注一】的是佳句。乃北宋初诗人潘阆《夏日宿西禅》五律第三四句也。诗见潘氏《逍遥集》（一卷）、宋吕祖谦《宋文鉴》卷三十二及元方回《瀛奎律髓·释梵类》。全诗云："此地绝炎蒸，深疑到不能。夜凉如有雨，院静若无僧。枕润连云石，窗虚（一作明）照佛灯。浮生多贱骨（一作骨贱），时日恐难胜（谓凡夫不耐寂寞，时日稍久，即复恋红尘也）。"方回云："东坡少年见传舍壁间题此句而喜之，则知逍遥之诗行于世久矣。东坡眼高，亦所谓异世而知心者也。"明都穆《南濠诗话》："东坡尝过一僧院见题壁云：'夜凉如有雨，院静似无僧。'坡甚爱之，不知为何人作也。刘孟熙（名绩，明人）《霏雪录》谓二句似唐人语，予近阅《逍遥集》见之，始知为阆《夏日宿西禅院》作。诗云：

'……'通篇皆妙，但坡以'如'为'疑'，'若'为'似'，与此不同。"

【注二】二句清峭欲绝，王文诰《编注集成》云："上联全从潘句脱出，而面貌则非，此犹诗之魂也。"陆游《冬夜不寐，至四鼓，起作此诗》七律五六云："残灯无焰穴鼠出，槁叶有声村犬行。"从此化出。

【注三】末句，谓己已枯寂如僧也。韩愈《次石头驿寄江西王十中丞阁老》五律结句："默然都不语，应识此时情。"《庄子·齐物论》云："南郭子綦隐机而坐，仰天而嘘，苔焉似丧其耦。颜成子游侍立乎前，曰：'何居乎？形固可使如槁木，而心固可使如死灰乎？'"先生此时之心形，固已如死灰槁木矣。

二月杪，有《雨晴后，步至四望亭（在雪堂南高阜之上）下鱼池上，遂自乾明寺前东冈上归二首》（五律。此题似大谢）。其一云：

雨过浮萍合，[注一] 蛙声满四邻。海棠真一梦（转眼即过也），梅子欲尝新。拄杖闲挑菜，鞦韆不见人。[注二] 殷勤木芍药，独自殿余春。[注三]

【注一】韩愈《酬司马卢四兄云夫院长望秋作》七古："乐游下瞩无远近，绿槐萍合不可芟。"此谓雨时萍散，雨过复合也。

【注二】拄，音主，本是扶杖，此谓杖也。先生别有《铁拄杖》七古。《世说新语·德行》："（晋）范宣（《晋书》入《儒林传》）年八岁，后园挑菜，误伤指，大啼，人问痛邪？答曰：'非为痛，身体发肤，不敢毁伤，是以啼耳。'（《太平御览》卷四百十二引刘宋何法盛《晋中兴书》作十岁，无载挑菜事应疏）唐李淖《秦中岁时记》："二月二日，曲江拾菜，士民游观其间者尤甚，谓之挑菜节。"《山谷诗》："穿花蹴蹋千秋索，挑菜嬉游二月晴。"鞦韆：梁宗懔《荆楚岁时记》："春时悬长绳于高木，女士彩衣服坐其上，而推引之，名曰打鞦韆。"唐高无际《汉武帝后庭鞦韆赋序》："鞦韆者，千秋也。汉武祈千秋之寿，故后宫多鞦韆之乐。"赋云："从娇乱立以推进，一态婵娟而上跻。乍龙伸而蠖屈，将欲上而复低。擢纤手以星曳，腾弱质而云齐。"则鞦韆，盖女子游戏之具也。

【注三】唐李濬《松窗杂录》："开元（玄宗）中，禁中初重木芍药，即今牡丹也。"《论语·雍也》："奔而殿。"何晏《集解》引马融曰："殿，在军后。前曰启，后曰殿。"柳宗元《戏题阶前芍药》短古："敇红醉浓露，窈窕留余春。"纪昀曰："格在唐、宋之间。"又曰："收句寓意迟暮。"

其二云：

高亭废已久，下有种鱼塘。[注一] 暮色千山入，春风百草香。[注二] 市桥人寂寂，[注三] 古寺竹苍苍。鹳鹤来何处？号鸣满夕阳。[注四]

【注一】施元之注引唐段公路《北户杂录》："陶朱公《养鱼经》云：凡种鱼池中，有数洲，令鱼循环无穷，如在江湖。"

【注二】鲍照《幽兰》五首之一起句："倾辉引暮色，孤景留思颜。"杜甫《绝句二首》五绝之一起句："迟日江山丽，春风花草香。"

【注三】杜甫《西郊》五律三四："市桥官柳细，江路野梅香。"《晋书·桓温传》："或卧对亲寮曰：'为尔寂寂（《世说·悔尤》作"作此寂寂"），将为文景所笑。'众莫敢对。"李商隐《谢先辈防记念拙诗甚多，异日偶有此寄》五排："改成人寂寂，寄与路绵绵。"

【注四】《诗·豳风·东山》："鹳鸣于垤，妇叹于室。"郑玄笺："鹳，水鸟也，将阴雨则鸣。"纪昀曰："此首纯乎杜意，结尤似。"又曰："收亦寓意羁孤。"

五月，子由于二月中奉同安君（先生之继室王氏。前妻之女弟也）及迨、过自商丘登舟，绕江、淮来黄；先生闻其将至，为诗迎之（七律）。题云《今年正月十四，与子由别于陈州（河南淮阳。时子由自商丘来见三日）；五月，子由复至齐安（南齐时置齐安郡，即黄州），以诗迎之》。诗云：

> 惊尘急雪满貂裘，泪洒东风别宛邱。【注一】又向邯郸枕中见，却来云梦泽南州。【注二】暌离动作三年计，牵挽当为十日留。【注三】早晚青山映黄发，相看万事一时休。【注四】

【注一】惊尘句：王文诰《编注集成》云："七字写尽陈州初面之情。"《战国策·秦策一》："苏秦始将连横说秦惠王，……书十上而说不行，黑貂之裘弊，黄金百斤尽，资用乏绝，去秦而归，羸縢履蹻（乔却二音，草履也），负书担囊，面目犁黑，状有归（读作愧）色。"杜甫《对雪》五律三四："乱云低薄暮，急雪舞回风。"泪洒句：王文诰云："七字写尽陈州遽别之状。"《诗·陈风·东门之枌》："东门之枌，宛丘之栩。"《说文》："陈，宛丘，舜后妫满之所封。"宋王存《元丰九域志》卷一："陈州淮阳郡、镇安军节度，治宛丘县。"

【注二】邯郸句：谓己与子由又复为官，犹邯郸枕中梦也。唐李泌《枕中记》载：开元中（玄宗），有道人吕翁，常往来邯郸，有书生姓卢，自叹生世不谐，与翁同止逆旅，主人方蒸黄粱，共待其熟。翁开囊中枕以授卢曰："枕此当如愿。"生俯首就之，但记身入枕中，遂至其家，娶美妻，未几登高第，历台阁，出入将相五十年，年逾八十卒。卢生欠伸而寤，顾吕翁在旁，主人蒸黄粱犹未熟，曰："岂其梦寐耶？"翁笑谓曰："人世之事，亦犹是矣。"生然之，良久谢曰："夫宠辱之数，得丧之理，生死之情，尽知之矣。先生所以窒吾欲也，敢不受教！"再拜而去。黄州在云梦泽南，杜牧《忆齐安郡》五律起句："平生睡足处，云梦泽南州。"

【注三】计，谓岁计报告也。《汉书·严助传》："臣助，当伏诛，陛下不忍加诛，愿奉三年计最（捐三年俸）"。晋晋灼曰："最，凡要也。"魏如淳曰："旧法，当使丞，奉岁计；今助自欲入奉也。"暧离句：意谓己与弟每别多被罪，须努力补过也。《史记·范雎传》："秦昭王闻魏齐在平原君所，欲为范雎必报其仇，乃详为好书，遗平原君曰：'寡人闻君之高义，愿与君为布衣之友，君幸过寡人，寡人愿与君为十日之饮。'平原君畏秦，且以为然，而入秦见昭王。'"

【注四】先生自注："柳子厚别刘梦得诗云：'皇恩若许归田去，黄发相看万事休。'"按：此是柳宗元、刘禹锡各一句诗，先生一时误记，合之为一也。柳宗元《重别梦得》七绝云："二十年来万事同，今朝歧路各西东。皇恩若许归田去，晚岁当为邻舍翁。"刘禹锡《重答柳柳州》七绝云："弱冠同怀长者忧，临歧回想尽悠悠。耦耕若便遗身老，黄发相看万事休。"先生此诗，结语最佳，虽合用柳柳州、刘宾客二人诗意，然一炉而治之，视二人原作，重大沉郁多矣。白居易《履道新居二十韵》结云："应须共心语，万事一时休。"王文诰《编注集成》云："确是此诗结句。"

五月二十九日，迁居临皋亭（先生名之曰快哉亭，子由为作《黄州快哉亭记》），《与范子丰书》云："临皋亭下，不数十步便是大江，其半是峨嵋雪水，吾饮食沐浴皆取焉，何必归乡哉！江山风月本无常主，闲者便是主人。（三语千秋名论）问子丰新第园池，与此孰胜？"孔子称荣启期云："善乎！能自宽者也。"（见《列子·天瑞篇》）吾于先生亦云然。八月十五日，作《西江月·黄州中秋》"世事一场大梦"一阕。九月九日，作《南乡子·重九涵辉楼呈徐君猷》"霜降水痕收"一阕。是年冬十二月，撰《易传》。（今传《东坡易传》九卷，一名《苏氏易传》，即东坡在黄州时作也。《易·系辞下传》云："《易》之兴也，其于中古乎？作《易》者其有忧患乎？"东坡亦如文王，经忧患后而究心于《易》也）

元丰四年辛酉，先生四十六岁。春正月，往岐亭，访陈慥【字季常，与先生甚相得，住黄州岐亭，在今湖北麻城市西南七十里。慥以侠隐，少时，使酒好剑，用财如粪土。先生在黄时，为作《方山子传》。又慥畏妻，先生有《寄吴德仁兼简陈季常》七古云："龙邱居士亦可怜，谈空说有夜不眠。忽闻河东狮子吼，拄杖落手心茫然。"（杜诗："河东女儿身姓柳。"暗指其姓。狮子吼，佛家以喻威猛，慥喜谈禅，故以戏之）后世称悍妻为河东狮，即起自坡诗也】，有《正月二十日，往岐亭，郡人潘（名丙）、古（字耕道）、郭（名遘）三人（皆朝夕相从者），送余于女王城（去黄州十里。名永安城，俗名女王城，本名楚王城，唐时名禅庄院）禅庄院》七律云：

十日春寒不出门，不知江柳已摇村。稍闻决决流冰谷，尽放青青没烧痕。[注一] 数亩荒园留我住，"半瓶浊酒待君温"。[注二] 去年今日关山路，细雨梅花正断魂。[注三]

【注一】韦应物《县斋》五古："决决水泉动，忻忻众鸟鸣。"白居易《琵琶行》："间关莺语花底滑，幽咽泉流冰下难。"《礼·月令》："孟春之月，……东风解冻。"（《说文》："冻，仌也。"）《管子·轻重甲》："齐之北泽烧火，光照堂下。"唐尹知章注："猎而行火曰烧，式照反。"白居易《赋得古原草送别》前半云："离离原上草，一岁一枯荣。野火烧不尽，春风吹又生。"先生此诗第四句正用乐天诗意，谓去年清明山中经烧之草皆复生也。刘攽《中山诗话》："僧惠崇（北宋初诗僧，福建建阳人，亦工画）诗云：'河分冈势断，春入烧痕青。'然唐人旧句，而崇之弟子吟赠其师诗曰：'河分冈势司空曙，春入烧痕刘长卿。不见师偷古人句，古人诗句似师兄。'……大抵讽古人诗多，则往往为己得也。"【上二句，今存刘长卿、司空曙诗未见。《温公续诗话》："惠崇诗，有'剑静龙归匣，旗闲虎绕竿'。其尤自负者，有'河分冈势断，春入烧痕青'。时人或有讥其犯古者，嘲之：'河分冈势司空曙，春入烧痕刘长卿。不是师兄多犯古，古人诗句犯师兄。'"清初汪师韩曰（冯应榴《苏文忠公诗合注》引）："此乃宋诗僧惠崇《访杨云卿淮上别墅》三四一联。"】

【注二】浊酒：《魏志·徐邈传》："魏国初建，为尚书郎，时科禁酒，而邈私饮，至于沉醉。校事赵达，问以曹事，邈曰：'中圣人。'达白之太祖，太祖甚怒，渡辽将军鲜于辅进曰：'平日醉客谓酒清者为圣人，浊者为贤人。邈性修慎，偶醉言耳。'竟坐得免刑。"

【注三】结句隐用杜牧诗意，谓忆去年今日，己之断魂，不必清明时节也。盖去岁正月二十，先生适死里逃生，挈子迈自京师来黄州贬所，关山劳顿，了无意绪，正断魂时也。此诗纪昀八句皆密圈，批云："一气浑成。"王文诰《编注集成》云："一片空灵，奔赴腕下。"

二月，作《东坡》五古八首【时未号东坡，明年二月作雪堂于此，始号东坡居士。白居易为忠州（四川忠县）刺史时，有《东坡种花》五古二首，又有《步东坡》五古，起云：
"朝上东坡步，夕上东坡步。东坡何所爱？爱此新成树。"又
有《别种东坡花树两绝》之一结云："何处殷勤重回首？东坡
桃李种新成。"又《西省对花，忆忠州新花树，因寄题东楼》
七律结云："最忆东坡红烂熳，野桃山杏水林檎。"先生名此
地及自号，皆取自白乐天也】，诗序云："余至黄州二年（第
二年），日以困匮，故人马正卿，哀余乏食【马正卿，名梦
得，与先生同年同月生，只少八日，（先生十一月十九，马则
十一月二十七也）自仁宗嘉祐六年，先生年二十六，为凤翔
府判官时，即追随不去；至今神宗元丰四年，已足二十年矣。
先生此八诗之第八首，即咏马梦得者。如梦得，可谓不以贫富
贵贱死生忧患易其交者矣。诸葛公《论交》云："势利之交，
难以经远；士之相知，温不增华，寒不改叶，能（同耐）四
时而不衰，历夷险而益固。"其马梦得之谓欤！】，为于郡中，
请故营地数十亩，使得躬耕其中。地既久荒，为茨棘瓦砾之
场；而岁又大旱，垦辟之劳，筋力殆尽。释耒而叹，乃作是
诗，自愍其勤，庶几来岁之入，以忘其劳焉。"八诗，文多不
录，录其序而止矣。七月，乐全居士张方平安道七十五岁生
日，先生以铁杖为寿，寄七律二首，题云《乐全先生生日
（《庄子·缮性》："乐全之谓得志。古之所谓得志者，非轩冕
之谓也，谓其无以益其乐而已矣。"），以铁杖为寿二首》。二
诗皆大笔挥洒，"真骨凌霜，高风跨俗"者。其一云：

先生真是地行仙，[注一]住世因循五百年。每向铜人话畴
昔，[注二]故教铁杖斗清坚。[注三]入怀冰雪生秋思，倚壁蛟龙护

昼眠。【注四】遥想人天会方丈，众中惊倒野狐禅。【注五】

【注一】《楞严经》卷八："存想固形，游于山林人不及处，有十种仙。阿难（释迦弟），彼诸众生，坚固服饵而不休息，食道圆成，名地行仙；……飞行仙；……游行仙；……空行仙；……天行仙；……通行仙；……道行仙；……照行仙；……精行仙；……绝行仙。"

【注二】住世，谓留著于世间也。《妙法莲华经》卷二："华光佛灭度之后，正法住世，三十二小劫；像法住世，亦三十二小劫。"（人寿自十岁每百年增一岁，而至人寿八万四千岁为一增；自是每百年减一岁，至人寿十岁为一减，如是，一增一减各为一小劫；合一增一减为一中劫；八十中劫为一大劫）因循：《汉书·冯立传》："立居职公廉，治行略与野王（立兄）相似……吏民嘉美……歌之曰：'大冯君，小冯君，兄弟继踵相因循，聪明贤智惠吏民。……'"《后汉书·方术·蓟子训传》："蓟子训者，不知所由来也。……时或有百岁翁，自言童儿时见子训，卖药于会稽市，颜色不异于今。后人复于长安东霸城见之，与一老翁共摩挲铜人（即秦始皇二十六年所铸金人十二，各重二十四万斤；魏明帝景初元年，徙长安金狄于洛阳，重不可致，因留霸城南），相谓曰：'适见铸此，而已近五百岁矣。'（四百五十七年）顾视，见人而去，犹驾昔所乘驴车也。见者呼之曰：'蓟先生小住。'并行应之视若迟徐，而走马不及，于是而绝。"

【注三】陈琳《武军赋》："清坚皓锷，修刺锐锋，陆陷蕊犀，水截轻鸿。"三四流水对，语气一贯，具见笔力，亦惟张安道始足以当之。

【注四】冰雪、蛟龙，皆喻铁拄杖。韩愈《和虞部卢四汀酬翰林钱七徽赤藤杖歌》："空堂昼眠倚牖户，飞电着壁搜蛟螭。"（《说文》："蛟，龙之属也。""螭，若龙而黄。……或云：无角曰螭。"）曾国藩《十八家诗钞》云："东坡以铁拄杖寿乐全诗，有句云：'鼓壁蛟龙护昼眠。'融化此两句而为之也。"

113

【注五】《传灯录》卷一:"释迦牟尼佛……于二月八日明星出时成佛,号天人师(施注引作人天师),时年三十矣,即(周)穆王四年癸未岁也。"方丈:僧寺住持所居室曰丈室(丁方一丈),故亦称住持为方丈。唐释道世《法苑珠林·感通篇》谓印度吠舍釐国有维摩居士故宅基,唐高宗显庆中王玄策使西域,过其地,以笏量宅基,止有十笏,故号方丈之室云。野狐禅,禅家对外道不正之称;盖昔有人与人谈禅,错对一语,五百生堕野狐身也。《传灯录》卷五《西京光宅寺慧忠国师传》:"时有西天大耳三藏到京,云得他心慧眼……师叱曰:'这野狐精,他心通在什么处。'……麻谷到参,……师叱曰:'这野狐精,出去!'"(野狐精,《传灯录》叠见,无烦详举矣)宋人谓王安石为野狐精托生,此结岂有讽欤?宋杨湜《古今词话》云:"金陵怀古,诸公寄调《桂枝香》者,三十余家,惟王介甫为绝唱。东坡见之,叹曰:'此老乃野狐精也。'"宋蔡絛《铁围山丛谈》卷五:"昔与小王先生(王仔昔也;与老王先生老志皆北宋时道士)者言:'王舒公(安石,元丰元年封舒国公,元丰三年改封荆国公)介甫何至无后?'小王先生曰:'介甫,上天之野狐也,又安得有后!'吾默然不平,归白诸鲁公(絛父蔡京),鲁公曰:'有是哉!'吾益骇,鲁公乃谓吾言曰:'顷有李士甯者,异人也。……入醴泉观……适睹一衣冠,亟问之曰:'汝非貆儿乎?'(貆,野豸)衣冠者为之拜,乃介甫也。士甯谓介甫:'汝从此去,逾一纪,为宰相矣。其勉旃!'盖士甯出入介甫家,识介甫之初诞生,竟呼小字曰貆儿也。'"(宋邵博《邵氏闻见后录》及赵彦卫《云麓漫钞》皆有此说)

其二云:

二年相伴影随身,【注一】踏遍江湖草木春。摘石旧痕犹在眼,闭门高节欲生鳞。【注二】畏涂自卫真无敌,捷径争先却累

人。【注三】远寄知公不嫌重，笔端犹自斡千钧。【注四】

【注一】首句谓此铁杖伴己二年如影之随身也。王十朋注引李白《月下独酌》诗"举杯邀明月，对影成三人；月既不解饮，影徒随我身"；施元之注引白居易《思家》诗"抱膝灯前影伴身"，皆非先生意，应删。清冯应榴《苏文忠公诗合注》云："上卷有《柳真龄赠铁拄杖》诗【原题《铁拄杖》，七古，并《引》云："柳真龄，字安期，闽人也。家宝一铁拄杖，如柳栗木（柳，音枰；柳栗，木名，可为杖，亦以为杖之称），牙节宛转天成，中空有簧，行辄微响。柳云得之浙中，王审知（五代人）以遗钱镠（五代吴越王），镠以赐一僧，柳偶得之。以遗余，作此诗谢之。"】，当是元丰三年作，今此诗作于四年，故曰二年相伴也。"

【注二】《说文》："擿，搔也。一曰，投也。"今俗作掷。擿石，谓以铁杖拄于石也。生鳞，谓铁杖犹龙也。

【注三】五六句，谓此铁杖于畏涂自卫，则无可敌，若持之行捷径以争先，则必苦其重而累人不得早达矣。然若张安道者，岂行捷径与诸少年竞后先乎！《庄子·达生篇》："夫畏涂者，十杀一人，则父子兄弟相戒也；必盛卒徒而后敢出焉。"《孟子·梁惠王上》："故曰仁者无敌，王请勿疑。"《论语·雍也篇》："子游为武城宰。子曰：'女得人焉耳乎？'曰：'有澹台灭明者，行不由径，非公事，未尝至于偃之室也。'"朱子《集注》："径，路之小而捷者。……不由径，则动必以正，而无'见小''欲速'之意可知。"《离骚》："何桀、纣之昌披兮，夫唯捷径以窘步！"《新唐书·卢藏用传》："藏用能属文，举进士，不得调，与兄微明偕隐终南、少室二山，学练气，为辟谷，彷洋（仿佯、徜徉，游行也）岷、峨，与陈子昂、赵贞固友善。（后居官务权势）……始隐山中时，有意当世，人目为随驾隐士；晚乃狥权利，务为骄纵，素节尽矣。司马承祯（见《隐逸传》，真隐居者）尝召至阙下，将还山，藏用指终

南曰：'此中大有嘉趣。'承祯徐曰：'以仆视之，仕宦之捷径耳。'藏用
惭。"鲍照《行药至城东桥》诗："争先万里涂，各事百年身。"

【注四】远寄，乐全归居河南商丘，北宋时之南京也。王十朋注引
子仁曰："先生尝云：'凡人作文字，须是笔头下挽得数万钧起，方可以
言文字，故欧阳文忠公诗云："兴来笔下千钧重。"（《马上默诵圣俞诗有
感》七绝起句："兴来笔下千钧重，酒醒人间万事空。"）《列子·仲尼
篇》乐正子舆言公孙龙诳魏王曰："发引千钧，白马非马。"《法言·修
身篇》："千钧之轻，乌获力也；箪瓢之乐，颜氏德也。"

三月有《寒食雨》五古二首，其二结云："君门深九重，
坟墓在万里。也拟哭途穷，死灰吹不起。"（哭途穷，事出阮
籍；杜甫《陪章留后侍御宴南楼》五排结句："此身醒复醉，
不拟哭途穷。"）《史记·韩安国传》（亦见《汉书》）："其
后安国坐法抵罪，蒙狱吏田甲辱安国，安国曰：'死灰独不复
然乎？'田甲曰：'然即溺之。'……起为二千石。田甲亡
走。……卒善遇之。"是年底撰《易传》成，并为陈慥季常作
《方山子传》。

元丰五年壬戌，四十七岁。正月，有后世传诵之七言律一
首，题云《正月二十日，与潘（丙）、郭（遘）二生出郊寻
春，忽记去年是日，同至女王城作诗，乃和前韵》。诗云：

东风未肯入东门（天未回暖也），走马还寻去岁村。人似
秋鸿来有信，事如春梦了无痕。【注一】江城白酒三杯酽，【注二】野
老苍颜一笑温。已约年年为此会，故人不用赋《招魂》。【注三】

【注一】《礼·月令》："仲秋之月，……鸿雁来。"白居易《花非

花》（亦诗亦词）："来如春梦不多时，去似朝云无觅处。"纪昀曰："通
体深稳，三四尤佳。"

【注二】酽，本字作釅，音验。《说文》："釅、酢（醋之本字），浆
也。"引申为凡味厚之称。北宋蔡襄诗："近腊酒醪香更酽，得风弓箭力
还生。"

【注三】王逸《楚辞章句》："《招魂》者，宋玉之所作也。……宋
玉怜哀屈原，忠而斥弃，愁懑山泽，魂魄放佚，厥命将落，故作《招
魂》，欲以复其精神，延其年寿；外陈四方之恶，内崇楚国之美，以讽
谏怀王，冀其觉悟而还之也。"结语貌似豁达，意实沉痛。

二月，得废圃于东坡之胁，筑而垣之，葺堂五间；堂成于
大雪中，因绘雪于四壁，榜之曰"东坡雪堂"（李元直篆字榜
书），始自号东坡居士，作《雪堂记》。三月七日，作《定风
波》"莫听穿林打叶声"一词。四月，杨绘元素来访，有诗；
先生作《次韵答元素》七律，《序》云："余旧有赠词（《醉
落魄》）云：'天涯同是伤流落。'【注一】元素以为今日之先兆，
且悲当时六客之存亡。六客：盖张子野、刘孝叔、陈令举、李
公择及余与元素也。"诗云：

不愁春尽柳随风，【注二】但喜丹砂入颊红。【注三】流落天涯先
有谶，摩挲金狄会当同。【注四】蘧蘧未必都非梦，【注五】了了方知
不落空。【注六】莫把存亡悲六客，已将地狱等天宫。【注七】

【注一】神宗熙宁七年，先生年三十九，由杭州通判移权知密州，
道中过访湖州太守李常公择，与杨绘元素、张先子野、刘述孝叔、陈舜
俞令举等共六人会于湖州碧澜堂，张子野作六客词（调寄《定风波令》，

题云："雪溪席上，同会者六人：杨元素侍读，刘孝叔吏部，苏子瞻、李公择二学士，陈令举贤良。"），时陈襄述古罢杭守，元素往代，先生作《醉落魄》词，题曰《席上呈杨元素》，词云："分携如昨。人生到处萍飘泊。倘然相聚还离索。多病多愁。须信从来错。尊前一笑休辞却。天涯同是伤沦落。故山犹负平生约。西望峨嵋。长羡归飞鹤。"元素于时以忤王安石，为曾布所排，出知亳州，又由应天府（今河南商丘市）徙知杭州，至此（元丰五年。上距熙宁七年为八载），复贬为荆南节度副使，而与先生相遇于黄州，张先、刘述、陈舜俞皆下世，故先生和章，尤觉感慨。绘少奇警，登仁宗时进士第，历开封府推官，徙兴元府（陕西汉中市南郑区），皆有声。神宗立，召修起居注、知谏院，与宰相曾公亮忤，改兼侍读，自以谏官"不得其言则去"，不拜。后累官翰林学士，为御史中丞，忤安石。哲宗元祐初，以天章阁待制知杭州卒。绘为吏敏强，性疏旷，表里洞达，每事一出于诚，为时所重。

【注二】此谓不愁年华之易逝也。刘禹锡《竹枝词》七绝九首之九云："轻盈嫋娜占年华，舞榭妆楼处处遮。春尽絮花（一作飞）留不得，随风好去落谁家？"

【注三】此谓炼丹服食将可以长生也。《抱朴子·内篇·金丹》："凡草木烧之即烬，而丹砂烧之成水银，积变又还成丹砂，其去凡草木亦远矣，故能令人长生。（以下列九丹之法）"先生盖有感于张先、刘述、陈舜俞之逝，故发是言，非真欲服丹砂以求长生也。

【注四】《说文》："谶，验也。"此谓朕兆，指《醉落魄》词。摩挲句，谓己与杨元素、李公择皆当有无量寿也。出典见前寿乐全诗首篇。

【注五】谓人在梦醒时，未必不仍是在大梦中也。《庄子·齐物论》："昔者庄周梦为胡蝶，栩栩然胡蝶也，自喻适志与？不知周也；俄然觉，则蘧蘧然周也。"陆德明《释文》引晋李颐注："蘧蘧，有形貌。"唐成玄英疏："蘧蘧，惊动之貌也。"又《齐物论》："方其梦也，不知其梦也；梦之中又占其梦焉，觉，而后知其梦也；且有大觉，而知此其大梦也"。又《大宗师》仲尼谓颜回曰："吾特与女其梦未始觉者邪?"

【注六】谓真性如如，活泼泼地，圆净湛明，了了然，到底不落空而见性也。《传灯录》卷六："越州大珠慧海禅师者，建州人也。……有律师法明谓师曰：'禅家多落空。'师曰：'却是座主（说法者）家多落空。'法明大惊曰：'何得落空?'师曰：'经论是纸墨文字，纸墨文字俱空，……座主执滞教体，岂不落空!'法明曰：'禅师落空否?'师曰：'不落空。'曰：'何却不落空?'师曰：'文字皆从智慧而生，大用现前，那得落空!'"又云："师曰：'若了了见性者，如摩尼珠现色（摩尼，梵语，亦云末尼，义是宝珠。《涅盘经》："摩尼珠，投之浊水，水即为清。"），说变亦得，说不变亦得。'

【注七】存亡六客，存者：东坡、杨元素、李公择；亡者：张先、刘述、陈舜俞。地狱天宫：谓己"险阻艰难，备尝之矣"；抑且人生似幻化，苦乐皆随心识而变耳，天堂地狱何异乎!《诗·邶风·谷风》："谁谓荼苦，其甘如荠。"是其意也。《圆觉经》卷上："地狱天宫，皆为净土；有性无性，皆成佛道。一切烦恼，毕竟解脱。"施注引《等量经》："阿鼻地狱（义译无间狱）与非非想天，劫数苦乐等，无有二。"

七月十六日，与客泛舟于黄州之赤壁（非周瑜破曹处），作《前赤壁赋》，又作《念奴娇·赤壁怀古》"大江东去"一词。（王文诰《苏诗总案》编在上一年，疑非。宋傅藻《纪年录》云："壬戌七月作。"是也）八月十五日，复用前调，成"凭高眺远"一阕。九月，雪堂夜饮，醉归临皋亭，作《临江仙》词"夜饮东坡醒复醉"一阕。十月十五日，作《后赤壁赋》。十二月，成《卜算子·黄州定慧院寓居作》"缺月挂疏桐"一阕。

元丰六年癸亥，四十八岁。正月二十，有《六年正月二十，复出东门，仍用前韵》七律云：

乱山环合水侵门，身在淮南尽处村。五亩渐成终老计，九重新扫旧巢痕。[注一]岂惟见惯沙鸥熟，已觉来多钓石温。长与东风约今日，暗香先返玉梅魂。[注二]

【注一】九重，指天子所居，帝阍也。意谓史馆今已撤销（先生尝直史馆），己之旧巢已扫除，无复前踪矣。陆游《施注苏诗》序："近世有蜀人任渊尝注宋子京（祁）、黄鲁直、陈无己三家诗，颇称详赡；若东坡先生之诗，则援据闳博，指趣深远，渊独不敢为之说。某顷与范公至能（成大）会于蜀，因相与论东坡诗，慨然谓予：'足下可作一书，发明东坡之意，以遗学者。'某谢不能；他日又言之，因举二三事以质之曰：'五亩渐成归老计，九重新扫旧巢痕，……当若为（如何也）解？'至能曰：'东坡窜黄州，自度不复收用，故曰新扫旧巢痕。……恐不过如此耳。'某曰：'此某之所不敢承命也。昔祖、宗以三馆（昭文馆、集贤馆、国史馆），储将相材；及官制行（元丰五年五月行官制），罢三馆；而东坡盖尝直史馆，然自谪为散官（指水部员外郎），削去史馆之职久矣，至是史馆亦废，故云新扫旧巢痕，其用事之严如此！而'凤巢西隔九重门'，则又李义山诗也。（《赠司户刘蕡》七律结句："万里相逢欢复泣，凤巢西隔九重门。"宋玉《九辩》："岂不郁陶，而思君兮，君之门以九重。"又义山《越燕》五律二首之二第三四云："命侣添新意，安巢复旧痕）……必皆能知此，然后无憾。'至能亦太息曰：'如此，诚难矣。'"清邵长蘅《施注苏诗删补》云："陆游作《施氏注东坡诗序》解旧巢字甚详，……愚意诗句必作如是解，毋乃太固，后人穿凿之病，所以不免也。"邵说非是。查慎行《补注》云："此段为此句注脚，确不可易，施氏《补注》（指邵长蘅）乃以为后人穿凿之病，何也？"纪昀曰："举其所可及，而诋其所不能，后代文士之通病。邵《补注》多脱略假借，故于古人精确之语，转排之以文其陋耳。"冯应榴《合注》云："此老（指东坡）可谓之无一字无来处也。"

【注二】清何焯屺瞻（晚号茶仙，先世曾以义门旌，学者称义门先生，康熙中赐进士，名重一时，有《义门读书记》）曰："韩致光（名偓，一字致尧，晚唐人）《湖南梅花一冬再发偶题》其三四云'玉为通体依稀见，香号返魂容易回'；结云'夭桃莫倚东风势，调鼎何曾用不才'，诗意本此。盖公之在黄，犹致光之厄于崔昌遐而在湖南然；时相虽力挤之，而神宗独为保全，亦犹致光之见知于昭宗。先返玉梅魂，盖以神宗之必不忍绝弃也。而语意浑然，恰是收足复出东门意，此老诗，诚非浅人所能读也。"王文诰《编注集成》云："公力陈事迹状（《杭州召还乞郡状》，见上）云：'先帝复对左右，哀怜奖激，意欲复用；而左右固争，以为不可。臣虽在远，亦具闻之。'此段语适当其时，正此句之本意，所谓暗香先返者也。"真宗时林逋《山园小梅》七律二首之一第三四云："疏影横斜水清浅，暗香浮动月黄昏。"班固《汉武内传》："西海聚窟洲有返魂树，状如枫柏，花叶香闻百里，根煮汁，炼之如漆，乃香成也；凡有疫死者，烧豆许薰之可再活。"

五月，先生之同年蔡承禧景繁为葺小屋三间于临皋亭南畔，先生名之曰南堂，有《南堂五首》（七绝）其五云：

扫地焚香闭阁眠，【注一】簟纹如水帐如烟。【注二】客来梦觉知何处？挂起西窗浪接天。【注三】

【注一】唐李肇《国史补》卷下："韦应物立性高洁，鲜食寡欲，所在焚香扫地而坐。其为诗驰骤建安以还，各得其风韵。"又韦《郡斋雨中与诸文士燕集》五古起句警语云："兵卫森画戟，燕寝凝清香。"

【注二】李白《乌夜啼》乐府："机中织锦秦川女，碧纱如烟隔窗语。"李商隐《偶题》七绝二首之一结云："水纹簟上琥珀枕，傍有堕钗金翠翘。"又施注引义山《惆怅》诗："水纹簟滑铺牙床。"五代南唐尉迟偓《中朝故事》："路岩籍没，有蚊幮一顶轻密如烟，人疑其鲛绡也。"

【注三】宋胡仔《苕溪渔隐丛话·前集》卷四十二引《王直方诗话》："邢敦夫（名居实、恕子，师事司马光，从东坡、山谷游，年十九卒，神童也。奸臣生贤郎而殇，神弗福也）言：'……此东坡诗也，尝题于予扇，山谷初读，以为是刘梦得所作。'（先生诗初学刘梦得）"纪昀曰："此首兴象自然；然以为刘梦得则未似，不知山谷何所见也。"湛铨案：此诗笔势纵恣，实似刘宾客，纪评未然。

六月后，风毒攻右目，几至失明（春夏间惠疮，绵延几半载），杜门僧斋，百想灰灭。时曾巩子固卒于临川（年六十五，长先生十七岁，同年登进士第）或传先生与巩同日俱化，如李贺事，为上帝召以修文。【李商隐《李贺小传》："长吉将死时，忽昼见一绯衣人，驾赤虬，持一板书，若太古篆，或霹雳石文者，云：'当召长吉。'长吉了不能读，歘下榻叩头言：'阿㜷（学语时呼其太夫人云）老且病，贺不愿去。'绯衣人笑曰：'帝成白玉楼，立召君为记，天上差乐，不苦也。'长吉独泣，边人尽见之。少之，长吉气绝。"】神宗闻之，问右丞蒲宗孟（蜀人，先生戚属），时神宗将进食，叹息再三曰："才难。"遂辍饭而起，意甚不怿（见李焘《续资治通鉴长编》及何薳《春渚纪闻》）。范镇景仁闻之（时年七十七），举袂掩面痛哭，召子弟，欲具金帛赙其家（见叶梦得《避暑录话》）；后遣李成伯携书至，始得实。（先生《与蔡景繁书》云："某卧病半年，终未清快，近复以风毒攻右目，几失明，信是罪重责轻，召灾未已。杜门僧斋，百想灰灭，登览游从之适，一切罢矣。"又《答范蜀公书》云："李成伯长官至，辱书，……某凡百粗遣，春夏间多患疮，及赤目，杜门谢客；而传者遂云物故，以为左右忧，闻李长官说，以为一笑，平生所得毁誉，皆此类也。"）故明年移汝州任，《谢表》有云："疾病连年，人皆相传为已死，饥寒并日，臣亦自厌其余生。"（元遗山《感事》五律三四云："人皆传已死，吾亦厌余生。"即用先生四六入诗者）九月二十七日，第四子遁生（先生长子迈，次迨，次过。遁明年七月二十八日病亡于金陵，盖未周岁而卒者）小名干儿，作《洗儿》七绝云：

人皆养子望聪明，我被聪明误一生。惟愿孩儿愚且鲁，无灾无难到公卿。

是年秋，有《闻子由为郡僚所挤，恐当去官》五古，起云："少学不为身，宿志固有在。"下云："宁知事大缪，举步得狼狈……低回畏罪罟，黾勉敢言退？"冬，作《王巩诗集序》，又有《喜王定国北归第五桥》【注一】七律云：

白露凄风洗瘴烟，梦回相对两凄然。【注二】雀罗廷尉非当日，鸠杖先生愈少年。【注三】世事饱谙思缩手，主恩未报耻归田。【注四】谁怜第五桥边水，独照台州老郑虔?【注五】

【注一】王巩定国已略见前。此第五桥是在秦淮，非长安之第五桥也。先生有《次韵王巩南迁初归》五古二首之二云："江家旧池台（陈江总旧宅），修竹围一尺。归来万事非，惟见秦淮碧。平生痛饮处，遗墨鸦栖壁。"巩因与先生友好且从其学焉，连坐窜逐桂之宾阳三年，一子死贬所，一子死于家，而不戚于怀，与先生情好愈笃。归来时，颜色和豫，气益刚实。归至江西，先寄其岭外诗数百首与先生，故为作《诗集序》。巩七月放还，先生文及诗则成于岁晚也。（上文略见先生《王定国诗集叙》）《宋史·王素传》："子巩，有隽才，长于诗，从苏轼游。轼守滁州（应作徐），巩往访之，与客游泗水，登魋山，吹笛饮酒，乘月而归。轼待之于黄楼上，谓巩曰：'李太白死，世无此乐三百年矣。'轼得罪，巩亦窜宾州，数岁得还，豪气不少挫。"

【注二】首句王文诰云："七字写尽南迁之状。"两凄然，谓第五桥下之水及己也。意从太白《敬亭独坐》五绝结句"相看两不厌，只有敬亭山"夺胎，皆传独坐之神也。

【注三】《史记·汲黯郑当时传赞》："下邽（京兆县名）翟公为廷尉，宾客阗门；及废，门外可设雀罗。翟公复为廷尉，宾客欲往，翟公乃大署其门曰：'一死一生，乃知交情；一贫一富，乃知交态；一贵一贱，交情乃见。'汲、郑亦云。悲夫！"（《汉书·郑当时传》末亦附载此事，盖本诸史公者）《后汉书·礼仪志中》（晋司马彪撰）："仲秋之月，县道皆案户比民，年始七十者，授之以玉杖（不予真杖），餔之糜粥；八十九十礼有加，赐玉杖长尺，端以鸠鸟为饰。鸠者，不噎之鸟也，欲老人不噎。"按：王巩之生年无考，然其父王素只长先生二十九岁，巩即年长于先生，亦不至七十，况未必年较长乎？鸠杖句云者，谓巩未来年必七十，八十，九十；盖今经贬谪荒裔，而颜色愈充盈，故可卜其必得高寿也。

【注四】五六重句，看似指巩，实"夫子自道"也。纪昀曰："五六和平。得第六句，并第五句亦算顿挫语。"意谓"险阻艰难，备尝之矣；民之情伪，尽知之矣"（《左传》僖公二十八年楚成王评晋文公语）；世路难行，人心险恶，已于世道人心已尽领略，本欲对天下事缩手不为矣；然国恩未报，若但畏难而求退，归田以冀全身远害，亦深以为耻也。先生忠肝义胆，于此可见。李廌祭先生文云："皇天后土，鉴平生忠义之心。"是也。韩愈祭柳子厚文："不善为斫，血指汗颜，巧匠旁观，缩手袖间。"

【注五】此结语以唐郑虔之贬谪喻王定国兼以自喻也。此及五六句纪昀皆予密圈。第五桥，本在长安南二十里，杜甫《陪郑广文（即虔）游何将军山林十首》五律第一起云："不识南塘路，今知第五桥。"《新唐书·文艺中·郑虔传》："天宝初，为协律郎，……（坐）私撰国史，……谪十年。还京师，玄宗爱其材，欲置左右，以不事事，更为置广文馆，以虔为博士。虔闻命，不知广文曹司所在，诉宰相，宰相曰：'上增国学，置广文馆以居贤者，令后世言广文博士自君始，不亦美乎？'虔乃就职。……尝自写其诗，并画以献，帝大署其尾，曰'郑虔三绝'。迁著作郎。安禄山反，……伪授虔水部郎中，因称风，缓求摄。……贼平，……贬台州（在今浙江）司户参军事，……后数年卒。……善著书，时号郑广文。"杜甫有《送郑十八虔贬台州司户，伤其临老陷贼之故，阙为面别，情见于诗》七律云："郑公樗散鬓成丝，酒后常称老画师。万里伤心严谴日，百年垂死中兴时。仓惶已就长途往，邂逅无端出饯迟。便与先生应永诀，九重泉路尽交期。"又有《有怀台州郑十八司户》五古起云："天台隔三江（《书·禹贡》："三江既入，震泽底定。"三江：娄江、东江、松江也）风浪无晨暮。郑公纵得归，老病不识路。"又《八哀诗·故著作郎贬台州司户荥阳郑公虔》五古云："文传天下口，大字犹在榜。昔献书画图，新诗亦俱往。……三绝自御题，四方尤所仰。"

元丰七年甲子，先生四十九岁。正月，诰命特授尚书水部员外郎，汝州（今河南平顶山市汝州区）团练副使，本州安置，不得签书公事。三月，进《谢量移汝州表》，有云："伏

念臣向者，名过其实，食浮于人（《法言·渊骞篇》："或问东
方生名过其实者何也？……"《礼·坊记》："故君子与其使食
浮于人也，宁使人浮于食。"郑玄注："食，谓禄也；在上曰
浮。禄胜己则近贪，己胜禄则近廉。"）。兄弟并窃于贤科，
衣冠或以为盛事。旋从册府，出领郡符（密、徐、湖三州），
既无片善可纪于丝毫，而以重罪当膏于斧钺。虽蒙恩贷，有愧
平生。只影自怜，命寄江湖之上，惊魂未定，梦游缧绁之中
（《论语·公冶长》："虽在缧绁之中，非其罪也。"）。憔悴非
人，章狂失志（潘岳《哀永逝文》："嫂侄兮惝惶，慈姑兮垂
矜。"章狂犹惝惶，悲痛彷徨之甚也），妻孥之所窃笑，亲友
至于绝交。疾病连年，人皆相传为已死；饥寒并日，臣亦自厌
其余生。（先生元丰七年《送沈逵赴广南》七古："我谪黄冈
四五年，孤舟出没烟波里，故人不复通问讯，疾病饥寒疑死
矣。"）岂谓草芥之贱微，尚烦朝廷之纪录！开其疬悔，许以
甄收。"其情亦可悯矣。四月，将自黄移汝，有《赠黄州官
妓》七绝云：

东坡五（一作七，误）载黄州住，何事（一作故）无言
及李琪（或作琦，或作宜）？恰（一作却）似西川杜工部，海
棠虽好不留诗。[注一]

【注一】清冯应榴《苏文忠诗合注》引李中玉云："《王禹偁诗话》：
少陵在蜀，并无一诗话著海棠，以其生母名也。"按：此是杜撰不足信，
王禹偁亦无诗话传世也。宋何薳《春渚纪闻》："东坡在黄日，每有燕
集，醉墨淋漓，不惜与人，至于营妓供侍，扇题带画，亦时有之。有李

琪者，少而慧，颇知书，时亦每顾之，终未尝获公赐；至公移汝，将祖行（祖，祭名，古者出行时祭路神也。《汉书·景十三王·临江闵王荣传》："上征荣，荣行，祖于江陵北门。"颜师古注："祖者，送行之祭，因飨饮也。昔黄帝之子累祖，好远游而死于道，故后人以为行神也。"），酒酣，琪奉觞再拜，取领巾乞书；公熟视久之，令其磨研墨浓，取笔大书云：'东坡七（应作五）载黄州住，何事无言及李琪?'（宋周煇《清波杂志》作李琦，陈岩肖《庚溪诗话》作李宜）即掷笔袖手，与客谈笑。坐客相谓，语似凡易，又不终篇，何也? 至将撤具，琪复拜请，坡大笑曰：'几忘出场。'继书云：'恰似西川杜工部，海棠虽好不留诗。'一座击节。"观此，可悟作绝句窍要，盖末二句是重心所在也。

又有《别黄州》七律云：

病疮老马不任羁，犹向君王得敝帷。【注一】桑下岂无三宿恋? 尊前聊与一身归。【注二】长腰尚载撑肠米，阔领先裁盖瘿衣。【注三】投老江湖终不失，来时莫遣故人非。【注四】

【注一】一起便沉痛之至。谓己已不堪为国用，犹老马且受伤，不能就羁勒矣；今之蒙恩移量汝州，实君王哀怜，如所豢犬马之逝，得埋之以敝烂帷帐耳。疮，俗字；本字作𤻱，或体作创。《说文》："𤻱、伤也。""创，或从刀仓声。"（刅，造法刅业也）白居易有《病疮》五律，结云："脚疮春酒断，那得有心情!"疮亦伤也。羁，本字作羇或羈，《说文》："羈，马络头也。""羇、羈或从革。"《礼·檀弓下》："仲尼之畜狗死，使子贡埋之，曰：'吾闻之也，敝帷不弃，为埋马也；敝盖不弃，为埋狗也。丘也贫，无盖，于其封（冢也）也，亦予之席，毋使其首陷焉。'路马死，埋之以帷。"郑玄注："路马，君所乘者。"

【注二】《佛说四十二章经》："剃除须发，而为沙门，受道法者，去世资财，乞求取足。日中一食，树下一宿，慎勿再矣。使人愚蔽者，爱与欲也。"《后汉书·襄楷传》桓帝延熹七年，楷上书谏桓帝去嗜欲云："浮屠不三宿桑下，不欲久生恩爱，精之至也。"（精纯清洁之至，于世间物物，了不留恋也）李贤注："言浮屠之人，寄桑下者，不经三宿，便即移去，示无爱恋之心也。"桑下句，先生反用其意，谓己于黄州人物风土，岂不恋恋乎！尊前句：含义有二：一、谓己饱经忧患，辛苦备尝，此多病之躯，天幸不死，得全身而去也；二、谓己在黄州五年，于财物一无所取，只将一身归去耳。二句仁言恻恻，语意一贯，深折超妙，宜细味之。

【注三】长腰句，谓己昂藏七尺尚健饭也。《汉书·东方朔传》："'朱儒长三尺余，奉一囊粟，钱二百四十；臣朔长九尺余，亦奉一囊粟，钱二百四十。朱儒饱欲死，臣朔饥欲死。臣言可用，幸异其礼；不可用，罢之，无令但索长安米。'上大笑，因使待诏金马门，稍得亲近。"此其意也。南宋葛立方《韵语阳秋》谓"长腰米，楚人语也"，恐未必然。阔领句：先生将赴汝州任，汝州人多患瘿（即大颈泡），故云裁盖瘿衣以掩蔽之也。葛立方《韵语阳秋》卷十云："汝人多苦瘿，故欧公《汝瘿》诗（《汝瘿答仲仪》五古）云：'伛妇垂瓮盎，骄婴抱卵鷇。无由辨肩颈，有类龟缩壳。'梅圣俞诗（《和王仲仪咏瘿二十韵》）云：'……女惭高掩襟，男衣阔裁领。'东坡量移汝州诗云：'阔领先裁盖瘿衣。'又云：'汝阳瓮盎吾何耻！'（《送沈逵赴广南》七古："句漏丹砂已付君，汝阳瓮盎吾何耻！"）"

【注四】结韵谓己今后决不犯过失，未来不再令故人受非议遭连累也。投老，犹云到老，《后汉书·仇览传》："母守寡养，苦身投老。"吴质《答魏太子笺》："但欲保身敕行，不蹈有过之地，以为知己之累耳。"此其意。

赴汝途中，至江西，有《初入庐山》五绝三首。其一云：

青山若无素，偃蹇不相亲。[注一] 要识庐山面，他年是故人。先生自注："山南，山面也。"要，须要也。

【注一】素，雅素也，谓似非旧识，即从来未见之意。偃蹇，高傲貌。《左传》哀公六年齐陈乞曰："彼皆偃蹇。"晋杜预注："偃蹇，骄傲。"

其二云：

自昔怀清赏，神游杳霭间。如今不是梦，真个在庐山。[注一]

【注一】谢朓《和何议曹郊游》二首之一："江垂得清赏，山际果幽寻。"（江垂犹江边）神游：出《列子·黄帝篇》，已见前；又李白《大鹏赋序》："余昔于江陵，见天台司马子微，谓余有仙风道骨，可与神游八极之表。"韩愈《盆池》七绝五首之一起云："老翁真个似童儿，汲水埋盆作小池。"

其三云：

芒鞋青竹杖，自挂百钱游。[注一] 可怪深山里，人人识故侯。[注二]

【注一】先生《定风波》词："竹杖芒鞋轻胜马。"宋傅幹注引五代僧无则诗："腾腾兀兀恣闲行，竹杖芒鞋称野情。"又先生《答任师中家汉公》五古："会当相从去，芒鞋老菑畬。"冯应榴《合注》引施元之注（今传施注无）："元微之诗，腾腾兀兀恣闲行，竹杖芒鞋称野情。"今《全唐诗》僧无则诗、元稹诗，皆未见此二句。《晋书·阮修传》："常步行，以百钱挂杖头，至酒店，便独酣畅。家无担石，晏如也。"

【注二】故侯，先生以邵平自况也。《史记·萧相国世家》："召平者，故秦东陵侯。秦破，为布衣，贫，种瓜于长安城东，瓜美，故世俗谓之东陵瓜。"先生尝为密、徐、湖三州太守，已犹昔之列侯专城而居矣；又在黄州东坡灌园自给，正似邵平也。宋王十朋《苏东坡诗（分类）集注》引"先生《诗话》云：'仆初入庐山，山谷奇秀，平日所未见，殆应接不暇，（《世说新语·言语》王子敬云：从山阴道上行，山川自相映发，使人应接不暇；若秋冬之际，尤难为怀）遂发意不欲作诗；已而见山中僧俗，皆云"苏子瞻来矣"，不觉作一绝云"芒鞋青竹杖"云云；既而晒前言之谬，复作两绝云"青山若无素"云云。'案《诗话》，则今第三篇为首篇矣。"

又有《赠东林总长老》（常总禅师，南剑州人）及《题西林壁》二绝，为千古绝唱，其《赠东林总长老》云：

溪声便是广长舌，山色岂非清净身？【注一】夜来八万四千偈，他日如何举似人！【注二】

【注一】拗第五字，弥觉铿锵。《妙法莲华经》卷六："受持是经，……得八百身功德（身功德：眼、耳、鼻、舌、身、意功德），得清净身，如净瑠璃，众生喜见，其身净故。"又云："一切众前，现大神力，出广长舌。"王十朋注引云："世尊见大神力，出广长舌，清净法身。"

【注二】谓己所闻溪声、所见山色，如八万四千法门，应接不暇，他日不知如何举以与人也。"似"，犹与也；"举似"，《传灯录》卷五六祖谓智常禅师曰："汝试举似于吾，与汝证明。"余几百见，不繁举矣。八万四千《妙法莲华经》叠见，如八万四千宝瓶、八万四千菩萨、八万四千众宝莲华、八万四千宝钵、八万四千人、八万四千众生、八万四千岁等等，皆喻甚多之数耳。《南史·隐逸上·顾欢传》："……物有八万四千行，说有八万四千法；法乃至于无数行亦达于无央。"（南齐时吴兴道士孟景翼《正一论》）宋释惠洪《冷斋夜话》卷七："东坡游庐山，至东林（寺），作偈曰：'溪声……''横看……'鲁直曰：'此老于般若横说竖说，了无剩语，非其笔端，能吐此不传之妙哉？'"宋孙奕《示儿编》卷十《溪声山色》云："东坡《赠东林总长老》云：'溪声便是广长舌，山色岂非清净身？'以溪山见僧之体；以广长舌、清净身，见僧之用，诚古今绝唱。"宋葛立方《韵语阳秋》卷十二云："东坡……《赠东林总老》诗：'溪声……'如此等句，虽宿禅老衲，不能屈也。"

其《题西林壁》七绝云：

横看成岭侧成峰，远近高低总不同。[注一] 不识庐山真面目，只缘身在此山中。[注二]

【注一】宋姚宽《西溪丛语》卷下："南山宣律师《岁通录》云：'庐山七岭，共会于东，合而成峰。'因知东坡'横看成岭侧成峰'之句，有自来矣。"清冯应榴《苏文忠诗合注》云："（清）朱休度（《学海观沤录》）曰：'此句用唐杨筠松（名益）《撼龙经》"横看是岭侧是峰，此是贪狼出阵龙"也。'"

【注二】王文诰《编注集成》云："凡此种诗，皆一时性灵所发；若必胸有释典，而后炉锤出之，则意味索然矣。"

　　五月，至筠州（江西高安），与子由相聚（时贬在筠州监盐酒税），留十日。七月，抵金陵，往见王安石于钟山（安石于熙宁九年十月罢相，居金陵，迄此已八年矣），留连燕语，论天下事，甚相重。与小人之徇私成雠，积不相能而永相倾轧者迥异也。【宋释惠洪《冷斋夜话》卷五："舒王（安石后追封舒王）在钟山，有客自黄州来，公曰：'东坡近日有何妙语？'客曰：'东坡宿于临皋亭，醉梦而起，作《成都胜相藏记》（今题《胜相院经藏记》，元丰三年作），千有余言，（实六百九十二字）点定才一两字。有写本，适留舟中。'公遣人取而至，时月出东南，林影在地，公展读于风檐，喜见眉须，曰：'子瞻，人中龙也！然有一字未稳。'客曰：'愿闻之。'公曰：'"日胜日贫"，不若曰"如人善博，日胜日负"耳。'（今《记》云："私自念言：我今惟有无始已来结习口业、妄言绮语、论说古今、是非成败；以是业故，所出言语，犹如钟磬、鞴鞴文章，悦可耳目；如人善博，日胜日负，自云是巧，不知是业。"则已遵荆公言改定矣）东坡闻之，抚手大笑，亦以公为知言。"宋蔡絛《西清诗话》："元丰间，王文公在金陵，东坡自黄北迁，日与公游，尽论古昔文字，间即俱味禅悦。（禅悦，佛家语，谓人禅定而心怡悦也）公叹息语人曰：'不知更几百年，方有如此人物？'东坡渡江至仪真，和游蒋山诗，寄金陵守王胜之益柔，公亟取读之，至'峰多巧障日，江远欲浮天'（《同王胜之游蒋山》五排），乃抚几曰：'老夫平生作诗，无此二句。'……"宋朱弁《曲洧旧闻》卷五："东坡自黄徙汝过金陵，荆公野服乘驴，谒于舟次；东坡不冠而迎，揖曰：'某今日敢以野服见大丞相。'荆公笑曰：'礼为我辈

设哉？'（《晋书·阮籍传》"籍曰：礼岂为我设耶？"）……"】
有《次韵荆公四绝》，其三云：

　　骑驴渺渺入荒陂，想见先生未病时。【注一】劝我试求三亩
宅，从公已觉十年迟。【注二】

【注一】宋魏泰《东轩笔录》卷十二："王荆公再罢政（熙宁七年
初罢相，八年复相，九年再罢）……筑第于南门外七里，去蒋山亦七
里。平日乘一驴，从数僮，游诸山寺。欲入城，则乘小舫，泛潮沟以
行，盖未尝乘马与肩舆也。所居之地，四无人家，其宅仅蔽风雨；又不
设垣墙，望之若逆旅之舍。有劝筑垣，辄不答。元丰末，荆公被疾，奏
舍此宅为寺，有旨，赐名报宁；既而荆公疾愈，税城中屋以居，竟不复
造宅。"又宋邵伯温《邵氏闻见录》谓"介甫与子瞻初无隙，吕惠卿忌
子瞻，辄间之神宗"。则王介甫本非奸恶小人，特其性情、刚愎自用，
喜人之同己者而恶其异己者，故谄谀者进，谏诤者退；卒为群小绕缠，
至变法失败，大伤国家元气，以启靖康之难耳。使介甫当时变法，能虚
己下人，与司马温公及先生等细加商讨，缜密料量，得诸君子乐为之
用，则国家幸甚矣。历观古今，虽有善政善法，若无善人执持施行，未
有不败者也。《中庸》曰："文、武之政，布在方策，其人存，则其政
举；其人亡，则其政息。"《孟子·离娄上》："徒善不足以为政，徒法不
能以自行。"《荀子·君道篇》云："有乱君，无乱国；有治人，无治法。
羿之法非亡也，而羿不世中；禹之法犹存，而夏不世王。故法不能独
立，类不能自行；得其人则存，失其人则亡。"《淮南子·泰族训》云：
"故法虽在，必待圣而后治；律虽具，必待耳而后听。故国之所以存者，
非以有法也，以有贤人也；其所以亡者，非以无法也，以无贤人也。"
近人动言法治，不知善法正法虽要，善人正人为尤要，盖人治实尤重于
法治也。若以邪人行正法，其法未有不败坏者；故大禹、成汤之法，岂

不正且善哉！然至桀、纣行之，则旋踵而亡；文、武、周公之法，其败于幽、厉也，岂不皆然乎！

【注二】王十朋注："荆公得诗，曰：'十年前后，我便不厮争'（厮，相也）。"荆公原作此首甚有名，诗云："北山输绿涨横陂，直堑回塘滟滟时。细数落花因坐久，缓寻芳草得归迟。"荆公是写景、写情兴；先生则写意、写感慨也。宋《潘子真诗话》："东坡得请宜兴（应是移汝州），道过钟山，见荆公；时公病方愈，令坡诵近作，因手写一通以为赠（荆公写坡诗赠坡）；复自诵诗，俾坡书以赠己。仍约东坡卜居秦淮，故坡公和诗云：'骑驴……十年迟。'"陆游《放翁题跋》云："东坡自黄州归，见荆公于半山，剧谈累日，约卜邻以老焉。"白居易《初除主客郎中知制诰……话旧感怀》七律结句："莫怪不知君气味，此中来校十年迟。"

八月，数见王安石于蒋山（即钟山），论西夏用兵及东南大狱事，【西夏，在今内蒙古、宁夏及甘肃之西北部、陕西北部。自元丰以来，西夏人屡以数十万众，大举入寇陕之延州（即延安）及兰州（今甘肃省会）等地，见《宋史·神宗本纪》。又《刑法志》："元丰时，河北、京东、淮南、福建等路，皆用重法。"】先生谓安石曰："大兵大狱，汉、唐灭亡之兆；祖、宗以仁厚治天下，正欲革此；今西方用兵，连年不解，东南屡起大狱，公独无一言以救之乎？"安石曰："二事皆吕惠卿启之；安石在外，安敢言！"（宋邵伯温《邵氏闻见录》云："王荆公晚年，于钟山书院，多写'福建子'三字，盖恨为惠卿所陷，悔为惠卿所误也。"）先生曰："在朝则言，在外则不言，事君之常礼耳；上所以待公者非常礼，公所以待上者，岂可以常礼乎？"安石厉声曰："某须说。"又曰："出在安石口，入在子瞻耳。"盖安石尝为惠卿发其"无使上知"私书，尚畏惠卿，恐先生泄其言耳。安石又曰："人须是行一不义，杀一不辜，得天下不为乃可。"【《孟子·公孙丑上》："（伯夷、伊尹、孔子）得百里之地而君之，皆能以朝诸侯，有天下；行一不义，杀一不辜，而得天下，皆不为也。"】先生戏曰："今之君子，争减半年磨勘（将迁升，勘验官绩），虽杀人，亦为之。"安石笑而不言。（以上见《邵氏闻见录》）是月发金陵，至仪真（即真州，今江苏仪征市），有《次韵蒋颖叔》（名之奇，江苏宜兴人，先生同榜进士，时为江、淮发运使）七律云：

月明惊鹊未安枝，一棹飘然影自随。【注一】江上秋风无限浪，枕中春梦不多时。【注二】琼林花草闻前语，笔画溪山指后期。【注三】岂敢便为鸡黍约！玉堂金殿要论思。【注四】

【注一】首句，时先生欲买田于金陵仪真而未可得也。曹操《短歌行》："月明星稀，乌鹊南飞，绕树三匝，何枝可依？"李白《赠柳圆》短古："还同月下鹊，三绕未安枝。"施注引白乐天《思家诗》："灯前影伴身。"

【注二】白居易《江南遇天宝乐叟》七古："秋风江上浪无限，暮雨舟中酒一尊。"又《花非花》："来如春梦不多时，去似朝云无觅处。"余见上迎子由七律"又向邯郸枕中见"注，盖用唐李泌《枕中记》吕翁及卢生事也。纪昀曰："三四自好。"

【注三】先生自注："蒋诗记及第时琼林苑宴坐中所言，且约同卜居阳羡。"明李濂《汴京遗迹志》："琼林苑，在开封城西郑门外，俗呼为西青城。宋时建苑，为宴进士之所。与金明池南北相对，其中松柏森列，百花芬郁。"蒋之奇，宜兴人；阳羡，即在宜兴南，宋乐史《太平寰宇记》卷九十二："常州宜兴县，本秦阳羡县。"又云："圻溪，今俗呼为罨画溪，在县南三十六里。源出悬脚岭，东流入太湖。"罨画，本谓山水明秀，如绘工之杂彩色为画然也；今浙江长兴县之西溪，亦名罨画溪矣。

【注四】结语谓蒋之奇之才，须为国用，未敢便与为鸡黍之约而相将归隐也。《论语·微子篇》："子路从而后，遇丈人，以杖荷蓧，子路问曰：'子见夫子乎？'丈人曰：'四体不勤，五谷不分，孰为夫子！'植其杖而芸。子路拱而立；止子路宿，杀鸡为黍而食之，见其二子焉。明日，子路行以告，子曰：'隐者也。'使子路反见之，至，则行矣。"魏应璩《与从弟君苗君胄书》："幸赖先君之灵，免负担之勤，追踪丈人，畜鸡种黍，潜精坟籍，立身扬名，斯为可矣。"孟浩然《过故人庄》五律起云："故人具鸡黍，邀我至田家。"论思：班固《两都赋序》："至于武、宣之世，乃崇礼官，考文章，……故言语侍从之臣，若司马相如、虞丘寿王、东方朔、王褒、刘向之属，朝夕论思日月献纳。"玉堂金殿，指翰苑台阁也。东汉应劭《汉官仪》卷上："黄门有画室署、玉堂署，各有长一人。"玉堂，后世以称翰林院。《汉书·李寻传》："臣寻位卑术浅，过随众贤待诏，食太官，衣御府，久污玉堂之署。"颜师古注："玉堂殿在未央宫。"清王先谦《补注》引何焯曰："汉时待诏于玉堂殿，唐时待诏于翰林院，至宋以后，翰林遂并蒙玉堂之号。金殿，即金銮殿，唐时在大明宫内。唐韦述《两京记》："陇首山支陇起平地，上有殿，名金銮殿，殿旁坡名金銮坡，翰林故事置学士院，后又置东学士院于金銮坡。"宋时亦有金銮殿，见《宋史·地理志》。

十月，由京口（在镇江）渡江至扬州。十九日，上《乞常州居住表》，有云："臣向以狂妄得罪，伏蒙圣恩，赐以余生，处之善地（指黄州）；岁月未几，又蒙收录，量移近郡

（汝州近汴都）。再生之赐，万死难酬。臣以家贫累重，须至乘船赴安置所，自离黄州，风涛惊恐，举家重病，幼子丧亡（苏遁死于金陵）。今虽已至扬州，而资用罄竭，无以出陆（陆行雇车马）；又汝州别无田业，可以为生，犬马之忧，饥寒为急。窃谓朝廷至仁，既已全其性命，必亦怜其失所。臣先有薄田，在常州宜兴县，粗给饘粥；欲望慈圣，特许于常州居住。若罪戾之余，稍获全济，则捐躯论报，有死不回。"奏入，未报。

元丰八年乙丑，先生五十岁。正月四日发泗州（安徽盱眙县），再上《乞常州居住表》，有云："臣昔者常对便殿，亲闻德音，似蒙圣知，不在人后。而狂狷妄发，上负恩私；既有司皆以为可诛，虽明主不得而独赦；一从吏议，坐废五年。积虑熏心，惊齿发之先变；抱恨刻骨，伤皮肉之仅存。近者蒙恩量移汝州，伏读训词，有'人材实难，弗忍终弃'之语，岂独知免于缧绁，亦将有望于桑榆。……与其强颜忍耻，干求于众人；不若归命投诚，控告于君父。……重念臣爱性刚褊，赋命奇穷。既获罪于天，又无助于下。怨仇交积，罪恶横生。群言或起于爱憎，孤忠遂陷于疑似。中虽无愧，不敢自明。向非人主，独赐保全；则臣之微生，岂有今日！……臣抱百年之永叹，悼一饱之无时。【《诗·小雅·小弁》："假寐永叹，维忧用老。"欧阳修《读李翱文》："翱一时人，有道而能文者，莫若韩愈；愈尝有赋矣（《感二鸟赋》。见有笼白乌、白鸲鹆以献于上者，感而作焉），不过美二鸟之光荣（进之于上），叹一饱之无时尔（谓己）！"】贫病交攻，死生莫保。虽凫雁飞集，何足计于朝廷！（谓己微不足道，犹凫雁耳。扬雄《解嘲》："乘雁集不为之多，双兔飞不为之少。"）而犬马盖帷，犹有求于陛下。（见前《别黄州》七律【注一】）敢望仁圣，少赐矜怜。"二月，至南都（河南商丘），告下，仍"以检校尚书水部员外郎、汝州团练副使，不得签书公事，常州居住"。三月一日，神宗病笃，宣仁太后（英宗高后，神宗母，哲宗祖母）垂帘听政，立哲宗为皇太子（神宗第六子，时十岁）。三月五日，神宗崩（年三十八），哲宗即位，尊宣仁太后为太皇太后，听政。五月二十二日，先生至常州贬所，进《到常州谢表》，有云："废弃六年，已忘形于田野，溯沿万里，偶脱命于江潭。岂谓此生，得从所便。……耕田凿井，得渐齿于平民，碎首刳肝，尚未知其死所。"阳羡士人从先生学者邵民瞻为买宅，需缗（钱一千）五百，倾囊仅能偿之。既卜吉入居，夜与邵步月入村中，闻老妪啼哭甚哀，问其故，泣曰："吾有一居，相传百年，吾子不肖，举以售人，今日徙此，百年旧居，一旦诀别，所以泣也。"先生为之怆然，问其居所在，即以五百缗得之者也；立取屋券焚之，呼其子，命翌日迎母还旧居，不索其值。自是遂税居毗陵（今江苏常州市武进区），不复买宅（见宋方岳《深雪偶谈》及费衮《梁溪漫志》）。而先生自此，终其身无私置一椽之庇矣。如先生者，其深仁厚泽，廉砺自持，不亦可以通于神明，昭于天地乎？六月告下，复朝奉郎（正六品上）、起知登州（山东蓬莱），是月离常赴任。十月，至密州（后魏时之胶州，隋、唐、宋亦曰高密郡，即今山东诸城市），有《过密州，次韵赵明叔（名杲卿）、乔禹功（名叙）》七律云：

先生依旧广文贫，【注一】老守时遭醉尉嗔。【注二】汝辈何曾堪一笑！吾侪相对复三人。【注三】《黄鸡》唱晓凄凉曲，白发惊秋见在身。【注四】一别胶西旧朋友，扁舟归钓五湖春。【注五】

【注一】王十朋注引赵次公曰："（首句）指言赵明叔也。先生曩在密州时所谓赵教授者也。"广文贫，固以唐广文先生郑虔（见上）比赵明叔；又乔禹功亦尝为太常博士，故以兼喻之也。杜甫《醉时歌》（一作《赠广文馆博士郑虔》）："诸公衮衮登台省，广文先生官独冷。甲第纷纷厌粱肉，广文先生饭不足。先生有道出羲皇（谓是羲皇以上人，陶公流亚），先生有才过屈、宋。德尊一代常坎轲，名垂万古知何用！"

【注二】此句先生自况也。先生尝知密州，故云老守。王注引赵次公曰："指言乔禹功也。禹功必以别处太守替罢或致仕而归，故以故将军比之。"非是。《史记·李将军列传》："广出雁门击匈奴，匈奴兵多，破败广军，生得广。……佯死，……射杀追骑，以故得脱。……汉下广吏，……当斩；赎为庶人。……居蓝田南山中，射猎，尝夜从一骑出，从人田间饮，还至霸陵亭，霸陵尉醉（大县二尉，主捕盗），呵止广。广骑曰：'故李将军。'（骁骑将军，领属护军将军）尉曰：'今将军尚不得夜行，何乃故也！'止广宿亭下。居无何，匈奴入杀辽西太守，败韩将军（安国），韩将军后徙右北平；于是天子乃召拜广为右北平太守。广即请霸陵尉与俱，至军而斩之。广居右北平，匈奴闻之，号曰汉之飞将军，避之。"广尝为上谷、上郡、陇西、北地、雁门、代郡、云中、右北平等郡太守；先生亦尝为密、徐、湖三郡太守，今且往知登州，用"老守"字甚的，不得强以傅会乔禹功。冯氏《合注》，王氏《编注集成》俱本赵次公说，失之。

【注三】二句笔力雄健，兀傲不群。意谓小人之害君子，原不值一哂，今己与赵明叔、乔禹功又复三人相对矣。明倪元璐《题元祐党碑》云："故知择福之道，莫大乎与君子同祸，小人之谋，无往不福君子也。"信哉! 杜甫《三韵三篇》五古之三云: "烈士恶多门, 小人自同调。名利苟可取, 杀身傍权要。何当官曹清, 尔辈堪一笑。"李白《月下独酌》五古四首之一云: "举杯邀明月, 对影成三人。"

【注四】二句清峭萧骚, 悲凉惋恻。白居易《醉歌》: "谁道使君不解歌? 听唱《黄鸡》与《白日》。黄鸡催晓丑时鸣, 白日催年酉时没。"又先生《与临安令宗同年剧饮》七古云: "试呼白发感秋人, 令唱《黄鸡》催晓曲。"潘岳《秋兴赋》序: "余春秋三十有二, 始见二毛。"赋云: "斑鬓髟以承弁兮, 素发飒以垂领。"牛僧孺《席上赠刘梦得》七律前半云: "粉署为郎四十春, 今来名辈更无人。休论世上升沉事, 且斗樽前见在身。"

【注五】《汉书·地理志》有高密国, 自注: "文帝十六年别为胶西国, 宣帝本始元年更为高密国。"《国语·越语下》: "……反至五湖, 范蠡辞于王曰: '君王勉之, 臣不复入越国矣。'……遂乘轻舟, 以浮于五湖, 莫知其所终极。"结韵, 先生有遁世意, 谓将旷放于江湖中也。

十月十五日, 抵登州任, 进《谢上表》, 末云: "恭惟(思也)先帝全臣于众怒必死之中, 陛下起臣于散官永弃之地, 没身难报, 碎首为期。"二十日, 以司马光(时为门下侍郎)荐, 以礼部郎中(正五品)召还。二十六日, 作《登州海市》七古, 并《引》云: "予闻登州海市旧矣, 父老云: '常出于春夏, 今岁晚, 不复见矣。'予到官五日而去, 以不见为恨, 祷于海神广德王之庙, 明日见焉, 乃作此诗。"诗有云: "人间所得容力取, 世外无物谁为雄? 率然有请不我拒, 信我人厄非天穷。"十二月, 抵京师, 到礼部郎中任。未几告下, 迁起居舍人(从六品, 清要之官,《宋史·职官志》: "起居舍人一人, 掌同门下省起居郎侍立修注。"), 上《辞免状》，有旨不允；《再上辞免状》，盖先生以起于忧患，不欲骤履要地也。复辞于蔡确（小人，《宋史·奸臣传》以之冠首，时为尚书左仆射兼门下中书侍郎，首相也。翌年二月以罪免官，元祐四年放逐于新州），确曰："公徊翔久矣，朝中无出公右者。"卒不许，乃到起居舍人任。有《惠崇春江晚景二首》，[注一] 题画之作，七绝名篇也。其一云：

竹外桃花三两枝，春江水暖鸭先知。蒌蒿满地芦芽短，正是河豚欲上时。[注二]

【注一】惠崇，北宋初僧人，工画，能诗。宋郭若虚《图画见闻志》："僧惠崇，尤工小景，建阳（福建县名）人，工画鹅雁鹭鹚，为寒江远渚，潇洒虚旷之象，人所难到。"宋葛立方《韵语阳秋》卷十四："僧惠崇善为寒汀烟渚，萧洒虚旷之状，世谓'惠崇小景'，画家多喜之。故鲁直诗云：'惠崇笔下开江面，万里晴波向落晖。梅影横斜人不见，鸳鸯相对浴红衣。'（《题惠崇画扇》七绝）东坡诗云：'竹外……上时。'舒王诗云：'画史纷纷何足数！惠崇晚出我最许。沙平水澹西江浦，凫雁静立将俦侣。'（《纯甫出释惠崇画要予作诗》七古，画史二句是起韵，五六句云："黄芦低摧雪齧土，凫雁静立将俦侣。"七八句云："往时所历今在眼，沙平水澹西江浦。"）皆谓其工小景也。"

【注二】翁方纲《苏诗补注》引《王渔洋诗话》："《尔雅》（《释草》）：'购，蔏蒌。'郭璞注：'蔏蒌，蒌蒿也。生下田，初出可啖，江东用羹鱼。'故坡诗云然，非泛咏景物也。"今《渔洋诗话》卷中云："坡诗：'蒌蒿满地芦芽短，正是河豚欲上时。'非但风韵之妙；盖河豚食蒿芦则肥，亦如梅圣俞之'春洲生荻芽，春岸飞杨花'，无一字泛设也。"梅尧臣圣俞《河豚诗》："春洲生荻芽，春岸飞杨花。河豚于此时，贵不数鱼虾。"（五古起句）宋胡仔《苕溪渔隐丛话·前集》卷三十一引《孔毅夫杂记》云："永叔称圣俞《河豚》诗云：'春洲……鱼虾。'以谓'河豚食柳絮而肥，圣俞破题两句，便说尽河豚好处'。乃永叔褒誉之词，其实不尔。此鱼盛于二月，至柳絮时，鱼已过矣。"又："苕溪渔隐曰：东坡诗云：'竹外……上时。'此正是二月景致，是时河豚已盛矣。但'欲上'之语似乎未稳。"（欲上，谓河豚欲上食蒌蒿芦芽也，何未稳之有！胡元任强作解人，非是）又《后集》卷二十四引《倦游杂录》云："河豚鱼有大毒，肝与卵，人食之必死。暮春柳花飞，此鱼大肥，江、淮人以为时珍，更相赠遗脔其肉，杂蒌蒿荻芽，瀹而为羹。或不甚熟，亦能害人，岁有被毒而死者；然南人嗜之不已，故圣俞诗：'春洲……鱼虾。'而其后又云：'炮煎苟失所，转喉为莫邪'，则其毒可知。"宋叶梦得《石林诗话》卷上："欧阳文忠记梅圣俞《河豚》诗'春洲生荻芽，春岸飞杨花'，'破题两句，已道尽河豚好处'。谓'河豚出于暮春，食柳絮而肥'，殆不然。今浙人食河豚，始于上元前。常州江阴，最先得，方出时，一尾至直千钱；然不多得，非富人大家，预以金唉渔人，未易致。二月后日益多，一尾才百钱耳。柳絮时，人已不食，谓之斑子。或言其腹中生虫，故恶之；而江西人始得食，盖河豚出于海，初与潮俱上，至春深，其数稍流入于江，公（欧公）吉州人，故所知者，江西事也。"按：河豚，大者长二尺许，背青黑，腹白，无鳞，有吸入空气使腹部膨胀之奇性。四五月间产卵，此时卵巢及肝脏皆含剧毒，误食则死，故二三月时最可食，初春时则以罕为贵耳。宋阮阅《诗话总龟》："梅圣俞诗：'春岸飞杨花。'永叔谓：'河豚食杨花则肥。'韩偓诗：'柳絮覆溪鱼正肥。'（《卜隐》七律三四："桑梢出舍蚕初老，柳絮盖溪鱼正肥。"）大抵鱼食杨花则肥，不必河豚。"纪昀曰："此是名篇，兴象实为深妙。"王文诰《编注集成》云："此乃本集上上绝句，人尽知之。"

其二云：

两两归鸿欲破群，依依还似北归人。【注一】遥知朔漠多风雪，更待江南半月春。【注二】

【注一】《礼·月令》："仲秋之月，……鸿雁来，玄鸟归。"则仲春之月，玄鸟来，鸿雁归，互文见意也。《史记·天官书》："中宫，……魁下六星，两两相比者，名为三能（音台）。"欲破群，谓前者两两急飞；依依，谓殿后者缓飞也。似北归人，隐以喻己也。

【注二】结语即"惟恐琼楼玉宇，高处不胜寒"之意。朔，北也；朔漠，北方沙漠地也。谢惠连《雪赋》："于是河海生云，朔漠飞沙。"

哲宗元祐元年丙寅，先生五十一岁。正月，以七品服（浅绿色，起居舍人本从六品，此自谦抑也）入侍延和殿，即改赐银绯衣。【浅红色而以银白饰之，五品服也，此以礼部郎中加之。《新唐书·舆服志》："以紫为三品之服，绯（大红）为四品之服，浅绯为五品之服，绿为六品之服，浅绿为七品之服，深青为八品之服，浅青为九品之服。"宋仍唐制】子由亦由筠州（江西高安）至京，到右司谏任。【从七品上。宋太宗端拱初，改唐左右补阙为左右司谏，改左右拾遗（从八品上）为左右正言】黄庭坚始拜先生于都下。【山谷于神宗元丰元年（前此八年）三十四岁始寄书呈诗与先生结交，至此乃相见，时山谷年四十二，先生五十一也。山谷《跋子瞻木山诗》（七古。并《引》云："吾先君子尝蓄木山三峰，且为之记与诗，诗人圣俞见而赋之，今三十年矣；而犹子千乘又得五峰，益奇，因次圣俞韵，使并刻之其侧。"）云："往尝观明允《木假山记》，以为文章气旨似庄周、韩非，恨不得趋拜其履舄间，请问作文关纽；及元祐中，乃拜子瞻于都下，实闻所未闻。（《法言·渊骞篇》："七十子之于仲尼也，日闻所不闻，见所不见，文章亦不足为矣。"）今令其人万里在海外，对此诗，为废卷竟日。"】与王诜相遇殿门外，话旧感叹，诜以诗相属（五古），先生有《和王晋卿》之作，并《引》云："驸马都尉王诜晋卿，功臣全斌（五代末北宋初）之后也。元丰二年，予得罪贬黄冈，而晋卿亦坐累远谪（贬武当），不相闻者七年。予既召用，晋卿亦还朝，相见殿门外，感叹之余，作诗相属。托物悲慨，厄穷而不怨，泰而不骄（《孟子·公孙丑上》及《万章下》："柳下惠……遗佚而不怨，厄穷而不悯。"《论语·子路篇》："君子泰而不骄，小人骄而不泰。"）；怜其贵公子，有志如此！故和其韵。"三月，告下，迁中书舍人（正四品，为天子草制命），上辞免状，有云："……今又冒荣直授，蹑众骤迁，非次之升，既难以处；不试而用，尤非所安。愿回异恩，免速官谤。"批答不允；到中书舍人任；进《谢上表》，有云："仰天威之甚近（《左传》僖公九年齐桓公对周襄王使者曰："天威不违颜咫尺。"），知圣鉴之难逃（《晋书·桓温传》："朝贤时誉，惟谢安、王坦之才识智能，皆简在圣鉴。"）。谓臣尝受先朝之知，实无左右之助。弃瑕往昔，责效将来。臣敢不益励素心，无忘旧学，上体周公烦悉之诰，助成汉家深厚之文。（陈寿《上诸葛氏集目录表》："咨繇之谟略而雅，周公之诰烦而悉。"《汉书·儒林传序》公孙弘为学官，白丞相御史曰："臣谨案，诏书律令下者，明天人分际，通古今之谊，文章尔雅，训辞深厚。"颜师古注："尔雅，近正也，言认辞雅正而深厚也。"）苟无旷官，其敢言报！"

六月，行《吕惠卿责授建宁军节度副使本州安置不得签书公事》制辞，起云："敕：凶人在位，民不奠居；司寇失刑，士有异论。稍正滔天之罪（《汉书·王莽传赞》："滔天虐民，穷凶极恶。"），永为垂世之规。具官吕惠卿，以斗筲之才，挟穿窬之智（《论语·子路篇》："斗筲之人，何足算也！"又《阳货篇》："色厉而内荏，譬诸小人，其犹穿窬之盗也与！"又《礼·表记》："情疏而貌亲，在小人，则穿窬之盗也与！"穿窬之智，犹今俗所谓"贼公计，状元材"也），谄事宰辅，同升庙堂，（素谄事王安石，故熙宁七年，安石力荐，至参知政事。元丰五年，加大学士，知延州）乐祸而贪功，好兵而喜杀，以聚敛为仁义，以法律为《诗》《书》。【刘孝标《辩命论》："彼戎狄者，人面兽心，宴安鸩毒，以诛杀为道德，以蒸报（上淫下淫）为仁义。"】首建青苗，次行助役，均输之政，自同商贾；手实之祸，下及鸡豚。（"手实"之法，令民自疏财产，纤悉无遗，故虽鸡豚亦不免）苟可蠹国以害民，率皆攘臂而称首。【《宋史·奸臣传·吕惠卿传》："司马光谏帝（神宗）曰：'惠卿憸巧，非佳士。使安石负谤于中外者，皆其所为。安石贤而愎，不闲世务；惠卿为之谋主，而安石力行之，故天下并指为奸邪。'又惠卿之贬谪，自苏辙、刘挚发之，《奸臣》本传又云："右司谏苏辙条奏其奸曰：'惠卿怀张汤之辩诈，有卢杞之奸邪，诡变多端，敢行非度。王安石强很傲诞，于吏事宜无所知；惠卿指摭教导，以济其恶。……

安石于惠卿有卵翼之恩，父师之义，方其求进，则胶固为一；及势力相轧，化为敌仇。发其私书，不遗余力，犬彘之所不为，而惠卿为之。'"】先皇帝（神宗）求贤若不及，从善如转圜，始以帝尧之心，姑试伯鲧【《书·尧典》："帝曰：'咨！四岳。汤汤洪水方割（害也），荡荡怀山襄陵，浩浩滔天。下民其咨，有能俾乂？（使治）'佥曰：'於！鲧哉。'帝曰：'吁！咈哉！（甚不然之辞）方命圮族（违命败类）。'岳曰：'异哉！（《说文》："异，举也。《虞书》曰：岳曰：异哉！"）试可乃已。'帝曰：'往，钦哉！'九载，绩用弗成。"】；终然孔子之圣，不信宰予。（《论语·公冶长》："宰予昼寝。……子曰：始吾于人也，听其言而信其行；今吾于人也，听其言而观其行，于予与改是。"）"末云："迨予践祚之初，首发安边之诏。假我号令，成汝诈谋。（《宋史·奸臣传》本传："哲宗即位，敕疆吏勿侵扰外界，惠卿遣步骑二万袭夏人。"）不图涣汗之文（《易·涣卦》："九五，涣汗其大号。"孔颖达疏："九五处尊履正，在号令之中能行号令，以散险厄者也，故曰涣汗其大号也。"），止为欵贼之具。【欵欲贼害。《说文》："欵（款），意有所欲也。"】迷国不道，从古罕闻，尚宽两观之诛，薄示三危之窜【《汉书·刘向传》向乃上封事谏元帝曰："……故舜有四放之罚（见下），而孔子有两观之诛。"应劭曰："少正卯奸人之雄，孔子摄司寇，七日，诛之两观之下。"颜师古曰："两观，谓阙也。"《书·舜典》："流共工于幽州，放驩兜于崇山，窜三苗于三危，殛鲧于羽山，四罪而天下咸服。"】，国有常典，朕不敢私。"八月，迁翰林学士，知制诰，（翰林学士，正三品，掌天子一切诏诰命令，或为天子改定中书舍人所草制，位仅次参政及六部尚书，有即自此拜相者）进《辞免状》，批答不允；《再上辞免状》，又不允。差供奉官宣召入学士院，乃就任。（案：英宗治平二年正月，先生年三十，即欲召为翰林学士，知制诰，惜为丞相韩琦所止；至此始真除，淹滞凡二十一年余矣！当年如事成，宋事或不至此也）进《谢上表》，其上宣仁太皇太后一表云："臣轼言：蒙恩除臣翰林学士，知制诰，宠光逾分，荣愧交中。伏念臣本以疏愚，起于遐陋，学虽笃志，皆场屋之空文；言不适时，岂朝廷之通论（通达治体之论），老于忧患，望绝搢绅。此盖太皇太后陛下，总览政纲，灼知治体，恢复祖宗之旧，兼收文武之资。过录愚忠，以敦薄俗。敢不激昂晚节，砥砺初心，虽洪造之难酬，尽微生而后已。"九月，尚书左仆射兼门下侍郎司马光薨（年六十八），宣仁太皇太后及哲宗临奠，入哭甚哀，赠太师，温国公。十一月，子由除中书舍人。

元祐二年丁卯，先生五十二岁，在翰林学士任。正二月间，有《送杜介归扬州》[注一]七律云：

再入都门万事空，闲看清洛漾东风。[注二]当年帷幄几人在？回首觚棱一梦中。[注三]采药会须逢蓟子，问禅何处识庞翁？[注四]归来邻里应迎笑，新长淮南旧桂丛。[注五]

【注一】杜介，字几先，当是英宗治平间与先生同直馆阁（先生直史馆）者；经罢官后，今重入都门，故先生赠诗有感慨之言。子由《栾城集》称"杜介供奉"，诚近侍之臣也。又先生前九年（元丰元年）守徐州时，杜介已罢官归隐熙熙堂（《杜介熙熙堂》七律起云："崎岖世路最先回，窈窕华堂手自开。")；元丰八年《赠杜介》五古有云："群生陷迷网，独达从古少，杜叟子何人？长啸万物表。"盖归隐已久，其老可知，是时偶游都下耳。

【注二】此起二句指杜介重来也。王十朋注引赵次公语专以属先生者，非是。盖杜介以闲身重来，故云"万事空"，云"闲看"；若先生则不一载而三迁，不得云尔也。此二句王文诰《编注集成》最为得之，余注皆非。先生《和王斿》七律二首之二第五六云："未厌冰滩吼新洛，且看松雪媚南山。"施元之注："汴渠旧引黄河，元丰中，始引洛水易之，谓之清汴，或谓之新洛。"

【注三】此二句亦指杜介而言，谓当年相与直史馆为近侍之臣者，今已无几人在；回首仰望当年之宫阙，万事都空，恍如一梦矣。帷幄：《汉书·高帝纪》："夫运筹帷幄之中，决胜千里之外，吾不如子房。"（《史记·高祖本纪》作帷帐）觚棱，殿角也。班固《西都赋》："设壁门之凤阙，上觚棱而栖金爵。"觚棱，本作柧棱，字皆从木，《说文》："柧，棱也。又柧棱，殿堂上最高之处也。"《说文·禾部》无稜，凡稜角峭厉之稜字本皆从木也。

【注四】采药句，谓杜介当至百岁也。《后汉书·方术·蓟子训传》："时或有百岁翁，自说童儿时见子训卖药于会稽市，颜色不异于今。"庞翁，指《传灯录》中之庞居士，非《后汉书·逸民传》之庞公也。《传灯录》卷八："襄州居士庞蕴者，衡州衡阳县人也，字道玄。世以儒为业，而居士少悟尘劳，志求真谛，唐贞元（德宗）初，谒石头和尚，忘言会旨，复与丹霞禅师为友。……自尔机辩迅捷，诸方向之。……居士所至之处，老宿多往复问酬，皆随机应响，非格量轨辙之可拘也。……州牧于公问疾次，……枕公膝而化，遗命焚弃，江湖缁（僧）白（俗）伤悼，谓禅门庞居士即毗耶净名矣。"（毗耶，维摩诘居士之居处，此谓庞居士犹之维摩诘，现居士身而成正果者）襄阳鹿门山有居士岩，相传即庞居士隐居处，全家俱得道。

【注五】《文选》有淮南王刘安《招隐士》一首，王逸《楚辞章句》以为淮南王客小山之作。《招隐士》起云："挂树丛生兮山之幽，偃蹇连蜷兮枝相缭。"

五月杪，有《次韵刘贡父独直省中》【注一】七律云：

　　明窗畏日晓先暾，高柳鸣蜩午更喧。【注二】笔老新诗疑有物，心空客疾本无根。【注三】隔墙我亦眠风榻，上马君先锁月轩。【注四】共喜早归三伏近，解衣盘礴亦君恩。【注五】

【注一】刘贡父已见前。名攽，长先生十四岁，乃刘敞原父之弟（少三岁），兄弟皆博学多才，犹长史学。司马光修《资治通鉴》，二刘专职汉史。先生元祐元年七月，为中书舍人时，有《乞留刘攽状》云："谨按攽，名闻一时，身兼数器。文章尔雅，博学强记，政事之美，如古循吏。流离困踬，守道不回。此皆朝廷之所知，不待臣等区区诵说。"攽遂由知蔡州入为中书舍人，元祐三年卒，年六十七。

【注二】时已五月末，盛暑中，故云畏日。暾，日始出貌。《楚辞·九歌·东君》："暾将出兮东方，照吾槛兮扶桑。"陆机《拟明月何皎皎篇》："凉风绕曲房，寒蝉鸣高柳。"王安石《题西太一宫壁》六言二首之一："柳叶鸣蜩绿暗，荷花落日红酣。三十六陂烟水，白头想见江南。"《说文》："蜩，蝉也。"音条。

【注三】新诗有物，有二解：一、《易·家人卦·象辞》："君子以言有物而行有恒。"谓刘贡父新诗言之有物也。二、有物，谓有神物护持之也。白居易《刘白唱和集解》一文评刘禹锡诗云："彭城刘梦得（禹锡字），诗豪者也。其锋森然，少敢当者；予不量力，往往犯之。夫合应者声同，交争者力敌，一往一复，欲罢不能。……梦得梦得，文之神妙，莫先于诗，若妙与神，则吾岂敢！如梦得云'雪里高山头早白，海中仙果子生迟'（《苏州白舍人寄新诗，有叹早白无儿之句，因以赠之》七律三四）'沉舟侧畔千帆过，病树前头草木春'（《酬乐天扬州初逢席上见赠》七律五六）之句之类，真谓神妙。在在处处，应当有灵物护之，岂唯两家子弟秘藏而已。"《易·系辞上传》："精气为物，游魂为变，是故知鬼神之情状。"精气为物，谓神也。又元遗山《中州集·异人·拟栩先生王中立传》："时人觉其谈吐高阔，诗笔字画皆超绝，若有物附之者。"物，亦谓神也。又钟嵘《诗品中》："康乐……成池塘生春草，故常云：此语有神助，非吾语也。"心空句，谓心无滞累则疾愈矣。《心经》："照见五蕴皆空，度一切苦厄。"先生《乞留刘攽状》云："朝议大夫、直龙图刘攽，近自襄阳，召还秘省，旋以病乞守蔡州。自受命以来，日就痊损，假以数月，必复康强。"

【注四】隔墙句，谓畏热乘凉也。刘贡父居中书省与先生住翰林学士院相邻。上马句，谓贡父入朝，锁院草诏也。

【注五】《汉书·东方朔传》："伏日，诏赐从官肉（夏至后第三庚日为初伏，第四庚日为中伏，立秋后初庚为终伏，谓之三伏），大官丞日晏不来，朔独拔剑割肉，谓其从官曰：'伏日当蚤归，请受赐，即怀肉去。'先生有《谢三伏日早出院表》。《庄子·田子方篇》："宋元君将画图，……有一史后至，……因之舍，公使人视之，则解衣般礴、臝。君曰：'可矣，是真画者也。'"臝，本字作臝，或体作裸。解衣盘礴，本谓画图者贾勇；此借用，谓三伏日已近，例许早归，至家得解衣盘礴，脱除章服包裹之苦，皆君之所赐也。

六月，有次韵子由七绝四首，题云《轼以去岁春夏（由三月至七月为中书舍人），侍立迩英（殿名），而秋冬之交子由相继入侍（子由于秋末诏为中书舍人，十一月到任）。次韵绝句四首，各述所怀》其四云：

微生偶脱风波地，晚岁犹存铁石心。【注一】定似香山老居士，世缘终浅道根深。【注二】

【注一】先生《次韵王廷老退居见寄》七律二首之一第三四云："回头自笑风波地，闭眼聊观梦幻身。"晚唐皮日休《桃花赋序》："余尝慕宋广平之为相（睿宗、玄宗时名相宋璟，封广平郡公），贞姿劲质，刚态毅状，疑其铁肠石心，不解吐婉媚辞；然睹其文，而有《梅花赋》，清便富艳，得南朝徐、庾体，殊不类其为人也。"后世称铁石心肠本此。

【注二】香山老居士：王十朋注引师氏（师尹，字民瞻）曰："香山寺、在洛都龙门（山在洛阳南），白乐天晚年，自称香山居士，以儒教饰其身，佛教治其心，道教养其寿。"先生自注："乐天自江州司马，除忠州刺史，旋以主客郎中知制诰，遂拜中书舍人。轼虽不敢自比，然谪黄州，起知文登，（即登州）召为仪曹（礼部郎中），遂忝侍从（指中书舍人、翰林学士）。出处老少，大略相似。（乐天贬江州司马时，年四十四，先生亦于四十四岁年底奉命贬黄州，乐天自忠州召还时，年四十九，先生自登州召还时，年五十，仅差一年，故云大略相似）庶几复享此翁晚节闲适之乐焉。"【乐天自四十九还朝后，所向宦途平顺，买宅东都，晚年与裴度、刘禹锡为诗酒之会，享林泉之福，寿至七十五。而先生则以五十九高年，犹遭奸臣危害，南贬惠州，再窜崖州、儋耳，直至六十六岁始以朝奉郎北还，须发尽秃。是年七月，卒于常州。其与乐天晚岁，苦乐安危之相去，诚霄壤矣，哀哉！（先生德学文章，过乐天远甚）】

七月二十六日，告下，以翰林学士兼侍读（宋以秋八月至冬至，遇单日，迩英殿轮官讲读，故先生以七月杪兼侍读），上《辞免侍读状》云："今月二十六日，准阁（音鸽，通阁）门告报，蒙恩除臣兼侍读者。入侍迩英，其选至重，非独分摘章句，实以仰备顾问。臣学术浅陋，恐非其人；况臣待罪禁林，初无吏责；又加廪赐之厚，实负尸素之忧。（尸位素餐也。《书·五子之歌》："太康尸位，以逸豫灭厥德。"《诗·魏风·伐檀》："彼君子兮，不素餐兮。"）伏望圣慈，察其诚心，追回新命。"降诏不允。八月一日，进《谢上表》，末云："谓臣虽无大过人之才，知臣粗有不欺君之实，故使朝夕，与于讨论。奉永日之清闲，未知所报；毕微生于尽瘁，终致此心。"九月，有《和王晋卿》（诜）五古，序云："元丰三年，予得罪贬黄州，而驸马都尉王诜，亦坐累远谪，不相闻问者七年。予既召用，而诜亦还朝，相见殿门外，感叹之余，作诗相属，词虽不甚工，然托物悲慨，厄穷而不怨，泰而不骄（注见前）。怜其贵公子，有志如此，故和其韵，欲使诜姓名附见予诗集中，然亦不以示诜也。诜字晋卿，功臣全斌之后云。"（全斌，宋初为西川行营前军都指挥，平蜀有功。轻财重士，宽厚容众，军旅乐为之用。卒，赠中书令）八日，又有《题王晋卿诗后》云："晋卿为仆所累，仆既谪齐安，晋卿亦谪武当。饥寒穷困，本书生常分，仆处不戚戚固宜；独怪晋卿以贵公子罹此忧患，而不失其正，诗词益工，超然有世外之乐，此孔子所谓'可与久处约，长处乐'者。"（《论语·里仁》："不仁者不可以久处约，不可以长处乐。"约，穷困也）十一月，子由除户部侍郎（正三品）。

哲宗元祐三年戊辰，先生五十三岁。正月一日，有《和子由除夜元日省宿（直宿尚书省）致斋三首》。（《礼·祭统篇》："及时将祭，君子乃齐。齐之言齐也，齐不齐以致齐者也。"又曰："是故君子之齐也，专致其精神之德也。故散齐七日以定之，致齐三日以齐之，定之之谓齐。齐者，精明之至也，然后可以交于神明也。"）其一云：

江湖流落岂关天！禁省相望亦偶然。【注一】 等是新年未相见，此身应坐不归田。【注二】

【注一】不关天，犹《次韵王郁林》七律五句"平生多难非天意"也。先生忠厚存心，终始无改。《后汉书·袁绍传》："擅断万机，决事禁省。"禁省，犹云禁中。

【注二】谓当年流落江湖，至兄弟虽新年亦无从相见；不意今日俱召还，亦复如是，一在尚书省，一在翰林学士院，"其室则迩，其人甚远"，此皆因不罢官归田里之故耳；如弃官归田，则可永享兄弟天伦相聚之乐矣。

其二云：

白发苍颜五十三，家人强遣试春衫。【注一】 朝回两袖天香满，头上银幡笑阿咸。【注二】

【注一】陈贺彻《采桑》诗："度水春衫绿，映日晚妆红。"北周庾信《咏画屏风诗》二十五首之十八云："落花承舞席，春衫试酒杯。"岑参《送魏四落弟还乡》杂言诗："腊酒饮未尽，春衫缝已成。"

【注二】杜甫《奉和贾至舍人早朝大明宫》七律五六："朝罢香烟携满袖，诗成珠玉在挥毫。"宋祝穆《事文类聚》引《梦华录》："元日赐银幡。"阮籍呼兄子咸为阿咸，此指子由诸子，谓己头上着银幡，归来为诸侄儿所笑弄也。老杜呼其侄位亦曰阿咸，其《杜位宅守岁》五律起云："守岁阿咸家，椒盘已颂花。"

其三云：

当年踏月走东风，坐看春闱锁醉翁。【注一】白发门生几人在？却将新句调儿童。【注二】

【注一】首句，谓己当年与子由由蜀赴京应进士试时，在途中度岁也。醉翁，欧阳公于仁宗庆历六年、年四十知滁州时自号也。欧公《归田录》卷二："嘉祐二年（即仁宗时先生兄弟登科之岁），余与端明韩子华（绛）、翰长王禹玉（珪）、侍读范景仁（镇）、龙图梅公仪（挚），同知礼部贡举，辟梅圣俞为小试官，凡锁院五十日。……余六人者，欢然相得，群居终日，长篇险韵，众制交作，笔吏疲于写录，僮隶奔走往来；间以滑稽嘲谑，形于风刺，更相酬酢，往往烘（通哄）堂绝倒，目为一时盛事，前此未之有也。"是试先生以第二及第，距今已三十一年矣，故下句云云。

【注二】调，教也。谓欧公当年之门生今皆白发，且无几人在矣。故先生在京之同年，除子由外，已无同年友相唱和，是以只将新诗调教儿侄辈耳。查慎行《补注》："嘉祐二年春，先生兄弟赴礼部试时，欧阳公知贡举；元祐三年正月，先生亦领贡举，故末章及之。"

正月二十一日，先生与吏部侍郎孙觉莘老，中书舍人孔文仲经父，同权知礼部贡举事；辟黄庭坚、刘安世、晁补之、孙敏行、张耒、李公麟等为参详、编排、点检试卷等官。二月三日，试礼部进士，时大雪苦寒，士在庭中，噤不能言，先生宽其禁约，使得尽其才艺。三月二日考校毕，章援、章持、（皆章惇子。援第一，兄持第十）孙朌、刘焘、李常宁、周焘等皆登第，李廌方叔独见黜，为诗送之。【题云《余与李廌方叔相知久矣，领贡举事，而李不得第，愧甚，作诗送之》。起云："与君相从非一日，笔势翩翩疑可识。平生漫说《古战场》，过眼目迷《日三色》。我惭不出君大笑：'行止皆天子何责！'"（《新唐书·文艺下·李华传》："作《吊古战场文》，极思研确已成，污为故书，杂置梵书之庋（音诡，义同匦）它日与（萧）颖士读之，称工，华问今谁可及？颖士曰：'君加精思便能至矣。'华愕然而服。"《日五色》见下）宋叶梦得《石林诗话》卷中云："李廌，阳翟人（今河南禹州市），少以文字见苏子瞻，子瞻喜之。元祐初知举，廌适就试，意在必得廌以冠多士，及考章援程文，大喜，以为廌无疑，遂以为魁。既拆号，怅然出院，以诗逆廌归。"宋罗大经《鹤林玉露》卷十五云："李方叔下第，坡作诗送其归，所谓'平生漫说《古战场》，过眼欲迷《日五色》'是也。其母叹曰：'苏学士知贡举而汝不成名，复何望哉！'抑郁而卒。"五代王定保《唐摭言》卷八："贞元中（中唐德宗）李缪公（名程，字表臣，《新唐书》有传，敬宗、文宗时同平章事）先榜落矣；先是出试，杨员外於陵（字达夫，穆宗时累迁户部尚书，东都留守，弘农郡公，为人方正坚刚，时人尊仰之）省宿归第，遇程于省司，询之所试，程探鞫（音拗，靴筒）中，得赋稿示之，其破题曰'德动天鉴，祥开日华'，（题名《日五色赋》）於陵览之，谓程曰：'公今年须作状元。'翌日杂文无名，於陵深不平；乃于故策子末缮写，而斥其名氏，携之以诣主文，从容给之曰：'侍郎今者所试赋，奈何用旧题？'主文辞以非也。於陵曰：'不止题目，向有人赋次韵脚亦同。'主文大惊。于是於陵乃出程赋示之，主文赏叹不已。於陵曰：'当今场中若有此赋，侍郎何以待之？'主文曰：'无则已，有则非状元不可也。'於陵曰：'苟如此，侍郎已遗贤矣。乃李程所作。'亟命取程所纳，面对不差一字，主文因而致谢，於陵于是请擢为状元，前榜不复收矣，或曰出榜重收。"明陈继儒《佘山诗话》卷中："李方叔省试不得第，而东坡领贡举，赠之云：'平生漫说《古战场》，过道目迷《日五色》。'山谷和云：'今年持橐佐春官，遂失此人难塞责。'（《次韵子瞻送李豸》）"。《汉书·赵充国传》："（张）安世本持橐簪笔，事孝武帝数十年。"颜师古曰："橐，所以盛书也。"《新唐书·文艺上·骆宾王传》："为（徐）敬业传檄天下，斥武后罪。后读，但嘻笑，至'一抔之土未干，六尺之孤安在'，矍然曰：'谁为之？'或以宾王对。后曰：'宰相安得失此人！'"《汉书·公孙弘传》："恐先狗马，填沟壑，终无以报德塞责。"）座主归过于己，门下归命于天，其贤矣乎！《石林诗话》卷中又谓："廌自是学亦不进，家贫，不甚自爱，曾以书责子瞻不荐己，子瞻后稍薄之，竟不第而死。"此不可从。李方叔于东坡先生之敬事，实死生不渝，其人亦无败德之事也。先生知贡举而遗李方叔，除以诗自责外，并与吕大防、范祖禹将同荐诸朝，惜未几相继遭贬逐去位，故不果耳。《宋史·文苑六·李廌传》云："轼亡，廌哭之恸，曰：'我愧不能死知己，至于事师之勤渠，敢以死生为间？'即走汝、许间相地卜兆，授其子。作文祭之曰：'皇天后土，鉴一生忠义之心；名

山大川，还万古英灵之气。'词语奇壮，读者为悚。"宋朱弁
《曲洧旧闻》卷五云："东坡之殁，士大夫及门人作祭文甚多，
惟李方叔尤传，如"道大不容，才高为累。皇天后土，鉴平
生忠义之心；名山大川，还千古英灵之气。识与不识，谁不尽
伤？闻所未闻，吾将安放？'此数句，人无贤愚，皆能诵之。"
观此，则李方叔敬事先生，实不以死生易心，岂区区于一第之
得失而移其情者哉！又宋赵溍《养疴漫笔》："士之穷通出处，
盖有命焉，非人所能为也。元祐中，东坡知贡举，方叔就试，
将锁院，坡缄封一简，令叔党（子过）持与方叔，值方叔出，
其仆受简置几上；有顷，章子厚二子日持日援者来，取简窃
观，乃《扬雄优于刘向论》一篇，二章惊喜，携之以去。方
叔归，求简不得，知为二章所窃，怅惋不敢言。已而果出此
题，二章皆模仿坡作，方叔几于搁笔。及拆号，意魁必方叔
也，乃章援；第十名文意与魁相似，乃章持。坡失色。……余
谓坡拳拳于方叔如此，真盛德事，然卒不能增益其命之所无，
反使二章得窃之以发身；而子厚小人，将以坡为有私有党，而
无以大服其心，岂不重可惜哉！"查慎行《苏诗补注》："果若
所云，乃末俗潜通关节，冒犯科条者所为，先生岂肯出此！此
必章惇父子造为此语，以诬先生；赵氏不察其诬，传诸纪载，
于先生品望，所损不细，特为辨正附录。"查初白谓先生不肯
阿私，是也；至谓章惇父子所为，则以章氏之大奸慝，何肯兼
以诬己哉！此必传者爱先生而为方叔不平，乃不觉其言之大谬
耳。先生知举方叔下第事，亦见陆游《老学庵笔记》卷十
（以母为乳母）及宋阮阅《诗话总龟》等，不繁举矣】试罢，
孔文仲以力疾考校（先有寒疾，而昼夜不废），还家卒，年五

十一。先生哭之，拊其枢曰："世方嘉软熟而恶峥嵘，求劲直如吾经父者，今无有矣。"（见《宋史·孔平仲传》。弟武仲，字常父；平仲，字义甫，一作毅父。世称"三孔"，皆与先生友善）三月杪，先生以朱光庭、王岩叟、贾易、韩川、赵挺之等群小攻击不已，以至罗织语言，巧加酝酿，谓之诽谤；未入试院，先言任意取人。故至此连上札子，以疾乞郡。及召见，宣仁太皇太后谕曰："兄弟孤立，自来进用，皆朝廷主张，今但安心，勿恤人言，不用更入文字求去。"四月四日锁宿禁中，（凡遇国家大事及拜相，翰林学士锁宿院中草制辞。是次盖吕公著、吕大防、范纯仁拜相）中使宣召入对，宣仁谕曰："官家（指哲宗）在此，有一事欲问内翰，前年任何官职？"先生曰："汝州团练副使。"曰："今何官？"曰："臣备员翰林，充学士。"曰："何以至此？"先生曰："遭遇太皇太后陛下。"曰："不关老身事。"先生曰："必是出自官家。"曰："亦不关官家事。"先生曰："岂有大臣论荐耶？"曰："亦不关大臣事。"先生惊曰："臣虽无状，必不敢有干请。"（干求请谒，交结权门）曰："要待学士知，此是神宗皇帝之意，当其饮食，而停箸看文字，则内人必曰：'此苏轼文字也。'神宗每时称曰：'奇才！奇才！'但未及用学士而上仙耳。"先生哭失声；太皇太后与哲宗及左右皆泣。（见李焘《续资治通鉴长编》及《宋史》本传）已而命坐赐茶，曰："内翰直须尽心事官家，以报先帝知遇。"先生拜而出，宣仁敕撤御前金莲烛送归院。五月一日，有《次韵子由五月一日同转对》七律（转对：在朝文班朝臣及翰林学士等，限以二人，上封章于阁门通进，须指陈时政阙失，凡关利病，得以极言），五六云：

"忧患半生连出处，归休上策早招要。"盖是时正被群小力攻，亟欲求去也。九月，有《送曹辅赴闽漕》五古（曹辅，字子方。先生后贬惠州，数有书往来，于元祐党祸诸贤，周恤备至，士论与之）末段云："我亦江海人，市朝非所安。常恐青霞志，坐随白发阑。渊明赋《归去》，谈笑便解官。我今何为者？索（求也）身良独难。凭君问清淮，秋水今几竿？我舟何时发？霜露日已寒。"王文诰《编注集成》云："群小方挤排，而求退不许，自此且托病不出矣。"九月十月间，群小交攻益急，谗谤日至，复引疾乞外郡，特降诏不允，遣使存问。十月七日，赐御膳，进《谢赐表》。十七日，再上《陈情乞郡札子》。十一月一日，有七律名篇，题云《卧病逾月，请郡不许，复直玉堂，十一月一日锁院，是日苦寒，诏赐宫烛官酒，诗呈同院》。诗云：

　　微霰疏疏点玉堂，词头夜下揽衣忙。[注一] 分光玉烛星辰烂，拜赐宫壶雨露香。[注二] 醉眼有花书字大，老人无睡漏声长。[注三] 何时却逐桑榆暖，社酒寒灯乐未央？[注四]

　　【注一】《诗·小雅·頍弁》："如彼雨雪，先集维霰。"郑玄笺云："将大雨雪，始必微温，雪自上下，遇温气而抟，谓之霰；久而寒胜，则大雪矣。"谢惠连《雪赋》："俄而微霰零，密雪下。"词头，谓中书舍人所作草稿也。草稿夜到，先生为翰林学士，须整顿衣冠，据视草台勘定文字，故云。

　　【注二】三四句写御赐宫烛法酒，谓御赐宫烛如星辰之灿烂，壶中之酒如雨露之香润也。《诗·郑风·女曰鸡鸣》："子兴视夜，明星有烂。"

【注三】方回《瀛奎律髓·朝省类》批云："中四气焰迫人。"张籍《咏怀》五律三四："眼昏书字大，耳重觉声高。"刘禹锡《酬仆射牛相公晋国池上别后，至甘棠馆，忽梦同游，因成口号见寄》七绝末二句云："此夜独归还乞梦，老人无睡到天明。"

【注四】结谓不知何时始能辞官归里，与故人父老共享社酒寒灯无穷之乐也。先生虽在金马玉堂中，而不忘故国桑榆，居贵不贵，其视公卿大夫之人爵为何如哉！

是月，有《送千乘、千能两侄还乡》（先生伯父苏涣之孙）五古，起云："治生不求富，读书不求官，譬如饮不醉，陶然有余欢。"此是俊语，亦是的论，热中者岂解哉！十二月十五日，有《书王定国（巩）所藏〈烟江叠嶂图〉》七古，先生自注云："王晋卿（诜）画。"（王巩、王诜叠见前）诗云：

江上愁心千叠山，浮空积翠如云烟。山耶云耶远莫知，烟空云散山依然。【注一】但见两崖苍苍暗绝谷，中有百道飞来泉。萦林络石隐复见，下赴谷口为奔川。川平山开林麓断，小桥野店依山前。行人稍度乔木外，渔舟一叶江吞天（一扇）。【注二】使君何从得此本？点缀毫末分清妍。不知人间何处有此境？径欲往买二顷田。【注三】君不见武昌樊口幽绝处，东坡先生留五年。【注四】春风摇江天漠漠，暮云卷雨山娟娟。丹枫翻鸦伴水宿，长松落雪惊昼眠。【注五】桃花流水在人世，武陵岂必皆神仙！【注六】江山清空我尘土，虽有去路寻无缘（二扇）。【注七】还君此画三叹息，山中故人应有招我归来篇。【注八】

【注一】唐张说《江上愁心赋寄赵子》起云："江上之峻山兮，郁崎嶬（音鼓仪，峻高兒）而不极（无极也）。云为峰兮烟为色，歘变态兮心不识。"纪昀曰："奇情幻景，其笔足以达之。"（起四句纪氏密圈）

【注二】王文诰《编注集成》云："《孟子》长篇，多两扇法；老苏有《孟子》批本，而欧阳永叔亦极推《孟子》一书；当时孟子未列从祀，作《语》《孟》、《论》《孟》诸说以疑之者，不一而足，故其所尚为足贵也。至公则并以取之入诗，如此诗，即用两扇法：以上自首句凭空突起，至此为一扇，道图中之景也。"

【注三】《史记·苏秦列传》："苏秦喟然叹曰：此一人之身，富贵则亲戚畏惧之，贫贱则轻易之，况众人乎！且使我有雒阳负郭田二顷，吾岂能佩六国相印乎？"先生《赠王子直秀才》七律三四云："五车书已留儿读，二顷田应为鹤谋。"（见后）

【注四】陆游《入蜀记》卷四："至黄州，州最僻陋少事，杜牧之所谓'平生睡足处，云梦泽南州'（已见前）也。自牧之、王元之（禹偁）出守；又东坡先生、张文潜谪居，遂为名邦。泊临皋亭，……临皋多风涛，不可夜泊也。黄州与樊口正相对，东坡所谓'武昌樊口幽绝处'也。"纪昀曰："蹙起波澜，文境乃阔。"又曰："节奏之妙，纯乎化境。"

【注五】此四句是追写在黄州时所见景象，幽绝者此也。盛唐陶岘《西塞山下回舟作》七律五六警句云："鸦翻枫叶夕阳动，鹭立芦花秋水明。"此丹枫翻鸦所本也；水宿，谓已宿于船中，与杜甫《倦夜》五律五六"暗飞萤自照，水宿鸟相呼"之水鸟宿于水上者不同，王十朋注引杜诗，非先生本意。谢灵运《入彭蠡湖口》起句："客游倦水宿，风潮难具论。"此水宿是也。杜甫《谒真谛寺禅师》五律三四："冻泉依细石，晴雪落长松。"此长松落雪所本也。陶岘、杜甫等句是纯写景；先生缀以"伴水宿""惊昼眠"，则人在其中矣，此所谓情景交融者也。夫如是，然后可谓非蹈袭。

【注六】此处一转，发为议论，文辞之妙，不可比方。先生《和陶渊明桃花源引》云："世传桃源事，多过其实。考渊明所记，止言先世避秦乱来此；则渔人所见，似是其子孙，非秦人不死者也。又云杀鸡作食，岂有仙而杀者乎？旧说：南阳有菊水，水甘而芳，居民三十余家，饮其水皆寿，或至百二三十岁。蜀青城山老人村，有见五世孙者，道极险远，生不识盐醯，而溪中多枸杞，根如龙蛇，饮其水故寿；近岁道稍通，渐能致五味，而寿益衰。桃源，盖此比也欤？使武陵太守而至焉，则已化为争夺之场矣！常意天壤间若此者甚众，不独桃源。"此二句谓陶公所作《桃花源记》武陵渔人所入之桃花源，人世上犹有此等境地，桃花源胜地中人岂必尽神仙哉！韩愈《桃源图》七古起云："神仙有无何渺茫！桃源之说诚荒唐。"谓世人传说桃源中人是神仙，此是荒诞无稽之论，不知此乃陶公之理想境地也。结云："世俗宁知伪与真？至今传者武陵人。"谓世俗人不辨真伪，不知是陶公托意，只知《桃花源记》中谓武陵渔人寻得桃花源，便以为真有其地，真有此等仙人，而武陵人尤其传述，以为真有陶公所记之地，此则甚可笑也。韩公深识，最为得之。近世吾粤诗人揭阳曾习经刚甫有《题靖节桃花源记》七绝云："八识都归性境真（三界唯心，万法唯识，凡色相境地，谓之假即假，谓之真即真，非空非有也），桃花夹岸自通津。相逢便问今何世，始觉陶潜是恨人。"真知言哉！李白《山中答俗人》七绝结云："桃花流水窅然去，别有天地非人间。"武陵，汉郡名，东汉至六朝治临沅，在今湖南常德市，至宋乃置桃源县，今仍之。以该处即陶公所记地，死者有知，不免为陶公所哂耳。

【注七】谓人世间之桃花源，江山景物清绝，而己则满身俗尘，世务羁束，虽有去路可寻，而无从抽身得缘之而往也。王文诰曰："自使君句起，至此为一扇，道观图之人也。后仅以二句作结。

【注八】此结以无为有，是之谓痴绝。刘安《招隐士》结云："王孙兮归来，山中兮不可以久留。"淮南是招隐者出而仕宦，此反其意。左思、陆机等有《招隐诗》，陶公有《归去来辞》，即先生意也。纪昀引查初白云："随手开合，结构谨严。"又查氏《补注》："墨迹后有'元祐三年十一月十五日子瞻书'十三字。"王文诰《编注集成》云："此句结观图之人。"民国时国立编译馆版行《大学国文选·唐宋诗选》中选先生诗仅此篇，虽不应尔，亦见重视也。

是月底，有《夜直玉堂，携李之仪端叔诗百余首（之仪，范纯仁弟子，先生后辈，诗词尺牍皆工，举进士，元祐中为枢密院编修官，后坐党籍废斥。有《姑溪前后集》及《姑溪词》），读至夜半，书其后》七律云：

玉堂清冷不成眠，伴直难呼孟浩然。【注一】暂借好诗消永夜，每逢佳处辄参禅。【注二】愁侵砚滴初含冻，喜入灯花欲斗妍。【注三】寄语君家小儿子，他时此句一时编。【注四】

【注一】此以己比王维，李之仪比孟浩然，谓难得如孟浩然其人者之伴己直宿禁中也。《新唐书·文艺中·孟浩然传》："孟浩然，字浩然（以字行，其名不传）襄州襄阳人。少好节义，喜振人患难，隐鹿门山（襄阳东南）。年四十，乃游京师，尝于太学赋诗，一座嗟伏，无敢抗。张九龄、王维雅称道之，维私邀入内署（禁省中），俄而玄宗至，浩然匿床下，维以实对。帝喜曰：'朕闻其人而未见也，何惧而匿！'诏浩然出。帝问其诗，浩然再拜，自诵所为，至'不才明主弃'之句，【《岁暮归南山》五律云："北阙休上书，南山归敝庐。不才明主弃，多病故人疏。白发催年老，青阳迫岁除。（《尔雅·释天》："春为青阳，夏为朱明，秋为白藏，冬为玄英。"）永怀愁不寐，松月夜窗虚。"以诗论诗，此首实至佳。沈德潜《唐诗别裁》云："时不诵《临洞庭（上张丞相）》而诵《归南山》，命实为之，浩然亦有不能白主者邪？"按：《临洞庭》是浩然入京时作，是旧诗，《归南山》是寓居长安后之作，是新诗。浩然以为诵最近新作较宜，而不知玄宗之遽以见恶也。《诗·邶风·柏舟》有云："薄言往愬，逢彼之怒。"其浩然之谓矣。浩然非甘心避世之"遁世无闷"者，其《临洞庭上张丞相》一首云："八月湖水平，涵虚混（浑）太清。气蒸云梦泽，波撼岳阳城。欲济无舟楫（欲张相援引），端居耻圣明。（《论语·泰伯》："邦有道，贫且贱焉，耻也。"端居，犹平居、闲居也）坐观垂钓者，空有羡鱼情。"（《文子·上德篇》："临河欲鱼，不若归而织网。"《淮南子·说林训》："临河而美鱼，不如归家织网。"董仲舒《贤良对策上》："临渊美鱼，不如退而结网。"《汉书·扬雄传上》："雄以为临川美鱼，不如归而结罔。"）其欲张曲江援引之情，已活然于纸上矣；至《岁暮归南山》"不才明主弃，多病故人疏"之句，则既至京师，犹难上达，而发为怨刺之辞，诚几于谤上矣！然玄宗实应以野有遗贤为耻，不宜怒而遽弃才士，斯为盛德；今也如是，何"明"之云！】帝曰：'卿不求仕，而朕未尝弃卿，奈何诬我！'（此岂盛德之君所宜言！天子应以天下人之耳目为耳目，不知其人，已足耻矣；况自谓"闻其人"乎？夫以浩然之才，年四十余而不得仕，又安能无感慨，何可谓之为诬己哉！君臣两失，惜夫！）因放还。"

【注二】韩愈《将至韶州先寄张端公使君借图经》七绝结句云："愿借图经将入界，每逢佳处便开看。"此先生语气所本。方回《瀛奎律髓》批云："李之仪诗，得意趣，颇深晦，非东坡不之察，故有是佳句。以孟浩然待之，非夸也。"查慎行《苏诗补注》引宋范温《潜溪诗眼》云："东坡暂借好诗二句，盖端叔用意太过，参禅之句，所以儆之。"宋葛立方《韵语阳秋》卷一云："东坡跋李端叔诗卷云：'暂借好诗消永夜，每逢佳处辄参禅。'盖端叔作诗用意太过，参禅之语，所以警之云。"

【注三】纪昀曰："气机流畅，然非五六句苗实撑得住，则太滑矣。"

又批第五句云："此言其诗句之苦。"第六句批云："此言其赏心之乐。"《西京杂记》卷三陆贾答樊哙问曰："夫目瞤得酒食，灯火华得钱财，干鹊噪而行人至，蜘蛛集而百事喜。小既有征，大亦宜然。故目瞤则咒之，火华则拜之，干鹊噪则饲之，蜘蛛集则放之"。

【注四】着李端叔分付儿子将来编其父诗集时，并收入先生此诗也。白居易《刘白唱和集解》："纸墨所存者，凡一百三十八首，……因命小侄龟儿编录，勒成两卷。仍写二本，一付龟儿，一投梦得小儿仑郎，各令收藏，附两家集。"

闰十二月，作《六一居士文集叙》（即《居士集叙》），有云："士无贤不肖，不谋而同曰：'欧阳子，今之韩愈也。'宋兴七十余年，民不知兵，富而教之，至天圣、景祐（皆仁宗年号），极矣！而斯文终有愧于古，士亦因陋守旧，论卑而气弱。自欧阳子出，天下争自濯磨，以通经学古为高，以救时行道为贤，以犯颜纳说为忠；长育成就，至嘉祐（亦仁宗年号）末，号称多士，欧阳子之功为多。呜呼！此岂人力也哉！非天其孰能使之？（《史记·淮阴侯列传》："且陛下所谓天授，非人力也。"）……欧阳子论大道似韩愈，论事似陆贽，记事似司马迁，诗赋似李白，此非予言也，天下之言也。"

哲宗元祐四年己巳，先生五十四岁。三月十一日告下，除龙图阁学士，充浙西路兵马钤辖，知杭州军州事。（前三十六岁时为杭州通判，是副太守，三十九岁离杭，今隔十五年重来，是为杭州帅矣）二十一日，撰《范文正公集叙》，有云："其于仁义礼乐、忠信孝弟，盖如饥渴之于饮食，欲须臾忘而不可得；如火之热，如水之湿，盖其天性有不得不然者。故天下信其诚，争师尊之。孔子曰：'有德者必有言。'（《论语·

宪问篇》）非有言也，德之发于口者也。"（《礼·乐记》：
"是故情深而文明，气盛而化神，和顺积中而英华发外，惟乐
不可以为伪。"诗乐如此，贤士之文章议论亦然）六月，弟辙
除吏部侍郎，改翰林学士兼吏部尚书。七月三日，先生到杭州
任，有《与莫同年雨中饮湖上》（莫，名君陈，字和中，时为
两浙提刑）七绝云：

到处相逢是偶然，【注一】梦中相对各华颠。【注二】还来一醉西
湖雨，不见跳珠十五年。【注三】

【注一】谓前一年（元祐三年）在京相逢，今（元祐四年）又在杭
州相逢也。杜甫《送殿中杨监赴蜀见相公》（杜鸿渐）五古："去水绝
还波，曳云无定姿。人生在世间，聚散亦暂时。离别重相逢，偶然岂
定期。"

【注二】莫与先生是欧公知贡举时同榜进士，自登第迄今，已三十
二年矣，故云。《后汉书·蔡邕传》载其《释诲》云："有世务公子，诲
于华颠胡老曰：……"唐章怀太子李贤注："华颠，白首也。"

【注三】先生前在杭州为通判时，有《六月二十七日（神宗熙宁五
年，三十七岁）望湖楼醉书五首》七绝之一云"黑云翻墨未遮山，白雨
跳珠乱入船。卷地风来忽吹散，望湖楼下水如天"之句，先生三十九岁
离杭，故云"不见跳珠十五年"也。跳珠，用杜牧诗意，其《题池州弄
水亭》五古云："一镜奁曲堤，万丸跳猛雨。"

九月，有《送子由使契丹》（契丹，本东胡种，晋时国号
辽，宋太宗太平兴国八年号大契丹，英宗治平三年复国号曰
辽。先生此题，仍其前称也。北宋末为金所灭。宋李焘《续

166

资治通鉴长编》："元祐四年八月，苏辙为贺辽国生辰使。"）
七律云：

> 云海相望寄此身，那因远适更沾巾。[注一] 不辞驿骑凌风
> 雪，要使天骄识凤麟。[注二] 沙漠回看清禁月，湖山应梦武林
> 春。[注三] 单于若问君家世，莫道中朝第一人。[注四]

【注一】望，平去二声。起二语谓均是兄弟别离，不必更因远适异
国而难为怀矣。《文选》李陵《答苏武书》："远适异国，昔人所悲。"
《尔雅·释诂》："适，往也。"杜甫《南征》五律三四："偷生长避地，
适远更沾襟。"

【注二】天骄，谓辽主道宗，凤麟，谓子由也。《汉书·匈奴传上》：
"单于遣使遗汉书云：'南有大汉，北有强胡；胡者，天之骄子也，不为
小礼以自烦。……'"

【注三】回看清禁月，时子由代兄为翰林学士，故云清禁；清禁者，
宫禁清严之地也。晋傅咸《申怀赋》："穆穆清禁，济济群英。"应梦武
林春，谓子由应念兄也。杭州旧号虎林，以隋时有白虎现其地故。唐人
避高祖李渊之祖父李虎讳，改虎为武，故云武林。（或讳虎为兽，杜甫
《北征》："寂寞白兽闼。"即汉之白虎殿也）纪昀曰："子由本翰林，而
东坡在杭州，二句清切语（五六），用事亦好（指末二句）。"

【注四】《史记·匈奴传》："匈奴单于。"刘宋裴骃《史记集解》引
吴韦昭《汉书音义》曰："单于者，广大之貌，言其象天单于然。"《新
唐书·李揆传》："揆性警敏，善文章，开元（玄宗）末擢进士第，乾元
（肃宗）二年拜中书侍郎、同中书门下平章事。揆美风仪，善奏对，帝
叹曰：'卿门地（揆，陇西望族）、人物、文学，皆当世第一，信朝廷羽
仪乎！'（《易·渐卦》上九："鸿渐于逵，其羽可用为仪。"）谓可为朝廷

表率也）故时称三绝。……（后为元载所害）流落凡十六年，载诛（代宗赐其自尽），……入为国子祭酒、礼部尚书。德宗幸山南（道名，在终南、太华之南，治襄阳），揆素为卢杞所恶，用为入蕃（吐蕃，今西藏）会盟使，拜尚书左仆射。揆辞老，恐死道路，不能达命，帝恻然。杞曰：'和戎者当练朝廷事，非揆不可，异时年少揆者不敢辞。'揆至蕃，酋长曰：'闻唐有第一人李揆，公是否？'揆畏留，因绐之曰：'彼李揆安肯来邪？'还，卒凤州（今陕西凤县），年七十四。"中朝第一人，誉子由。

哲宗元祐五年庚午，先生五十五岁，仍以龙图阁学士，充浙西路兵马钤辖，知杭州。三月八日同杨杰（字次公，有《无为集》十五卷）访刘季孙【字景文，监江西饶州酒务时，王安石为江东提刑，按酒务至州，见屏间小诗云："呢喃燕子语梁间，底事来惊梦里闲？说与旁人浑不解，杖藜携酒看芝山。"即不问酒务事，升车而去，差摄学事。景文由此知名，后与先生友善，（余见后）知隰州（今山西隰县）卒，家无余财，但有书三万卷，画数百幅而已】观所藏欧阳修书，有《题刘景文所收欧公书》（《东坡题跋》卷四）云："处处见欧阳文忠公厌轩冕，思归而不可得者，十常八九，乃知士大夫退易而进难，可以为后生汲汲者之戒。【《礼·表记》："子曰：事君难进而易退，则位有序；易进而难退，则乱也。故君子三揖而进，一辞而退，以远乱也。"又《儒行篇》云："其难进而易退也，粥粥若无能也。"《晏子春秋·内篇·问上》："故通则视其所举，穷则视其所不为，富则视其所分，贫则视其所不取。夫上士，难进而易退也；其次，易进而易退也；其下，易进而难退也。"】元祐五年三月八日，偶与次公同过刘景文，景文出此书，仆与次公，皆文忠客也，次公又效其抵掌谈笑【抵，本作扺，音纸，侧击也，后讹为抵。抵掌，犹鼓掌也。《战国策·秦策一》："（苏秦）见赵王于华屋之下，抵掌而谈，赵王大悦。"】，使人感叹不已。"四月二十一日，题张先子野诗集，今《东坡题跋》卷三有《题张子野诗集后》云："张子野诗笔老妙，歌词乃其余技耳。《华州西溪》（《题西溪无相院》七律）云：'浮萍破（一作断）处见山影，小（一作野）艇归时闻草声。'与余和诗云：'愁似鳏鱼知夜永，懒同胡蝶为春忙。'若此之类，皆可以追配古人；而世俗但叹其歌词。昔周昉画人物（昉，唐人，字仲朗，一字景元，善写貌，人称韩幹得形似，昉得精神姿致。至佛像真仙，人物仕女，皆称神品，为当时第一。好属文，能书），皆入神品；而世俗但知有周昉士女。皆所谓'未见好德如好色'（《论语·子罕》及《卫灵公篇》）者欤？元祐五年四月二十一日。"四月二十九日，上《乞开杭州西湖状》，有云（全文甚长，此节录）："杭州之有西湖，如人之有眉目，盖不可废也。唐长庆中（穆宗长庆二年），白居易为刺史，方是时，湖溉田千余顷。及钱氏有国（五代、十国时之吴越国，据今浙江全省及江苏西南部、福建东北部，由钱镠至孙钱俶，有国八十四年，俶献其地于宋太宗）置撩湖兵士千人，日夜开浚。自国初以来，稍废不治，水涸草生，渐成葑田。（葑，芜菁也，似大头菜及萝卜）熙宁中，臣通判本州（神宗熙宁四年十一月至七年十月），则湖之葑合盖十二三耳；至今才十六七年之间，遂埋塞其半。父老皆言：十年以来，水浅葑横，如云翳空，倏忽便满，更二十年，无西湖矣。使杭州而无西湖，如人去其眉目，岂复为人乎！臣愚无知，窃谓西湖有不可废者五：……臣以侍从，出膺宠寄，目睹西湖有必废之渐，有五不可废之忧，岂得苟安岁月，不任其责！……伏望皇帝陛下，太皇太后陛下，少赐详览，察臣所论西湖五不可废之状，利害较然，特出圣断，别赐臣度牒五十道（每道为钱一万七千贯），仍敕转运、提刑司，于前所赐诸州度牒二百道内，契勘赈济支用不尽者，更拨五十道价钱与臣，通成一百道（共钱一百七十万贯）；使臣得尽心毕志，半年之间（实百日），目见西湖复唐之旧，环三十里，际山为岸，则农民父老，与羽毛鳞介，同咏圣泽，无有穷已。臣不胜大愿，谨录奏闻，伏候敕旨。"先生至湖中相度，以葑田无所置，而环湖三十里，往来不达；取葑田积之湖中，为长堤以通南北。堤长八百八十丈，阔五丈，中跨六桥，以疏诸港之水。刘季孙景文、苏坚伯固、许敦仁皆督役。先生亦时至，或饥，取筑堤人饭食之，百日而功成。堤边遍循植芙蓉杨柳，以固堤址；而绿阴不可速成，更为九亭以休行旅，人皆便之，遂名之曰苏公堤。【《宋史》本传："堤成，植芙蓉杨柳其上，望之如画图，杭人名为苏公堤。"宋潜说友《咸淳临安志》（咸淳，度宗年号；南宋都杭，改为临安）云："郡守林希（字子中，接先生任者。先与先生友善，及哲宗亲政，党附章惇，留为中书舍人，尽黜元祐群贤，希皆密预其议；所行制辞，皆希为之，极其丑诋，读者愤叹），榜（题匾额）曰苏公堤，邦人祠公堤上。后十年，郡守吕惠卿奏毁之。堤间啮于水，咸淳五年，朝命守臣潜说友增筑，旧有亭九，亦治新之，仍补植花木数百本。"宋周密《湖山胜概记》："苏公所筑之堤，亘十里，以防涧水，行者便之。上有六桥，桥覆以亭，堤间杨柳，芳草铺茵，芰荷簇锦。则其当时风俗之美，政教之行，概可想而见。（《文心雕龙·程器篇》云："安有丈夫学文，而不达于政事哉。"）使吕惠卿有知，则含羞于地下矣。"明杨慎曰："宋之世（神宗熙宁六年），修六塔河（在河北）、二股河（在河南），安石以范子渊、李仲昌专其事（为提举浚河司，见《宋史·河渠志》），听小人李公义、宦官黄怀忠之言，用铁龙爪、浚川耙，天下皆笑其儿戏。（人皆知不可用，安石独善其法）积以数年，糜费百十万之钱谷，漂没数十万之丁夫，迄无成功，而独不肯止。（欧阳修尝谓："开河如放火，不开如失火，与其劳人，不如勿开。"先生为中书舍人时制贬范子渊辞曰："汝以有限之才，兴必不可成之役，驱无辜之民，置之必死之地。"）至其绩败功圮，而奸人李清臣为考官（以尚书右丞知贡举），犹以修河策问，欲掩护之。甚矣，宋之君臣愚且戆也！如东坡杭湖、颍湖之役，不数月间，而成不世之功，其政事之才，岂止什伯时流乎！公又欲凿石门山（此在浙江。凡石门山二十有八）通运河，以避浮山之险，为时妒者尽力排之；又欲于苏州以东，凿挽路为千桥，以迅江势，亦不果用，人皆恨之。噫！难平者事，古今同慨矣。"】是年五月，弟辙为御史中丞。十月，有《赠刘景文》七绝云：

荷尽已无擎雨盖，菊残犹有傲霜枝。[注一] 一年好景君须记，正是橙黄橘绿时。[注二]

【注一】王文诰《编注集成》云："此是名篇，非景文不足以当之。

景文忠臣之后，有兄六人皆亡，故赠此诗。"按：景文，刘平之少子。
平读书强记，登进士第，刚直任侠，善弓马。真宗时，以寇準荐，为殿
中丞，累迁邕州观察使。西夏入寇，平驰救延州，督骑兵昼夜倍道行，
与敌遇，时平地雪数寸，转战三日，为贼所执，不屈死，谥壮武。景文
初以诗受知于王安石（见前），先生守杭时，为两浙兵马都监，驻杭州。
先生一见，遇以国士，表荐之，知隰州卒。

【注二】宋胡仔《苕溪渔隐丛话·后集》卷十云："天街小雨润如
酥，草色遥看近却无。最是一年春好处，绝胜烟柳满皇都。"此退之
《早春》诗也。（《早春呈张十八员外》七绝二首之一）"荷尽已无擎雨
盖，菊残犹有傲霜枝。一年好景君须记，最是橙黄橘绿时。"此子瞻初
冬诗也。二诗意思颇同而词殊，皆曲尽其妙。

哲宗元祐六年辛未，先生五十六岁。正月，闻有吏部尚书
之命。二月，子由除尚书右丞。（《宋史·职官志》一："尚书
左右丞，掌参议大政。"）二十八日，诏下，以翰林学士承旨
召还，（翰林学士院之最高长官。《宋史·职官志》二："承旨
不常置，以学士久次者为之。"）林希为代，先生罢杭州任，
上《辞免翰林学士承旨状》云："伏念臣顷以两目昏暗，左臂
不仁，坚辞禁林，得请便郡。庶缘静退，少养衰残。二年于
兹，一事无补。才有限而难强，病不减而益增。但以东南连被
灾伤，不敢陈乞，别求安便。敢谓仁圣，尚赐恩怜，召还放
官，复加新宠。不惟朝廷公议未允，实亦衰病勉强不前；兼窃
睹邸报，臣弟辙已除尚书右丞，兄居禁林，弟为执政，在公朝
既合回避，于私门实惧满盈。计此误恩，必难安处。伏望慈
恩，除臣一郡，以息多言。臣见起发前去，至宿、泗间听候指
挥。"三月八日，往别南北山诸道人（西湖有南北山，两高峰

相峙），作七绝三首，题云《予去杭十六年而复来（神宗熙宁七年三十九岁离杭，哲宗元祐四年五十四岁复来，首尾十六年），留二年而去。平日自觉出处老少，粗似乐天。虽才名相远，而安分寡求，亦庶几焉。三月六日，来别南北山诸道人，而下天竺惠净师以丑石赠行（下天竺，寺名，有上中下三寺，下天竺在飞来峰南），作三绝句》。其一云：

当年^{【注一】}衫鬓两青青，强说重临慰别情。衰发只今无可白，故应相对话来生。^{【注二】}

其二云：

出处依稀似乐天，敢将衰朽较前贤？^{【注三】}便从洛社休官去，犹有闲居二十年。^{【注四】}

其三云：

在郡依前六百日，山中不记几回来。^{【注五】}还将天竺一峰去，^{【注六】}欲把云根到处栽。^{【注七】}

【注一】当年，指熙宁七年三十九岁离杭时；若计第一次倅杭初到时，则是三十六岁，距今之去，为二十年矣。

【注二】此结透彻浚深，沉痛刻入，是先生第一等绝句，是重大语，与他作轻灵超妙者不同，后人多忽此，未得真解也。纪昀曰："沉着语，又恰是对僧语。"

【注三】宋王十朋注引赵次公曰："白乐天以进士登第，以制科进秩。唐宪宗元和中，为京兆户曹参军。以母堕井作《新井》诗。坐言章，贬江州司马。徙忠州刺史，入为司门员外郎，以主客郎中知制诰，迁中书舍人。以言不听，乞外迁，为杭州刺史。复拜苏州刺史，病免。寻以秘书监召，迁刑部侍郎，其后遂以刑部尚书致仕。先生以进士登第，以制科进秩。熙宁中，摄开封推官，出倅杭。守密、徙湖，乃以诗案责授团练副使。起知登州，入为礼部郎中，除起居舍人，迁中书舍人。又为翰林学士，以不见容，乞外任，为杭州守二年，以翰林承旨为召。此白公未致仕之前出处，盖略相似也。"韩愈《左迁至蓝关示侄孙湘》七律："敢将衰朽惜残年。"

【注四】王十朋注引程缤曰："乐天休官于洛，所居履道里，疏沼种树，构石楼于香山，凿八节滩，自号醉吟先生。晚与僧如满（香山寺僧）结香火社，文酒娱乐二十年。"又引次公曰："乐天致仕六年而卒，年七十五。今先生召还，年五十六，而起致仕之兴，则比乐天，岂非余二十年乎？"按：白乐天于唐穆宗长庆四年五十三岁，除左庶子，分司东都（洛阳），于洛中履道里买得故散骑常侍杨冯宅，极林泉之胜。于文宗太和三年春（五十八岁），自刑部侍郎，以太子宾客复分司东都，归洛阳履道里，以病免官，至七十五岁卒，享林泉之乐凡十八年。而先生则自宣仁太皇太后崩后，哲宗亲政，为群小倾陷，于五十九岁高年，犹贬惠州，再贬崖州、儋耳。六十六岁始召还，老病侵寻，鬓发尽秃，至常州而道病卒。其晚岁于乐天相较，苦乐相悬，不可以道里计矣。

【注五】此六百日是指最后帅杭时，前为通判时是几三年；依前云者，如前乐天时也。施元之注引白乐天《留题灵隐》诗："在郡六百日，入山十二回。"

【注六】天竺一峰，指下天竺寺惠净禅师以丑石一峰为赠也。王十朋注："白乐天罢杭，有诗云：'三年为刺史，饮冰复食蘖。惟向天竺山，取得二片石。'

【注七】王十朋注："张协诗'云根临八极，雨足洒四溟。'"云根，石也。云触石而出，故云。(《公羊传》僖公三十一年："触石而出，肤寸而合，不崇朝而遍雨乎天下者，唯泰山尔。")王文诰曰："后二诗皆从来生句领起，题云去杭，而语不及杭，乃有意包入乐天之内，使人不觉也。其用故应二字，无限作用，皆此二字神气。"王氏此解凿矣！后二诗皆别各有义，与前一句结语无涉，不得强相牵引也。

四月，至扬州（今江苏扬州市江都区）上《辞免翰林学士承旨第二状》。五月，至南都（河南商丘），准尚书省札子，依前诏不允，复上《辞免翰林学士承旨第三状》，诏下又不允。二十六日，到阙，上殿谒见。六月一日，再入翰林学士院。进《谢上表》，起云："使星下烛，生篷筚之光华；天泽旁流，失桑榆之枯槁。国有用儒之盛，士知稽古之荣"。【《汉书·儒林传序》："武安君田蚡为丞相，黜黄、老、刑名百家之言，延文字儒者以百数；……天下学士，靡然乡风矣。……自此以来，公卿大夫士吏，彬彬多文学之士矣。"《文心雕龙·时序篇》："逮孝武崇儒，润色鸿业，礼乐争辉，辞藻竞骛。"《后汉书·桓荣传》："少学长安，……贫窭无资，常客佣以自给，精力不倦，十五年不窥家园。……建武（光武帝）十九年，年六十余，……拜为议郎，赐钱十万，使入授太子（经），……二十八年……拜为太子少傅，赐以缁衣乘马。荣大会诸生，陈其车马印绶，曰：'今日所蒙，稽古之力也，可不勉哉！'三十年，拜为太常。（即后之礼部尚书）荣初遭仓卒（谓王莽时），与族人桓元卿同饥厄，而荣讲诵不息，元卿嗤荣曰：'但自苦气力，何时复施用乎！'荣笑不应。及为太常，元卿叹曰：'我农家子，岂意学之为利，乃若是哉！'……年逾八十，封关内侯卒。"】末云："惊华发之半空，笑丹心之未坼。宜投闲散，以养衰残。岂期过采虚名，复使荣加旧物（翰林学士）。此盖伏遇皇帝陛下，德如乾健，明配日中。（《易·说卦》："乾，健也。"《法言·先知篇》："圣人之道，如日之中矣。不及则未，过中则昃。"）既祖述于尧仁，复躬行于舜孝。才难之叹，人诵斯言。（才难，见《论语·泰伯篇》，神宗元丰六年六月，先生四十八岁时，人传已死，神宗闻之，叹息再三，曰："才难。"遂辍食而起，意甚不怿）缘先帝之德音，收孤臣于散地。臣敢不更磨朽钝，少补涓埃？"（杜甫《野望》七律五："唯将迟暮供多病，未有涓埃答圣朝。"）六月四日，诏兼侍读，与子由同居兴国寺浴室院僧慧汶（号法真）之东堂，阅旧诗卷，成七绝三首，题云《元祐六年六月，自杭召还，汶公馆我于东堂，阅旧诗卷，次诸公韵三首》。（第一首次山谷韵，二首少游，三首不知原唱者何人矣！）其一云：

半熟黄粱日未斜（事出唐李泌《枕中记》，见前在黄州迎子由诗"又向邯郸枕中见"注），玉堂阴合手栽花。（先生元祐三年为翰林学士时，尝有《玉堂栽花诗》）却思三十年前味，未饭钟时已饭茶。[注一]

其二云：

梦觉还惊鼪响廊；[注二] 故人来炷影前香。[注三] 鬓须白尽成

何事？一帖空成老遂良。【注四】

其三云：

尺一东来唤我归，【注五】衰年已迫故山期。（谓近退老之年）文章曹植今堪笑，却卷波澜入小诗。【注六】

【注一】谓二十二岁入京应试时寓居兴国寺，即蒙住持僧惠汶之师德香款待，先茶后饭，与唐王播之饭后钟者迥乎不同也。五代王定保《唐摭言》卷七《起自寒苦》条云："王播（唐穆宗时相）少孤贫，尝客扬州惠昭寺木兰院，随僧斋飡，诸僧厌怠。播至，已饭矣。后二纪，播自重位出镇是邦（为淮南节度使），因访旧游，向之题，已皆碧纱幕其上。播继以二绝句曰：'二十年前此院游，木兰花发院新修。而今再到经行处，树老无花僧白头。''上堂已了各西东，惭愧阇黎饭后钟（阇本音都，此读施遮切。阇黎，高僧，可为众僧范者）。二十年来尘扑面，如今始得碧纱笼。'"

【注二】春秋时吴宫有响屧廊，西施步屧绕之则有声，故名。皮日休《馆娃宫怀古》七绝五首之五起句："响屧廊中金玉步，采蘋山上绮罗身。"屧响廊，意接下句故人来也。

【注三】王十朋注引赵次公曰："先生有画像在院中故也。"此句是指山谷、少游等后辈到画像前炷香礼敬也。次公注不误。王文诰《编注集成》云："诗意院有老僧德香遗像，乃公应举时之主僧，即惠汶之师也。故人，公自谓也。次公之说非是。"按王说，与上句不相联属，次公说为是。

【注四】先生自注："法帖中有褚遂良书云：'即日遂良鬓发尽白。'"盖精神用尽也。遂良，唐太宗时名臣，文章气节，为天下后世所重，书法尤独绝。杜甫《发潭州》五律五六云："贾傅才何有？褚公书绝伦。"褚公，即遂良，武后时左迁潭州都督，徙桂州，未几，贬爱州（今越南北部）刺史卒，年六十三。先生宦途最坦时，忽有老遂良之语，竟成后日之谶矣。此两句意谓阅三十年前诗卷，至今只余鬓须白尽，无益于时，留此诗篇墨迹，徒增浩叹耳。

【注五】王十朋注引程缜曰："尺一，天子之诏也。汉制，尺一之版以写诏书。"《后汉书·陈蕃传》蕃上疏谏桓帝曰："尺一选举，委尚书三公。"李贤注："尺一，谓板长尺一，以写诏书也。"

【注六】杜甫《追酬故高蜀州人日见寄》七古："文章曹植波澜阔，服食刘安德业尊。"王十朋注引赵次公曰："今先生自笑其窘束，大才而为小诗，故以自比也。"

八月，除龙图阁学士，知颍州（在今安徽阜阳市）军州事。二十二日，到颍州。游颍之西湖，闻歌者唱《木兰花令》词，则首尾四十三年前欧阳修知颍州时遗作也。因和其韵为《木兰花令》一阕（凡先生诸词，已在香港大会堂学海书楼讲座详授，不赘矣）又有《次韵刘景文（名季孙，烈士刘平之少子，已见前）见寄》七律：

淮上东来双鲤鱼，【注一】巧将诗信渡江湖。细看落墨皆松瘦，想见掀髯正鹤孤。【注二】烈士家风安用此！书生习气未能无。【注三】莫因老骥思千里，醉后哀歌缺唾壶。【注四】

【注一】东来，景文时在杭州，故云。古乐府（一云蔡邕作）《饮马长城窟行》："客从远方来，遗我双鲤鱼。呼童烹鲤鱼，中有尺素书。"

【注二】落墨松瘦，谓景文书如长松之瘦劲也。杜甫《李潮八分小篆歌》："书贵瘦硬方通神。"先生亦称景文为"髯刘"，故云掀髯鹤孤。《晋书·忠义传·嵇绍传》："王戎曰：昨于稠人中见嵇绍，昂昂然如野鹤之在鸡群。"（《世说新语·容止》同）

【注三】谓景文乃烈士刘平之子，忠义家风，何须以诗取长哉！但景文亦如其父之文武兼资（平亦登进士第），未能无此书生习气，故仍工吟咏，雅爱诗章也。宋王偁《东都事略》云："苏轼奏季孙工诗能文，至于忠义勇烈，有平之风。"习气，本佛家语，唐窥基法师《成唯识论述记》云："言习气者，是现行气分薰习所成，故名习气。"又家风，《潘安仁集》有四言《家风》诗一首，谓家世遗风也。庾信《哀江南赋序》："潘岳之文采，始述《家风》。"

【注四】曹操《碣石篇》四言乐府四首之四《神龟虽寿》一篇中四句云："老骥伏枥，志在千里；烈士暮年，壮心不已。"《晋书·王敦传》："敦手控强兵，群从贵显，威权莫贰，遂欲专制朝廷，有问鼎之心（问鼎，见《左传》宣公三年）。元帝畏而恶之，遂引刘隗（都督青、徐诸军事）、刁协（为尚书令）等以为心膂。敦益不能平，于是嫌隙始构矣。每酒后，辄咏魏武帝乐府歌曰：'老骥伏枥，志在千里；烈士暮年，壮心不已。'以如意打唾壶为节，壶边尽缺。"先生知景文忠烈，勉其无谓多作不平鸣耳，非讥其觊觎非分也。

十月，先生以颍民苦饥（水旱二灾频仍），奏乞留黄河夫万人，修境内沟洫，诏许之。十一月，喜刘季孙景文赴隰州任，（以先生荐，知隰州，在今山西隰县）至颍见过，有《和刘景文见赠》七律云：

元龙本志陋曹吴，豪气峥嵘老不除。【注一】失路今为吟等伍，作诗犹似建安初。【注二】西来为我风鬣面，【注三】独卧无人雪

缟庐。【注四】留子非为十日饮，要令安世诵亡书。【注五】

【注一】此以陈元龙比刘景文也。谓其当日虽以诗见知于王安石，而心实陋之，不屑攀援；至今尚豪气峥嵘，到老不除，绝不肯党附小人也。元龙豪气，见《三国志·魏书·张邈传》附《陈登传》："陈登者，字元龙，在广陵有威名，又掎角吕布有功。（广陵，即扬州，治今江苏扬州市江都区。元龙为广陵太守，文武兼资，围吕布，有吞灭孙策之心）加伏波将军，年三十九卒。后许汜与刘备并在荆州牧刘表坐，表与备共论天下人，汜曰：'陈元龙湖海之士，豪气不除。'备谓表曰：'许君论是非？'表曰：'欲言非，此君为善士，不宜虚言；欲言是，元龙名重天下。'备问汜：'君言豪，宁有事邪？'汜曰：'昔遭乱过下邳（故城在今江苏邳州市），见元龙，元龙无客主之意，久不相与语，自上大床卧，使客卧下床。'备曰：'君有国士之名，今天下大乱，帝主失所，望君忧国忘家，有救世之意，而君求田问舍，言无可采，是元龙所讳也，何缘当与君语？如小人，欲卧百尺楼上，卧君于地，何但上下床之间邪？'表大笑。备因言曰：'若元龙文武胆志，当求之于古耳，造次难得比也。'"先生以元龙比景文，期许深矣。

【注二】谓景文忠烈遗裔，乃今碌碌下僚，如韩信之降与樊哙等伍；然其诗则风骨苍坚，激昂慷慨，犹似建安诸人风力也。此黄山谷《答王太虚书》所谓"古之人不得躬行于高明之势，则心亨于寂寞之宅；功名之途，不能使万夫举首；则言行之实，必能与日月争光"者也。哙等伍：《史记·淮阴侯列传》："汉四年，……汉王……乃遣张良往立信为齐王。……项羽已破，高祖袭夺齐王军。汉五年正月，徙齐王信为楚王。……汉六年，人有上书告楚王信反，高祖以陈平计，……游云梦，实欲袭信，信弗知，……遂械系信。至雒阳，赦信罪，以为淮阴侯。信知汉王畏恶其能，常称病不朝从。信由此日夜怨望，居常鞅鞅，羞与绛、灌（绛侯周勃，昌文侯灌婴）等列。信尝过樊将军哙，哙跪拜送迎，言称臣，曰：'大王乃肯临臣！'信出门，笑曰：'生（犹我）乃与哙（舞阳侯）等为伍。'"此二句与前一首之"烈士家风安用此！书生习气未全无"字面不同，而用意略相似。

【注三】谓刘景文为己西行，蒙受风尘，至面目黧黑也。《列子·黄帝篇》："范氏（晋六卿之一）有子曰子华……子华之门徒，皆世族也，缟衣乘轩，缓步阔视，顾见商丘开（田叟），年老力弱，面目黎黑，衣冠不检，莫不眮之。（眮，溺陟饵三音，轻视也）又《战国策·秦策一》："苏秦始将连横说秦惠王，……书十上而说不行，黑貂之裘弊，黄金百斤尽，资用乏绝，去秦而归。羸縢履蹻（蹻音屩，又入声，草屦也），负书担橐，形容枯槁，面目黎黑，状有归（愧）色。"

【注四】缟，白色生绢。时已十一月，谓己在颍州，无人相与言，惟闭门独卧，风雪满天，全屋为之尽缟而已。谢惠连《雪赋》："眄隰则万顷同缟，瞻山则千丛俱白。"

【注五】谓己留景文，非徒为平原十日之饮，实欲与其谈学论文，听其背诵群书，滔滔不绝也。观此结句，则刘景文之博学强记可知。十日饮：《史记·范雎蔡泽列传》："秦昭王闻魏齐在平原君所，欲为范雎必报其仇，乃详（通佯）为好书遗平原君曰：'寡人闻君之高义，愿与君为布衣之交，君幸过寡人，寡人愿与君为十日之饮。'"安世诵亡书：《汉书·张安世传》："张安世，字子孺，少以父任为郎（父汤，以御史大夫数行丞相事），用善书，给事尚书，精力于职，休沐未尝出。上行幸河东，尝亡书三箧，诏问，莫能知，唯安世识之，具作其事。后购求，得书以相校，无所遗失，上奇其材。"

哲宗元祐七年壬申，先生五十七岁。正月二十五日，颍州聚星堂（欧阳修所建）前，梅花大开，月色鲜霁，招赵令畤饮花下，作《减字木兰花词》。【令畤，字德麟，宗室燕王德昭之玄孙，时为颍州签书判官。其《侯鲭录》卷四云："元祐七年正月，东坡先生在汝阴州，堂前梅花大开，月色鲜霁，先生王夫人曰：'春月色胜如秋月色。秋月色令人凄惨，春月色令人和悦。何如召赵德麟辈来饮此花下。'先生大喜曰：'吾不知子能诗邪？此真诗家语耳。遂相召与二欧饮。（棐、辩也，欧公第三四子，长次发、奕）用是语作《减字木兰花》词云：'春庭月午，影落（集作摇荡）春醪光欲舞。步转回廊，半落梅花婉娩香。轻风（集作烟）薄雾，都是少年行乐处。不似（集作是）秋光，只共（集作与）离人照断肠。'】二月五日，与赵令畤通焦陂水开浚颍州西湖，作清河西湖三闸。开西湖功未成（三月十六日湖成，共四十一日），告下，以龙图阁学士，充淮南东路兵马钤辖，知扬州军州事。遂罢颍州任。三月十二日抵泗州（今安徽盱眙县），撰《潮州韩文公庙碑》。由泗州复行，有《淮上早发》七绝云：

　　淡月倾云晓角哀，小风吹水碧鳞开。此生定向江湖老，默数淮中十往来。"（王文诰《苏诗总案》历举其十往来之时间，兹不赘矣）

　　三月十六日，到扬州任，进《谢上表》，中末云："恭惟陛下，子惠万民，器使多士，多眷江、淮之间，久罹水旱之苦。邻封二浙（浙东、浙西），饥疫相薰，积久十年，丰凶皆病。【先生所经沿途各境，皆摒去吏卒，亲入村落，访民间疾苦；则皆因水旱灾荒，积欠所压，困急特甚。所至城邑，流民载道。又以麦熟，举催积欠，不敢归乡，先生叹曰："苛政猛于虎。（《礼·檀弓下》。先生读政为征税之征）昔常不信其言；由今观之，水旱杀人，百倍于虎；而民畏催欠，乃甚于水旱矣。"】臣敢不上推仁圣之意，下尽疲驽之心！庶复流亡，少宽忧轸。"王文诰《苏诗总案》云："此表自恭维以下，竟入一段积欠文字。爱君从爱民发出，虽是奇文，实乃心中只有一诚字在。若咬文嚼字，终日说诚，此诚之糟粕耳！得之于体，与发之于用者不同如此。观此文，知其途中已立意奏罢之矣。"（五月六日，连章奏罢积欠，七月诏许，其造福生民为何如哉！）四月二十五日，《记子由修身语》云："子由言：无事静坐，便觉一日似两日。若能处置此生，常似今日，得至七十，便是百四十岁，人间何药可能有此奇效？元祐七年四月二十五日。"五月，奏陈民间疾苦，上"论积欠六事，并乞检会应诏所论四事，一处行下状"。（见《东坡七集·第三集·东坡奏议》卷十一）末段有云："臣自颍移扬，舟过濠（安徽）、寿（安徽）、楚（江苏）、泗（安徽）等州，所至麻麦如云（本丰收矣）；臣每屏去吏卒，亲入村落访问，父老皆有忧色，云：'丰年不如凶年：天灾流行，民虽乏食，缩衣节口，犹可以生；若丰年，举催积欠，胥徒在门（胥，给使役者，即公差。《周礼·天官·冢宰》："胥，十有二人；徒，百有二十人。"唐贾公彦疏："胥，有才智为什长；徒，给使役，故一胥十徒。"），枷棒在身，则人户求死不得。'言讫泪下，臣亦不觉流涕。又所至城邑，多有流民，官吏皆云：'以夏麦既熟，举催积欠，故流民不敢归乡。'臣闻之孔子曰：'苛政猛于虎。'【《礼·檀弓下》："夫子曰：小子识之，苛政猛于虎也。"清王引之《经义述闻》卷十四："政，读若征，谓赋役（关市之征）及縣役（力役之征）也。诛求无已，则曰苛政，……占字政与征通。"先生此处因人民为差役追收所欠积税，而引《礼·檀弓下》"苛政猛于虎"证之，正是读政治之政为征税之征，否则讪谤朝廷矣，引之说是】昔常不信其言；以今观之，殆有甚者！水旱杀人，百倍于虎；而人畏积欠，乃甚于水旱。臣窃度之：每州催欠吏卒，不下五百人，以天下言之，是常有二十余万虎狼散在民间（江、淮、浙西、安徽一带灾区及负积欠者四十余州），百姓何由安生？朝廷仁政何由得成乎？"六月，子由拜门下侍郎（即参知政事）。十六日，因访闻浙西饥疫大作，苏、湖（浙江）、秀（浙江）三州死亡特甚，再上札子论积欠事。七月，诏免积欠。《诗》曰："岂弟君子，民之父母。"其先生之谓乎！时先生方作《和陶饮酒二十首》，其十一末六句云："诏书宽积欠，父老颜色好。再拜贺吾君，获此不贪宝。【《左传》襄公十五年："宋人或得玉，献之子罕（司城子罕、乐喜，宋大夫），子罕弗受。献玉者曰：'以示玉人，玉人以为宝也，故敢献之。'子罕曰：'我以不贪为宝，尔以玉为宝，若以与我，皆丧宝也，不若人有其宝。'"】颓然笑阮籍，醉几书谢表。"（笑阮籍，谓其于醉中书案上作《为郑冲劝晋王笺》，而己则方为民谢国恩，作《谢免积欠表》也。今本集无此表，有《扬州与吕相公书》云："所论积欠，蒙示已有定议，此殆一洗天下疮痏也。"）诗盖纪实，名则《和陶》耳。八月，诏以兵部尚书召还，兼差充南郊卤簿使，（冬至合祭天地于南郊时，学士为卤簿使；卤簿使者，为天子前导之仪仗队大臣也）罢扬州任。九月，到兵部尚书任，诏兼侍读。进《谢上表》云："伏奉制书，除臣守兵部尚书兼侍读者：重地隆名，不择所付；清资厚禄，以养不才。伏念臣以草木之微，当天地之泽，七典名郡（密、徐、湖、登、杭、颍、扬），再入翰林（学士及承旨），两除尚书（吏部及兵部），三忝侍读。虽当时之豪杰，犹未易居；矧如臣之孤危，其何能副？恭惟皇帝陛下，圣神格物，文武宪邦。重离继明，何烦爝火之助（《易·离卦·象辞》："明两作，《离》。大人以继明照于四方。"《庄子·逍遥游》："尧让天下于许由，曰：'日月出矣，而爝火不息，其于光也，不亦难乎？'"）；大厦既构，尚求一木之支（《文中子·中说·事君篇》："退而谓董常曰：大厦将颠，非一木所支也。"此反用之）。而臣白首复来，丹心已折（江淹《别赋》："使人意夺神骇，心折骨惊。"此谓受群小暗害梗阻，丹心摧伤也。先生前屡乞郡，皆避群小耳），望西清之帷幄，久立傍徨【司马相如《上林赋》："青龙蚴蟉（音有柳）于东箱，象舆婉僤于西清。"郭璞引张揖注："西清者，箱中清净处也。"后人因谓宫禁森严之地曰西清】；闻长乐之鼓钟，恍如梦寐。（长乐，汉宫名。未央宫在城西隅，长乐在东隅。高祖时朝会恒在长乐，惠帝以后则在未央，而以长乐居母后。先生此处之长乐鼓钟，正指宣仁太皇太后垂帘听政也。东坡四六，手挥目送，畅所欲言，如龙马腾骧，注坡下坂，实行其所无事也）莫报邱山之施，犹贪顷刻之荣。"（贪顷刻荣，盖早晚间可去位，君子难进而易退也）馆于兴国寺浴室院之东堂。【王文诰《苏诗总案》云："公此番召还，远嫌之甚，不居东府。（神宗熙宁间于京师设东西两府。东府居宰相及中书省、尚书省大臣，西府居枢密院武职大臣）与子由仅会于朝，且寓东堂，示群小以必去，可谓不恶而严矣。"（《易·遁卦·象辞》："天下有山，

《遁》。君子以远小人，不恶而严。"）】十一月十二日，先生
为卤簿使，导驾荐享于景灵宫（内置艺祖以下御容）。十三
日，侍哲宗合祭天地于南郊，有《次韵穆父（钱勰，时为户
部尚书）尚书侍祠郊丘，瞻望天光，退而相庆，引满醉吟》
七律云：

　　千章杞梓荫云天，樗散谁收老郑虔？【注一】喜气到君浮白
里，丰年及我挂冠前。【注二】令严钟鼓三更月，野宿貔貅万灶
烟。【注三】太息何人知帝力？归来金帛看赪肩。【注四】

　　【注一】《史记·货殖列传》："水居千石鱼陂，山居千章之材。"司
马贞《史记索隐》："章，大材也。"又云："木千章，竹竿万个。"裴骃
《史记集解》引韦昭《汉书音义》曰："章，材也。"《左传》襄公二十
六年"蔡公孙归生对楚康王曰："晋卿不如楚，其大夫则贤，皆卿材也；
如杞梓皮革，自楚往也。虽楚有材，晋实用之。"郑虔，已屡见上。杜
甫《送郑十八虔贬台州司户》七律起云："郑公樗散鬓成丝。"二句，感
宣仁太皇太后能收用己也；樗散，自喻不材。《庄子·逍遥游》："吾
（惠施）有大树，人谓之樗。"又《人间世》："匠石之齐，至于曲辕，
见栎社树，其大蔽数千牛，絜之百围，其高临山，十仞而后有枝，其可
以为舟者，旁十数。观者如市，匠石不顾，遂行不辍。弟子厌（饱也，
足也）观之，走及匠石曰：'自吾执斧斤以随夫子，未尝见材如此其美
也，先生不肯视，行不辍，何邪！'曰：'已矣，勿言之矣，散木也。以
为舟则沉，以为棺椁则速腐，以为器则速毁，以为门户则液樠（音瞒，
脂液出也），以为柱则蠹，是不材之木也。无所可用，故能若是
之寿。'"

　　【注二】浮白：《淮南子·道应训》："魏文侯觞诸大夫于曲阳（在

河北），饮酒酣，文侯喟然叹曰：'吾独无豫让以为臣乎？'蹇重举白而进之曰：'请浮君。'"高诱注："举白，进酒也。浮，罚也。"刘向《说苑·善说篇》："魏文侯与大夫饮酒，使公乘不仁为觞政，曰：'饮不釂（音照，饮酒尽也）者，浮以大白。'文侯饮而不尽釂，公乘不仁举白浮君；君视而不应。侍者曰：'不仁退，君已醉矣。'公乘不仁曰：'《周书》曰："前车覆，后车戒。"盖言其危。为人臣者不易，为君亦不易。君已设令，令不行可乎？'君曰：'善。'举白而饮，饮毕，曰：'以公乘不仁为上客。'"（浮白本是罚酒，后人乃称引满一大盅为浮一大白，是误解浮字，应云举一大白也）挂冠：《后汉书·逸民·逢萌传》："时王莽杀其子宇，萌谓友人曰：'三纲绝矣！不去，祸将及人。'即解冠挂东都城门，归，将家属浮海，客于辽东。"后人乃以辞官为挂冠。纪昀曰："五六，《诗话》所称，然三四亦佳。"

【注三】杜甫《后出塞》五古五首之二："中天悬明月，令严夜寂寥。"貔貅，猛兽名，此喻勇猛之侍卫。王十朋注引赵次公曰："先生《诗话》（《东坡诗话》）自云：七言之伟丽者，杜子美诗：'旌旗日暖龙蛇动，宫殿风微燕雀高。'（《奉和贾至舍人早朝大明宫》七律三四）'五更鼓角声悲壮，三峡星河影动摇。'（《阁夜》七律三四）尔后寂寥无闻焉。直至欧阳永叔'沧波万顷流不尽，白鸟双飞意自闲。'（《和韩学士襄州闻喜亭置酒》七律三四）'万马不嘶听号令，诸蕃无事乐耕耘。'（《寄秦州田元均》七律三四）可以并驱争先矣。某亦云：'令严钟鼓三更月，野宿貔貅万灶烟。'又云：'露布朝驰玉关塞，捷书夜到甘泉宫。'（《闻洮西捷报》七律五六）亦庶几焉。"

【注四】结韵谢赐金帛等也。纪昀曰："宋郊天必有赐赍，故末句云然。晋皇甫谧《帝王世纪》："帝尧之世，天下太和，百姓无事，有八九十老人击壤而歌曰：'日出而作，日入而息，凿井而饮，耕田而食。帝力于我何有哉！'"（王充《论衡·艺增篇》："传曰：有年五十击壤于路者，观者曰：'大哉尧德乎！'击壤者曰：'吾日出而作，日入而息，凿井而饮，耕田而食。尧何等力？'此言荡荡无能名之效也。")白居易《与诸公同出城观稼》五律结句："何人知帝力？尧、舜正为君。"颒肩：谓挑担归来者以物多担重至肩膊赤红色也。韩愈《城南联句》："束枯樵指秃，刈熟担肩颒。"又先生《吴中田妇叹》："汗流肩颒载入市，价贱乞与如糠粞。"（粞，音西，碎米也）

月杪（十一月），告下，迁端明殿学士（在翰林学士上，以待学士之久次者）兼翰林侍读学士，守礼部尚书。上辞免状，不允。十二月到任。

元祐八年癸酉，先生五十八岁。五月七日，乞校正陆贽奏议，有《拟校正陆贽奏议上进札子》（贽字敬舆，德宗时为翰林学士，人号内相，所为诏书，虽武夫悍卒，无不感泣。迁中书侍郎、同中书门下平章事。为裴延龄所谮，贬忠州别驾卒。谥宣。今传《陆宣公奏议》，为世所重，亦先生推尊之功也）有云："伏见唐宰相陆贽，才本王佐，学为帝师。论深切于事情，言不离乎道德。智如子房而才则过，疏如贾谊而术不疏。上以格君心之非（《孟子·离娄上》："惟大人为能格君心之非。"《书·冏命》："绳愆纠谬，格其非心。"），下以通天下之志（《易·同人卦·象辞》："唯君子为能通天下之志。"）。但其不幸，仕不遇时。……使德宗尽用其言，则贞观可得而复。"（此文在民国时国立编译馆《大学国文选》中）先生之才德学，岂在陆敬舆下哉！使神宗、哲宗能使远进，岂有日后靖康之祸乎！是月，御史黄庆基、董敦逸复祖述沈括、舒亶、李定、何正臣、李宜之（以上熙丰）、朱光庭、赵挺之、王觌、贾易、赵君锡、安鼎（以上元祐初）等小人诬先生讪谤神宗之说，奏先生与子由；鸿胪寺丞常安民止之，谓："二苏负天下重望，恐不当尔！"不听。自三月至五月，凡七上奏章（董敦逸四章奏苏辙，黄庆基三章奏苏轼）。十二日，奏对延和殿，中书、门下、尚书三省同进呈，宰相吕大防以为"言事官以此中伤士人，兼欲动摇朝廷，意极不善"。子由奏曰："臣闻先帝末年，亦自深悔已行之事；元祐更改，盖追述先帝美意而已。"宣仁太皇太后亦曰："先帝追悔往事，至于泣下，皇帝宜深知。"于是董敦逸罢为荆湖北路（湖北）判官，黄庆基罢为福建路判官。六月，乞越州（治今浙江绍兴市，古称会稽），不允。八月，告下，先生以翰林院学士、端明殿学士，充河北西路安抚使，兼马步军都总管、出知定州（治今河北定州市。为帅守边，御契丹）军州事，罢礼部尚书任，未行；九月三日，宣仁太皇太后崩，哲宗亲政（时年十八），欲用熙、丰群小，中外议论汹汹，人怀顾望。宰相吕大防、范纯仁等不敢言；惟先生与右谏议大夫兼翰林侍讲范祖禹虑小人乘间害政，上谏札，累奏不报。其后有旨召还前贬熙、丰内臣（宦官）十余人。范祖禹恐王中臣（内官头目）、宋用臣再入，则吕惠卿、章惇、曾布、蔡京、李清臣等必复用，因请对殿上，力谏以为不可，皆不听。时国是将变，诏先生速行赴定州，武士愿从者半朝廷，哲宗拒不得入见。二十七日出都门，朝士供帐饯行者甚盛。十月二十三日，到定州任。兴利除弊，整军经武。

元祐九年甲戌（即绍圣元年，四月十二日改元）先生五十九岁。三月十六日，子由为群小所攻，谪守汝州。四月十二日，诏改元祐九年为绍圣元年。二十四日，作《三国名臣论》

有云："西汉之士多智谋，薄于名义（名节义烈。高祖如此）；东京事风节，短于权谋（光武重气节使然）。兼之者，三国名臣也，而孔明巍然三代王者之佐，未易以世论也。绍圣元年四月二十四日书。"【谓诸葛公实稷、契、伊、吕之俦，不得以三国不如三代，遂亦谓人皆不如之也。王文诰《苏诗总案》云："东京事风节，短于权略二语，断尽元祐执政无能（如吕大防、刘挚、范纯仁等，皆君子，重气节；然无权谋，故乏匡救时弊之功，而有绍述之祸）。盖三国能臣，从无有事权下移者也。使公在位，容有是乎？譬之棋：争道者皆劣弱，而国士袖手旁观，不容置喙，惟有坐视其弊，同此覆局而已。公以十一日壬子谪英州（今广东英德市），而十二日癸丑改元，则南迁亦已得耗；论及孔明，其寄慨也深矣！"】闰四月三日，告下（四月十一日发出），落端明殿学士兼翰林侍读学士（为御史虞策、来之劭所攻，谓谤讪神宗），依前左朝奉郎（正六品上），责知英州军州事，罢定州任，白虹贯日。告于文宣王（孔子）庙，并辞群望（望，祭也，山川之神），遂行，《辞诸庙祝文》有云："轼得罪于朝，将适岭表，虽以谪去，敢不告行？区区之心，神所鉴听。"渡黄河，有《黄河》七律云：

活活何人见混茫？昆仑气脉本来黄？【注一】浊流若解污清济，惊浪应须动太行。【注二】帝假一源神禹迹，世留三患梗尧乡。【注三】灵槎果有仙家事，试问青天路短长？【注四】

【注一】先生此诗，实纯是比体，以黄河一派喻赵宋血脉也。首二句，谓黄河之水滚滚直下，其流活活然，混茫澎湃，挟沙石俱下；无人见其始出时之色本青白，徒以其沿途所纳各支流河渠之水黄浊，故以为其气脉本来如此耳。以喻赵宋天子本来明圣，徒神宗及顷哲宗两朝，群小充斥，故至天子之明圣为之蒙混而变浊耳。《诗·卫风·硕人篇》："河水洋洋，北流活活。"《毛传》："活活，流也。"陆德明《经典释文》："活，古阔切，又如字。"朱子音括。《山海经·西山经》："槐江之山，……西南四百里，曰昆仑之丘，……河水出焉。"《尔雅·释水》："河出昆仑虚，色白；所渠（所受纳之渠）并千七百，一川色黄。"《史记·大宛列传》："（大宛，西域，今中亚）大宛西南则大夏（阿富汗北部），东则于寘（音田，在今新疆）；于寘之西，则水皆西流，其南（青海）则河源出焉。"又《大宛列传赞》："太史公曰：《禹本纪》言河出昆仑，其高二千五百余里，日月所相避隐为光明也，其上有醴泉瑶池。今自张骞使大夏之后也，穷河源，恶睹《本纪》所谓昆仑者乎！"黄河本源出于青海，史公所见《禹本纪》及《山海经》《尔雅》则云出于昆仑，先生从旧说、依《尔雅》，谓其色本白，岂黄哉！

【注二】三四，喻小人若真能污蔑君子，则其兴波作浪，危害贤臣，可动摇国本，而国事将不堪闻问也。《史记·苏秦列传》："燕（喂）王曰：吾闻齐有清济浊河，可以为固。"又中唐德宗贞元间人李君房有《清济浊河赋》以"与浊同流，清源自别"为韵，有云："德惟静，自澄之于本源；体虽柔，岂混之于派别！"济水，《书·禹贡》："导沇水，东流为济，入于河。"济水源出河南济源县西之王屋山，其故道过黄河而南，东流入山东境。太行：山名，由河南济源县起，北入山西境，再折入河南，至河北获鹿县止。黄河在太行山脉之南向东北流，时先生由定州南下至河南，渡黄河，激感而发为此诗，意隐而义深矣。

【注三】五句，谓天生宣仁太皇太后之女中尧、舜，使之听政，为天下生民造福也。六句，谓当时不能贬绝章惇、蔡京、蔡卞三大奸人，至留为世间大患也。（《庄子·天地篇》："尧观乎华，华封人曰：'嘻！圣人。请祝圣人：使圣人寿。'尧曰：'辞。''使圣人富。'尧曰：

'辞。''使圣人多男子。'尧曰:'辞。'封人曰:'寿、富、多男子,人之所欲也,女独不欲,何邪?'尧曰:'多男子则多惧,富则多事,寿则多辱。是三者,非所以养德也,故辞。'")

【注四】意谓死者有知,则宣仁太皇太后在天之灵,不知己果能叩天阍而哭诉之否也。灵槎上天河事,晋张华《博物志》云:"旧说云,天河与海通。近世有人居海滨者,年年八月,有浮槎去来不失期;人有奇志,立飞阁于槎上,多赍粮,乘槎而去,十余日中,犹观日月星辰,自后茫茫,忽亦不觉昼夜,去十余日,奄至一处,有城郭状,屋舍甚严,遥望宫中多织妇;见一丈夫,牵牛渚次饮之,牵牛人乃惊问曰:'何由至此?'此人具说来意,并问此是何处?答曰:'君还至蜀郡,访严君平即知之。'(严遵,字君平,扬雄师。卖卜成都市,得百钱,则闭肆下帘而授《老子》,博览无不通。见《汉书·王贡两龚鲍传序》)竟不上岸,因还如期。后至蜀,问君平,曰:'某年月日,有客星犯牵牛宿。'计年月,正是此人到天河时也。"

六月,至金陵,往当涂(在安徽),有《慈湖夹(在县北六十五里)阻风五首》七绝,其五云:

卧看落月横千丈,起唤清风得半帆。[注一]且并水村敧侧过,人生何处不巉岩![注二]

【注一】王十朋注引赵次公曰:"唤清风,是江湖间舟子之常事,舟子善相风,舟行则呼风以饱帆也。"

【注二】杜甫《阆水歌》:"巴童荡桨敧侧过,水鸡衔鱼来去飞。"结二句感慨深矣!谓今小人盈朝,豺狼当道,人间无处不是阻险也。

六月二十五日，抵当涂县，因章惇、蔡卞、张商英等小人罗织先生罪，告下，责授建昌军（江西南城县）司马、惠州安置，不得签书公事。先生乃尽遣家人归阳羡（江苏宜兴），独挈幼子过（字叔党，有《斜川集》，世号小坡）及姜朝云赴江州（江西九江）。八月七日，上惶恐滩（赣南万安县地），有《八月七日初入赣过惶恐滩》七律名篇云：

七千里外二毛人，十八滩头一叶身。【注一】山忆喜欢劳远梦，地名惶恐泣孤臣。【注二】长风送客添帆腹，积雨浮舟减石鳞。【注三】便合与官充水手，此生何止略知津！【注四】

【注一】二毛，谓鬓发斑白也。《左传》僖公二十二年："（宋襄）公曰：'君子不重伤，不禽二毛。'"杜预注："二毛，头白有二色。"《礼·檀弓下》："古之侵伐者，不斩祀（祠祀之木），不杀厉（疫病之人），不获二毛。"郑玄注："二毛，鬓发斑白也。"十八滩：《明一统志》："《赣州志》：城北章、贡二水合而为一，故名。北流至万安县，其间为滩十八，怪石多险。"清查慎行《补注东坡编年诗》引《万安县志》（万安，在泰和南赣州北，江西西南部，南下大庾岭入广东）："赣州二百里至岑县，又一百里至万安，其间滩有十八，旧皆属虔州（治赣县），宋熙宁（神宗）中割地立县（万安）。自赣城下（北流）二十里，曰储、曰鼈、曰横弦、曰天挂、曰小湖、曰铜盆、曰阴、曰阳、曰会神，以上九滩属赣；自青洲下（北流）至梁口，乃万安县地，其滩曰金、曰昆仑、曰晓、曰武朔、曰小蓼、曰大蓼、曰绵、曰漂神、曰黄公（即第十八滩。据此，是本名黄公滩，先生特读其音为惶恐）。滩水湍急，黄公为甚。赵清献（赵抃谥）守虔州，尝凿十八滩（黄公）以杀水势，盖十八滩为尤险也。"

【注二】第三句先生自注云："蜀道有错喜欢铺，在大散关上。"宋邢凯《坦斋通编·改易地名》条云："诗人好改易地名以就句法……蜀大散关有喜欢铺，东坡入赣诗'山忆喜欢劳远梦，地名惶恐泣孤臣。'自下而上（赣水北流，由北至南是逆流上数）第一滩在万安前，名黄公滩，坡乃更为惶恐，以对喜欢。《庐陵志》：'二十四滩。'坡诗乃云'十八滩头一叶身'，亦非也。"查慎行曰：文信国亦有'惶恐滩头说惶恐'之句，则又因坡公而传讹者也。"（《文文山全集·指南后录·过零丁洋》七律五六："皇恐滩头说皇恐，零丁洋里叹零丁。"）按：邢凯《坦斋通编》之说未必然，清冯应榴《苏文忠公诗合注》云："山水村落之名，原无定称，安见惶恐之必应曰黄公乎？先生当日必先有惶恐，因以喜欢为上句，今转以改滩名就句法，恐先生必不为也。又案：《名胜志》引文相国七律中一首有'遥知岭外相思处，不见滩头惶恐声'句。"（《指南后录·万安县》七律五六）湛铨案：文信国，江西吉水人，吉水在万安东北，相去甚迩；且信国尝知赣州，于万安、赣州一带地名必不特熟极，且必常经，何至如查初白谓"因坡公而传讹"者乎！当是滩势过险，故名惶恐滩，坡公必是因在惶恐滩而忆及故国喜欢铺，因以作对，此理所应尔，冯应榴之说是也。又即或本名黄公，然至文信国时，已因先生诗而称为惶恐矣。

【注三】王十朋注引赵次公曰："帆以其受风，故云腹；水在上流，其波如鱼鳞，故曰石鳞。"按赵次公解帆腹是，解石鳞为水波如鱼鳞则非。石鳞，谓圆细之石块密布在滩中如鱼鳞然也。水浅则石荡船底，有穿舟之患；今积雨浮舟，水渐深，故云减石鳞。

【注四】纪昀批云："真而不俚，怨而不怒。"水手，舟子也，犹俗云艇家、船家，二字始见于此。知津：《论语·微子篇》："长沮、桀溺耦而耕，孔子过之，使子路问津焉。长沮曰：'夫执舆（执辔在车上）者为谁？'子路曰：'为孔丘。'曰：'是鲁孔丘与？'曰：'是也。'曰：'是知津矣。'"谓孔子流走四方，是已知济渡处也。

是月抵虔州（即赣州），登郁孤台，有《郁孤台》五排，末四句云："故国千峰外，高台十日留。他年三宿处，准拟系归舟。"盖欲他日放还时，再留此地，细赏风光也。九月，度大庾岭，自南雄下始兴，抵韶州。入曹溪（在曲江东南），至南华寺，礼六祖，作《南华寺》五古，后半云："我本修行人，三世积精炼。【据宋释惠洪《冷斋夜话》谓东坡前生是蕲州五祖（山寺名）师戒禅师，坡八九岁时，尝梦身是僧。又谓子由谪居江西高安时，亦尝与云庵及聪禅师同梦迎戒和尚，后三人果同出城共迎东坡，事亦奇矣】中间一念失，受此百年谴。抠衣礼真相，感动泪雨霰。【抠，音沟，提也，此处之抠衣，谓提衣下跪也。真相，指南华寺中六祖坐化后之真身。《礼·曲礼上》："毋践屦，毋踖（音迹，躐也）席，抠衣趋隅，必慎唯诺。"《诗·小雅·颊》："如彼雨雪，先集维霰。"霰，今之雪花米。谢朓《晚登三山还望京邑》诗："佳期怅何许？泪下如流霰。"】借师锡端泉，洗我绮语砚。"（僧用锡杖，简称曰锡。《六祖坛经·机缘品》："师一日欲濯所授之衣，而无美泉，因至寺后五里许，见山林郁茂，瑞气盘旋，师振锡卓地，泉应手而出，积以为池。"《曹溪志》："卓锡泉，一名明通泉，凡泉脉枯，僧持祖衣往叩，即通流。"绮语：十恶业之一，盖杀、淫、盗、妄言、两舌、恶口、绮语、贪、瞋、邪见也。《大乘义章七》："邪言不正，其犹绮色，从喻立称，改名绮语。"凡文士之诗词香艳者，皆属绮语）是月至广州，与子过游白云山、蒲涧寺、滴水岩诸胜。有《广州蒲涧寺》七律【先生自注："地产菖蒲十二节，相传安期生（秦琅邪人，卖药海上，时人皆呼千岁公）之故居。始皇访之于此。"宋乐史《太平寰宇记》引裴氏《广州记》云："蒲涧，水从盘石上过，甘冷异于常流。"查慎行《补注东坡编年诗》引《广州旧志》："番禺县有玉虹洞，南曰聚龙岗，有蒲涧寺，在白云山麓，淳化（宋太宗）元年建。"】云：

不用山僧导我前，自寻云外出山泉。千章古木临无地，百尺飞涛泻漏天。【注一】昔日菖蒲方士宅，【注二】后来薝卜祖师禅。【注三】而今只有花含笑，笑道秦皇欲学仙。【注四】

【注一】千章：《史记·货殖列传》："山居千章之材。"唐司马贞《史记索隐》："章，大材也。"（已见前）无地：《楚辞》屈原《远游》："下峥嵘而无地兮，上寥廓而无天。"又临无地：梁王巾（音彻，字简栖）《头陀寺碑》："层轩延衺，上出云霓；飞阁逶迤，下临无地。"王勃《滕王阁序》："层峦耸翠，上出重霄；飞阁流丹，下临无地。"漏天：王十朋注："白乐天《多雨春空过诗》：'浸淫天似漏，沮洳地成疮。'"《太平寰宇记》："戎州南溪县有大黎、小黎二山，四时沾霖，俗谓之大漏天、小漏天。"杜甫《陪章留后侍御宴南楼》五排："朝廷烧栈北，鼓角漏天东。"先生之漏天，写白云山之瀑布也。

【注二】晋嵇含《南方草木状》："番禺东有涧，涧中生菖蒲，皆一寸九节，安期生采服仙去，但留玉舃焉。"查慎行《补注东坡编年诗》引《南越志》："宋咸平（真宗）中，姚成甫于蒲涧侧，遇一丈夫，曰：'此菖蒲，安期生所饵，可以忘老。'今俗以七月二十五日，安期生上升，相率为蒲涧之游，履綦骈错。"《易·离卦》初九："履错然，敬之无咎。"綦音其，履下饰。《汉书·外戚·孝成班倢伃传》："俯视兮丹墀，思君兮履綦。"

【注三】薝卜，树名，佛书亦名占婆、瞻婆、瞻蔔、瞻博、旃波迦、瞻博迦、睒婆等。盖梵语,译义曰金色花树。树形高大,其香甚烈,逐风弥远。王十朋注引《香谱》曰:"栀子香出大食国(阿剌伯),即佛书所谓薝卜也。"明李时珍《本草纲目》云:"卮,酒器也,卮子象之,故名,俗作栀。……佛书称其花曰薝卜。……或曰:薝卜金色,非卮子也。"又引北宋苏颂(与先生友善,长十六岁,字子容)曰:"今南方及西蜀州郡皆有之,木高七八尺,叶似李而厚硬,又似樗蒲子,二三月生白花,花皆六出,甚有芬香,俗说即西域薝卜也。"按:佛书薝卜是大树,花金黄色,而今栀子只高七八尺,花白色,恐栀子非即薝卜;然北宋时谓即薝卜,世俗流传已久,故先生在蒲涧寺见栀子即以为薝卜也。祖师禅:《传灯录》卷十一仰山慧寂禅师问邓州香严智闲禅师(仰山,在江西袁州。香严,亦山名。邓州在河南。两高僧皆唐人):"'师弟近日见处如何?'严曰:'某甲卒说不得。'乃有偈曰:'去年贫;未是贫;今年贫,始是贫。去年贫,无卓锥之地;今年贫,锥也无。'师曰:'汝只得如来禅,未得祖师禅。'"谓其只得教内未了之禅,而未得教外别传至极之禅也。先生此诗五六句,意谓此蒲涧,以前是只生菖蒲,而为方士安期生之宅,但后有薝卜,今为佛寺,已由只求长生,未得究竟之外道,变为得究竟之佛道矣。是时蒲涧寺之住持是信长老,先生有《赠蒲涧信长老》七律,祖师禅,许信长老也。

【注四】先生自注:"山中多含笑花。"先生结意,谓山中含笑花似笑秦始皇求仙之妄,不特神仙不可妄求,且天下万物,有成必有坏,人断无不死之理,即令住世千年,亦守尸鬼耳!果报既尽,即重入轮回,何如皈依佛法,得究竟涅槃哉!先生笃信佛法,稍抑方士而崇禅宗祖师,尤笑秦始皇,以彼贪残污浊,亦竟学仙,岂不为山中草木所笑乎?

发广州,东行(顺道游罗浮),有《发广州》五律云:

朝市日已远,此身良自如![注一] 三杯软饱后,一枕黑甜

余。【注二】蒲涧疏钟外，黄湾落木初。【注三】天涯未觉远，处处各
樵渔。【注四】

【注一】起调拗句，音古意奇，殊见佳胜。《古诗十九首》："相去日
已远，衣带日已缓。"此反用之，隐谓己虽去朝日远（朝市，表面是指
广州），然殊无迁谪不平之意，故依旧心广体胖，此身良自如也。《史
记·李将军列传》："广以郎中令将四千骑出右北平，……匈奴左贤王将
四万骑围广，……会日暮，吏士皆无人色；而广意气自如，益治军，军
中自是服其勇也。（明日力战，援兵亦至，匈奴军乃解去）"

【注二】先生自注："浙人谓饮酒为软饱。"又自注："俗谓睡为黑
甜。"此二句，先生以俗语入诗，而今已成名句矣。

【注三】韩愈《南海神庙碑》："因其故庙，易而新之，在今广州治
之东南，海道八十里，扶胥之口，黄木之湾。"黄湾殆即今广州东南之
黄埔也。落木初，盖广州气暖，故九月底始见落木也。（《礼·月令》：
"季秋之月，……是月也，草木黄落。"）

【注四】谓天涯处处皆见渔父樵夫自得于山水之间，与故乡蜀中无
异，故不觉天涯之为远也。

九月二十八日，与子过游罗浮山，（在增城县东，博罗县
西，山属增城，晋葛洪抱朴子得道处。《晋书·葛洪传》："洪
遂将子侄俱行，至广州，刺史邓岳留不听，去。洪乃止罗浮山
炼丹。……在山积年，优游闲养，著述不辍。……后忽与岳疏
云：'当远行寻师，克期便发。'岳得疏，狼狈往别，而洪坐
至日中，兀然若睡而卒，遂不及见。时年八十一。视其颜色如
生，体亦柔软，举尸入棺，甚轻，如空衣，世以为尸解得仙
云。"）有《罗浮山一首示儿子过》七古，不赘录矣。十月二

日，到惠州。有《十月二日初到惠州》七律云：

仿佛曾游岂梦中？欣然鸡犬识新丰。^{【注一】}吏民惊怪坐何事？父老相携迎此翁。^{【注二】}苏武岂知还漠北，管宁自欲老辽东。^{【注三】}岭南万户皆春色，会有幽人客寓公。^{【注四】}

【注一】首句，谓此地已仿佛曾游，甚为熟悉，或是己从前梦中常到也。鸡犬识新丰：梁吴均《西京杂记》（旧题汉刘歆撰，或题葛洪撰）卷二："太上皇徙长安，居深宫，凄怆不乐。高祖窃因左右问其故，以平生所好，皆屠贩少年，沽酒卖饼斗鸡蹴鞠，以此为欢；今皆无此，故以不乐。高祖乃作新丰，（太上皇及高祖本今江苏徐州市丰县人；新丰，在今陕西西安市临潼区）移诸故人实之，太上皇乃悦。故新丰多无赖无衣冠子弟故也。高祖少时，常祭枌榆之社（丰邑枌榆乡之社），及移新丰，亦还立焉。高祖既作新丰，并移旧社衢巷栋宇物色（形状也），惟旧士女老幼相携路首，各知其室；放犬羊鸡鸭于道涂，亦竞识其家。其匠人胡宽所营也。移者皆悦其似而德之，故竞加赏赠，月余，致累百金。"先生于惠，有第二故乡之感矣。

【注二】坐，入于罪也。《汉书·贾谊传》："谊数上疏陈政事，多所欲匡建，其大略曰：'……古者大臣有坐不廉而废者，不谓不廉，曰簠簋不饰；坐污秽淫乱、男女无别者，不曰污秽，曰帷薄不修；坐罢软不胜任者，不谓罢软，曰下官不职。'"坐何事：谓何罪而至此也。父老句必是实事，先生为天下人钦仰可知矣。

【注三】五六句流水对，语意直下。谓己如苏武当年之被羁留于沙漠之北，岂有希冀还朝之念哉！然岭南似故乡，风土人情自佳，己将如管宁当年之自欲老死于辽东也。苏武事习知，不赘。《三国志·魏书·管宁传》："管宁，字幼安，北海朱虚人也。……天下大乱（献帝初平间），闻公孙度令行于海外，（度为辽东太守，东伐高句丽，西击乌丸，

咸行海外）遂与（邴）原及平原王烈等，至于辽东。度虚馆以候之。既
往见度，乃庐于山谷。时避难者多居郡南，而宁居北，示无迁志，后渐
来从之。"裴松之注引晋傅玄《傅子》曰："宁往见度，语唯经典，不及
世事。还，乃因山为庐，凿坏（丘一成者也）为室，越海避难者皆来就
之而居，旬月而成邑。遂讲《诗》《书》，陈俎豆，饰威仪，明礼让，非
学者无见也。由是度安其贤，民化其德。"先生是时见国事不堪闻问，
故思如管幼安当年之欲老于辽东而长作岭南人也。

【注四】皆春色：时十月初冬，然岭南四时如春，故云。寓公：
《礼·郊特牲》："诸侯不臣寓公，故古者寓公不继世。"寓，寄也；寓
公，本谓诸侯之失国而寄居者也。后世称名公巨卿之寄寓他邦者为寓
公。先生犹未为相，无封国；然八典名郡（密、徐、湖、登、杭、颍、
扬、定），三为尚书（吏部、兵部、礼部），其名位亦可仿佛于古者之诸
侯矣。

寓居于城东之合江楼，有《寓居合江楼》七古云：

海山葱胧气佳哉！二江合处朱楼开。^{【注一】}蓬莱、方丈应不
远，肯为苏子浮江来?^{【注二】}江风初凉睡正美，楼上啼鸦呼我
起。我今身世两相违，西流白日东流水（比况身世相违）。楼
中老人（自谓）日清新，天上岂有痴仙人?^{【注三】}三山咫尺不
归去，一杯付与罗浮春。^{【注四】}

【注一】葱胧：光色映照之貌。杜甫《往在》五古："镜奁换粉黛，
翠羽犹葱胧。"先生《归田园诗序》："晚日葱胧，竹阴萧然。"合江楼，
在西江与龙江合流处。

【注二】《史记·秦始皇本纪》："二十八年，……齐人徐市（音弗）

等上书，言海中有三神山，名曰蓬莱、方丈、瀛洲，仙人居之，请得斋戒与童男女求之。于是遣徐市发童男女数千人，入海求仙人。"唐张守节《史记正义》引唐魏王泰《括地志》云："亶洲，在东海中，秦始皇使徐福将童男女入海求仙人，止于此洲，共数万家，至今洲上有至会稽市易（谓买卖）者。"纪昀曰："起势超忽，以下亦皆音节谐雅，虽无深意而自佳。"

【注三】日清新：谓耳聪目明而德学日进也。痴仙人：王十朋注引《续仙传》："侯道华好子史，手不释卷。众或问之：'要此何为？'答曰：'天上无愚瞽仙人。'"

【注四】先生自注："予家酿酒名罗浮春。"末二句，谓人世间亦有乐处，在合江楼上，一杯罗浮春在手，吟赏山川景物，虽仙山不远，亦不欲往矣。

　　十八日，迁居嘉祐寺松风亭。（十月始寓合江楼，只十余日耳。王文诰谓尝至其地，访求亭寺遗迹，"窈无衷绪"云，则寺与亭已毁久矣）十一月二十六日，松风亭下梅花盛开，回念昔年关山路上，细雨梅花之感，因有《十一月二十六日，松风亭下梅花盛开》七古（共十六句）；又念罗浮山下梅花村之胜，有《再用前韵》七古。纪昀于《再用前韵》一首评云："语亦奇丽。二诗皆极意煅炼之作。"十二月，又有《花落复次前韵》七古，纪昀曰："亦自摆脱，不入蹊径。"三诗皆佳，不遑录矣。大抵先生诗，各体皆工，尤长于七言，七言中尤以七古为第一。盖纯以气行，有水流花放，万户千门之妙。于李、杜、韩外，别为一大宗，观止矣。（本人选注其诗，以时间匆迫，故述其七言近体为多耳）

　　哲宗绍圣二年乙亥，先生六十岁。二月，与进士许毅野步，寄参寥七律（释道潜，浙於潜何氏子，号参寥子，住杭州智果寺，能文，尤喜为诗，与先生及少游深相契，有《参寥子集》）题云《惠州近城数小山，类蜀道，春，与进士许毅野步。会意处，饮之且醉，作诗以记，适参寥专使欲归，使持此以示西湖之上诸友，庶使知予未尝一日忘湖山（指杭州西湖之胜）也》。诗云：

夕阳飞絮乱平芜，万里春前一酒壶。【注一】铁化双鱼沉远素，【注二】剑分二岭隔中区。【注三】花曾识面香仍好，鸟不知名声自呼。【注四】梦想平生消未尽，满林烟月到西湖。【注五】

【注一】盛唐高适《田家春望》五绝："出门何所见？春色满平芜。可叹无知己，高阳一酒徒。"【《史记·郦生陆贾列传》附《朱建传》："初，沛公引兵过陈留，郦生踵军门上谒。……沛公曰：'为我谢之，言我方以天下为事，未暇见儒人也。'郦生瞋目案剑叱使者曰：'走复入言沛公，吾高阳（在河南）酒徒，非儒人也。'……沛公据雪足杖矛，曰：'延客入。'"】万里句：非谓己在万里之外携一酒壶赏春也；乃先生自谓己嗜酒，只如一酒壶耳。即王充《论衡·别通篇》所谓"腹为饭坑，肠为酒囊"意也。又《吴志·孙权传》裴松之注引吴韦昭《吴书》曰："郑泉，字文渊，陈郡人。博学有奇志，而性嗜酒，其闲居，每曰：'愿得美酒满五百斛船，以四时甘脆置两头，反覆没饮之，惫，即住而啖肴膳；酒有升斗减，即益之，不亦快乎？'泉临卒，谓同类曰：'必葬我陶家（制酒器者）之侧，庶百岁之后，化而为土，幸见取为酒壶，实获我心矣。'"（《晋书·毕卓传》："卓尝谓人曰：'得酒满数百斛船，四时甘味置两头，右手把酒杯，左手持蟹螯，拍浮酒船中，便足了一生耳！'"盖本诸吴郑泉也）

【注二】素，谓尺素书也。古乐府《饮马长城窟行》（一题蔡邕作）："客从远方来，遗我双鲤鱼。呼童烹鲤鱼，中有尺素书。"（《说文》："童，男有辠（罪）曰奴，奴曰童，女曰妾。""僮，未冠也。"童僮，古今字适相反矣！古籍上尤多以童为仆者，此诗非呼童子也）此句，谓故乡与故人绝无来书也；惟参寥子友情特厚，有使来相问讯耳。《南史·夷貊上·林邑国传》："林邑国，本汉日南郡（安南顺化一带地）象林县，古越裳界也。……晋成帝咸康三年，（范）文篡位；文本日南西卷县夷帅范稚家奴，尝牧牛于山涧，得鲤鱼二，化而为铁，因以铸刀，刀成，文向石咒曰：'若斫刀破者，文当王此国。'因斫石，如断刍藁，文心异之。……后遂胁国人自立。"此先生借用，谓鱼化为铁，不能书书耳，不必泥也。

【注三】谓家乡蜀郡、剑阁与中原且隔绝，而况岭南乎！故了无消息也。蜀北剑阁有大剑山、小剑山，形势险绝，故云"剑分二岭隔中区"。中区，中原也。晋张载《剑阁铭》云："惟蜀之门，作固作镇。是曰剑阁，壁立千仞。穷地之险，极路之峻。"又曰："矧兹狭隘，土之外区。一人荷戟，万夫趑趄。"宋王象之《舆地纪胜》："利东路剑门关，秦苻坚遣徐成寇蜀，攻二剑，克之，始有二剑之号。"又"大剑山，在剑门县，亦曰梁山，又有小剑山，在其西北三十里。"

【注四】花，指含笑花，在广州白云山尝见，故云曾识面。宋吴曾《能改斋漫录》卷七《事实类·鸟自呼名》条："东坡诗云：'花因识面常含笑，鸟不知名时自呼。'按《北山经》（《山海经》卷三）：'蔓联之山，……有鸟焉，群居而朋飞，其毛如雌雉，名曰交（一作鸡）鸟，而其名自呼，食之已（止也）风。'"又卷八《沿袭类·草忘忧·花含笑》条："《冷斋夜话》（释惠洪）云：'丁晋公（谓）："草解忘忧忧底事？花能含笑笑何人？"不若东坡："花如识面长含笑，鸟不知名声自呼。"'"【见《冷斋夜话》卷五，原文云："韩子苍（名驹）曰：'丁晋公海外诗曰："草解忘忧忧底事！花能含笑笑何人？"世以为工。读东坡诗曰："花非识面尝含笑，鸟不知名声自呼。"便觉才名相去如天渊。'"】清何焯曰："二句诗话（《冷斋夜话》）作：'花非识面常含笑，鸟不知名时自呼。'"

【注五】梦想：《世说新语·文学》："卫玠（晋人，字叔宝）总角时，问乐令梦（乐广，官尚书令），乐云：'是想。'卫曰：'形神所不接而梦，岂是想邪?'乐云：'因也（谓必有所因），未尝梦乘车入鼠穴，捣齑（切细之菜）啖铁杵，皆无想无因故也。'……"

三月杪，有《赠王子直秀才》七律（名原，江西虔州人，先生称之为虔州鹤田处士。别有王子直，名向，同时，侯官人。此诗，先生题之于惠州嘉祐寺壁，盖王子直访先生于惠州，留居嘉祐寺七十日而去；将归时，先生自合江楼往过之，因赠此诗，并以题壁）云：

万里云山一破裘，杖端闲挂百钱游。【注一】五车书已留儿读，二顷田应为鹤谋。【注二】水底笙歌蛙两部，山中奴婢橘千头。【注三】幅巾我欲相随去，海上何人识故侯?【注四】

【注一】《汉书》王吉贡禹等传序："蜀有严君平，……卜筮于成都市，……得百钱，足自养，则闭肆下帘，而授《老子》。"《晋书·阮籍传》附《阮修传》（籍从子，著《无鬼论》者）："修字宣子，好《易》、《老》，善清言，……常步行，以百钱挂杖头，至酒店，便独酣畅，虽当世富贵而不肯顾，家无儋石之储，晏如也。与兄弟同志，常自得于林阜之间。"

【注二】《庄子·天下篇》："惠施多方，其书五车。"《汉书·韦贤传》："以丞相致仕，年八十二薨。……少子玄成，复以明经历位至丞相

（号称邹、鲁大儒），故邹、鲁（鲁国、邹国人）谚曰：'遗子黄金满籝，不如一经。'"杜甫《题柏学士茅屋》七律结句："富贵必从勤苦得，男儿须读五车书。"二颈田句，谓王原儿孙已有五车书读，其二颈田非为儿孙谋，乃为鹤谋而已；意谓王原是雅人逸士高致，不必多置田地为子孙谋也。《东坡集·题嘉祐寺壁》云："虔州鹤田处士王原子直，访予于此，留七十日而去。"王十朋注引赵次公曰："为鹤谋，缘子直住鹤田山也，先生旧有本注云尔。"《史记·苏秦列传》："苏秦喟然叹曰：此一人之身，富贵则亲戚畏惧；贫贱则轻易之，况众人乎？且使我有雒阳负郭田二顷，吾岂能佩六国相印乎？"按：为鹤谋对留儿读，以鹤对儿，盖用北宋高士林逋梅妻鹤子事也。（逋卒后八年先生始生，盖早生六十九年）宋阮阅《诗话总龟》："林逋隐于武林（即杭州）之西湖，不娶无子，所居多植梅蓄鹤，泛舟湖中，客至，则放鹤致之，因谓梅妻鹤子云。"

【注三】《南史·孔珪传》："孔珪，字德璋（即孔稚珪，南齐人，作《北山移文》者）……珪风韵清疏，好文咏，饮酒七八斗。……不乐世务，居宅盛营山水，凭几独酌，傍无杂事，门庭之内，草莱不翦，中有鸣蛙。或问之曰：'欲为陈蕃乎！'【《后汉书·陈蕃传》："蕃年十五，尝闲处一室，而庭宇芜秽，父友同郡（汝南）薛勤来候之，谓蕃曰：'孺子，何不洒扫？以待宾客？'蕃曰：'大丈夫处世，当扫除天下，安事一室乎！'"】珪笑答曰：'我以此当两部鼓吹，何必效蕃！'王晏尝鸣鼓吹候之，（晏为尚书令，封曲江县侯，给鼓吹一部）闻群蛙鸣，曰：'此殊聒人耳。'珪曰：'我听鼓吹，殆不及此！'晏甚有惭色。"山中奴婢句：《吴志·孙亮传》裴松之注引晋习凿齿《襄阳记》："（丹阳太守李）衡，字叔平，本襄阳卒家子也，汉末入吴。……衡每欲治家，妻辄不听。后密遣客十人，于武陵龙阳汜洲上作宅，种甘橘千株，临死，敕儿曰：'汝母恶吾治家，故穷如是！然吾州里有千头木奴，不责（欠也）汝衣食，岁上一匹绢（税），亦可足用耳。'衡亡后二十余日，儿以白母，母曰：'此当是种甘橘也。汝家失十户客来七八年，必汝父遣为宅；汝父恒称太史公曰："江陵千树橘，当封君家。"（《史记·货殖列传》："江陵千树橘，……此其人皆与千户侯等"）吾答曰：'且人患无德义，不患不富；若贵而能贫，方好耳！用此何为！'吴末，衡甘橘成，岁得绢数千匹，家道殷足。晋咸康（东晋成帝）中，其宅上枯树犹在。"鸣蛙鼓吹事，先生别一首七律《次韵述古过周长官夜饮》亦用之，三四句云："已遣乱蛙成两部，更邀明月作三人。"又山谷亦有类似之作，其《和师厚郊居示里中诸君》七律三四云："江橘千头供岁计，秋蛙一部洗朝醒。"又《次韵黄斌老晚游池亭》七律二首之二第三四云："万竿苦竹旌旗卷，一部鸣蛙鼓吹秋。"坡、谷相师，皆喜用鸣蛙事。宋叶梦得《石林诗话》卷中云："苏子瞻尝两用孔稚珪鸣蛙事，如'水底笙簧蛙两部，山中奴婢橘千头'。虽以笙簧易鼓吹，不碍其意同；至'已遣乱蛙成两部，更邀明月作三人'，则'成两部'不知为何物？亦是歇后。故用事宁与出处语小异而意同，不可尽牵出处语而意不显也。"

【注四】谓己今居岭表海上无知己者，故欲随王子直而去也。《后汉书·鲍永传》章怀太子李贤注："幅巾，谓不着冠但幅巾束首也。"又晋傅玄《傅子》云："汉末王公多以幅巾为雅，是以袁绍、崔钧（太尉崔烈子，献帝初，钧与袁绍俱起兵山东，见《后汉书·崔实传》后）之徒，虽为将帅，皆着缣巾。"故侯：《史记·萧相国世家》："召平者，故秦东陵侯，秦破，为布衣种瓜于长安城中，瓜美，故世俗谓之东陵瓜。"先生盖以故侯自喻也。

四月，有《四月十一日初食荔支》七古，末四句云："我生涉世本为口，一官久已轻莼鲈（谓己一行作吏，吴中之莼菜鲈鱼羹已食之生厌也）人生何者非梦幻？南来万里真良图！"【达观之至，不自觉身被远贬也。《晋书·文苑·张翰传》："张翰字季鹰，吴郡吴人也。……齐王冏辟为大司马东曹掾，同时执权（翰知其必败），……翰因见秋风起，乃思吴中莼菜莼羹鲈鱼脍，曰：'人生贵得适志，何能羁宦数千里，以要名爵乎。'遂命驾而归。……俄而同败，人皆谓之见机。"《金刚经》末四句偈云："一切有为法，如梦幻泡影，如露亦如电，应作如是观。"】

哲宗绍圣三年丙子，先生六十一岁。四月，有《食荔支》二首，其一为五律，其二是七绝（最传诵）云：

罗浮山下四时春，卢橘杨梅次第新。日啖荔支三百颗，不辞长作岭南人。【注一】

【注一】不辞，俗误作不妨。王十朋注引赵次公曰："王子敬帖有'奉柑三百颗'之语（今严可均《全晋文》辑王献之《杂帖》云："今送梨三百颗，晚雪，殊不能佳。"）；而韦苏州诗云：'书后欲题三百颗，洞庭须待满林霜。'（《答郑骑曹青橘绝句》末句。起云："怜君卧病思新橘，试摘犹酸亦未黄。"）今借用耳。"（次公意先生未必真能日食三百也）

四月二十日，复迁居于嘉祐寺，作《迁居》五古及《白鹤新居上梁文》（四六。末段如诗，奇绝）。其《迁居·诗序》云："吾绍圣元年十月二日至惠州，寓居合江楼，是月十八日（住十六日），迁于嘉祐寺；二年三月十九日（住五月零一日），复迁于合江楼；三年四月二十日（住一年一月又一日），后归于嘉祐寺。时方卜筑白鹤峰（在城东五里，高五丈）之上，新居成，庶几其少安乎！"宋王偁《东都事略》谓哲宗绍

圣二年九月辛亥，大享明堂，大赦天下；而元祐臣僚独不赦，
且终身不徙。盖章惇所议，哲宗纳之。故先生遂在惠州筑新居
于白鹤峰头，作老死是间之想也。七月，作《撷菜》七绝，
《序》云："吾借王参军地种菜，不及半亩，而吾与过子终年
饱菜。夜半饮，醉无以解酒，辄撷菜煮之，味含土膏（土地
之膏腴），气饱风露，虽粱肉不能及也。人生须底物？而更贪
耶？乃作四句。"诗云：

　　秋来霜露满东园，芦菔生儿芥有孙。[注一] 我与何曾同一
饱，不知何苦食鸡豚？[注二]

　　【注一】芦菔，一名莱菔，即萝卜。菔，一读白。芥，王文诰曰：
"公所指，乃芥蓝也。"芥蓝，今作芥兰。
　　【注二】《晋书·何曾传》："何曾，字颖考，陈国阳夏人也。父夔，
魏太仆、阳武亭侯。曾少袭爵，……魏文帝即位，……迁散骑常
侍，……拜侍中。……齐王芳嘉平中，为司隶校尉……迁尚书。……高
贵乡公正元中，为镇北将军，都督河北诸军事，假节，……迁征北将
军，封颍昌乡侯。……常道乡公咸熙初，拜司徒，改封朗陵侯。晋武帝
践祚，拜太尉，进爵为公，……进位太傅。……然性奢豪，务在华侈，
帷帐车服，穷极绮丽；厨膳滋味，过于王者。每燕见，不食太官所设，
帝辄命取。其食蒸饼，上不拆作十字不食。食日万钱，犹曰无下箸处。"
人生富贵贫贱，未必是真正优劣也；真正优劣之机窍，是在其心境精神
之是否能乐耳。若居贫贱而精神愉快，心君泰然，则视居富贵而时在恐
怖中，至寝不安食不甘者为远胜矣。故《商山四皓歌》曰："驷
马高盖，其忧甚大。富贵之畏人，不如贫贱之肆志。"是富贵不如贫贱也。何曾
"食日万钱，犹曰无下箸处"者，盖其膏腴充腹，肠胃淤滞，故虽尽陈

天下之珍羞于前，岂能甘味哉！何如田夫野老，荷囊稍丰时，略添美馔，斯津津矣。故浮世间之富贵中人，若愚夫愚妇观之，或加钦慕，然其在高人逸士眼中，岂特不觉其可慕已乎！实是"可怜悯者"也。昌黎《柳子厚墓志铭》云："以彼易此，孰得孰失？必有能辩之者！"即此意。《淮南子·修务训》云（亦见《吕氏春秋·开春论·期贤篇》，《淮南》较胜）："段干木辞禄而处家，魏文侯过其闾而轼之（敬礼也）。其仆曰：'君何为轼？'文侯曰：'段干木在，是以轼。'其仆曰：'段干木布衣之士，君轼其闾，不已甚乎？'文侯曰：'段干木不趋势利，怀君子之道，隐处穷巷，声施千里，寡人敢勿轼乎？段干木光于德，寡人光于势；段干木富于义，寡人富于财。势不若德尊，财不若义高。干木虽以己易寡人，不为。吾日悠悠惭于影，子何以轻之哉！'"此魏文侯所以为贤君也。世之富贵者，应知所以取法矣。

九月，有《纵笔》七绝云：

白头萧散满霜风，小阁藤床寄病容。报道先生春睡美，道人轻打五更钟。[注一]

【注一】时先生仍居嘉祐寺，僧人知先生春睡方酣，故晨钟轻轻敲打，不忍醒先生之梦也。宋王十朋注云："按此诗，执政闻而怒之，再贬儋耳。"（再贬为琼州别驾。执政，章惇也，时为尚书左仆射兼门下侍郎）宋曾季貍《艇斋诗话》云："东坡海外《上梁文·口号》云：'为报先生春睡美，道人轻打五更钟。'（此两句亦见《白鹤新居上梁文》末段中，原作"儿郎伟，抛梁东，乔木参天梵释宫。尽道先生春睡美，道人轻打五更钟"）章子厚见之，遂再贬儋耳。以为安稳，故再迁之。"（明年四月十七日，始接诰命再贬，诗则作于贬前一年秋间，盖传至京师及告命再下颇须时日也。春睡，犹春梦，非必春时也）

十二月，有《白鹤峰新居欲成，夜过西邻翟秀才二首》
七律，其一云：

　　林行婆家初闭户，翟夫子舍尚留关。【注一】连娟缺月黄昏
后，缥缈新居紫翠间。【注二】系闷岂无罗带水，割愁还有剑铓
山。【注三】中原北望无归日，邻火村春自往还。【注四】

【注一】王十朋注："先生《白鹤故居图》，翟氏林行婆皆在新居之
西。"查慎行《苏诗补注》："行婆，老妪居家事佛者之通称，《司马温公
集》有《张行婆传》（今集十四卷未见）。"翁方纲《苏诗补注》："本集
《白鹤新居上梁文》（末云）：'（气爽人安，陈公之药不散。）年丰米贱，
林婆之酒可赊。（凡我往还，同增福寿。）'"冯应榴《苏文忠公诗合
注》："行字作仄声读，《广韵》下孟切。"翟夫子，名逢亨，查慎行
《补注》引《名胜志》云："翟夫子舍在白鹤峰侧，宋邑人翟逢亨也。天
性至孝，博洽群书，东坡诗'翟夫子舍尚留关'即此。"又冯应榴《合
注》引《寓惠集》注："翟逢亨藏修在白鹤峰侧。"

　　【注二】郭璞《上林赋注》："连娟，言曲细。"缥缈句，谓在翟逢
亨宅中望见己新居隐现于长林丰草之间也。

　　【注三】先生自注："韩退之云：'水（原作江）作青罗带，山如碧
玉簪。'（《送桂州严大夫同用南字》五律三四。题"严大夫"下或有
"赴任"二字，严大夫名谟）柳子厚诗云：'海上尖峰若（原作山似）
剑铓，秋来处处割愁肠。'（《与浩初上人同看山，寄京华亲故》七绝。
结云："若为化得身千亿？散上峰头望故乡。"）皆岭南诗也。"《东坡题
跋》卷二《对韩柳诗》云："退之诗云：'水作青罗带，山为碧玉篸。'
柳子厚诗云：'海上群山若剑铓，秋来处处割愁肠。'陆道士（名惟忠，
先生友）云：'二公当时不相计会，好做成一属对。'东坡为之对曰：

'系闷岂无罗带水，割愁还有剑铓山。'此可编入诗话也。"陆游《老学庵笔记》卷二云："柳子厚诗云：'海上尖山似剑铓，秋来处处割愁肠。'东坡用之云：'割愁还有剑铓山。'或谓可言割愁肠，不可但言割愁。亡兄仲高云：晋张望（一作刘宋人）诗（《贫士》五古）曰：'愁来不可割。'（此末句，上一句云："营生生愈瘁。"）此割愁二字出处也。"

【注四】先生前《龟山》七律第五句云："地隔中原劳北望，潮连东海欲东游。"杜甫《村夜》五律三四云："村舂雨外急，邻火夜深明。"此结沉痛之至，可为雪涕也。

　　哲宗绍圣四年丁丑，先生六十二岁。二月十四日，白鹤峰新居成，自嘉祐寺迁入。宋王象之《舆地纪胜》卷九十九《惠州古迹·东坡故居》条云："在归善县治之北（归善即惠阳），白鹤观基也。东坡请其地筑室，室中塑东坡像，堂曰德有邻（《论语·里仁》："德不孤，必有邻。"），斋曰思无邪（《诗·鲁颂·駉篇》："思无邪，思马斯徂。"孔子举之曰："《诗》三百，一言以蔽之，曰：'思无邪。'"以为可尽《诗》之义，为学《诗》者告）。又（洪迈）《夷坚志》云：'绍兴（高宗）二年虔寇谢达陷惠州，民居官舍，焚荡无遗，独留东坡白鹤故居，并率其徒葺治六如亭（筑于朝云墓上），烹羊致奠而去。'"则先生之德，虽寇盗犹感戴，彼赵煦、章惇、蔡京等辈，诚非人矣！四月，章惇复祖述群小讪谤之说，重议先生罪。十七日，惠州太守方子容（与先生友善）来吊，出告命，责授琼州别驾，昌化军安置，不得签书公事。（昌化军：本汉武时儋耳郡，汉昭并入珠崖郡。唐高祖立儋州，玄宗改曰昌化郡。宋神宗熙宁六年废州为昌化军。即今海南岛西北部儋州市。宋王象之《舆地纪胜》卷九十九《惠州诗》条云：

"为报先生春睡美，道人轻打五更钟。"东坡作此诗，传至京
师，章子厚见之，笑曰："苏子瞻尚尔快活耶？"故有昌化之
命）十九日，遂挈子过起行赴琼。抵广州，取道新会，至鹤
山古劳河，值潦水暴涨，不能进，止于石螺冈累日，耽其林壑
幽胜，顾而乐之。居人因名其地曰坡山，建坡亭。五月，抵梧
州，闻子由尚在藤也（贬化州别驾，雷州安置），十一日，追
遇于藤州。就肆买汤饼共食，粗恶，子由置箸而叹；先生尽食
之，大笑而起。自是兄弟同卧起于水程山驿之间者二十余日。
六月五日，同至雷州，雷守张逢、海康令陈谔，接见于郭外。
八日，先生行，子由远送。九日，抵徐闻（在海康南琼州海
峡），县令冯大钧迎至海上。十一日，与子由诀（先生与子由
从此不能再相见矣。宋王象之《舆地纪胜》卷二百二十五云：
"昌化非人所居，轼初与辙相别，渡海，既登舟，笑谓曰：
"岂所谓'道不行，乘桴浮于海'者耶？"），遂渡海至琼州北
岸。道出松林山，山孤高秀削，五色烂然，有《儋耳山》（在
儋县东北二十里）五绝云：

突兀隘空虚，他山总不如。【注一】君看道傍石，尽是补
天余。【注二】

【注一】首句，谓山耸入云霄，天空亦为之隘狭也。《诗·小雅·鹤
鸣》："他山之石，可以为错。"此借用。意谓章惇等辈皆碌碌不足道也。
【注二】宋张邦基《墨庄漫录》："东坡作《儋耳山》诗云：'……'
叔党（苏过字。《论语》："人之过也，各于其党，观过斯知仁矣。"）
云：'"石"当作"者"，传写之误，一字不工，遂使全篇俱病。'"何

焯曰："末二句自谓，亦兼指器之诸人也。"按：器之，刘安世字，司马光弟子，为谏议大夫，论事刚直，一时敬惮，目之曰殿上虎。是年贬梅州。其余吕大防、刘挚、范祖禹、范纯仁、梁焘等皆贬岭南，大防道卒，祖禹是年卒。"石"应作"者"，小坡之言是也。《列子·汤问篇》："然则天地亦物也，物有不足，故昔者女娲（音瓜）氏练五色石以补其阙，断鳌之足，以立四极。"（亦见《淮南子·览冥训》）李贺《李凭箜篌引》云："女娲炼石补天处，石破天惊逗秋雨。"

七月二日，到昌化军贬所。九月，有《次韵子由三首》（七律），其二《东楼》（其一是《东亭》，其三是《椰子冠》）云：

白发苍颜自照盆，董生端合是前身（以董仲舒比子由）。独栖高阁（指东楼）多词客，为著新书未绝麟。【注一】小醉易醒风力软，安眠无梦雨声新（清新俊逸，韵味悠长，的是佳句）。长歌自谰真堪笑，底处人闲是所欣。【注二】

【注一】孔子作《春秋》，至鲁哀公十四年西狩获麟而绝笔；汉武帝元狩元年十月，获白麟，太史公作《史记》亦止于是年。子由有《春秋集传》十二卷，今先生和其诗，殆是《集传》草创之时，故先生云"为著新书未绝麟"，亦犹欲有为也。

【注二】先生自注："柳子厚诗：'高歌返故室，自谰非所欣。'"（《登蒲州石矶望横江口、潭岛深迥、斜对香零山》五古末二句）谰，欺也，谓人间何处不乐？奚自欺为！

哲宗绍圣五年戊寅，先生六十三岁。正月，有《次韵子由浴罢》五古（不录矣），又有《借前韵贺子由第四孙斗老》

云:"开书喜见面,未饮春生腹(白居易《咏家酝十韵》五排:"捧如明水从空化,饮似阳和满腹春。")。无官一身轻,有子万事足。"后二语至今传诵者也。二月,章惇、蔡京欲尽杀元祐党人,白虹为之贯日。四月,遣董必为广南西路察访;必至雷州,治雷守张逢、海康令陈谔款接先生及子由罪。遣小使赴儋,逐先生出官舍(原亦租赁者)。先生无地可居,偃息城南南污池侧桄榔林下,就地筑室(买地窨甚),儋州士人运甓畚土以助之。(先生《与程儒书》云:"赖十数学生助工作,躬泥水之役,愧之不可言也。")有王介石者,躬其劳辱,甚于家隶。(先生《与郑靖老书》云:"小客王介石者,有士君子之趣,起屋一行,躬其劳辱,甚于家隶,然无丝发之求也。")器物或不给,邻里或致所有。昌化军使张中,亦助畚锸,事皆集。公道自在人心,此《孟子》所谓"得道者多助"也。于是作《和陶》、《和刘柴桑》诗,有云:"我本早衰人,不谓老更勍。邦君(张中)助畚锸,邻里通有无。"五月,屋成,名曰桄榔庵,作《新居》五古云:

朝阳入北林,竹树散疏影。短篱寻丈间,寄我无穷境。[注一]旧居无一席,逐客犹遭屏。[注二]结茅得兹地,翳翳村巷永。数朝风雨凉,畦菊发新颖。俯仰可卒岁,何必谋二顷。[注三]

【注一】纪昀曰:"查初白谓神似杜陵,余谓正在韦、柳间耳。"按:既非韦、柳,亦非少陵,固自东坡先生之诗也,何必同!

【注二】所赁官舍,已简陋至空无所有,竟复遭屏逐,章淳、蔡京、董必等尚是人乎？子由作先生《墓志铭》云："初，僦官舍以避风雨，有司犹谓不可，则买地筑室，昌化士人畚土运甓以助之。为屋三间，人不堪其忧，公食芋饮水，著书以自乐，时从其父老游，亦无间也。"

【注三】《史记·孔子世家》载孔子《去鲁歌》云："盖优哉游哉！维以卒岁。"又《苏秦列传》："使我有负郭田二顷，吾岂能佩六国相印乎！"（已见上）

六月一日，改绍圣五年为元符元年，九月二十七日，《书海南风土》云："岭南天气卑湿，地气蒸溽，而海南为甚。夏秋之交，物无不腐坏者。人非金石，其何能久，然儋耳颇有老人，年百余岁者往往而是，八九十者不论也。乃知寿夭无定，习而安之，则冰蚕火鼠，皆可以生。（前秦《王子年拾遗记》："员峤山有冰蚕，……以雪霜覆之，然后作茧，长一尺，其色五彩。织为文锦，入水不濡，入火不燎。"晋崔豹《古今注》："火鼠，入火不焚，毛长寸许，可为布，所谓火浣布者是也。"）吾尝湛然无思，寓此觉于物表，使折胶之寒，无所施其冽；（《汉书·晁错传》："欲立威者，始于折胶。"魏苏林注："秋气至，胶可折。"谓寒风至则物干脆，胶亦凝固干裂而可折也）流金之暑，无所措其毒。（《庄子·逍遥游》："大旱金石流，火山焦而不热。"）百余岁岂足道哉！……"

哲宗元符二年乙卯，先生六十四岁。三月，有《被酒独行，遍至子云、威、徽、先觉四黎之舍》（海南多黎人，然此是姓黎者，非黎人也）七绝三首，其一云：

半醒半醉问诸黎，竹刺藤梢步步迷。【注一】但寻牛矢觅归

路，家在牛栏西复西。【注二】

【注一】杜牧《念昔游三首》（七绝）之一结云："半醒半醉游三日，红白花开山（一作烟）雨中。"杜甫《将赴成都草堂，途中有作，先寄严郑公（严武，封郑国公）五首》（七律）之三起云："竹寒沙碧浣花溪，橘刺藤梢咫尺迷。"梢，末也。捎，拂也，犹缠也。

【注二】矢，菌之假借，《说文》："菌，粪也。"《韩非子·内储说上》："商（即宋）太宰……因召市吏而诮之曰：市门之外，何多牛屎？"《焦氏易林·需之鼎》云："胶着木连，不出牛栏。"李贺《送沈亚之》歌："紫丝竹断骢马小，家住钱塘东复东。"王文诰《苏文忠公诗编注集成》云："此儋州记事诗之绝佳者。要知公当此时，必无'令严钟鼓三更月'（《次韵钱穆父奉祠郊丘》七律第五句，元祐七年五十七岁作，见前）之句也。晓岚不取此诗，其意与不喜'鸭与猪'【岐亭五首（五古）之四："西邻推瓮盎，醉倒猪与鸭。"】'命如鸡'等句相似，皆囿于偏见，不能自广耳。《左传》文公十八年：'埋之马矢之中。'《史记·廉颇传》：'一饭三遗矢。'凡此类，古人皆据事直书，未尝以矢字之秽，化之以文言也。记事诗与史传等，当据事直书处，正复以他字替代不得。"

其二云：

总角黎家三四童，口吹葱叶送迎翁。【注一】莫作天涯万里意，溪边自有舞雩风。【注二】

【注一】《诗·齐风·甫田》："婉兮娈兮，总角丱兮。"毛传："总角，聚两髦也。"《礼·内则》："男女未冠笄者，鸡初鸣，咸盥漱栉縰，拂髦总角。"郑玄注:"总角,收发结之。"冯应榴《苏文忠诗合注》:"卢文弨曰:黄(叔琳)云:吹葱叶,即小儿吹葱叶作声以为戏耳。刘克庄《宿诗》:'幼吹葱叶还堪听,老画葫芦却未工。'"

【注二】天涯万里者,《古诗十九首》"相去万余里,各在天一涯"也。《论语·先进篇》:"浴乎沂,风乎舞雩。"结句,先生强自慰解之辞,谓不必生天涯万里之感矣,即此溪边,人无老幼,皆觉可亲,已有曾点当年沂水春风气象,此间亦足乐也。

其三云:

符老风情奈老何!朱颜减尽鬓丝多。[注一] 投梭每困东邻女,换扇惟逢春梦婆。[注二]

【注一】符老,符林秀才也。孔稚珪《北山移文》:"傲百氏,蔑王侯,风情张日,霜气横秋。"汉武帝《秋风辞》:"欢乐极兮哀情多,少壮几时兮奈老何!"白居易《醉歌示伎人商玲珑》:"腰间红绶系未稳,镜里朱颜看已失。玲珑玲珑奈老何!使君歌了汝更歌。"杜甫《送郑广文赴台州司户》七律起云:"郑公樗散鬓成丝。"杜牧《醉后题僧院》结云:"今日鬓丝禅榻畔,茶烟轻飏落花风。"

【注二】先生自注:"是日复见符林秀才,言换扇之事。"《晋书·谢鲲传》:"字幼舆,……任达不拘,……邻家高氏女有美色,鲲尝挑之,女投梭折其两齿,时人为之语曰:'任达不已,幼舆折齿。'鲲闻之,傲然长啸,曰:'犹不废我啸歌。'"换扇事不详,殆当时有老妇人托符林致意于先生,欲以己之新团扇换先生之题有字或画之旧扇也。春梦婆:赵令畤《侯鲭录》卷七云:"东坡老人在昌化(时年六十四),尝负大瓢行歌于田间,有老妇,年七十,谓坡曰:'内翰昔日富贵,一场春梦。'坡然之,里人呼此媪为春梦婆。坡被酒独行,遍至子云诸黎之舍,作诗云:'符老风情老奈何!朱颜减尽鬓丝多。投梭每困东邻女,换局惟逢春梦婆。'是日老符秀才言换扇事。"后元遗山《出都》七律二首之一第五六警句云:"神仙不到秋风客,富贵空悲春梦婆。"盖本诸此也。

秋深,有《倦夜》五律(纪昀曰:"查初白谓通体俱得少陵神味。")云:

倦枕厌长夜,小窗终未明。[注一]孤村一犬吠,残月几人行?[注二]衰鬓久已白,旅怀空自清。[注三]荒园有络纬,虚织竟何成![注四]

【注一】宋玉《九辩》:"靓(音静,成也)眇秋之遥夜兮,心憀悷(音列,忧也)而有哀。"王逸注:"盛阴修夜,何难晓也。"《古诗十九首》:"愁多知夜长,仰观众星列。"晋傅玄《杂诗》:"志士惜日短,愁人知夜长。"陶公《饮酒》诗二十首之十六:"披褐守长夜,晨鸡不肯鸣。"又《杂诗》十二首之二:"气变悟时易,不眠知夜永。"

【注二】东汉王符《潜夫论·贤难篇》:"一犬吠形,百犬吠声。"二句清峭,闻犬吠而想见天未明已有行人,盖鸡鸣而起之贩夫屠卒类也。

【注三】先生二十七岁发始白,至此六十四岁,故云久已白;又元祐六年五十六岁,罢杭帅任还朝为吏部尚书、翰林学士承旨,别杭州南北山诸道人诗已云:"衰发只今无可白,故应相对话来生。"况今日乎!《诗·小雅·小弁》:"假寐永叹,维忧用老。"嵇康《养生论》:"积微成损,积损成衰,从衰得白,从白得老,从老得终,闷若无端。"先生谓己今日旅怀虽清,坦荡荡然,然发已早白,无药可医,颜貌了非当年矣。

【注四】络纬，蟋蟀也。《尔雅·释虫》："蟋蟀，蛬。"郭璞注："今促织也，亦名青蜊。"吴陆玑（字元恪）《毛诗草木鸟兽虫鱼疏》："楚人谓之王孙，幽州人谓之趋织。里语曰'趋织鸣，懒妇惊'是也。"《文选注》引《春秋纬·考异邮》曰："立秋，趣织鸣。"晋崔豹《古今注》卷中《鱼虫第五》："莎鸡，一名促织，一名络纬，一名蟋蟀。促织，谓鸣声如急织；络纬，谓其鸣声如纺绩也。"虚织：庾信《奉和赐曹美人诗》："络纬无机织，流萤带火寒。"又孟郊《古乐府杂怨》三首之三："暗蛩有虚织，短线无长缝。"先生诗意：谓己一生谋国，忠心拳拳，至今竟如络纬之虚织无成也。纪昀曰："结有意致，遂令通体俱有归宿，如非此结，则成空调。"

十二月二十二日，有《纵笔》七绝三首，（绝佳。王文诰曰："此三首平淡之极，却有无限作用在内，未易以情景论也。"）其一云：

寂寂东坡一病翁，白须（一作头）萧散满霜风。[注一]小儿误喜朱颜在，一笑那知是酒红。[注二]

【注一】《世说新语·尤悔》："桓公（温）卧语曰：作此寂寂，将为文、景所笑。"白居易《池上闲咏》七律结句："一部清商聊送老，白须萧飒管弦秋。"

【注二】小儿，谓苏叔党也，一作儿童，非是。那字，此处必须读为"奴俄切"，否则失律矣。凡"仄仄平平仄仄平"句末一字用韵者，第三字必须用平声，否则第四字为孤平，不足以资停顿；俗人辄以为"一三五不论，二四六分明。"实甚误人，故有作诗数十年而时犯此病者。凡此种句，第三字即论，若减去首二字而成五言，则第一字亦论，此学者所宜知也。末二句自白乐天诗化出，而尽胜白诗，真造化手也。于饮酒发颜红意，白乐天诗中最多，凡八见：其《自咏》五古起二句云："夜镜隐白发，朝酒发红颜。"《和郑元（一作方）及第后，秋归洛下间居》五排："微吟闲引步，浅酌酒开颜。"《晏坐闲吟》七律五六："霜侵残鬓无多黑，酒伴衰颜只暂红。"《醉中对红叶》五绝结云："醉貌如霜叶，虽红不是春。"《钱湖州以箬下酒、李苏州以五酘（音豆，再酿酒也）酒相次寄到，无因同饮，聊咏所怀》七律五六："倾如竹叶盈樽绿，饮作桃花上面红。"《武丘亭路宴、留别诸妓》七律五六："渐消醉色朱颜浅，欲语离情翠黛低。"《何处难忘酒》七首五律之四第五六云："鬓为愁先白，颜因醉暂红。"《烧药不成，命酒独醉》五律五六："赖有杯中绿，能为酒面红。"凡八用，皆不如先生此结也。宋释惠洪《冷斋夜话》卷一："山谷云：诗意无穷，而人之才有限；以有限之才，追无穷之意，虽渊明、少陵不得工也。然不易其意而造其语（意同而字面不同），谓之换骨法；窥入其意而形容之（将其意变化用之），谓之夺胎法。如郑谷（晚唐人）《十日菊》（七绝。九月初十日之菊花也）曰：'自缘今日人心别，未必秋香一夜衰。'（首二句云："节去蜂愁蝶不知，晓庭还绕折残枝。"）此意甚佳，而病在气不长（弱也）；西汉文章、雄深雅健者，其气长故也。曾子固曰：'诗当使人一览而意有余，乃古人用心处。'所以荆公《菊诗》（《和晚菊》七律结句）曰：'千花万卉凋零后，始见闲人把一枝。'（原作"可怜蜂蝶飘零后，始有闲人把一枝"）东坡则曰：'万事到头终（都）是梦，休休，明日黄花蝶也愁。'（《南乡子》小令结句。坡别有《九日次韵王巩》七律结云："相逢不用忙归去，明日黄花蝶也愁。"）……凡此之类，皆换骨法也。……乐天（《醉中对红叶》）诗曰：'临风杪秋树，对酒长年身。醉貌如霜叶，虽红不是春。'东坡南中作诗云：'儿童误喜朱颜在，一笑那知是酒红。'凡此之类，皆夺胎法也。学者不可不知。"纪昀曰："叹老语，如此出

之，语妙天下。"【《汉书·贾捐之传》杨兴谓贾捐之曰："君房（捐之字）下笔，言语妙天下。"】

其二云：

父老争看乌角巾，应缘曾现宰官身。【注一】 溪边古路三叉口，独立斜阳数过人。【注二】

【注一】杜甫《南邻》七律起句："锦里先生乌角巾，园收芋栗未全贫。"角巾，隐士所著。《晋书·羊祜传》："尝与从弟琇书曰：'既定边事，当角巾东路（祜，泰山南城人），归故里，为容棺之墟。'"现宰官身，用佛家语，《妙法莲华经·妙音菩萨品》："汝但见妙音菩萨，其身在此；而是菩萨，现种种身，处处为众生说是经典，或现梵王身，或现帝释身，或现宰官身……"又《观世音菩萨普门品》："应以长者身得度者，即现长者身而为说法；应以居士身得度者，即现居士身而为说法；应以宰官身得度者，即现宰官身而为说法。"先生尝任八州太守（密、徐、湖、登、杭、颍、扬、定），两任翰林学士，一为端明殿学士，一为龙图阁学士，三为尚书（吏部、兵部、礼部），故云海南父老今日之争看此头戴乌角巾之老人者，应因其人过去曾现宰官身也。昔是宰官身，今着乌角巾，贵贱殊绝，不亦重可哀乎？

【注二】王文诰曰："此三首之第三句，皆于极平淡中陡然而出，而此句尤奇突，殊不知'争看'二字已安根矣。三首皆弄此手法。"纪昀曰："含情不尽。"数过人之人是指争看己之父老也。谁使此经天纬地旋乾转坤手投身万死一生之地，独立于三叉路口斜阳中，无聊赖至数过往之人乎？此纪氏所以谓之"含情不尽"也。

其三云：

北船不到米如珠，醉饱萧条半月无。【注一】明日东家当祭灶，只鸡斗酒定膰吾。【注二】

【注一】米如珠，谓米贵也。《战国策·楚策三》："苏秦之楚，三日，乃得见乎王（怀王）。谈卒，辞而行，楚王曰：'寡人闻先生，若闻古人，今先生不远千里而临寡人，曾不肯留，愿闻其说。'对曰：'楚国之食贵于玉，薪贵于桂，谒者（掌朝觐宾飨及出使之官）难得见如鬼，王难得见如天帝，今令臣食玉炊桂，因鬼见帝（天帝）。'王曰：'先生就舍，寡人闻命矣。'"米珠薪桂，本《楚策》及先生此诗也。

【注二】祭灶，十二月二十三日也，谓明日东邻祭灶，人情不薄，定有鸡酒飨己，使得醉饱也。纪昀曰："真得好。"只鸡斗酒，见《后汉书·徐穉传》李贤注引吴谢承《后汉书》，但非四字连用。曹操《祀故太尉桥玄文》："……又承从容约誓之言，殂逝之后，路有经由，不以斗酒只鸡，过相沃酹，车过三步，腹痛勿怪。"膰吾：《孟子·告子下》："孔子为鲁司寇，不用，从而祭，燔肉不至，不税冕而行。"燔，通膰，祭肉也。《左传》襄公二十二年："与执燔焉。"陆德明《释文》："燔，又作膰，音烦，祭肉也。"《穀梁传》定公十四年："脤（亦轸反）者何也？俎实也，祭肉也。生曰脤，熟曰膰。"先生此处谓致膰肉于吾也。

哲宗元符三年庚辰，先生六十五岁。正月七日，闻黄河已复北流，先生于元祐三年谓不可强复使之东者，至是而言已验。（盖水之性就下，东流地高，北流地低，故先生主宜顺水性，不能强使之东流也）有《庚辰岁人日作，时闻黄河已复北流，老臣旧数论此，今斯言乃验二首》。【七律。据《宋史·河渠志》：哲宗元祐初，黄河虽北流，而河北诸郡地低，故皆被灾，于是回河东流之议起，知枢密院事安焘深以为是，宰相文彦博、吕大防皆主其说；惟先生兄弟力主宜顺水性，因势利导，修河导其北流。时范伯禄行视东西二河，亦云："东流高仰，北流顺下，决不可回。"而吴安持与李伟力主回河东流，请置修河司，朝廷从之。元祐七年十月，工毕，大河勉强东流，至元符二年六月（不足七年），河决内黄（在河南），水向北溃，东流遂绝。阅数月后，消息始传至海南，故先生感慨而作是二律也】其一云：

老去仍栖隔海村，梦中时见作诗孙。【注一】天涯已惯逢人日，归路犹欣过鬼门。【注二】三策已应思贾让（或作谊，误），孤忠终未赦虞翻。【注三】典衣剩买河源米，屈指新篘作上元。【注四】

【注一】作诗孙，谓苏符也。符，先生长子迈之子，字仲虎，《宋史》无传。王十朋注："须溪（刘辰翁）曰：此句为仲虎发也。陆务观云：在蜀见苏山藏公墨迹，叠韵《竹诗》后题云：'寄作诗孙符。'"符能诗，于宋高宗建炎、绍兴间，官至中书舍人、礼部侍郎、礼部尚书兼翰林院侍读学士。

【注二】三句，谓年年皆在天涯海角度岁过人日也。晋议郎董勋《答问礼俗》云："正月一日为鸡，二日为猪，三日为羊，四日为狗，五日为牛，六日为马，七日为人。"盖《易·序卦》所谓"有天地然后有万物，有万物然后有男女"也。四句冀能北归，生过鬼门关也。北宋初乐史《太平寰宇记》卷一百六十七容州北流县下云："天门关在北流县南三十里，有两石，相对其间，阔三十步，俗号鬼门关。汉伏波将军马援讨林邑蛮，路由于此，立碑，石龟尚在。晋时趋交趾，皆由此关。其南尤多瘴疠，去者罕得生还。谚云：'鬼门关，十人去，九不还。'唐宰相李德裕贬崖州日（德裕，文宗时同平章事，宣宗大中二年贬崖州司户），经此关，赋诗云：'一去一万里，千去千不还。崖州在何处？生度鬼门关。'（今《李卫公会昌一品集》已无此诗）"先生《到昌化军谢表》有云："并鬼门而东骛，浮瘴海以南迁。"

【注三】《汉书·沟洫志》："哀帝初，……河从魏郡以东、北多溢决。……待诏贾让奏治河上中下策。"五句：纪昀曰："此非自誉语，乃冀幸语也，故不失忠厚之旨。"让，误作谊，《瀛奎律髓》及《十八家诗钞》皆然，盖贾谊有《治安策》，故贾让易误为贾谊也。六句沉痛，此联乃坡诗重句也。《吴志·虞翻传》："虞翻，字仲翔，会稽余姚人也。……翻与少府孔融书，并示以所著《易注》，融答书曰：'闻延陵之理乐（《左传》襄公二十九年吴公子季札观乐于鲁。札亦称延陵季子），睹吾子之治《易》，乃知东南之美者，非徒会稽之竹箭也。（《尔雅·释地》："东南之美者，有会稽之竹箭焉。"箭，竹之小者。《礼·礼器》："其在人也，如竹箭之有筠也，松柏之有心也。"）……'……孙权以为骑都尉，翻数犯颜谏争，权不能悦，又性不协俗，多见谤毁，坐徙丹阳泾县。……翻性疏直，数有酒失，权与张昭论及神仙，翻指昭曰：'彼皆死人，而语神仙，世岂有仙人也？'权积怒非一，遂徙翻交州。虽处罪放，而讲学不倦，门徒常数百人。又为《老子》、《论语》、《国语》训注，皆传于世。……在南十余年，年七十卒。归葬旧墓，妻子得还。"裴松之注引《虞翻别传》："翻放弃南方，云：'自恨疏节，骨体不媚，犯上获罪，当长没海隅，生无可与语，死以青蝇为吊客，使天下一人知己者，足以不恨。'"用人名堆典实入七律，本是诗中一病，惟先生此联，特见悲凉彻骨，盖心声也。

【注四】宋施元之注："海南无秔（音庚）秫，《纵笔》诗云：'北船不到米如珠。'此云'典衣剩买河源米'，河源县属惠州，当是秔秫所产也。"篘，音抽，酒笼，漉取酒也。白居易《尝酒听歌招客》七律起云："一瓮香醪新插篘，双鬟小妓薄能讴。"上元，正月十五（中元，七月十五；下元，十月十五）。王文诰曰："此诗已形北归之兆，气机动矣。言者，心之所发，虽公，有不自知其然也。"纪昀曰："虽非极笔，究是老将登坛，馨欬自别。"

其二（纪昀曰："此种诗，只看其老健处，不以字字句句求之。"）云：

不用长愁挂月村，槟榔生子竹生孙。[注一] 新巢语燕还窥砚，旧雨来人不到门。[注二] 春水芦根看鹤立，夕阳枫叶见鸦翻。[注三] 此生念念随泡影，莫认家山作本元。[注四]

【注一】杜甫《东屯月夜》五排："泥留虎斗迹，月挂客愁村。"竹生孙：《周礼·春官宗伯下·大司乐》："孙竹之管，空桑之琴瑟。"郑玄注："孙竹，竹枝根之末生者。"先生自注："海南勒竹，每节生枝，如竹竿大，盖竹孙也。"

【注二】晚唐郑谷《燕诗》七律五六云："闲几砚中窥水浅，落花径里得泥香。"方回《瀛奎律髓》卷十六《节序类》云："海南人日燕已来巢，亦异事。"（以先生此诗为实录也）杜甫文《秋述》（《辞源》、《辞海》皆以为杜甫诗小序，非是）起云："秋（天宝十载），杜子卧病长安旅次，多雨生鱼，青苔及榻，常时车马之客，旧雨来，今雨不来。"后人因以故交为旧雨，新交为新雨，实则少陵本意谓旧时雨中客犹来，今则雨中客不来耳。

【注三】此自盛唐陶岘《西塞山下回首作》七律五六"鸦翻枫叶夕阳动，鹭立芦花秋水明"二句翻出。

【注四】《楞严经》卷二："阿难承佛悲救深诲，垂泣叉手，而白佛言：'……徒获此心，未敢认为本元心地。'"本元者，本来也。《金刚经》四句偈云："一切有为法，如梦、幻、泡、影，如露亦如电，应作如是观。"纪昀曰："末亦无聊自宽之语，勿以禅悦视之。"先生意谓人生一切如梦如幻、如泡如影，即家山亦非本元，何必苦欲归去哉！（先生于惠州朝云墓上建六如亭，即如梦、如幻、如泡、如影、如露、如电之六如也）纪昀谓是自宽之语是也。此二诗，方回《瀛奎律髓·节序类》批云："前辈论诗文，谓子美夔州后诗，东坡岭外文，老笔愈胜少年，中年亦未若晚年也。此诗元符三年，东坡年六十五，谪居儋耳所作。人日鬼门之对固工，两篇首尾雄深，不敢删落，存此，则知选诗之意，不拘节序也。"【宋胡仔《苕溪渔隐丛话·后集》卷三十《东坡五》："吕丞相（大防）《跋杜子美年谱》云：'考其笔力，少而锐，壮而肆，老而严，非妙于文章，不足以至此。'余观东坡南迁以后诗，全类子美夔州以后诗，正所谓老而严者也。子由云：'东坡谪居儋耳，独喜为诗，精炼华妙，不见老人衰惫之气。'鲁直亦云：'东坡岭外文字，读之使人耳目聪明，如清风自外来也。'观二公（子由、山谷）之言如此，则余非过论矣。"山谷《与李端叔书》："老来懒作文，但传得东坡及少游岭外文，时一微吟，清风飒然，顾同味者难得耳。"又《与欧阳元老书》："寄示东坡岭外文字，今日方暇，遍读，使人耳目聪明，如清风自外来也。"元遗山为杨飞卿作《陶然集诗序》云："子美夔州以后，乐天香山以后，东坡海南以后，皆不烦绳削而自合，非技进于道者能之乎？"（山谷《与王观复书》："杜子美到夔州后诗，韩退之自潮州还朝后文章，皆不烦绳削而自合矣。"）】

正月初九日，哲宗崩，年二十五，皇太后（钦圣皇后向氏）谕遗制立弟（异母弟）端王佶（神宗第十一子），即位于枢前，是为徽宗（时年十九）。皇太后权同处分军国事（徽宗泣拜而求），凡绍圣、元符以还，章惇所斥逐贤士大夫，稍稍收用之。皇太后闻宾召故老，宽徭息兵，爱民崇俭之举，则喜见于色。（才六月即还政，明年正月崩，年五十六。自钦圣向后崩，而北宋天下事更不可为矣）二月十一日，记刘攽戏王安石语。【本集《书刘贡父戏介甫》云："王介甫多思而善凿，时出一新说，已而悟其非也，则又出一言解之，是以其学多说。尝与刘贡父食，辍箸而问曰：'孔子不彻姜食何也？'（《论语·乡党》："不彻姜食，不多食。"朱注："姜通神明，去秽恶，故不撤。"）贡父曰：'《本草》：生姜，多食损智，（无此事，今《神农本草经》卷中云："干姜，味辛温；生者尤良，久服去臭气，通神明。"朱子注是）道非明民，将以愚之；（《老子》："古之善为道者，非以明民，将以愚之。"）孔子以道教人者也，故不彻姜食，将以愚之。'介甫欣然而笑；久之，乃悟其戏己也。贡父虽戏言，然王氏之学，实大类此。庚辰二月十一日，食姜粥甚美，叹曰："无怪吾愚，吾食姜多矣，因并贡父言记之，以为后世君子一笑。"】四月，有《司命宫杨道士息轩》（查慎行《补注》引《名胜志》云："朝天宫，在儋州城东南，中有息轩，其诗云云。"）五古云：

　　无事此静坐，一日似两日。若活七十年，便是百四十。[注一]黄金几时成？白发日夜出。[注二]开眼三千秋，速如驹过隙。[注三]是故东坡老，贵汝一念息。[注四]时来登此轩，目送过海席。[注五]家山归未能，题诗寄屋壁。[注六]

　　【注一】此子由语，先生用之入诗也。元祐七年四月二十五日，有

227

《寄子由修身语》，已见前，不赘矣。

【注二】此谓黄金炼丹不可得而成，而白发日夜出，无药可回老境也。《史记·封禅书》栾大对汉武帝曰："臣之师曰：黄金可成，而河决可塞，不死之药可得，仙人可致也。"《抱朴子》有九转丹成之法。此二句亦自王维诗化出，维《秋夜独坐》五律五六云："白发终难变，黄金不可成。"惟先生用白发日夜出，更觉警动胜摩诘耳。

【注三】张华《博物志》："佳城郁郁，三千年，见白日。"《庄子·知北游》："人生天地之间，若白驹之过隙，忽然而已。"

【注四】点出息轩之息字，一念都息，断尽攀缘。

【注五】晋木华《海赋》："维长绡（此读所交切），挂帆席。"李善注："刘熙《释名》（卷七《释船》）曰：'随风张缦曰帆。'或以席为之，故曰帆席也。"谢灵运《游赤石，进帆海》诗："扬帆采石华，挂席拾海月。"

【注六】据此则前诗谓"莫认家山作本元"者，诚是强自慰解之辞耳，非真不作家山之想也。末句谓题诗息轩，聊当家山屋壁，所谓"慰情良胜无"也。

四月底，所作《东坡书传》十三卷成（今存），有"题《易》（《东坡易传》九卷，今存）、《书传》、《论语说》（《宋史·艺文志·经部·论语类》有苏轼《论语解》四卷，不传）"云："……古人为不朽计亦至矣，然其妙意所以不坠者，特以人传人尔！大哉人乎！《易》（《上系》）曰：'神而明之，存乎其人。'吾作《易》、《书传》、《论语说》亦粗备矣！呜呼！亦奚以多为！"五月，谓子过曰："吾尝告汝，决不为海外人，今当写吾平生所作赋以卜之。"（据王文诰《苏诗总案》）宋朱弁《曲洧旧闻》卷五云："东坡在儋耳，谓子过曰：'吾尝告汝，我决不为海外人，近日颇觉有还中州气象。'乃涤砚索纸笔焚香曰：'果如吾言，写吾平生所作八赋当不脱误一字。'（八赋，已不可知所书者果何题矣。今《东坡一集》有赋七首，《二集》八首，《七集》八首，共存二十三篇）既写毕，读之，大喜曰：'吾归无疑矣。'后数日，而廉州之命至。八赋墨迹，始在梁师成（中官，好结纳元祐党人子弟）家，或云入禁中矣。未几告下，仍以琼州别驾，廉州安置，不得签书公事。（据《宋史》是年四月二十一日诏复范纯仁等官，苏轼等徙内郡居住。五月底诏书始达海南也）上《量移廉州谢表》云："使命远临，初闻丧胆；诏辞温眷，乃返惊魂。拜望阙庭，喜溢颜面。否极泰至，虽物理之常然，昔弃今收，岂罪余之敢望。伏膺知幸，挥涕无从。中谢。伏念臣顷以狂愚，再罹谴责，荷先朝之厚德，宽萧律（萧何作律）之重诛，投畀遐荒（《小雅·巷伯》："取彼谮人，投畀豺虎。"），幸逃鼎镬。（《周礼·天官》："亨人，掌共鼎镬。"）风波万里，顾衰病以何堪！烟瘴五年（五，一作四。到儋耳三年，由惠州起计则五年余）赖喘息之犹在。怜之者嗟其已甚，嫉之者谓其太轻。考图经（地理图书），正系海隅；以风土，疑非人世。食有并日，衣无御冬。（《礼·儒行》："儒有易衣而出，并日而食。"《诗·邶风·谷风》："我有旨蓄，亦以御冬。"）凄凉一身，颠踬万状。恍若醉梦，已无意于生还；岂谓优容，许承恩而近徙！虽云侥幸，亦有夤缘（有所依附攀缘而上升）。兹盖伏遇皇帝陛下，道本生知，圣由天纵（《论语·述而》："子曰：我非生而知之者。"又《子罕》："子贡曰：故天纵之将圣，又多能也。"）……凡有嘉谋，出于睿断。(《书·君陈》:"尔有嘉谋嘉猷,则入告尔后于内。"又《洪范》:"睿作圣。")悯臣以孤危寡援,察臣以众忌获愆。许以更新,庶其改过。虽天地有化育之德,不能使臣之再生;虽父母有鞠养之恩,不能全臣于必死。报期碎首,言岂渝心!濯去泥涂,已有遭逢之使;【《左传》襄公三十年:"赵孟召舆人而谢过焉,曰:'……使吾子辱在泥涂久矣,武之罪也,敢谢不才。'遂任之。"范云《古意赠王中书》(融)诗:"遭逢圣明后,来栖桐树枝。"《尔雅·释诂》:"后,君也。"】扩开云日,复观于变之时。【《后汉书·袁绍传》:"初,天子(献帝初平三年)遣太仆赵岐,和解关东,使各罢兵,(公孙)瓒因此以书譬绍曰:'赵太仆以周、邵之德,衔命来征,宣扬朝恩,旷若开云见日,何喜如之!'"《书·尧典》:"百姓昭明,协和万邦,黎民於变时雍。"蔡沈曰:"於,叹美辞。变,变恶为善也。时,是。雍,和也。"】此生岂敢求荣,处己但知缄口。"六月,往别符、黎诸生,留诗以示民表,有《别海南黎民表》五古【注一】云:

我本海南民,寄生西蜀州。忽然跨海去,譬如事远游。(屈原有《远游》)平生生死梦,三者无劣优。【注二】知君不再见,欲去且少留。【注三】

【注一】王文诰《苏诗总案》云:"本集无黎民表,疑即黎徽之字。详味此诗,信为公作,特改编入集,用表儋人数年依托之情。"按:黎民表,先见于坡、谷后辈释惠洪之《冷斋夜话》卷五中(见下注三),查慎行从宋阮阅《诗话总龟》收入续采诗中。

【注二】《庄子·齐物论》："方生方死，方死方生。"又云："方其梦也，不知其梦也；梦之中又占其梦焉，觉而后知其梦也。且有大觉，而后知此其大梦也；而愚者自以为觉，窃窃然知之！"唐成玄英疏云："夫物情愚惑，暗若夜游，昏在梦中，自以为觉，窃窃然议专所知。"又《大宗师》仲尼谓颜回曰："吾特与汝其梦未始觉者邪？"

【注三】司马相如《大人赋》："世有大人兮，在乎中州。宅弥万里兮，曾不足以少留。"释惠洪《冷斋夜话》卷五："予游儋耳，及见黎民（应是夺表字。《苕溪渔隐丛话》民作氏，《诗话总龟》作民表），为予言：东坡无日不相从乞园蔬，出其临别北渡时诗：'我本儋耳民……欲去且少留。'其末云：'新酝佳甚，求一具，临行写此诗，以折菜钱。'……又谒姜唐佐，唐佐不在，见其母，母迎笑，食予槟榔。予问母：'识苏公否？'母曰：'识之，然无奈其好吟诗。'公尝杖而至，指西壁木榻，自坐其上，问曰：'秀才何往？'我言：'入村落未还。'有包灯心纸，公以手拭开，书满纸，祝曰：'秀才归，当示之。'今尚在。予索读之，醉墨敧倾，曰：'张睢阳生犹骂贼，嚼齿空龈；颜平原死不忘君，握拳透爪。'"此四语千载下读之，犹凛凛然有生气也。【《新唐书·忠义传上·张巡传》："安禄山反，巡（守睢阳凡十月，食尽）士病不能战，巡西向拜曰：'孤城备竭，弗能全，臣生不报陛下，死为鬼以疠贼。'城陷被执，贼将尹子琦谓巡曰：'闻公督战，大呼，辄眦裂血面，嚼齿皆碎，何至是！'答曰：'吾欲气吞逆贼，顾力屈耳。'子琦怒，以刀抉其口，齿存者三四，巡骂曰：'我为君父死；尔附贼，乃犬彘也，安得久！'遂不屈死。"又《颜真卿传》："出为平原太守，历官至工部尚书、御史大夫、河北招讨使、太子太师。德宗时，李希烈反，卢杞陷真卿，使往谕之，为所拘。希烈僭称帝，欲以为相，真卿叱之，希烈乃使阉奴等害真卿曰：'有诏。'真卿再拜。奴曰：'宜赐卿死。'曰：'老臣无状，罪当死，然使人何日长安来？'奴曰：'从大梁来。'骂曰：'乃逆贼耳，何诏云！'遂缢杀之，年七十六。"又《颜真卿别传》："使李希

烈，贼党缢杀，收瘗之。贼平（两年后），真卿家迎丧上京，棺朽败而
尸形俨然，握拳不开，透爪手背，远近惊异焉。"】

又作《儋耳》七律云：

霹雳收威暮雨开，独凭阑槛倚崔嵬。[注一] 垂天雌霓云端
下，快意雄风海上来。[注二] 野老已歌丰岁语，除书欲放逐臣
回。残年饱饭东坡老，一壑能专万事灰。[注三]

【注一】霹雳收威，喻人君已息雷霆之怒也。暮雨开，谓谗邪之臣
其蔽君之势已消散也。起二句意内言外，岂徒眼前语哉！

【注二】三句，谓元凶章惇之邪恶势力已将坠也。四句，喻今上
（新天子徽宗）之德政已风行至海上也。王逸《离骚序》："飘风云霓，
以为小人。"《尔雅·释天》："螮蝀，虹也；雌为挈贰。"邢昺疏："虹
双出，色鲜明者为虹，雄曰虹；暗者为霓，雌曰蜺。"霓，倪兀齧三音。
《梁书·王筠传》："沈约制《郊居赋》，构思积时，犹未都毕，乃要筠示
其草，筠读至'雌霓（入声）连蜷'，约抚掌欣抃曰：'仆常恐人呼为霓
（平声）'……'知音者希，真赏殆绝，所以相要，政在此数句耳。'"
宋王观国《学林》云："详考霓字，虽有倪齧两音，然文学用倪音多，
而用齧音少。若专用雌霓，则当音齧；若泛用霓字，则倪齧两音可通
用，但取平仄顺而已。"宋玉《风赋》："清清泠泠，愈病析酲，发明耳
目，宁体便人，此所谓大王之雄风也。"

【注三】谓己以风烛残年一老人，但求能常遇丰年，时时饱饭，优
游于一丘一壑之间足矣，其余人世间事，皆可不关心也。《世说·品
藻》："明帝问谢鲲：'君自谓何如庾亮？'答曰：'端委庙堂，使百僚准
则，臣不如亮；一丘一壑，自谓过之。'"王安石《偶书》七绝结句：

"我亦暮年专一壑，每逢车马便惊猜。"

将发，儋人争致馈遗，沿途送别，皆谢却之，（宋范正敏《遁斋闲览》："东坡自海南归，过润州，州牧，故人也，问海南故土人情如何？坡曰：'风土极善，人情不恶，某离昌化时，十数父老携酒馔至舟次相送，执手涕泣而去；且曰：'此回与内翰相别后，不知甚时再得相见！'"）遂行，宿澄迈驿，有《澄迈驿通潮阁》七绝二首，其一云：

　　倦客愁闻归路遥，眼明飞阁俯长桥。[注一] 贪看白鹭横江浦，不觉青林没晚潮。[注二]

　　【注一】宋王象之《舆地纪胜·琼州景物下》："通潮阁在澄迈县，东坡尝憩其上，有'眼明飞阁俯长桥'之句，绍兴（高宗）己巳（十九年），县令崔若州创阁其上，李泰发书榜。胡邦衡（铨）和东坡二诗，题于其上。"（胡铨于绍兴十八年十一月贬海南）
　　【注二】释惠洪《冷斋夜话》卷五："……又登望海亭（即坡诗通潮阁），柱间有壁字曰：'贪看白鸟横江浦，不觉青林没暮潮。'"

　　其二云：

　　余生欲老海南村，帝遣巫阳招我魂。[注一] 杳杳天低鹘没处，青山一发是中原。[注二]

　　【注一】《山海经·海内西经》："海内昆仑之墟，……门有开明，……开明东，有巫彭、巫抵、巫阳、巫履、巫凡、巫相。"郭璞注：

"皆神医也。"《楚辞·招魂》:"帝告巫阳曰:'有人在下,我欲辅之,魂魄离散,汝筮予之。'巫阳对曰:'掌梦。上帝其命难从。若必筮予之,恐后之谢,不能复用巫阳焉。'乃下招曰:'魂兮归来!去君之恒干,何为兮四方些?'"

【注二】谓杳杳然遥天北方下健鹘入没之处,青山与天相连,微茫如一发,一发之下,即中原也。韩愈《赠别元十八协律》五古六首之六:"乘潮簸扶胥,近岸指一发。"后数日,又作《伏波将军庙碑》云:"自徐闻渡,适珠崖,南望连山,若有若无,杳杳一发耳。"胡仔《苕溪渔隐丛话后集》卷三十:"(一发)两用之,盖得意也。"纪昀曰:"神来之句。"

六月二十日,登舟,是夜渡海,有《六月二十日夜渡海》【方回《瀛奎律髓·迁谪类》选入,以为绍圣四年(前三年)再谪琼州别驾渡海往儋耳时作。查慎行《补注》辨之甚允,谓"南迁时渡海是六月十一日,非二十日也"。王文诰《苏诗总案》谓"此诗首从参横斗转领起归意,其下句句皆归,《律髓》之误,虽不辨可也"。】七律名篇云:

参横斗转欲三更,苦雨终风也解晴。【注一】云散月明谁点缀?天容海色本澄清。【注二】空余鲁叟乘桴意,粗识轩辕奏乐声。【注三】九死南荒吾不恨,兹游奇绝冠平生。【注四】

【注一】古乐府《善哉行》第四解:"月没参横(有星七,西方白虎七宿之一,如旗然),北斗阑干(横斜皃)。"王文诰《编注集成》:"海外测星与中原异,……粤中六月下旬,至天将旦,中庭已见昴(七星)毕(八星)升高,而东望则觜(三星)参亦上。若以此较六月二十日海外之二三鼓时，则参已早见矣。凡此类，公非精核不下；而此句与内地不合，故详论之。"按：中原一带参横斗转是天将晓时，而琼州海岸则是欲三更将夜半时也。首句之意，谓中原已参横斗转，天将晓而大放光明之时将至矣；己今在海外，虽希光略迟，而天象已变则一也。苦雨：《礼·月令》："孟夏行秋令，则苦雨数来，五谷不滋。"《左传》昭公四年鲁大夫申丰论藏冰曰："其藏之也周，其用之也遍，则冬无愆阳，夏无伏阴，春无凄风，秋无苦雨。"杜预注："苦雨，霖雨为人所患苦。"终风：《诗·邶风·终风》："终风且暴，顾我则笑。"《毛传》："终日风为终风。"二句，喻章惇等害贤之恶势力亦有消散之时也。纪昀曰："前半纯是比体，如此措辞，自无痕迹。"

【注二】三句，王文诰曰："问章惇也。"按：时章惇犹为相，未遭贬逐，故先生谓今之云散月明，不知是谁所为也。（章惇于是年秋九月始免官，十月放潭州，明年二月贬为雷州司户参军）欧阳修《采桑子》词："天容水色西湖好（颍州西湖），云物俱鲜。"王文诰曰："公自谓也。（喻己之胸怀坦荡，本如天海之空涵，澄清到底，实绝无诬谤先帝神宗之事也）凡此种联句，必不可傅会典实，注繁则诗旨反为所晦。乃王（十朋）、施（元之）注纷然引载，史文释语，无不入之，今尽删。"王见大此论诚是，盖此二句如傅会史文佛语之典实充之，反使诗旨晦昧，甚非先生意也。

【注三】鲁叟，孔子也。陶公《饮酒》诗二十首之末篇起云："羲农去我久，举世少复真。汲汲鲁中叟，弥缝使其淳。"《论语·公冶长》："子曰：道不行，乘桴浮于海。"先生是时量移廉州，渡海北行，去朝日近；与孔子当年欲乘桴及己三年前渡海往儋耳之情意迥不同，故云空余此意也。先生三年前渡海时，宋王象之《舆地纪胜》卷一百二十五云："轼初与辙相别，渡海，既登舟，笑谓曰：'岂所谓道不行，乘桴浮于海者耶？'"六句：谓渡海时所听天风海水之音，与黄帝张乐于洞庭之野所奏钧天广乐之声约相同也。《礼·乐记》："大乐与天地同和，大礼与天地同节。"先生此时北渡，情兴与三年前之南渡海峡不同，别是一番景象矣。《庄子·天运篇》："北门成（黄帝臣，姓北门）问于黄帝曰：'帝张《咸池》之乐于洞庭之野，吾始闻之惧，复闻之怠（意松懈），卒闻之而惑（入迷）；荡荡默默，乃不自得（有"子在齐闻《韶》，三月不知肉味"意）。'帝曰：'汝殆其然哉。吾奏之以人，征之以天，行之以礼义，建之以太清。夫至乐，先应之以人事，顺之以天理，行之以五德（五常之德），应之以自然。然后调理四时，太和万物；四时迭起，万物循生。一盛一衰，文武伦经（经纬其理）。一清一浊，阴阳调和，流光其声。蛰虫始作，吾惊之以雷霆。其卒无尾，其始无首。一死一生，一偾（仆也）一起。所常无穷，而一不可待（一，皆也），汝故惧也。吾又奏之以阴阳之和，烛之以日月之明，其声能短能长，能柔能刚；变化齐一，不主故常；在谷满谷，在坑满坑。……'"

【注四】谓此次被贬逐而南游，所见天海苍茫之胜景，为平生游览山川之冠，虽九死于天南荒服之外，亦不足恨；况今日侥幸北还乎！其喜可知矣。《离骚》："亦余心之所善兮，虽九死其犹未悔。"王逸注："悔，恨也。"《文选》五臣注："九，数之极也。以此遇害，虽九死无一生，未足悔恨。"

达徐闻，与秦观会【时少游被流放编管雷州，子由已移循州（海丰），故不得与兄相见】，同抵雷州（海康）。二十五日，先生将发，观出其《自挽词》一篇相视（今《淮海集》有自作挽词，五古，十五韵。是年秋八月少游卒，年才五十二，成谶矣），先生以为能齐死生，了物我，不足为怪。遂行，七月四日，至廉州贬所。八月，告下，迁舒州（安徽潜山市）团练副使，永州（湖南零陵）居住。二十九日，与子过离廉。九月六日，至郁林（广西南部），有《次韵王郁林》

（王姓太守，其名无考）七律云：

晚途流落不堪言，海上春泥手自翻。[注一] 汉使节空余皓首，故侯瓜在有颓垣。[注二] 平生多难非天意，此去残年尽主恩。[注三] 误辱使君相抆拭，宁闻老鹤更乘轩。[注四]

【注一】首句，谓己晚况不堪闻问也。二句，谓己在海南亲自锄泥种菜也。

【注二】《汉书·苏武传》："仗汉节牧羊，卧起操持，节旄尽落。……武留匈奴凡十九岁，始以强壮出；及还，须发尽白。"又李陵《答苏武书》："丁年奉使，皓首而归。"山谷《病起荆江亭即事十首》之六云："死者已死黄雾中（谓吕大防、刘挚、梁焘、范祖禹等也），三事不数两苏公（三事，三公也）。岂谓高才难驾御？空归万里白头翁。"又第七首结云："玉堂端要直学士，须得儋州秃发翁。"宋任渊注云："东坡归自岭海，鬓发尽脱。"则皓首是习用苏武事，先生实并白发亦无矣。四句：指在儋耳南污池侧盖屋三间及种瓜菜也。谓瓜菜犹在，破屋亦余颓垣，惟供后人凭吊而已。《史记·萧相国世家》："召平者，故秦东陵侯，秦破，为布衣，种瓜于长安城中，瓜美，故世俗谓之东陵瓜。"此二句亦堆叠典实，然用之恰好，读之使人无限惆怅，岂寻常堆砌者比哉！

【注三】此联是东坡大句重句，亦敦厚之至也。意谓己平生多难，皆非天意（即谓非神宗、哲宗之意），只是被群小所害耳，与圣上无关也。今日得北归，自此而后，余生岁月，皆君恩所赐也。纪昀曰："五六，《诗》人之言。"盖谓温柔敦厚之旨也。学坡诗者，于此等句，幸三致意焉。

【注四】使君，指王郁林。抆拭，拊摩也，慰安祈待之意。必先生与王郁林相见时，王守有朝廷将大用先生之言，故末句云尔，谓己老无能也。《汉书·朱博传》："以高第（吏治优长）入守左冯翊（京兆尹、左冯翊、右扶风，汉时谓之三辅）……长陵大姓尚方禁，少时尝盗人妻见斫，创著其颊。府功曹（主选署功劳者）受赂，白除禁调守尉。博闻知，以它事召见，视其面，果有瘢。博辟左右问禁：'是何等创也？'禁自知情得，叩头伏状。博笑曰：'大丈夫固时有是，冯翊欲洒卿耻，拊拭（此谓敷饰）用禁，能自效不？'禁且喜且惧，对曰：'必死。'（谓以生命为报）博因敕禁，毋得泄语，有便宜辄记言，因亲信之，以为耳目。"《左传》闵公二年："冬十二月，狄人伐卫。卫懿公好鹤，鹤有乘轩（大夫车）者。将战，国人受甲者皆曰：'使鹤；鹤实有禄位，余，焉能战！'……狄入卫。"白居易《题谢公东山障子》七律五六："鹰饥受绁从难退，鹤老乘轩亦不还。"

由郁林东北行，将赴永州，历容县、藤县，抵梧州。欲溯贺江上永。会贺江水涸，无舟，遂决计由广州度岭北上。九月杪，至广州。十月，子迈、迨，孙箪、符（迈子）、箪（过子）及家人皆由惠州来至，重聚于羊城。游净慧寺（即六榕寺），憩于六榕之下，为题"六榕"二字榜（今尚存），后遂名六榕寺。有《和孙叔静【名鼛（音高，大鼓也），老泉弟子，时在广州，为提举常平官。施元之注："孙叔静，名鼛，钱塘人，徙江都。年十五，游太学，老苏先生亟称之。哲宗擢提举广东常平，二子，娶晁无咎、黄鲁直女。党事起，家人危之，叔静一无所顾。平生笃于行义，君子人也。微时，与蔡京善，察其人，常曰：'蔡子，贵人也，然多才而德薄，志大而行不副，若不能谨守，恐贻天下忧。'京还朝，遇诸途，京曰：'我若用，愿助我。'叔静曰：'公能以正论辅人主，节俭以先百吏，而绝口不言兵，鼛何为者！'京默然，后卒如其言。仕为太仆卿，殿中少监，以显谟阁待制知曹州、单州，靖康二年卒，年八十六（少先生六岁），谥通静。"】兄弟李端叔（之仪）唱和》五律云：

病骨瘦欲折，霜髯籀更疏。[注一] 喜闻新国政，兼得故人书。[注二] 秉烛真如梦，倾杯不敢余。[注三] 天涯老兄弟，怀抱几时摅？[注四]

【注一】杜甫《投简成华两县诸子》七古："长安（一作夜）苦寒谁独悲，杜陵野老骨欲折。"《说文》："籀，箝也。"今字作镊。唐冯贽《云仙杂记》："王僧虔（南齐人）晚年恶白发，一日对客，左右进铜镊，僧虔曰：'却老先生至矣。'"

【注二】王十朋注引赵彦材次公曰："《周礼》：'刑新国，用轻典。'【《秋官·大司寇》："掌邦之三典（法也），以佐王刑邦国，诘四方。一曰：刑新国（新辟地立君之国），用轻典；二曰：刑平国（承平守成之国），用中典；三曰：刑乱国（篡弑叛逆之国），用重典。"】新国，指言建中靖国时也。"按：此指徽宗初立时，仍是元符三年，明年始改元为建中靖国也。故人：指十余年前与先生为诗友之李之仪端叔也。杜甫《酬韦韶州见寄》五律三四："深惭长者辙，重得故人书。"（《史记·陈丞相世家》："以弊席为门，然门外多有长者车辙。"）

【注三】五句，指与孙叔静兄弟相逢；六句，谓尽情痛饮也。杜甫《羌村三首》五古之一结云："夜阑更秉烛，相对如梦寐。"

【注四】老兄弟，亦谓孙叔静兄弟。摅，舒也，《说文》无，本作舒。（抒，音柱，挹也）班固《答宾戏》："独摅意乎宇宙之外，锐思于毫芒之内。"又《西都赋》："摅怀旧之蓄念，发思古之幽情。"又应玚《愍骥赋》："抱精诚而不畅兮，郁神足（骥也）而不摅。"纪昀曰："浑老有情，不用空调。"

留广州逾月，十二月，遂乘舟行，至三水，溯北江而上清远，至浈阳峡，得旨，复朝奉郎（正七品），提举成都玉局观，在外州军任便居住，（提举宫观，乃宋所设祠禄之官，以俟老优贤者。玉局观在成都城南，内有玉局坛，汉张道陵得道之所，余见后《过岭》七律）遂罢湖外之行。至英州，上《提举玉局观谢表》，有云："七年远谪，不自意全；万里生还，适有天幸。"【《史记·吴王濞列传》："条侯（周亚夫）将，乘六乘传会兵荥阳，至洛阳，见剧孟（洛阳人，以任侠显于诸侯），喜曰：'七国反，吾乘传至此，不自意全！'"谓己不意洛阳得全及见剧孟也。《淮南子·道应训》："尹需学御，三年而无得焉，私自苦痛，常寝想之，中夜梦受秋驾于师（高诱注："秋驾，善御之术。"），……曰：'臣有天幸，今夕故梦受之。'"又《史记·游侠列传》："郭解，字翁伯，少时阴贼，慨不快意，身所杀甚众，以躯借交报仇，藏命作奸，剽攻不休，及铸钱掘冢，固不可胜数。适有天幸（天使侥幸不死），窘急常得脱，若遇赦。"宋谢伋《四六谈麈》："东坡岭外归，与人启（是谢上表）云：'七年远谪，不意自全（应是自意）；万里生还，适有天幸。'所衬字，皆汉人语也。"】十二月初，抵韶州，留廿余日，重游南华寺，乃溯浈水东北行。

徽宗建中靖国元年辛巳，先生六十六岁。正月三日，抵南雄。四日，发大庾岭，肩舆竹断，至岭下龙光寺求得大竹两竿，留七绝一首而去，题云《东坡居士过龙光，求大竹作肩舆，得两竿，南华珪首座方受请为此山长老，乃留一偈院中。

须（待也。《说文》作頿）其至授之，以为他时语录中第一问》。诗云：

斫得龙光竹两竿，持归岭北万人看。竹中一滴曹溪水，涨起西江十八滩。【注一】

【注一】珪首座将自南华至此开堂，故句用曹溪，述其渊源，非公此时尚在韶州也。第三句，谓气机相感，南华珪首座即来，故竹中已有一滴曹溪水也。十八滩，见前《过惶恐滩》七律"十八滩头一叶身"。西江，谓江西赣州之章水也。宋王象之《舆地纪胜》卷三十二《赣州景物上》引《章贡志》云："贡水，即东江也。……章水，即西江也。"又引蒋之奇《郁孤台》诗曰："贡水在东章在西，郁孤台与白云齐。"此诗亦颇成谶：宋曾敏行《独醒杂志》卷三："东坡北归，至岭下，偶肩舆折杠，求竹于龙光寺僧，惠两大竿，且延东坡饭；时寺无主僧，州郡方令往南华招请，未至，公遂留诗以记之，诗云：'……'谓赣石也。东坡至赣，留数日，将发舟，一夕，江水大涨，赣石无一见，越日而至庐陵，舟中见谢民师（名举廉），因谓曰：'舟行江涨，遂不知有赣石，此吾龙光诗谶也。'民师问其故，东坡因举以诗之本末。"

至岭上，憩于村店中，有老翁出见，谓天佑善人，作《赠岭上老人》七绝云：

鹤骨霜髯心已灰（谓岭上老人），青松合抱（《独醒杂志》作夹道）手亲栽。问翁大庾岭头住，曾见南迁几个回？【注一】

【注一】曾敏行《独醒杂志》卷二："东坡还至庾岭上，少憩村店，

有老翁出，问从者曰：'官为谁？'曰：'苏尚书。'翁曰：'是苏子瞻
欤？'曰：'是也。'乃前揖坡曰：'我闻人害公者百端，今日北归，是天
佑善人也。'东坡笑而谢之，因题一诗于壁间，云：'……'"

正月五日，又有《过岭二首》七律，其一云：

暂著南冠不到头，却随北雁与归休。【注一】平生不作兔三
窟，今古何殊貉一丘？【注二】当日无人送临贺，至今有庙祀潮
州。【注三】剑关西望七千里，乘兴真为玉局游。【注四】

【注一】《左传》成公九年："晋侯（景公）观于军府，见钟仪，问
之曰：南冠而絷者谁也？'有司对曰：'郑人所献楚囚也。'使税之，召
而吊之。再拜稽首。问其族，对曰：'泠（通伶）人也。'公曰：'能乐
乎？'对曰：'先父之职官也，敢有二事！'使与之琴，操南音。公曰：
'君王（楚共王）何如？'对曰：'非小人所得知也。'固问之，对曰：
'其为大子也，师保奉之，以朝于婴齐（令尹子重），而夕于侧也（司马
子反。言其尊卿敬老），不知其他。'公语范文子（士燮），文子曰：'楚
囚，君子也。言称先职，不背本也；乐操土风，不忘旧也；称大子，抑
无私也；名其二卿，尊君也。不背本，仁也；不忘旧，信也；无私，忠
也；尊君，敏也。仁以接事，信以守之，忠以成之，敏以行之；事虽
大，必济。君盍归之，使合晋、楚之成（平也，定也，犹盟）。'公从
之，重为之礼，使归求成。"南冠，后世以为被囚系者之称。柳宗元
《六言诗》："一生拚却归休，谓著南冠到头。冶长虽解缧绁，无由得见
东周。"（《论语·阳货》："如有用我者，吾其为东周乎。"子厚自伤不
用也）五百家注："《左传》有南冠而絷者谁欤？南冠，楚冠也，坡翁尝
用此。"时先生北归，故反子厚诗意用之，谓不到头，是不到尽头，即

不到底也。纪昀曰："不到头三字有病。"非是，盖纪氏徒滞著柳子厚诗之字面耳。《礼·月令》："孟春之月……东风解冻，蛰虫始振，鱼上冰，獭祭鱼，鸿雁来。"郑玄注："雁自南方来，将北反其居。"

【注二】三句，谓孤忠报国，不以己身之安危为虑也。四句，谓小人误国，倾陷忠良，今古皆然也。《战国策·齐策四》："冯谖（谓孟尝君）曰：狡兔有三窟，仅得免其死耳；今君有一窟（谓薛邑），未得高枕而卧也，请为君复营二窟（梁惠王以为上将军及复重于齐）"《汉书·杨恽传》："（恽与太仆戴长乐相失，长乐上书告恽罪。）恽闻匈奴降者道单于见杀，恽曰：'得不肖君，大臣为画善计不用，自令身无处所；若秦（二世）时，但任小臣，诛杀忠良，竟以灭亡；令亲任大臣，即至今耳。古与今（剌汉宣帝），如一丘之貉。'"（貉，似狐而善睡）先生用杨子幼语，颇刺神宗、哲宗于熙宁、元丰、绍圣、元符间之任用小人而害君子矣。孔子曰："《诗》可以兴，可以观，可以群，可以怨。"而怨之为用实最大。《诗》三百篇，变《风》变《雅》为多，《诗大序》不云乎？"至于王道衰，礼义废，政教失，国异政，家殊俗，而变《风》变《雅》作矣。国史明乎得失之迹，伤人伦之废，哀刑政之苛，吟咏情性以风其上，达于事变而怀其旧俗者也。"神宗、哲宗，亲小人，远贤臣，已肇国家乱亡之局，忠臣志士，能勿怨乎？不意其后之徽宗，益听信蔡京、蔡卞、赵挺之、童贯等辈群小之言，昏庸颠倒，小人盈朝，至追贬司马光、东坡先生等四十四人官，立元祐党人碑；于是君子之道尽消，小人之道盛长，则天下其有不乱，国家其有不亡者乎？先生"今古貉一丘"之言，岂但深慨神宗、哲宗哉！亦几于预知徽宗未来之事矣。

【注三】五六句，先生盖自况也。《新唐书·杨凭传》："字虚受，一字嗣仁，虢州弘农人。少孤，其母训导有方，长，善文辞，与弟凝、凌皆有名。大历（代宗）中，蹑擢进士第，时号三杨。凭重交游，尚气节然诺。……历事节度府，召为监察御史，不乐，辄免去。累迁太常少卿，湖南、江西观察使。性简傲，接下脱略，人多怨之。……入拜京兆尹，与御史中丞李夷简素有隙，因劾凭江西奸赃及它不法，……痛摘发，欲抵以死。……宪宗以凭治京兆有绩，但贬临贺（今广西贺州市）尉。……凭所善客徐晦者，字大章，举进士、贤良方正，擢栎阳（在陕西。栎，音药）尉；凭得罪，姻友惮累，无往候者；独晦至蓝田慰饯，宰相权德舆谓曰：'君送临贺，诚厚，无乃为累乎？'晦曰：'方布衣时，临贺知我，今忍遽弃邪？如公异时为奸邪潜斥，又可尔乎？'德舆叹其直，称之朝，李夷简遽表为监察御史。晦过谢，问所以举之之由，夷简曰：'君不负杨临贺，肯负国乎？'"方回《瀛奎律髓》卷四十三《迁谪类》批云："杨凭贬临贺尉，惟徐晦送之，此事极切。"王十朋注引次公（赵彦材）曰："韩退之责潮州，潮人为之立庙，先生尝为作记也。"（哲宗元祐七年，先生五十七岁，以龙图阁学士，充淮南东路兵马钤辖，知扬州军州事，由颍州赴扬州，三月十二日抵泗州，撰《潮州韩文公庙碑》）此两句是用典实之流水对，字面是字字并排，而语气则是直落，十四字作一解，若流水然。谓当日己被谪时，亲友多畏祸不敢存问；今后岭南人之思己，将如潮人之立庙以祀韩公矣。纪昀曰："五六极典切，然出之他人则可，东坡自道则不可。"按：东坡先生之于惠州、海南及凡所经历之地，所留雪泥鸿爪，无不为粤人所宝，信所谓"所过者化，所存者神"者，诚无愧于韩公当年，则有庙祀潮州之比，何不可之有哉！

【注四】结语，作故乡之思也。剑关，谓剑门关。宋王象之《舆地纪胜》卷一百八十六《利州路·隆庆府·剑门县》："诸葛亮于此立剑门，以大剑山至此有隘束之路，故曰剑门县，即姜维拒钟会于此。"又《利州路·景物下》："剑门关……在剑门县。"玉局，玉局观也。宋乐史《太平寰宇记》卷七十二《剑南西道一·益州·成都县 华阳县》云："玉局潭，在（成都）城南柳堤玉局观内，张道陵得道之所。"王十朋注引《天师二十四化记》："玉局，在益州城南门，西回百步。汉桓帝永寿元年正月七日，天师与老君自鹤鸣山来息此；化时，地上忽涌出玉局玉床，方广一丈，老君升座，重述道要，却自升天；玉局陷入地中，因成洞宫，其径莫穷。"北宋张君房《云笈七签》卷二十八《二十八治》："第七玉局治，在成都南门内，以汉永寿元年正月七日，老君乘白鹿、张天师乘白鹤来至此，坐局脚玉床，即名玉局治也。"又卷一百二十二《道教灵验记·成都玉局化洞门石室验》云："成都玉局化洞门石室：昔老君降现之时，玉座局脚从地而涌，老君升座传道。既去之后，座隐地中，陷而成穴，遂为深洞，与青城（山）第五洞天相连。天师以为玉局上应鬼宿，不宜开穴通气，不利分野，乃刻石以闭之。……开元中，遍修观宇，崇显灵迹，欲开洞门，使人究其深浅。发石室之际，晴景雷震，大风拔木，因不敢犯。"

其二云：

七年来往我何堪！又试曹溪一勺甘。【注一】梦里似曾迁海外，醉中不觉到江南。【注二】波生濯足鸣空涧，雾绕征衣滴翠岚。【注三】谁遣山鸡忽惊起？半岩花雨落氍毵。【注四】

【注一】七年句：王十朋注："案《年谱》（南宋初五羊王宗稷撰）：公以绍圣元年自定州贬惠州，凡四年；再贬儋耳，明年改元元符，至三年，乃量移廉州，凡七年。"又试句：谓上一月北归抵韶州后，复游南华寺，又饮曹溪水也。《六祖坛经·六祖大师事略》："先是，西国智药三藏，自南海经曹溪口，掬水而饮，香美异之，谓其徒曰：'此水与西天之水无别，溪源上必有胜地，堪为兰若。'随流至源上，四顾山水回环，峰峦奇秀，叹曰：'宛如西天宝林山也。'乃谓曹侯村居民曰：'可于此山，建一梵刹，一百七十年后，当有无上法宝，于此演化，得道者如林，宜号宝林。'……遂成梵宫，盖始于梁天监三年也。"《传灯录》：

"六祖初住曹溪，卓锡泉涌，清凉甘滑，赡足大众。"

【注二】王十朋注引次公曰："江南则虔州也。"方回《瀛奎律髓》云："梦里似曾迁海外，此联甚佳，殊不以迁谪为意也。"纪昀曰："三四真景。"王文诰曰："真乃吉祥文字。"

【注三】韩愈《山石》七古："山红涧碧纷烂漫，时见松枥皆十围。当流赤足蹋涧石，水声激激风吹衣。"岚，《说文》无，大徐《新附》："岚，山名。"翠岚，山气蒸润也。晚唐皮日休《虎丘寺西小溪闲泛三绝》之一起句："鼓子花明白石岸，桃枝竹覆翠岚溪。"郑谷《送吏部曹郎中免官南归》排律："郡迎红烛宴，寺宿翠岚楼。"又《野步》七绝起句："翠岚迎步夜何长！笑领渔翁入醉乡。"其后南宋初张元幹诗："南浦翻云浪，西山滴翠岚。"则用先生此处语矣。

【注四】毵毵，花落缤纷之皃。纪昀曰："此言机心已尽，不必相猜之意，非写景也。"又曰："末句即海鸥何事更相疑意，非写所见之景。"案：此两句亦成诗谶矣；其后蔡京崛起，韩忠彦罢相，君子道消；真成山鸡惊起，花落毵毵也。

又作《过岭寄子由》七律【注一】云：

投章献策谩多谈，能雪冤忠死亦甘。【注二】一片丹心天日下，数行清泪岭云南。【注三】光荣归佩呈佳瑞，瘴疠幽居弄晓岚。【注四】从此西风庾梅岭，却迎谁与马毵毵？【注五】

【注一】此诗，王十朋注本入纪行类，施元之原注本不载，新刻本《续补》下卷载凡二首，一是先生原作，一是子由和章，并子由作亦以为是先生诗，非也。王文诰《编注集成》本亦不载。《东坡七集》本则并前作《七年来往我何堪》一首皆题作《过岭寄子由》，亦非。兹摘出先生原诗一首疏之，盖杰构也。

【注二】首句：子由尝官至尚书右丞、门下侍郎（副相），位在乃兄上；投章献策，上疏论事极多，故先生云尔。杨恽《报孙会宗书》："方当盛汉之隆，愿勉旃，无多谈！"次句："冤忠""死亦甘"，皆先生自铸伟词，沉刻有力；谓如能洗雪冤诬，使孤忠得白，则朝昭夕死，亦所甘心也。

【注三】二句兄弟同之，非只就己说也。警策遒炼，沉郁苍凉，是先生七律重大句，千古下读之，殊感不绝于余心也。浅学者每不解此等，滋可叹矣！

【注四】子由于去年四月即召还，复太中大夫，提举上清太平宫，故三句云然。晓岚：晓，一作晚。此二句是今昔之感，语气倒装。光荣归佩呈佳瑞，今也；瘴疠幽居弄晓岚，昔也，谓其谪居雷州时也。光荣：欧阳修《读李翱文》："愈尝有赋矣（昌黎《感二鸟赋》），不过羡二鸟之光荣，叹一饱之无时。"

【注五】末二句：谓南放之人极少生还者，又谁能如己弟之得邀天幸，自庾岭北还而相将邀于岭头之人乘马毰毸以远迎之乎？唐释源应《一切经音义》引东汉服虔《通俗文》云："毛长曰毰毸。"此形容马之颈毛尾毛也；上首之花雨落毰毸，则形容花草之片片丝丝也。孟浩然《高阳池送朱二》七古："澄波澹澹芙蓉发，丝岸毰毸杨柳垂。"喻柳条之丝丝然如长毛也。

抵虔州（今江西赣州市赣县区）遇术士谢晋臣，有《赠虔州术士谢晋臣》七律云：

属国新从海外归，君平且莫下帘帷。【注一】前生恐是卢行者，后学过呼韩退之。【注二】死后人传戒定慧，生时宿直斗牛箕。【注三】凭君为算行年看，便数生时到死时。【注四】

【注一】首句，以同姓之苏武自喻也。《汉书·苏武传》："武以始元（昭帝）六年春至京师，……拜为典属国。"《汉书·百官公卿表》："典属国，掌降蛮夷者。"又苏武牧羊北海上，先生则放逐海南，故并得云新从海外归也。次句，以西汉严君平卖卜成都市以比术士谢晋臣也。此术士必亦有道者，非普通江湖日者比。《汉书》王吉、贡禹等传序："蜀有严君平（名遵）……君平卖卜于成都市，以为'卜筮者贱业，而可以惠众人，有邪恶非正之问，则依蓍龟为言利害；与人子言，依于孝；与人弟言，依于顺；与人臣言，依于忠。各因执导之以善，从吾言者，已过半矣'。裁日阅数人，得百钱足自养，则闭肆下帷，而授《老子》。……扬雄少时从游学，已而仕京师显名，数为朝廷在位贤者称君平德。"

【注二】先生笃信佛、道，故自以为是六祖后身；而立身行己，则又以儒术显，故当时后学以为不减韩退之之当年也。卢行者，即六祖。宋释赞宁《高僧传·唐韶州今南华寺慧能传》："释慧能，姓卢氏，南海新兴人也（新兴，在云浮东南，开平西北）。……咸亨中，（高宗）往韶阳，遇刘志略（高行士），略有姑无尽藏（出家为尼号），恒读《涅槃经》，能听之，即为尼辨释中义（时未往黄梅五祖处学佛，盖生知者）。怪能不识文字，乃曰：'诸佛理论，若取文字，非佛意也。'尼深叹服，号为行者。"（行者，修佛、道者之称，亦男子有志出家而依住僧寺者之称。六祖，俗家姓卢）

【注三】五句，承卢行者来。《景德传灯录》卷五："韶州海法禅师者，曲江人也。初见六祖，问曰：'即心即佛，愿垂指喻。'祖曰：'前念不生即心，后念不灭即佛；成一切相即心，离一切相即佛。吾若具说，穷劫不尽。听吾偈曰：'即心名慧，即佛乃定。定慧等持，意中清净。悟此法门，由汝习性。用本无生，双修是正。'"佛氏谓由戒生定，由定生慧，戒定慧亦称三学也。六句，承韩退之来。王十朋注引子仁（林氏）曰："先生盖自谓生时与韩退之相似，命宫在斗牛箕，而身宫亦在焉。"（术者以人之生年纳甲所属五行定十二宫限，丑宫亦名磨蝎宫，斗牛箕三星在焉。昌黎是身宫在丑，先生则身命两宫皆在焉，故平生祸福谤誉皆较昌黎为重也）昌黎《三星行》（三星，即箕、南斗、牵牛）五古云："我生之辰，月宿南斗。牛奋其角（主辛劳），箕张其口（主是非口舌）。牛不见服箱，斗不挹酒浆；箕独有神灵，无时停簸扬。"箱，车也。《诗·小雅·大东篇》："皖彼牵牛，不以服箱。"又云："维南有箕，不可以簸扬（指簸米）；维北有斗，不可以挹酒浆。"牛不以服箱，谓车马服用不如人也；斗不挹酒浆，谓酒肉饮食匮乏也；箕独有神灵，无时停簸扬者，箕星主口舌，谓己一生誉之者多，毁之者亦多也。以命家星盘之法推之，退之之命，立身是在丑宫初度至十二度。据《淮南子·天文训》之十二宫限及二十八宿之星盘观之，南斗为箕星及牵牛星所夹拱，故昌黎《三星行》云尔也。先生《志林》卷一云："退之诗云：'我生之辰，月宿直斗。'乃知退之磨蝎（即丑宫）为身宫；而仆乃以磨蝎为命宫（身命同在此宫），平生多得谤誉，殆是同病也。"南宋葛立方《韵语阳秋》卷十七云："寻常算五星者，以为命宫灾福不及身宫之重。东坡以身命同宫，故谤誉尤重于退之。"明都穆《南濠诗话》（不分卷）云："韩文公诗云：'我生之初，月宿南斗。'东坡谓公身坐磨蝎宫，而己命亦居是宫，盖磨蝎即星纪之次，亦斗宿所缠也。（《汉书·律历志》："星纪：初斗十二度，大雪；中牵牛初，冬至；终于婺女七度。"星纪：即磨蝎宫，亦作摩羯）星家言身命舍是者，多以文显，以二公观之，名虽重于当世，而遭逢排谤，几不自容，盖诚有相类者。"余年少时好奇，尝涉猎星命之学，亦身命同在磨蝎宫，虽德学文章，未逮两先生万一，而平生亦多谤誉，盖有由然者矣。孔子曰："不知命，无以为君子也。"既已知其然，则安之可矣。

【注四】末句：生时，乘第六句；死时，乘第五句。张籍《赠任道人》七绝："欲得定知身上事，凭君为算小行年。"查初白《苏诗补注》："按此诗五六联分承三四两句，末二句也总括五六，章法遒紧。"此诗甚佳，然初北归便云"死后人传戒定慧"及"便数生时到死时"，则又成诗谶矣。岂先生亦精命学，知己之将死，莫可如何耶？

二月，在虔州，其亡友孙立节介夫之子孙勴志康，自虔州属感化县来见。先生抱存没之痛，为其父作《刚说》，举孙介夫不肯任王安石所举官而忤之，及为桂州判官时与长官力争十二人命得直事；说云："……吾以是益知刚者之必仁也。（真刚强正直者，是严邪正善恶黑白曲直义与不义之辨，真刚者必能柔，即必仁慈，非暴戾刚愎者比也）方孔子时，可谓多君子，而曰'未见刚者'。（《论语·公冶长》："子曰：'吾未见刚者。'或对曰：'申枨。'子曰：'枨也欲，焉得刚！'"多欲者必不胜物诱，而俯首低眉屈身败德者随之矣。是岂刚强不屈者哉！）而世乃曰'太刚则折'。（《淮南子·泛论训》："太刚则折，太柔则卷。"）折不折，天也。非刚之罪。为此论者，鄙夫患失者也。"（此讽世语，非诋《淮南》也。《论语·阳货》："子曰：鄙夫可与事君也欤哉！其未得之也，患得之；既得之，患失之。苟患失之，无所不至矣。"）江公著晦叔来虔为守，有《次韵江晦叔》二首五律，其二云：

钟鼓江南岸，归来梦自惊。【注一】浮云时事改，孤月此心明。【注二】雨已倾盆落，诗仍翻水成。二江争送客，木杪看桥横。

【注一】精深华妙，起笔已佳，梦自惊者，梦且惊，而况不梦时乎？其谪岭表时之忧患攻心，冤痛酸楚之情可见矣。

【注二】此两句用唐人杜诵及杜甫诗意而以变化出之者，最为先生五律中警句，千秋传诵。唐高仲武《中兴间气集》卷上载杜诵《哭长孙侍御》五律五六名句云："流水生涯尽，浮云世事空。"高仲武云："杜君诗调不失，如'流水生涯尽，浮云世事空'，得人生终始之理，故编之。"杜甫《江汉》五律三四警句云："片云天共远，永夜月同孤。"仇兆鳌《杜少陵集详注》云："东坡自岭外归，次江晦叔诗云：'浮云时事改，孤月此心明。'语意高妙，亦是善摹杜句者。诗家作法虽多，要在摹情写景，各极其胜。"宋胡仔《苕溪渔隐丛话后集》卷二十六云："……（东坡）后自岭外归，《次韵江晦叔》诗云：'浮云时事改，孤月此心明。'语气高妙，参禅悟道之人，吐露胸襟，无一毫窒碍也。"宋王应麟《困学纪闻》卷十八《评诗》云："浮云世事改，孤月此心明，坡公晚年，所造深矣。"（何义门曰："再举此二句，亡国遗臣以自喻也。"何谓王深宁以先生诗得己心之所同然也）

　　三月，仍在虔州，闻章惇贬雷州司户参军（从九品），本州安置。【上一年十月，先贬武昌节度副使（从八品），潭州安置，至是年二月复贬雷州。盖尝与钦圣太后争持，不欲立徽宗故也】惊叹弥日，有《与黄师是书》（名寔，章惇外甥，母乃惇姊；然两女皆适先生子，与先生友善，非党恶者也）云："子厚（惇字）得雷，闻之惊叹弥日。海康（即雷州）地虽远，无瘴疠，舍弟居之一年，甚安稳，望以此开譬太夫人也。"（开解师是母，即惇姊也）《宋史·奸臣传一·章惇传》："初，苏辙谪雷州，不许占官舍，遂僦民屋。惇又以为强夺民居，下州追民究治，以僦券甚明，乃已。至是，惇问舍于是民，民曰：'前苏公来，为章丞相，几破我家，今不可也。'徙睦州（在浙江）卒。"王文诰《苏诗总案》云："两公（先生及子由）贬至琼州别驾，封赐犹存，服带如旧（不夺回）；

惇贬至司户参军，则封赐尽去，以绿袍（九品服）拜命矣。"
宋释惠洪《冷斋夜话》卷七："东坡……迁儋耳，久之，天下
盛传子瞻已仙去矣。后七年北归，时章丞相方贬雷州，东坡至
南昌，太守（叶祖洽）云：'世传端明已归道山，今尚尔游戏
人间耶？'东坡曰：'途中见章子厚，乃回反耳。'"案：章惇
由潭州贬所赴雷，与先生道中实不相值；《冷斋》此记，特宋
人深恶章子厚，故云尔耳。月底，与刘安世溯赣江北行（安
世时起知山东郓州，由湖南赴任，与先生遇于虔），江大涨，
赣石尽没，故先生有龙光诗谶之言。（前龙光寺七绝有"竹中
一滴曹溪水，涨起西江十八滩"之句）至永和，安世解舟别
去。四月，过豫章（即南昌）；初，公得敕命提举玉局观，在
外州军任便居住时，本拟归蜀，以财力不逮（囊金将尽），且
归常州（江苏武进）；及在韶州南华寺时，李亮工具述龙舒风
土之美。（今安徽舒城县有龙舒山、龙舒河，宋时称舒州）于
是有归舒州意。至是，得子由书，劝先生同居颍昌（今河南
许昌市）；而李廌方叔时服官于许，亦以书相劝，但子由时亦
窘乏，故居常居许之意未决，然已罢卜居龙舒之议矣。抵南康
军（今江西庐山市），复与刘安世、胡洞微入庐山，重游栖贤
寺、三峡桥，至开元寺漱玉亭、陵谷草木；如失故态，惟山中
道侣，契好如昔时，感叹不已。【见本集《答胡道师》。先生
于神宗元丰七年甲子、四十九岁，初游庐山，至是（徽宗建
中靖国元年辛巳，六十六岁）首尾已共十八年矣】至九江，
十六日，过湖口（在九江东），访湖口人李正臣，所蓄壶中九
华石，已为好事者取去。（前哲宗绍圣元年先生五十九岁南迁
途中，经湖口时，有《壶中九华诗》七律，《序》云："湖口

人李正臣，蓄异石九峰，玲珑宛转若窗棂然。予欲以百金买之，与仇池石为偶，方南迁，未暇也。名之曰壶中九华，且以诗记之。"）有七律一篇。题云《予昔作〈壶中九华诗〉，其后八年，复过湖口，则石已为好事者取去，乃和前韵以自解云》。诗曰：

江边阵马走千峰，问讯方知冀北空。[注一] 尤物已随清梦断，[注二] 真形犹在画图中。[注三] 归来晚岁同元亮，却扫何人伴敬通？[注四] 赖有铜盆修石供，仇池玉色自璁珑。[注五]

【注一】首句，喻好事者驰马载石而去也。次句，谓访问李正臣方知异材已渺也。杜牧《李长吉歌诗序》："风樯阵马，不足为其勇也。"《左传》昭公四年："冀之北土，马之所生。"韩愈《送温处士赴河阳军序》："伯乐一过冀北之野，而马群遂空。夫冀北、马多于天下，伯乐虽善知马，安能空其群耶？解之者曰：吾所谓空，非无马也；伯乐知马，遇其良，辄取之，群无留良焉；苟无良，虽谓无马，不为虚语矣。"

【注二】先生自注："刘梦得以九华为造化一尤物。"按：刘禹锡乐府有《九华山并引》，引云："九华山，池州青阳县（在安徽）西南，九峰竞秀，神采奇异。"其乐府末四句云："九华山，九华山，自是造化一尤物，焉能籍甚乎人间！"《左传》昭公二十八年叔向之母曰："夫有尤物，足以移人，苟非德义，则必有祸。"

【注三】先生自注："道藏有《五岳真形图》。"班固《汉武帝内传》："帝又见王母巾笈中有卷子小书，盛以紫锦之囊，帝问：'此书是仙灵之方邪？不审其目可得瞻眄否？'王母出以示之曰：'此《五岳真形图》也。昨青城诸仙就我求请，今当过以付之。'"北宋张君房《云笈七签》卷七十九载东方朔《五岳真形图序》云："五岳真形者，山水之象也。盘曲回转，陵阜形势高下参差，长短卷舒，波流似于旧笔，锋芒畅乎岭崿，云林玄黄，有书字之状。是以天真道君，下观规矩。"

【注四】陶公有《归去来辞》，先生谓晚节同之，殆"富贵非吾愿，帝乡不可期"之类也。敬通，东汉初冯衍字。《后汉书·冯衍传》："衍幼有奇才，年九岁能诵《诗》，至二十四而博通群书。……（刘玄）更始二年，鲍永行大将军事。……衍为立汉将军。……及世祖（光武帝）即位，……永、衍审知更始已殁（为赤眉贼所杀），乃共罢兵，幅巾降于河内。帝怨衍等不时至，永以立功得赎罪，遂任用之；而衍独见黜。……顷之，帝以衍为曲阳（在河北）令，诛斩剧贼郭胜等，降五千余人，论功当封；以谗毁，故赏不行。……（与外戚阴就交善，光武惩西汉外戚之祸，皆绳以法，衍自诣狱，有诏赦不问。）西归故都，闭门自保，不敢复与亲故通。建武末，上疏自陈，犹以前过不用。衍不得志，退而作赋。（《显志赋》有"念人生之不再兮，悲六亲之日远"及"伤诚善之无辜兮，赍此恨而入冥"之句）显宗（明帝）即位，又多短衍以文过其实，遂废于家。衍娶北地（甘肃郡名）任氏为妻，悍忌不得蓄媵妾，儿女常自操井臼，老竟逐之，遂埳壈于时。……居贫年老，卒于家（京兆杜陵）"江淹《恨赋》："至乃敬通见抵，罢归田里。闭关却扫，塞门不仕。左对孺人，顾弄稚子（冯豹，字仲文）。脱略公卿，跌宕文史。赍志没地，长怀无已。"

【注五】先生自注："家有铜盆，贮仇池石，正绿色，有洞，水达背。予又尝以怪石供，佛印师作《怪石供》一篇。"仇池，山名，在甘肃成县西。后人集先生杂帖序跋语，题曰《仇池笔记》，二卷。杜甫《秦州杂诗二十首》（五律）之十四起云："万古仇池穴，潜通小有天。"又第二十首五六云："藏书闻禹穴，读记忆仇池。"

五月一日，至金陵。得子由自许来书，望先生归许同居甚切。先生以子由苦劝，不忍违其意，复定居许。欲自淮、泗溯汴河至陈留（汴京东南）出陆，西南往许昌。渡江至仪真。（宋仪真郡，清改仪征，在长江北岸）闻曾布、蔡京、赵挺之等辈复建绍述之议。（神宗用王安石变法，哲宗初即位，宣仁太皇太后罢之，及哲宗亲政，章惇为相，复行前法，史称绍述之政，或称继述。《中庸》："夫孝者，善继人之志，善述人之事者也。"此群小所假以藉口。然变法之事，神宗晚已悔之，惜其寿促，不及与民更之耳！哲宗用元凶而踵行乱政，岂孝也哉！）排击元祐臣僚（宣仁太皇太后听政时所起用群贤），不遗余力，先生知许昌不可居（距汴京近），乃决议归毗陵（即常州，今江苏常州市武进区）定居，因复子由书。【本集《与子由书》云："子由弟：得黄师是（名寔）遣人赍来二月二十二日书（五月始到，盖道途流徙，传达不易也），喜知近日安讯。兄在真州，与一家亦健。行计南北，凡几变矣。遭值如此，可叹可笑！兄近已决计从弟之言，同居颍昌，行有日矣；适值程德孺（名之元）过金山（在镇江西北），往会之，并一二亲故皆在坐，颇闻北方事，有决不可往颍昌近地居者！（先生自注："事皆可信，人所报：大抵相忌，安排攻击者。北行渐近，决不静尔。"）今已决计居常州，借得一孙家宅，极佳。浙人相喜，决不失所也。（常州，宋时属两浙路，先生最为浙人拥戴）更留真十数日，便渡江往常。逾年行役（去岁五月量移廉州），且此休息。恨不得老境兄弟相聚，此天也；吾其如天何！亦不知天果于兄弟终不相聚乎？士君子作事，但只于省力处行，此行不遂相聚，非本意，为省力避害也。……林子中病伤寒，十余日便卒，所获几何？遗恨无穷，哀哉！〔先生四月已闻林子中卒矣。《宋史·林希传》："字子中，福

255

州人。举进士，……元祐初，历秘书少监、起居舍人、起居郎，进中书舍人。……哲宗亲政，章惇用事，尝曰：'元祐初，司马光作相，用苏轼掌制，所以能鼓动四方。安得斯人而用之？'或曰：'希可。'惇欲使希典书命，逞毒于元祐诸臣，且许以为执政（副相）；希亦以久不得志，将甘心焉。遂留行（时将出知成都），复为中书舍人。……时方推明绍述，尽黜元祐群臣，希皆密豫其议。自司马光、吕公著、大防、刘挚、苏轼、辙等数十人之制，皆希为之词，极其丑诋，至以老奸擅国之语，阴斥宣仁，读者无不愤叹。一日，希草制罢，掷笔于地曰：'坏了名节矣。'迁礼部、吏部尚书、翰林学士，擢同知枢密院。……后怨惇不引为执政，遂叛惇（归曾布），邢恕论希罪，罢知亳州，移杭州。……徽宗立，徙大名。朝廷以其词命丑正之罪夺职，知扬州，徙舒州，未几卒，年六十七。"王文诰《苏诗总案》云："本集《与子由书》云：'林子中病伤寒，十余日便卒，所得几何！遗臭无穷，哀哉！'……夫以希之知识，而欲于此三奸臣（章惇、曾布、邢恕）中踢跳取事，宜其身败名裂而幽愤以死。公哀之者，乃怜希之愚，非幸希之死也。"〕兄万一有稍起之命，便具所苦疾状力辞之，与迨、过闭户、治田、养性而已。千万勿相念，保爱保爱。今托师是致此书。"】六月一日，与米黻（一作芾）遇于白沙东园（欧阳修有《真州东园记》），同游西山，逭（音换，逃也）暑于西山书院南窗竹林下。（米元章挽先生诗七律五首之五末云："曾借南窗逃蕴暑，西山松竹不堪过。"自注云："南窗，乃余西山书院也。"）将行，真州守傅质出饯，邀同程之元为会，既罢，招米芾夜话舟中。程之元及弟之才、之邵出银二百星（犹两），以佐资斧，先生却之。时方酷暑，先生维舟，以事未发；居海南久，无此热，觉舟中热不可堪，夜辄露坐；复饮冷过度，中夜暴下。至旦，惫甚，食黄蓍（即北蓍）粥，觉稍适。会米芾约明日为筵，旦，以四古印为质，先生于枕上玩赏之，缓其约于雨后，犹未以疾为意也。俄而瘴毒大作，暴下不止。芾时至问疾（本集《与米元章书》云："岭海八年，亲友旷绝，亦未尝关念；但念吾元章迈往凌云之气，清雄绝俗之文，超妙入神之字，何时见之，以洗我积年瘴毒耶？今真见之矣，余无足言者。"），过晓夜扶持之。自是胸膈作胀，却食饮，夜不能寐，辄端坐饱蚊子，体渐羸。一日，午睡方起，闻芾冒暑送麦门冬到东园，有《睡起闻米元章冒热到东园，送麦门冬饮子》七绝云：

一枕清风值万钱，无人肯买北窗眠。[注一] 开心暖胃门冬饮，知是东坡手自煎?[注二]

【注一】首句翻用太白《襄阳歌》"清风朗月不用一钱买"意。北窗眠：陶公《与子俨等疏》："常言五六月中，北窗下卧，遇凉风暂至，自谓是羲皇上人。"

【注二】《神农本草经》卷上："麦门冬，味甘平，生川谷。治心腹结气，伤中伤饱，胃络脉绝，羸瘦短气。久服轻身，不老不饥。"

越两日，困卧不起，而河水污浊，熏蒸几席，因移舟通济寺，泊于闸外。（本集《与米元章书》云："某两日病不能动，口亦不欲言，但困卧尔，……河水污浊不流，熏蒸成病。今日当迁，过通济寺泊，虽不当远去左右，只就活水快风，一洗病滞，稍健，当奉谈笑也。"）遂为书属子由曰："即死，葬我于嵩山下，子为我铭。"（子由所为《亡兄子瞻端明墓志铭》云："公始病，以书属辙曰：'即死，葬我于嵩山下，子为我铭。'辙执书哭曰：'小子忍铭吾兄！'"先生致子由此书，今本集无矣）子过读米芾所作《宝月观赋》，诵声琅琅，先生卧听未半，跃然而起，书谓芾曰："公不久当有大名，不劳我辈说也。"【本集《与米元章书》云："两日病有增无减，虽迁闸外，风水稍清，但虚乏不能食，口殆不能言也。儿子得《宝月观赋》，琅然诵之；老夫卧听之，未半，跃然而起，恨二十年相从（米时五十一岁，后六年卒，年五十七），知元章不尽。若此赋，当过古人，不论今世也，天下岂如我辈愦愦耶！公不久当自有大名，不劳我辈说也。"】意颇欣适，疾稍减，杖而能行，遂发仪真。十二日过润州，闻苏颂卒，伤悼不已。（颂字子容，卒年八十二。绍圣中，以太子少师致仕）命过哭其丧，召僧徒荐之，作《荐苏子容功德疏》。十四日，颂外孙李儦与颂诸孙来谢，（颂子京，字世美，尝为许州观察判官，已先颂卒矣）先生泣不能起。时大江南北，人咸以司马光当年望先生（神宗崩，哲宗初即位，宣仁太皇太后听政，起用司马光为相，今哲宗崩，钦圣太后同听政，故天下属望也），所至聚观如堵，竞传入相。先生门人章惇子援（哲宗元祐三年先生五十三岁知贡举时所取科头也），适在京口（即润州、镇江），闻之甚惧，不敢修谒，乃以书求通。【宋赵彦卫《云麓漫钞》卷九全载此书，共七百余言，有云："'迩来闻诸道路之言，士大夫日夜望尚书进陪国论。今也使某得见，岂得泊然无意哉！尚书固圣时之蓍龟，窃将就执事者，穆卜而听命焉。（《书·金縢》："既克商二年，王有疾，弗豫。二公曰：'我其为王穆卜。'"《孔传》："言王疾当敬卜吉凶。"援之穆卜，是谓敬卜东坡先生而祝之之为相也）……旬数之间，尚书奉尺一（诏书），还朝廷，登廊庙，地亲责重；所忖度者幸而既中，又不若今日之不克见，可以远迹避嫌，杜谗慝之机，思患而豫防之为善也。'（《易·既济卦·象辞》："水在火上，《既济》。君子以思患而豫防之。"）先生得书，大喜，顾谓其子叔党曰：'斯文，司马子长之流也。'命从者申楮和墨，书以答之：'某顿首，致平学士，某自仪真得暑毒，困卧如昏醉中。到京口，自太守以下皆不能见，茫然不知致平在此。伏读来教，感叹不已！某与丞相定交四十余年，虽中间出处稍异，交情固无增损也。闻其高年，寄迹海隅，此怀可知。但已往者更说何益，但论其未然者而已。……（以下是慰安章援，及教其寄用物及药往海康。真仁者之言，不惟不念旧恶而已）所云穆卜，反（覆）究绎，必是误听。纷纷见及已多矣，得安此行为幸，幸更徐听其审。又见今病状，死生未可必，自半月来，日食米不半合（音鸽，十合为升），见食即先饱。今且归毗陵，聊自欺："此我里，庶几且小休，不即死。"书至此，困惫，放笔太息而已。某顿首再拜，致平学士阁下，六月十四日。'此纸乃一挥，笔势翩翩。后又写白术方，今在其孙洽（章援孙）教授君处。……元祐三年，先生知举时，致平为举子，初，致平之文法荆公。既见先生知举，为文皆法坡，遂为第一。逮揭榜，方知子厚子。"刘克庄《后村题跋》卷二《跋章援致平与坡公书》云："邢和叔（名恕）有居实（字惇夫），章子厚有致平，皆不能谏乃翁之失（邢居实是君子，章致平乃小人也。后村此言未尽是），信乎人之勇于为不善者，虽父子之间不能回也，苏、章本布衣交；子厚当国，乃窜坡公于海南。及子厚谪雷，坡公书云：'闻丞相高年，寄迹海隅，此情可知。'且劝其养丹储药。君子无纤毫之过，而小人忿忮，必致之死。小人负丘山之罪，而君子哀怜，犹欲其生，此小人君子用心之所以不同欤？致平在当时诸家子弟中尤豪俊，知爱其父，而不知斯立（刘挚子。挚于绍圣四年，被章惇流放于今广东新兴之新州，十二月卒）、叔党之徒，各爱其父。知海康风土之恶，而不知海南风土有恶于海康者，又可悲也。"】十五日，舟赴毗陵，先生体气稍复，着小冠，披半臂（短袖衫），坐仓中，运河两岸千万人围随而行。公曰："莫看杀轼否？"【《晋书·卫玠传》："玠字叔宝。……风神秀异。……京师人闻其姿容，观者如堵。玠劳疾遂甚，永嘉（怀帝）六年卒，时年二十七，时谓玠被看杀。"宋邵博《闻见后录》卷二十："李文伸言：东坡自海外归毗陵，病暑，着小冠，披半臂，坐船中，夹运河岸千万人随观之。东坡顾坐客曰：'莫看杀轼否？'其为人爱慕如此。"（亦见宋周辉《清波杂志》卷三"晁伯强至毗陵，祠东坡于学宫中"注语）】至奔牛埭（在常州西北），钱世雄复来迎（世雄字济明，常州人。先生在乌台诗狱时，世雄以选人收有先生文字不申缴，被罚铜二十斤。先生北归，世雄迎于仪真金山），先生卧榻上，徐起，谓曰："万里生还，乃以后事相托也；惟吾子由不复一见而决，此痛难堪尔。"因以《易传》《书传》《论语说》三书付世雄，藏之名山。【宋何薳《春渚纪闻》载钱济明《跋施能叟所藏东坡帖》后云:"六月,自仪真避疾临江,再见于奔牛埭。先生独卧榻上,徐起,谓某曰:'万里生还,乃以后事相托也;唯吾子由,不复一见而决,此痛难堪!余无足言矣!'久之,复曰:'某在海外,了得《易》、《书》、《论语》三书,今尽以付子,愿勿以示人,三十年后,会有知者。'(先生未及葬而党祸复起,越二年(崇宁二年),诏毁东坡所有文字。至高宗建炎三年(上距二十七年),始复先生端明殿学士官,先生嘱世雄勿以所著示人,而待以三十年后者,几于前知矣)因取藏箧,欲开而钥失匙。某曰:'某获侍言,方自此始,何遽及是也?'即迁寓孙氏馆。"】舟抵毗陵,迁寓孙氏馆,遂上表请老,以本官致仕(朝奉郎,正七品,提举成都玉局观)。钱世雄日必造见,慨然追论往事,并出岭海诗文示之。(钱济明《跋》又云:"日往造见,见必移时,慨然追论往事,或出岭海诗文相示,时发一笑。觉眉宇间,秀爽之气,照映坐人。")七月,旱甚,张黄筌(五代前蜀王衍臣,入宋,与徐熙齐名)所画龙于中庭,每夜焚香致祷,一如作郡时。(本集《与钱济明书》云:"家有黄筌画龙,拔起两山间,阴威凛然。作郡时,常以祷雨有应,今夕具香烛试祷之。济明虽家居,必不废闵雨意,可来燔一炷香否?旧所藏画,今正曝临,只今来闲看否?")先生爱民之心,没身无改也。亲知馈遗,皆却不受,惟钱世雄所馈饮品及蒸作则受之。世雄或未至,则促之以来,抵掌为笑。十二日,欣然欲举笔砚,为世雄书《江月》五诗。(五言古,绍圣二年六十岁在惠州时作,以少陵"残夜水明楼"为韵,而每首起用"一更山吐月"至"五更山吐月")十三日,跋《桂酒颂》。【见本集《与钱济明书》。王文诰《苏诗总案》云："公在惠日（绍圣二年），尝书小字《桂酒颂》（七言）寄钱济明，当即跋此本也，此跋本集不载。"】十四日，疾稍增；至十五日，热毒转甚，齿间出血如蚯蚓者无数。饮人参、茯苓、麦门冬浓汤，余药皆罢；而气寝上逆，不安枕席。钱世雄见疾不可为，以神药进，先生曰："神药希代之宝，理贯幽明，未敢轻议。"（见本集《与钱济明书》）遂不服。（此夫子"丘之祷久矣"之意也）十八日，命迈、迨、过侍侧。谓曰："吾生无恶，死必不坠。"（不坠畜生、饿鬼、地狱三恶道也。子由所作《墓志铭》云："未终旬日，独以诸子侍侧，曰：'吾生无恶，死必不坠，慎无哭泣以怛化。'"王文诰《苏诗总案》以为怛化之说乃子由增之。《庄子·大宗师篇》："叱避，无怛化。"郭象注："夫死生犹寤寐耳，于理当寐不愿人惊之，将化而死，亦宜无为怛之也。"陆氏《释文》："怛，丁达反，惊也。"）二十一日，觉有生意，命迨、过强扶而起，行可数步。二十三日，杭州径山寺维琳长老（先生帅杭时使住持径山寺，相别已十余年），出山远道来视疾，先生方睡，投刺暂去；先生觉，见刺惊叹，乃作书邀与夜凉对榻深谈。二十五日，疾革（革，读作急亟之亟，急也），复作书与维琳别。（本集《与径山维琳书》云："某岭海万里不死，而归宿田里，遂有不起之忧，岂非命也夫！然死生亦细故尔，无足道者。惟为佛、为法、为众生自重。"）二十六日，彻县。【此用王氏《总案》。《礼·丧大记》："疾病，外内皆扫，君大夫彻县（钟磬），士去琴瑟，寝东首于北牖下，……属纩（人临终前，将棉絮置其口鼻附近，以观察其气息之有无）以俟绝气。"】维琳说偈，先生答之

（此是绝笔诗，今题作《答径山琳长老》）曰：

　　与君皆丙子，各已三万日。[注一] 一日一千偈，电往那容诘![注二] 大患缘有身，无身则无疾。[注三] 平生笑罗什，神呪真浪出。[注四]

【注一】先生生于仁宗景祐三年丙子（维琳亦然）十二月十九日，卒于徽宗建中靖国元年辛巳七月二十八日，实二万三千五百七十余日，此云三万日，举成数耳。

【注二】梁释慧皎《高僧传·晋长安鸠摩罗什传》："鸠摩罗什，此云童寿，天竺人也。……什年七岁，从师受经，日诵千偈，偈有三十二字。凡三万二千言。……师授其义，即自通达，无幽不畅。"《金刚经》四句偈："一切有为法，如梦幻泡影，如露亦如电，应作如是观。"那容诘者，"法尚应舍"《金刚经》意也。

【注三】《老子》："吾所以有大患，为吾有身，及吾无身，吾有何患？"此二句亦是先生在惠州时所作《思无邪斋铭》之起句，《铭》作"无病"，此易为"疾"。

【注四】《高僧传·晋长安鸠摩罗什传》："杯度比丘（出家受具足戒者之称）在彭城，闻什在长安，乃叹曰：'吾与此子戏别三百余年，杳然未期，迟有遇于来生耳。'什未终日，少觉四大不愈，（《圆觉经》卷上："我今此身，所谓毛发爪齿，髓脑垢色，皆归于地；唾涕脓血，津液涎沫，痰泪精气，大小便利，皆归于水；暖气归火；动转归风。四大各离，今者妄身，当在何处？即知此身，毕竟无体。"）乃口出三番神呪（咒），令外国弟子诵之以自救；未及致力，转觉危殆，于是力疾，与众僧告别。"先生笑罗什神呪浪出者，视此生如无物，应尽便须尽也。（先生之诗，绝笔于此矣）

二十七日，上燥下寒，气不能支。二十八日，将属纩，闻观已离（耳先聋）。维琳叩耳大声曰："端明且勿忘。"先生曰："西方不无，但箇里（犹勉强）着力不得。"钱世雄曰："至此更须着力。"答曰："着力即差。"语遂绝。【此见宋傅藻《纪年录》。宋周辉《清波杂志》卷三云："东坡疾稍革，径山老维琳来问疾，坡曰：'万里岭海不死，而归宿田里，有不起之忧，非命也耶？然死生亦细故耳。'后二日，将属纩，闻根先离，琳叩耳大呼：'端明勿忘西方。'曰：'西方不无，但箇里着力不得。'语毕而终。"释惠洪《石门题跋》云："东坡以建中靖国元年七月二十七（应是八）日殁于常州，时钱济明侍其旁，白曰：'端明平生学佛。此日如何？'坡曰：'此语亦不受。'遂化。"（《跋李豸吊东坡文》）如先生者，盖自有去处，何必定往西方哉！先生《潮州韩文公庙碑》云："其生也有自来，其逝也有所为。"又曰："是孰使之然哉？其必有不依形以立，不恃力而行，不待生而存，不随死而亡者矣。"《易·乾文言》："夫大人者，与天地合其德，与日月合其明，与四时合其序，与鬼神合其吉凶。"若昌黎、东坡必"不待生而存，不随死而亡"，其精神固必周遍于天地间，其运无乎不在，何必定生西也哉！】迈问后事，不答。是日公薨。实七月二十八日丁亥也。年六十六。子三：迈、迨、过。（第四子遁，生不满岁而卒）孙六：箪、符（迈子）、箕、籥（过长子）、筌、筹，皆在旁，视敛成礼。【先生存时六孙，后为十二孙，有籍、节、笈、箪、籢、箭（音朔）】明年壬午，改元崇宁，闰六月二十日，葬于汝州郏城县（今河南郏县）钓台乡上瑞里嵩阳峨嵋山。【此子由经营其事也。其《亡兄子瞻端明墓志铭》云："公始病，以书属辙曰：'即死，葬我嵩山下，子为我铭。'"又《栾城后集》卷二十《祭亡兄端明文》（建中靖国元年九月初五，命子远往祭）曰："丧来自东，病不克近。卜葬嵩阳，既有治命。三子孝敬，罔留于行。陟冈望之（《诗·魏风·陟岵》："陟彼冈兮，瞻望兄兮。"），涕泗雨零。"又崇宁元年五月朔日《再祭亡兄端明文》："先垄在西，老泉之山。归骨在旁，自昔有言。势不克从，夫岂不怀。地虽郏鄏，山曰峨眉。天实命之，岂人也哉！我寓此邦，有田一廛（《周礼·地官》："遂人，……夫一廛，田百亩。"）。子孙安之，殆不复迁。"】子由为《墓志铭》。著有《易传》九卷（存），《书传》十三卷（存），《论语说》五卷（亡），《东坡集》四十卷，《后集》二十卷，《奏议》十五卷，《内制》十卷，《外制》五卷，《和陶诗》四卷。（《仇池笔记》二卷及《志林》五卷乃后人所辑先生之题跋记等而成耳）初，先生未葬，党祸复起（崇宁元年五月六日，曾布主其事），先生与司马光等皆追削官爵，子孙不许官京师。九月（葬后三月），诏籍（录其罪）宣仁太皇太后听政时之所谓元祐奸党，待制（殿阁文臣）以上三十三人，先生为首恶，而宰执二十四人，则以文彦博为首恶。余官四十八人，秦观、黄庭坚为首，其余内臣八人，武臣四人，计一百十九人。御书深刻，立碑于端礼门。崇宁二年癸未四月，诏毁（蔡京所为）东坡文集、传说、奏议、墨迹、书版、碑铭、崖志一切文字。【宋王明清《挥麈录·第三录》卷之二《九江碑工李仲宁不肯刊党籍姓名》条云："九江有碑工李仲宁，刻字甚工，黄太史（山谷）题其居曰琢玉坊。崇宁初，诏郡国刊元祐党籍姓名，太守呼仲宁使劙之。仲宁曰：'小人家旧贫窭，止因开苏内翰、黄学士词翰，遂至饱暖。今日以奸人为名，诚不忍下手。'守义之曰：'贤哉！士大夫之所不及也。'馈以酒而从其请。"（亦见南宋初张淏《云谷杂记》卷三引邵伯温《闻见前录》）宋朱弁《曲洧旧闻》卷八："崇宁、大观间，海外诗（指东坡岭南作）盛行，后生不复有言欧公者。朝廷虽尝禁止，赏钱增至八十万，禁愈严而传愈多，往往以多相夸。士大夫不能诵坡诗，便不觉气索，而人或谓之不韵。"宋费衮《梁溪漫志》卷七《禁东坡文》条云："宣和间，申禁东坡文字甚严。有士人窃携《坡集》出城，为阖者所获，执送有司，见集后有一诗云：'文星落处天地泣，此老已亡吾道穷！才力谩超生仲达，功名犹忌死姚崇。〔《蜀志·诸葛亮传》裴松之注引晋习凿齿《汉晋春秋》曰："……百姓为之语曰：死诸葛、走生仲达。"唐郑处晦《明皇杂录》："（张说）曰：'死姚崇犹能算生张说，吾今日方知才之不及远矣。'"〕人间便觉无清气，海内何曾识古风？平日万篇谁爱惜？六丁收拾上瑶宫。'（六丁，神名，可致远方物者。瑶宫，上帝宫也）京尹义其人，且畏累己，因阴纵之。"】及黄庭坚、程颐（伊川）等所著书。九月，诏宗室不得与奸党子孙及有服亲者婚姻，内有已定未过礼者，并改正。崇宁三年甲申六月，重籍元祐奸党（蔡京主其事），增至三百九人。宰臣执政官二十七人，以司马光为首恶。待制以上四十九人，仍以先生为首恶。余官一百七十七人，仍以秦观、黄庭坚为首。武臣二十五人，内臣二十八人。不忠宰臣王珪、章惇二人，则真奸真小人亦预其列。盖是蔡京以报私怨，泾、渭同流，薰莸并器矣。【南宋宁宗嘉定四年，沈昉以其家藏碑本，重镌诸广西融州（今融水县）真仙岩，其末云："右元祐党籍，蔡氏当国实为之。徽庙遄悟（崇宁五年正月），乃诏党人出籍。高宗中兴，筏（《说文》："海中大船。"此作大也）加褒赠，及录其子若孙，公道愈明，节义凛凛，所为诎于一时而信于万世矣。其行实大概，则有国史在，有公议在。余官第六十三人，乃昉之曾大父（沈千）也。昉幸托名节后，敬以家藏碑本，镌诸玉融之真仙岩，以为臣子之劝云。"沈氏所刻碑，章惇、曾布、王珪、李清臣等亦在，非尽当年诸君子矣】文亦徽宗御书，刊石于文德殿门东壁，蔡京颁之天下，各州郡皆使立碑；至崇宁五年丙戌正月，彗星长竟天，太白昼见。（太白星但辰昏时见耳，昼不见也。《史记·天官书》："察日行以处位太白。"唐司马贞《史记索隐》引《韩诗》曰："太白晨出东方为启明，昏见西方为长庚。"《汉书·天文志》："太白，日西方，秋、金。义也，言也。义亏言失，逆秋令，伤金气，罚见太白。……未当出而出，当入而不入，天下起兵，有至破国。未当出而出，未当入而入，天下举兵，所当之国亡。"）雷击党籍碑，碎之；诏除朝堂外处党禁石刻。【魏了翁《鹤山题跋》卷七《跋丹棱刘氏党籍》云："崇宁定元祐为奸党；第元符上书人为邪等，以附元祐之末。且奸邪之名，人所甚恶，而子孙矜以为荣，作史者又以奸魁邪上为最荣。然则谓随、夷涸，谓跖、蹻廉，千数百年间用事之臣，盖一辙也。（卞随，汤让之天下而不受，见《庄子·让王篇》。蹻，音脚，楚庄王时大盗也。贾谊《吊屈原文》："世谓随、夷为涸兮，谓跖、蹻为廉。"）明倪元璐《题元祐党人碑》云："当毁碎时，蔡京厉声曰：'碑可毁，名不可毁

也。'嗟乎！乌知后人之欲不毁之更甚于京乎？诸贤自涑水
（涑，音束。司马光，山西夏县西涑水乡人，有《涑水纪闻》
十六卷）眉山数公，凡百余人（除两先生外，实三百七人，
元璐所见殆是首次所刻之一百十九人本，则皆君子也），史无
传者，不赖此碑，何由知其姓氏哉！故知择福之道，莫大乎与
君子同祸，小人之谋，无往而不福君子也。"倪氏此论，严气
正性，烈日秋霜；议论精绝，辞气劲绝，信涑水、眉山知己
也】徽宗政和间（崇宁五年后改元大观，又四年改元政和），
崇信道教，尝于宝箓宫设醮，道士出神朝天，久而方起。还，
言："奎宿（二十八宿中西方白虎七宿之首）方奏事，即本朝
苏轼也。（宋张端义《贵耳集》卷上："徽考宝箓宫设醮，一
日，尝亲临之，其道士伏章，久而方起。上问其故，对曰：
'适至帝所，值奎宿奏，方毕。章始达。'上问曰：'奎宿何
神？'答曰：'即本朝苏轼也。'上大惊。因是，使嫉能之臣，
谮言不入。虽道士之言，出于懱恍，然不为无补也。"）"因
诏赠龙图阁待制。钦宗靖康元年，金人围京师，檄取《东坡
文集》及司马光《资治通鉴》，诏复翰林侍读学士。南宋初，
高宗建炎二年，诏复端明殿学士，尽还合得恩数（一切封
赠）。绍兴（建炎四年后改元）元年，特赠朝奉大夫，资政殿
学士。绍兴九年，诏赐汝州郏城县坟寺为旌贤广惠寺。孝宗乾
道六年，赐谥文忠，特赠太师。王淮季海为孝宗行《赠苏文
忠公太师敕》（淮时为翰林学士、知制诰，后为左右丞相兼枢
密使）云："朕承绝学于百圣之后，探微言于六籍之中。将兴
起于斯文，爰缅怀于故老。虽仪刑之莫觊，尚简策之可求。揭
为儒者之宗，用锡帝师之宠。故礼部尚书、端明殿学士、赠资

政殿学士、谥文忠苏轼,养其气以刚大,尊所闻而高明。
【《大戴礼·曾子疾病》:"君子尊其所闻,则高明矣;行其所闻,则广大矣。"(亦见《群书治要》引《曾子》)董仲舒《贤良对策中》:"曾子曰:尊其所闻,则高明矣;行其所知,则光大矣。"养气,见《孟子·公孙丑上》】博观载籍之传,几海涵而地负,远追正始之作,殆玉振而金声。【韩愈《南阳樊绍述墓志铭》:"必具海含地负,放恣横从,无所统纪,然而不烦于绳削,而自合也。"《毛诗序》:"《周南》《召南》,正始之道,王化之基。"孔颖达疏:"正其初始之大道。"《孟子·万章下》:"孔子之谓集大成,集大成也者,金声而玉振之也。"王应麟《困学纪闻》卷十《评文》:"'王辅嗣(弼)吐金声于中朝(洛阳),此子(卫玠叔宝)复玉振于江表(金陵),微言之绪,绝而复续。不意永嘉(晋怀帝)之末,复闻正始之音。'(此引王敦语,见《晋书·卫玠传》)晋人之称卫玠,盖所尚者清谈也。正始,魏齐王芳年号。胡武平(名宿,北宋人)启,以'正始之遗音',对'夺朱之乱《雅》',陆务观尝择其误。(陆游《老学庵笔记》卷六引胡宿原文云:"手提天锋,锵正始之遗音;梦授神椽,摈夺朱之乱色。"胡宿之正始,是用《毛诗序》,谓正其初始,非用王敦意,指魏齐王芳时也。又胡宿文是《上知府刘学士启》,放翁谓是《上吕丞相启》)王季海行《东坡赠太师制》云:'博观载籍之传,几海涵而地负,远追正始之作,殆玉振而金声。'恐亦袭武平之误也。若正始之清谈,非所以称坡公。"按:王季海以正始对载籍(《史记·伯夷列传》:"夫学者载籍极博,犹考信于六艺。"载籍,记事之典籍也),似亦用《毛诗序》耳，非必误也】知言自况于孟轲，论事肯卑于陆贽？（《孟子·公孙丑上》："我知言，我善养吾浩然之气。"先生有《拟校正陆贽奏议上进札子》云："伏见唐宰相陆贽，才本王佐，学为帝师，论深切于事情，言不离乎道德。"）方嘉祐（仁宗）全盛，尝膺特建之招；至熙宁（神宗）纷更，乃陈长治之策。（仁宗嘉祐六年，先生年二十六，欧阳修以才识兼茂，荐之秘阁，试六论，文义粲然。仁宗御崇政殿，策试贤良方正能直言极谏者，先生对制策，入三等；自宋初以来，制策入三等，惟吴育与先生而已。除大理寺评事，签书凤翔府判官。神宗熙宁四年二月，时王安石为相，先生《上神宗皇帝》万言书，力言新法不便；又再上神宗书，皆不报）叹异人之间出，惊谗口之中伤。（《汉书》公孙弘等传赞："群士慕向，异人并出。"孔融《荐祢衡表》："维岳降神，异人并出。"《诗·小雅·十月之交》："黾勉从事，不敢告劳。无罪无辜，谗口嚣嚣。"嵇康《与山巨源绝交书》："所怨，至欲见中伤者。"）放浪岭表，而如在朝廷；斟酌古今，而若斡造化。不可夺者，峣然之节；莫之致者，自然之名。（《论语·子罕》："子曰：三军可夺帅也，匹夫不可夺志也。"《孟子·万章上》："莫之为而为者天也，莫之致而致者命也。"）经纶不究于生前，议论常公于身后。（《易·屯卦·象辞》："云雷，《屯》。君子以经纶。"先生评陶公《乞食诗》云："饥寒常在身前，功名常在身后。二者不相待，此士之所以穷也。"王季海谓先生于生前不能尽展其经纶之才，而死后却得议论之公也）人传元祐之学，家有眉山之书。（谓先生之学，至此而大行也）朕三复遗编，久钦高躅（迹也）。王佐之才可大用，恨不同时。君子之道暗而章，是以论世。（《汉书·董仲舒传赞》："刘向称董仲舒有王佐之材，虽伊、吕亡以加；管、晏之属，殆不及也。"《史记·司马相如列传》："上读《子虚赋》而善之，曰：朕独不得与此人同时哉！"《中庸》："君子之道暗然而日章，小人之道，的然而日亡。"《孟子·万章下》："颂其诗，读其书，不知其人可乎！是以论其世也，是尚友也。"）傥九原之可作，庶千载以闻风。【《礼·檀弓下》："（晋国）赵文子（名武）与叔誉（叔向也）观乎九原（晋之卿大夫葬地），文子曰：'死者如可作也，吾谁与归？'"《孟子·尽心下》："圣人，百世之师也，伯夷、柳下惠是也。故闻伯夷之风者，顽夫廉，懦夫有立志，闻柳下惠之风者，薄夫敦，鄙夫宽。奋乎百世之上，百世之下，闻者莫不兴起也，非圣人而能若是乎？而况亲炙之者乎？"】惟而英爽之灵，服我衮衣之命。（而，汝也。《左传》昭公二十五年："心之精爽，是谓魂魄。"《晋书·王济传》："济少有逸才，风姿英爽，气盖一时。"《诗·豳风·九罭》："我觏之子，衮衣绣裳。"之子，周公也，衮衣，上公之服）可特赠太师，余如故。【《宋史·王淮传》称其于孝宗乾道时"除翰林学士、知制诰，训词深厚，得王言体"，信然。（《史记·儒林传序》："诏书律令下者，明天人分际，通古今之义，文章尔雅，训辞深厚。"《礼·缁衣》："王言如丝，其出如纶，王言如纶，其出如綍。"綍，音弗，大索也）】乾道九年，孝宗复亲撰《苏文忠公集序》并《赞》，《序》有云："故赠太师谥文忠苏轼，忠言谠论【谠，直也，善也，正也。《汉书·叙传》："成帝谓班伯（班固曾伯祖）曰：吾久不见班生，今日复闻谠言。"颜师古注："谠言，善言也。"】，立朝大节，一时廷臣，无出其右。负其豪气，志在行其所学。放浪岭海，文不少衰。力斡造化，元气淋漓。穷理尽性（出《易·说卦》），贯通天人。山川风云，草木华实，千类万状，可喜可愕，有感于中，一寓之文。雄视百代，自作一家，浑涵光芒，至是而大成矣。"《赞》云："虽古文章，言必己出；缀词绩句，文之蟊贼。（韩愈《南阳樊绍述墓志铭》："惟古于词必己出，降而不能乃剽贼。后皆指前公相袭，从汉迄今用一律。"）手扶云汉，斡造化机。气高天下，乃克为之。猗嗟若人？冠冕百代。忠言谠论，不顾身害。凛凛大节，见于立朝。（《公羊传》桓公二年："孔父正色而立于朝，则人莫敢过而致难于其君者，孔父可谓义形于色矣。"）放浪岭海，侣于渔樵。岁晚归来，其文益伟。波澜老成，无所附丽。（杜甫《敬赠郑谏议十韵》五排："思飘云物动，律中鬼神惊。毫发无遗恨，波澜独老成。"）昭晰无疑，优游有余。（韩愈《答尉迟生书》："昭晰者无疑，优游者有余。"）跨唐越汉，自我师模。（扬雄《法言·学行篇》："师者，人之模范也。"自我师模，谓前无古人也）贾（谊）、马（迁）豪奇，韩、柳雅健，前哲典刑，未足多羡。敬想高风，恨不同时。掩卷三叹，播以声诗。"（谓诗以颂之）诏有司重刊《东坡文集》。宋理宗端平二年正月，诏从祀孔子庙庭，位列张载、程颢、程颐上。【《宋史·理宗本纪二》："端平二年正月甲寅日，诏议胡瑗（安定）、孙明复（名复）、邵雍（康节）、欧阳修、周敦颐（濂溪）、司马光、苏轼、张载（横渠）、程颢（明道）、程颐（伊川）等十人，从祀孔子庙庭，升孔伋（子思）十哲。"七年后（理宗淳祐元年），复升朱子而黜王安石，谓："王安石谓天命不足畏，祖宗不足法，人言不足恤。为万世罪人，岂宜从祀孔子庙庭，黜之！"又阅二十六年（度宗咸淳三年），诏"以颜渊、曾参、孔伋、孟轲配享（四配）；颛孙师（子张）升十哲（闵子骞、冉伯牛、仲弓、宰我、子贡、冉有、季路、子游、子夏及子张）"。顾亭林《日知录·从祀条》云："周、程、张、朱五子之从祀，定于理宗淳祐元年；颜、曾、思、孟之配享，定于度宗咸淳三年。自此之后，国无异论，士无异习。历元至明，先王之统亡，而先王之道存，理宗之功大矣。"】此南宋惩奸锢党崇德报功之朝廷典章也。先生在告日，蜀人咸望公归；俄而老翁泉竭，彭山复青；蜀人方以为异，而先生讣音至矣。【子由《栾城后集》卷十八《东茔老翁井斋僧疏》："伏以先君（洵）太子太师（赠官），兆（墓茔）自东山，躬卜灵宅，泉出右麓，流于西南，旱暵不干，霖潦不溢。实有常德，纪于耆旧，越自近岁，渐致枯竭，……失其常性，厥咎在人。"宋张端义《贵耳集》卷上："东坡，天人也。凡作一文，必有深旨。"又云："东坡会葬，有齐筵，李方叔（廌）作致语（祭告之文）云：'皇天后土，鉴一生忠义之心；名山大川，还千古英灵之气。'蜀有彭老山，东坡生则童（秃也），东坡死复青。"】宋五羊（今广州）王宗稷《苏文忠公年谱》云："子由作先生《墓志》云：'先生七月被病，卒于毗陵。吴、越之民，相与哭于市，其君子相与吊于家。讣闻于四方，无贤愚，皆咨嗟出涕。太学之士数百人，相率饭僧惠林佛舍。'呜呼！先生文章为百世之师，而忠义尤为天下大闲。加之好贤乐善，常若不及。是宜讣闻之日，士人惜哲人之痿，朝野嗟一鉴之逝。（《礼·檀弓上》：

"泰山其颓乎？梁木其坏乎？哲人其萎乎？"何逊、范云、刘
孝绰《拟古三首联句》之一范云云："明镜不可鉴，一鉴一情
伤。"）皆出于自然之诚，不可以强而致也。"《宋史·苏轼
传》："轼与弟辙，师父洵为文，既而得之于天。尝自谓作文
'如行云流水，初无定质，但当行于所当行，止于所不可不
止。'（见先生《答谢民师书》，谢名举廉）虽嬉笑怒骂之词，
皆可书而诵之。其体浑涵光芒，雄视百代。有文章以来，盖亦
鲜矣。"又曰："自为举子，至于出入侍从，必以爱君为本。
忠规谠论，挺挺大节，群臣无出其右。但为小人忌恶挤排，不
使安于朝廷之上。"又《论》曰："入掌书命（翰林学士），
出典方州（八州守），器识之闳伟，议论之卓荦，文章之雄
俊，政事之精明；四者皆能以特立之志为之主，而以迈往之气
辅之。故意之所向，言足以达其有猷（谋虑），行足以遂其有
为；至于祸患之来，节义足以固其有守（《书·洪范》："凡厥
庶民，有猷，有为，有守，汝则念之。"），皆志与气所为也。
仁宗初读轼、辙制策，退而喜曰：'朕今日为子孙得两宰相
矣。'神宗尤爱其文，宫中读之，膳进忘食，称为天下奇才。
二君皆有以知轼，而轼卒不得大用。一欧阳修先识之，其名遂
与之齐。（先生《送晁美叔发运右司年兄赴阙》七古自注：
"嘉祐初，与子由寓兴国浴室，美叔忽见访，云：'吾从欧阳
公游久矣，公令我来与子定交，谓子必名世，老夫亦须放他出
一头地。'"）岂非轼之所长不可掩抑者，天下之至公也。相
不相，有命焉。呜呼！轼不得相，又岂非幸欤？或谓：'轼稍
自韬戢，虽不获柄用，亦当免祸。'虽然，假令轼以是而易其
所为，尚得为轼哉！"

编后语

　　先严陈湛铨教授遗著《周易讲疏》《苏东坡编年诗选讲疏》及《元遗山论诗绝句讲疏》三书得以顺利付梓，实蒙何文汇教授鼎力玉成，深表铭感。《周易讲疏》完稿于五十年代后期至七十年代后期，历时较长。其中《周易乾坤文言讲疏》刊行于一九五八年，由香港联合书院中国文学会出版。其后所注"六子"，约完稿于一九六四年；而详释《系辞传》，则完稿于一九七三年。又于七十年代后期，注释"余卦"（《泰》《否》《既济》《未济》《咸》）。现存之《系辞传》、"六子"及"余卦"讲义，乃七十年代由先严亲笔撰写并影印。《元遗山论诗绝句讲疏》约完稿于一九六七年。其中《元遗山论诗绝句三十首》一至二十六首，曾刊于一九六八年出版之《香港浸会学院学报》第三卷第一期。该书之初稿为油印讲义，由长兄乐生钞写。《苏东坡编年诗选讲疏》约完稿于一九六八年。该书之初稿亦为油印讲义，由二兄赤生钞写。年前余等捡拾先严遗稿，得较完整之讲义三套，拟整理成书，刊行天下。议定达生负责，先行将《周易讲疏》及《元遗山论诗绝句讲疏》两书稿件转为电子文稿，后得何文汇教授协助，联系香港商务印书馆，复会同海生、香生检视校正，补缀拾遗。长兄乐生书名题签。春秋代序，寒往暑来，倏忽二载矣。三书蒙

"伍福慈善基金"赞助出版，谨表谢忱。又蒙何乃文教授、何文汇教授、邓昭祺教授分别为《苏东坡编年诗选讲疏》《周易讲疏》《元遗山论诗绝句讲疏》惠赐序文，谨致衷心谢意。唯编校过程疏漏在所难免，大雅君子，祈为见谅。

二〇一四年，岁次甲午，炎炎盛夏，编者谨志